J. Francis Hudson

Absalom – Geliebter und Rebell

J. Francis Hudson

ABSALOM

GELIEBTER UND REBELL

Schulte & Gerth

Die englische Originalausgabe erschien im Verlag
Lion Publishing, Oxford, England,
unter dem Titel „Zoheleth“.

Aus dem Englischen übersetzt von Karoline Furch

Best.-Nr. 815 529
ISBN 3-89437-529-9
1. Auflage 1998
Umschlaggestaltung: Hanni Plato
Umschlagillustration: Marco Grote
Satz: Die Feder GmbH, Wetzlar
Druck und Verarbeitung: Ebner Ulm
Printed in Germany

In Erinnerung an Absalom

denn die Fackel, die allzu hell brennt,
ist allzu schnell vergangen

DAVIDS KÖNIGREICH UND DESSEN NACHBARSTAATEN

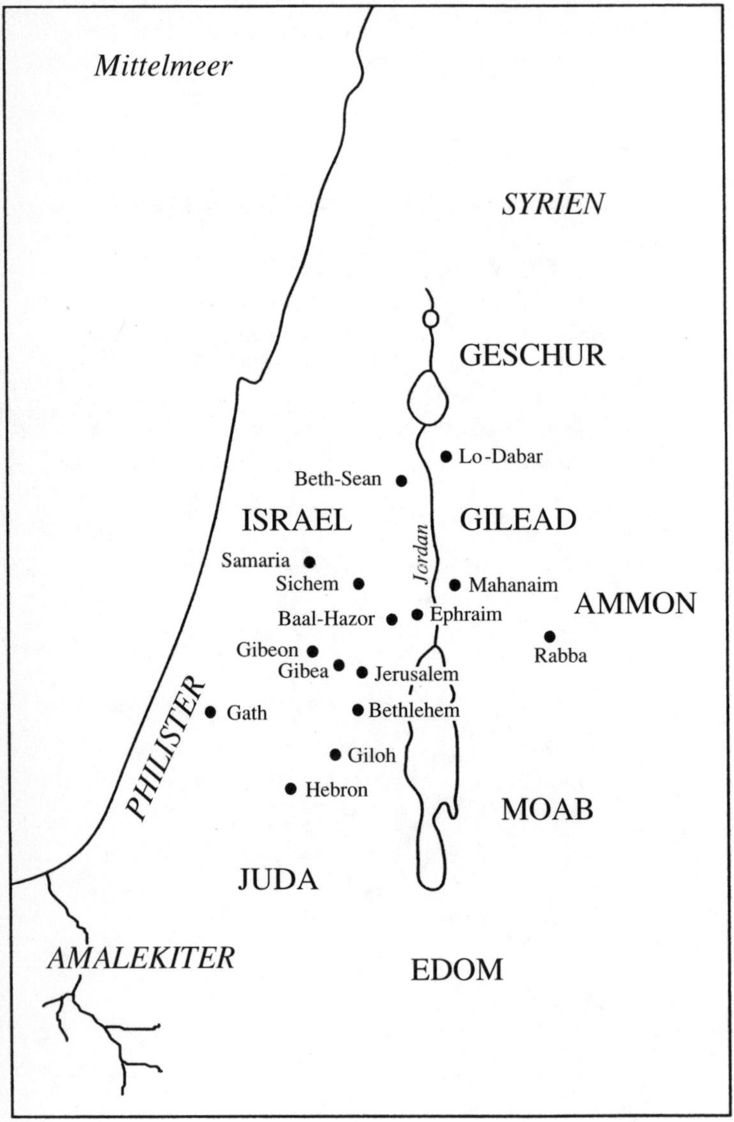

Nathans Prophezeiung gegen David

So spricht der Herr:
Siehe, ich will Unheil über dich kommen lassen
aus deinem eigenen Hause und will deine Frauen nehmen
vor deinen Augen und will sie deinem Nächsten geben,
daß er bei ihnen liegen soll an der lichten Sonne.
Denn du hast's heimlich getan,
ich aber will dies tun vor ganz Israel und im Licht der Sonne

2. Samuel 12,10–12

Personen

Zoheleth:	Der Erzähler
Amnon:	Ältester Sohn Davids und seiner Frau Ahinoam
Jonadab:	Neffe des Königs; Cousin Amnons
David:	Zweiter König Israels, der nach dem Tod König Sauls den Thron einnahm
Absalom:	Zweiter Sohn Davids; Halbbruder Amnons
Joab:	Sohn von Davids Schwester Zeruiah; Kommandeur der Königlichen Armee
Abischai:	Ein weiterer Sohn Zeruiahs; Kommandeur der „Dreißig", Davids besten Kriegern
Ziba:	Sklave von Zoheleths ehemaligem Hüter Machir
Jehosaphat:	Königlicher Herold
Bathseba:	Witwe von Uriah, einem Angehörigen der „Dreißig"; neueste und jüngste von Davids Ehefrauen
Shimei:	Ein Freund Absaloms; entfernter Angehöriger von Saul
Sheba:	Ein weiterer Freund Absaloms, ebenfalls ein Saulide
Maacah:	Mutter Absaloms; Tochter von Talmai, dem König von Geschur in Syrien; Davids Lieblingsfrau
Tamar:	Tochter von Maacah und David
Adonia:	Drittältester Sohn Davids
Ahitophel:	Davids oberster Ratgeber; Großvater von Bathseba
Huschai:	Ahitophels Gehilfe
Nathan:	Prophet Adonais
Ischboscheth:	Letzter überlebender Sohn Sauls; war bis zu seiner Ermordung durch die Unterstützer Davids dessen einziger Konkurrent um den Thron
Michal:	Davids erste Ehefrau; Tochter Sauls
Abigail:	Davids zweite Frau. Ihr einziger Sohn Chileab starb im Kindesalter
Merib:	Zoheleths Vater
Mephiboschet:	Sohn von Jonathan, dem Sohn Sauls und Davids bestem Freund
Salomo:	Sohn von David und Bathseba
Seraja:	Hofschreiber
Amasa:	Hochrangiger Offizier in Davids Armee; ein Neffe Davids

I

Kaum war ich eingeschlafen, spürte ich plötzlich ein Knie in meinem Rücken und eine Hand auf meinem Mund.

Da ich selten zwei Nächte hintereinander an demselben Ort verbrachte, wußte ich zuerst nicht, wo ich mich befand. Doch bevor ich noch ganz wach war und mir wieder einfiel, daß ich mich gestern abend im Flur des Küchenhauses unter meinem Mantel zusammengerollt hatte, schlug ich bereits mit Armen und Beinen wild um mich. Seit frühester Kindheit mußte ich mich gegen regelmäßige Prügel zur Wehr setzen, so daß mir diese Reaktion zur zweiten Natur geworden war.

Es waren zwei vermummte Gestalten, die sich über mich beugten. Es war zu dunkel, um sie richtig zu erkennen. Mehr wütend als ängstlich richtete ich mich auf. Die Hand vor meinem Mund lockerte sich gerade genug, daß ich kräftig hineinbeißen konnte. Das rief einen unterdrückten Schrei hervor, dem eine Reihe wüster Schimpfworte folgte.

„Bei Baal und Aschera, du verdammte kleine Ratte!" zischte eine Stimme, die ich nicht kannte. „Dafür wirst du mir büßen! Und wenn ich dir alle Knochen in deinem ungezieferverseuchten Körper brechen muß, das wirst du noch bereuen!"

„Komm jetzt", keuchte der andere. „Wir verschwenden zuviel Zeit." Er stieß mich vorwärts. „Beweg dich, du!"

Der, den ich gebissen hatte, fummelte in den Falten seines Umhangs herum und förderte ein Stück Stoff zutage, das er mir in den Mund stopfte, bis ich zu würgen begann.

„Was machst du denn jetzt, du Idiot? Der Knabe ist doch sowieso stumm! Warum, denkst du wohl, hat er den Spitznamen ‚Schlange' bekommen? Der kann uns gar keinen Ärger machen!"

„Mag sein, daß er von seiner Zunge keinen Gebrauch machen kann, aber mit seinen Zähnen ist alles in Ordnung, das kann ich dir sagen!"

Und so wurde ich durch dunkle Gänge in den Palast geschleift. Es war so still, daß ich mein eigenes Herz so laut in meiner Brust schlagen hörte, als sei es ein wildes Tier. Die an den Wänden angebrachten Fackeln leuchteten so schwach, daß ich fast sofort die Orientierung verlor. Ich gab es auf, die Abzweigungen zu zählen.

Schließlich stapften wir eine lange Steintreppe hinunter. Der Palast war terrassenförmig aufgebaut und hatte hinten mehr Stockwerke als vorn. Doch waren es wirklich so viele mehr? Die Luft roch verbraucht und abgestanden. Orientierungslos wie ich war, wußte ich doch, was dieser Gestank zu bedeuten hatte: Da die Residenz Davids nur wenig älter war als ich selbst; mußten wir uns weit unter dem eigentlichen Palast in den Kellern der längst vergessenen, darunterliegenden Jebusiter-Festung befinden.

Als wir endlich am Ende der Treppe angekommen waren, schaffte ich es irgendwie, mich loszureißen. Doch es war nur ein kurzer Erfolg, denn sofort bekamen mich die Männer wieder in den Griff. Das Ganze hatte mir nur ein paar Schrammen und blaue Flecken mehr eingebracht.

„Glaubst du wirklich, daß das eine gute Idee ist?“ keuchte der Gebissene. „Er ist doch wirklich nicht mehr als ein verrückter Bursche. Und was machen wir, wenn er zu groß für das Loch ist?“

„Ach, du bekommst plötzlich kalte Füße, ja? Als ich den Vorschlag gemacht habe, warst du noch voller Bewunderung dafür! Darf ich dich daran erinnern, mein Herr Amnon, daß du derjenige bist, der das Silber braucht?“

„Paß auf, was du sagst! Willst du, daß alle Welt erfährt, wer wir sind? Das gäbe einen schönen Skandal!“

„Ich sage dir doch, diese Kreatur ist stumm und völlig verblödet! Und vermutlich auch noch taub. Reiß dich zusammen, Mann! Du bist der erstgeborene Sohn des Königs; du kannst ohnehin bald haben, was immer du willst. Der eigentliche Skandal ist doch wohl, daß du zu solchen Mitteln hier greifen mußt, um es zu bekommen!“

Während sich die beiden mit gedämpften Stimmen stritten, drangen wir weiter ins Innere des Hügels vor, auf dem der Palast ruhte. Wasser lief an den Wänden herab. Doch immer noch erhellte schwacher Fackelschein notdürftig den Weg, und mehr denn je war ich überzeugt, daß ich weitere Stimmen oder Schritte hörte, die nicht von uns dreien stammten.

„Bist du sicher, daß das noch der richtige Weg ist?“ flüsterte der eine, den der Gebissene Amnon genannt hatte. Ich hatte diesen

Namen schon oft genug gehört, den Mann selbst aber noch nie gesehen. Er war der älteste Sohn von König David.

„Absolut, mein unerschrockener Prinz. Wenn wir hier abbiegen würden, würden wir genau vor der Haupttür der Schatzkammer herauskommen. Wo natürlich die Wachen stehen. Aber wenn wir hier links entlanggehen, treffen wir auf den Durchgang mit dem Belüftungsschacht. Unsere kleine Schlange hier wird problemlos da hindurchpassen, um uns die Sachen zu reichen. Ihn hinauszubekommen könnte schon eher ein Problem werden."

Der Durchgang nach links war kaum groß genug, daß ein Mann aufrecht hindurchgehen konnte. Sie schickten mich vor; Amnon kam hinter mir her, eine Hand an meinem Hals, den er zusammendrückte, als ich versuchte, den Knebel aus meinem Mund zu entfernen. Sein Kumpan suchte die Wand ab, bis er gefunden hatte, was er suchte.

„Hier ist es, Amnon. Heb den Kleinen hoch; er soll sich den Weg ertasten." Dann begann er mir zu erklären, was ich zu tun hatte. Er wiederholte alles fünfmal, wobei er sein Gesicht ganz dicht vor meines hielt. Wie alle anderen dachte auch er, daß ich stumm war und daß Stummheit gleichbedeutend mit Dummheit ist.

Plötzlich verwandelte sich Amnons Nervosität in eine Welle freudiger Erregung. „Der Himmel sei gepriesen, Jonadab! Ich kann es kaum fassen! Vaters gesamtes Vermögen, und ich werde gleich meine Hände darauf legen! Es ist ein wahrgewordener Traum!"

„Reg dich ab, ja? Wir können nicht zuviel auf einmal holen; das würde auffallen. Wir nehmen gerade genug für eine Nacht mit deiner Auserwählten. Du kannst ja dann jederzeit wiederkommen und mehr holen."

„Oh, ich werde wiederkommen und mehr von ihr holen, darauf kannst du wetten! Warte nur, bis Absalom herausfindet, daß ich mit der Hohenpriesterin der Astarte geschlafen habe. Das wird ihn zum Schweigen bringen, was seine lächerlichen Eroberungen angeht!" Jetzt hatte Amnons Enthusiasmus einen deutlichen Beigeschmack von Bosheit.

„Amnon, das kostet jetzt zuviel Zeit! Laß den Jungen auf deine Schultern klettern und –"

„Aber Jonadab, was, wenn Absalom mir nicht glaubt? Ich kann sie ja schlecht in aller Öffentlichkeit besuchen. Vater würde mich umbringen! Mit einer heidnischen Götzendienerin . . ."

Jonadab schnaubte ungeduldig. „Er hat Absalom für seine Eskapaden ja auch nicht umgebracht, nicht wahr? Bei allen Göttern, du bist achtzehn Jahre alt, und das letzte Mal, als du die Brüste einer Frau berührt hast, warst du ein Säugling und hast dich von ihrer Milch genährt! Es ist wirklich ein Trauerspiel!“ Damit zerrte er mich brutal zu Amnon hinüber und hob mich in die Höhe. Meine rudernden Arme fanden den Eingang des Belüftungsschachtes fast sofort, und Jonadab schob mich hinein. Erst da bekam ich richtig Angst.

Kein Funke Licht drang aus der Schatzkammer. Ich wußte nicht, wie weit unter mir der Fußboden war. Vielleicht kam ich hier gar nicht lebend wieder heraus. Ich war immer stolz darauf gewesen, daß ich nicht leicht einzuschüchtern war, aber zu viele schreckliche Dinge waren mir schon in dunklen, engen Räumen widerfahren. Ich konnte weder schreien noch mich rühren, und mein Mund war wie ausgetrocknet. Jemand hielt meine Beine fest.

Und dann hörte ich schwere Schritte, die in unsere Richtung kamen, und gleich darauf Stimmen, die durch die Dunkelheit zu uns herüberschallten.

Jonadabs kühle Selbstsicherheit löste sich in Luft auf. Er zischte: „Wer zur Hölle ist das?“

„General Joab“, stöhnte Amnon. „Schlimmer könnte es nicht sein. Und es klingt, als wäre sein Bruder Abischai bei ihm. Ich habe dir ja gleich gesagt, daß das hier nicht klappen wird. Ich habe von Anfang an –“

„Jetzt fang nicht an, mir die Schuld in die Schuhe zu schieben! Los, laß uns abhauen!“

„Was? Und den Kleinen hierlassen, damit er uns ans Messer liefert?“

„Wie oft muß ich dir noch sagen, daß er –“

„Bist du da auch ganz sicher? Was für einen Beweis hast du?“

„Also gut, also gut. Ich werde sicherstellen, daß er den Mund hält, wenn dich das beruhigt.“ Jonadab zog mir seinen eisenbewehrten Gürtel schmerzhaft über die noch immer aus dem Schacht hängenden Beine. „Ein Wort, und du bekommst noch mehr davon!“

Damit krachte der Gürtel noch einmal mit viel größerer Wucht auf meine Beine hinunter: „Das ist für meine Hand, Schlange!“

Sie mußten beobachtet worden sein, denn die herannahenden Schritte beschleunigten sich zu einem Rennen. Die Verfolger teilten sich; eine Gruppe eilte den Flüchtenden nach, die andere kam hinter mir zum Stehen. Ich war starr vor Schreck, doch ich konnte spüren, wie Blut von meinen Oberschenkeln tropfte und sich in meinen

Kniekehlen sammelte. Weiter hinten im Gang klirrte eine Kette, und eine Stimme rief in scharfem Ton: „Halt, ihr beiden! Keine Dummheiten!“

Von plötzlicher Panik ergriffen begann ich, wild mit den Beinen zu treten. Ich hörte ein überrascht-schmerzerfülltes Stöhnen, dann wurde ich an den Knöcheln gepackt und aus dem Schacht gezogen. Wie ein Sack Korn schabte ich an der Wand entlang und fiel auf den Boden. Endlich gelang es mir, den inzwischen feuchten Knebel auszuspucken.

Unter meiner Mähne sah ich zu einem riesigen Mann in voller Rüstung auf, der auf mich hinunterstarrte, als wäre ich eine Art Ungeziefer. Neben ihm kauerten zwei frisch in Ketten gelegte Gefangene, doch es waren nicht Amnon und Jonadab. Beide waren halbnackt, Haar und Oberkörper blutverschmiert. Ihr Körper schien ein einziger Flickenteppich aus Striemen und Wunden. Ich starrte sie an, als ein vierter Mann herangekeucht kam.

„Es hat keinen Zweck, Joab. Sie sind uns entwischt. Die müssen diese Rattenlöcher hier in- und auswendig kennen.“

„Also, heute nacht passiert aber auch wirklich alles auf einmal!“ Joab gab mir einen Tritt in die Seite, so daß ich am liebsten laut aufgeschrien hätte vor Schmerzen. Aber ich war ja an plötzliche Brutalität gewöhnt. „Los, sag schon, was du vorhattest, Kerl! Wir haben nicht ewig Zeit.“

Ich konnte immer noch Amnons goldenen Gürtel auf meinen Beinen spüren. Joab wiederholte seine Frage mit einem erneuten Tritt in meine Rippen. Dann fragte er mich nach meinem Namen und ob ich ein Sklave oder Freier sei. Als ich immer noch nicht antwortete, beugte er sich zu mir hinunter und riß mir den Mund auf wie einem Pferd, dem man auf dem Markt ins Maul schaut.

„Na, zumindest hast du eine Zunge im Mund!“

Es war offensichtlich, daß er mein Schweigen als Unverschämtheit deutete. Doch noch nie hatte ich einer Menschenseele gesagt, wie ich hieß. Ziba, der Sklave meines ehemaligen Vormunds, hatte dafür gesorgt. Seine Worte kreisten immer und immer wieder in meinem Kopf: Niemand darf je erfahren, wer du bist; sie dürfen nie herausfinden, was du bist. Verstehst du das? Habe ich mich klar ausgedrückt?

Und ich hatte genickt und geschluckt. Ich hatte ihn nicht verstanden, aber er hatte mich zu Tode geängstigt.

Joab wandte sich an seine Kumpane. „Kennt ihr diesen Burschen? Abischai, hast du ihn schon einmal irgendwo im Palast gesehen?“

Abischai zupfte sich nachdenklich seinen Bart und warf die Lippen auf. Er war so groß wie sein Bruder, aber nicht ganz so breit gebaut. Sie hatten beide dieselben kleinen, harten Augen. „Er treibt sich in den Sklavenquartieren herum, meistens in einer der Küchen. Anscheinend gehört er zu niemand Bestimmtem und hat auch keine Aufgaben. Ich nehme an, daß er von den Abfällen lebt, die die Köche wegwerfen."

„Wahrscheinlich der Bastard irgendeiner Konkubine", sagte Joab und zerrte mich hoch. „Ich bin sicher, daß Seine Majestät der König interessiert daran wäre, dir ein paar Fragen zu stellen, du kleiner Wurm. Es passiert nicht jeden Tag, daß jemand so nahe dran ist, in die Schatzkammer einzudringen. Und du könntest uns bei der Gelegenheit gleich verraten, wer deine Begleiter waren."

„Der König wäre uns vermutlich nicht sehr dankbar, wenn wir den kleinen Mistkerl jetzt zu ihm bringen", warf Abischai ein. „Die dritte Stunde hat kaum begonnen."

Joab zuckte mißmutig mit den Schultern. „Da hast du wohl recht. Wir werden am Morgen wieder herkommen und ihn holen. Ein paar Stunden hier unten könnten sein Benehmen entscheidend verbessern."

Die beiden Brüder stießen uns ein paar Meter den Gang hinunter, dann wurden die beiden ausgepeitschten Gefangenen in jeweils eine Zelle geschubst und ich in eine dritte. Es gelang mir, Joab in die Hand zu beißen, bevor sich die Tür schloß.

Die Dunkelheit war so groß, daß man sie fast mit Händen greifen konnte; ebenso die Stille. Meine Beine klebten vom Blut und pochten noch immer schmerzhaft. Panik stieg in mir auf, und so sagte ich lautlos immer wieder: *Bitte paß auf mich auf, bitte paß auf mich auf.*

Danach fühlte ich mich etwas besser. Ich glaube, ich habe sogar geschlafen.

Joab schüttelte mich unsanft und zerrte mich dann ohne ein Wort die fackelbeleuchtete Treppe hinauf in das Licht des frühen Morgens. Betäubt von der Helligkeit des Frühlingstages stolperte ich neben dem General her, vorbei an Wachtposten und Toren, durch Korridore und hallende Flure. Alles schien mir übermäßig groß zu sein, als wäre es für Riesen gebaut.

Als wir uns den königlichen Gemächern näherten, wurde alles ein wenig lichter; es gab Gärten und Teiche und löwenmäulige Springbrunnen. Endlich kamen wir an einen Raum, vor dem Wächter in bronzenen Rüstungen aufgereiht an den Wänden standen. Wir standen vor dem Thronsaal.

Jehosaphat, der königliche Herold, trat zu uns heraus. Ich hatte ihn schon ein paarmal gesehen, wenn er öffentliche Kundgebungen des Königs vom Palastdach her verlautbaren ließ, doch ich hätte nie gedacht, daß ich je einem Mann von solch hohem Rang von Angesicht zu Angesicht begegnen würde. Joab erklärte ihm, was ich getan hatte, doch die Antwort war lediglich, daß die Sache warten müsse; der König sei in Gesellschaft der Königin Bathseba.

Joab versuchte nicht einmal, sein Mißfallen zu verbergen. Er brummte: „Dauert das noch lange?"

„Das weiß ich nicht, General."

Joab drehte sich zu mir um. „Stell dich hierhin, mit dem Gesicht zur Wand und den Händen über dem Kopf. Und keine Bewegung!" Ich gehorchte, und er wandte sich wieder an Jehosaphat. „Ich habe noch andere Dinge zu tun. Erwarte mich in Kürze zurück. Und laß diesen Schlingel nicht aus den Augen. Er ist schnell wie eine Schlange und bissig wie ein schlecht gelauntes Kamel!"

So stand ich dort und regte mich nicht, bis meine Arme noch mehr schmerzten als meine Beine. Ich wollte flüchten, aber ich fühlte mich zu schwach dazu. Dann erscholl plötzlich Gelächter im Flur, und ich hörte laute Stimmen: „Gib mir diesen Weinschlauch, Shimei! Du hast ja schon fast die Hälfte leergesoffen! Dabei bin ich doch wohl derjenige, der sich Mut antrinken muß, bevor er wieder auf dieses Pferd steigt!"

„Absalom, du bist verrückt! Ein Pferd kann man nicht einfach wie ein Maultier besteigen und losreiten! Dafür sind Pferde nicht gemacht!"

„Wenn der große Adonai Pferde dazu geschaffen hätte, einen Wagen zu ziehen, dann hätte er ihnen die Deichseln gleich mit angebracht, oder? Ich schaffe das schon, mach dir keine Sorgen. Wenn sogar die Ägypter und diese Barbaren im Norden Pferde reiten können, kann ich das schon lange. Und wenn es mich umbringt ..."

„Das würde dir wohl gar nicht viel ausmachen, nicht wahr? Aber was, wenn du verkrüppelt wirst oder auf dein hübsches Gesicht fällst? Dann würde Rebekka dich nicht mehr lieben."

„Ach, wer interessiert sich denn noch für Rebekka? Sie ist so furchtbar ernsthaft und korrekt. Ihre jüngere Schwester Hanna dagegen . . . die scheint es mir wert, Eindruck zu machen."

Mehr Gelächter erklang. Dann: „Arme Rebekka! Wieder ein gebrochenes Herz mehr auf deiner Liste, Absalom. Vielleicht könntest du sie ja an Amnon abtreten. Er ist grün vor Neid."

„Ja, grün in jeder Hinsicht ist er ... " Dann verstummten sie kurz, als die Wachen ihnen den Weg verstellten, und Absalom sagte: „Ich will meinen Vater sprechen."

„Es tut mir leid, aber der König hat Order gegeben, daß er nicht gestört werden darf", sagte Jehosaphat steif.

„Nun, ich bin der Sohn des Königs, und ich gebe dir Order, ihn zu stören!" gab Absalom zurück. Hinter ihm kicherten seine Begleiter Shimei und Sheba albern herum. „Es tut mir leid, mein Herr Absalom. Er ... er ist ... mit der Königin Bathseba ... beschäftigt. Und danach erwartet er bereits General Joab."

Es folgte eine angespannte Stille, bis Absalom ein bemühtes Lachen hervorstieß. „Beschäftigt, ja? Das ist mal ein ganz neuer Ausdruck dafür." Nach einer weiteren ungemütlichen Pause sagte er: „Und was ist mit diesem Jungen? Was hat er hier zu suchen?"

Widerstrebend erklärte Jehosaphat die Situation, während die beiden Kumpane den jungen Prinzen zu überreden versuchten, daß er mit ihnen fortging und sich nicht in diese Sache einmischte. Sie schienen schon genug Ärger am Hals zu haben.

Durch meine erhobenen Arme war meine Tunika nach oben gerutscht und entblößte die blutigen Abdrücke von Amnons Gürtel an meinen Beinen, die Absalom sofort erkannte. Er kniete nieder, und ich fühlte seine Hände auf meinen Schultern. Ich zuckte zusammen, wie ich es immer tat, wenn jemand mich berührte; doch er war unerwartet sanft, und so riß ich mich nicht los. Er drehte mich zu sich herum.

Ich hatte Absalom noch nie aus der Nähe gesehen, doch ich hätte ihn jederzeit und sofort wiedererkannt. Ich hatte ihn vor einigen Wochen aus der Ferne erblickt, als die Israeliten ihren Sieg über die Ammoniter feierten und ganz Jerusalem ein einziges Fest war.

Der König selbst hatte einen Festzug durch die Stadt angeführt, in einem von den Feinden eroberten Kampfwagen und mit einer riesigen Krone auf dem Kopf. Doch die meisten Umstehenden hatten nicht den König bewundernd angestarrt. Denn neben ihm hatte Absalom gestanden, prächtig anzusehen in seiner Rüstung aus Bronze und Leder. Gold hatte an seinem Hals und seinen Handgelenken geglitzert, und die Ringe in den Ohren und an fast jedem Finger hatten nur so gefunkelt. Sogar sein blauschwarzes Haar, lockig und dicht und schwer wie die Schweife seiner prächtigen Pferde, war mit Gold bestäubt gewesen. Da er diesen Ehrenplatz innehatte, hatte ich zunächst angenommen, daß er der erstgeborene Sohn des Königs sei, doch aus den Gesprächsfetzen rings um mich her hatte ich erfahren, daß dem nicht so war.

Heute trug er die blauschwarze Haarpracht offen. Das Tuch, das wohl ursprünglich dazu dienen sollte, sie zu bändigen, war lose um seinen Hals geschlungen. Er trug ein schlichtes Gewand und keinen Schmuck. Seine Augen waren mit Khol umrandet und kühl wie die einer Raubkatze. Doch irgendwo leuchtete in seinem Blick ein heller Funke der Freundlichkeit – so würde ich es jedenfalls heute nennen. Zu diesem Zeitpunkt hatte ich noch kein Wort dafür, denn noch nie hatte mich jemand so angesehen.

Absalom fragte nach meinem Namen, doch ihm konnte ich ihn ebensowenig nennen wie Joab. Alles, an was ich denken konnte, war Zibas Gesicht, Zibas Faust und Zibas Stimme. Doch der junge Prinz erkannte auch so, daß ich nicht aus Frechheit die Antwort verweigerte. Während Sheba und Shimei noch immer herumgrummelten, nahm er das Tuch ab, befeuchtete es mit Wein aus dem Schlauch und begann, meine Wunden behutsam zu reinigen. Das gab ihm einen Vorwand, um weiterzureden.

„Das ist Amnons Werk, da bin ich sicher. Die beiden Flüchtigen letzte Nacht müssen er und Jonadab gewesen sein." Er warf einen Blick auf mein Gesicht, um eine Bestätigung zu erhalten, doch ich wagte nicht, sie ihm zu geben. „Ich wette, du hast diesen Raubzug nicht alleine geplant, oder?" Ich schüttelte kaum merklich den Kopf. „Eben. Lächerlich. Amnon verpatzt die Sache und schickt einen kleinen Sklavenjungen vor den König. Das sieht ihm ähnlich –" Er sah, wie etwas in meinen Augen aufflackerte und half nach: „Du bist kein Sklave?"

Ich schüttelte den Kopf.

„Wer bist du dann?" Absalom legte das Tuch und den Weinschlauch nieder und nahm meine beiden Hände in seine. Panik stieg in mir auf. Von klein auf war ich daran gewöhnt, ohne die Zuneigung eines menschlichen Wesens zu leben, doch plötzlich hatte ich den sehnlichen Wunsch, mich Absalom mit meiner ganzen kümmerlichen Seele anzuvertrauen. Doch selbst wenn ich mich entschließen sollte, es zu riskieren – was sollte ich ihm sagen? Es war so schrecklich lange her, daß ich mit jemandem geredet hatte.

Ich wußte nicht einmal, wie ich mich ihm vorstellen sollte. Die Küchensklaven hatten mir meinen neuesten Spitznamen verpaßt:

Zoheleth, die Schlange. Doch bevor ich nach Jerusalem gekommen war, war ich Momzel, der Bastard, gewesen. So hatte Ziba mich genannt. Davor hatte ich auf Parhosch, der Floh, gehört, und auf Abattiah, der Kürbis. Ich mußte einmal einen richtigen Namen gehabt haben, aber ich kannte ihn nicht. Andererseits wußte Ziba nicht, daß man mich hier Zoheleth nannte, also konnte es nichts schaden...

„Zoheleth?" wiederholte Absalom, als ich die Silben lautlos mit dem Mund geformt hatte. Er lachte ein bißchen, diesmal aber echt, und schüttelte den Kopf. Dann beugte sich Jehosaphat hinunter und flüsterte ihm etwas offenbar Dringendes ins Ohr.

Joab kam zurück; ich erkannte ihn an seinen schweren Schritten. Absalom richtete sich auf und hielt es anscheinend für klüger, sich davonzumachen. „Ich komme später wieder", sagte er zu Jehosaphat. „Ich will meinen Vater noch immer sprechen, und ich will wissen, was bei dieser Sache hier herauskommt."

In diesem Moment wurde der schwere Vorhang vor dem Thronsaal zur Seite geschoben. Eine blasse, schmale junge Frau kam heraus, ganz in Weiß gekleidet und verschleiert. Mit Ausnahme von ihren Augen war nicht viel von ihr zu sehen; doch diese Augen waren die dunkelsten, größten und geheimnisvollsten, die ich je gesehen hatte. Einen Moment lang hielten sie Absaloms Blick fest, dann sah Bathseba schnell zur Seite – aber nicht schnell genug.

Absalom und seine Freunde verschwanden, und Joab und ich wurden vor den König geführt.

Ich hatte noch nie einen so großen und luxuriösen Raum gesehen. Die Wände waren mit Zedernholz verkleidet und mit Teppichen behängt. Auf einem erhöhten Podest stand der riesige geschnitzte Thronsitz, flankiert von weißen, steinernen Löwen. Doch er war leer.

Ein Mann, der der König sein mußte, stand mit dem Rücken zu uns vor einem kleinen Fenster. Seine breiten Schultern waren nach vorn gesackt und sein ergrauendes Haupt gesenkt. Er trug keine Krone, keinen purpurnen Umhang, nicht einmal Schmuck. Sein Anblick strafte all meine kindischen Vorstellungen Lügen, und ich war so überrascht, daß ich vergaß, Angst zu haben.

Jehosaphat hüstelte leise und verkündete dann: „Mein Herr, Joab, der Sohn der Zeruiah, Kommandeur des Heeres Seiner Majestät –" Dann hielt er zögernd inne. Doch der melancholisch wirkende König seufzte nur. „Zeig dem König deine Ehrerbietung, Junge!" fuhr Joab mich an, und als ich ihn nur verständnislos anstarrte, brüllte er:

„Verbeug dich!“ Dann stieß er meinen Kopf so brutal nach unten, daß ich das Gleichgewicht verlor und der Länge nach hinfiel. Ich wagte nicht, aufzusehen.

Ich hatte bis fünfundzwanzig gezählt, als Joab mit der sanftesten Stimme, die ich bisher von ihm gehört hatte, sagte: „Mein Herr ... die Untersuchungen zu der Uriah-Angelegenheit wurden gestern abgeschlossen.“

„Die Uriah-Angelegenheit?“ Endlich blickte der König auf. In seiner Stimme lag ein Hauch von Angst. Doch da ein König in meiner Vorstellung niemals Angst hatte, kam ich zu dem Schluß, daß es sich um Zorn handeln mußte. Ich wünschte, ich wäre unsichtbar. Tatsächlich hätte ich genausogut unsichtbar sein können, denn niemand schien mich zu beachten.

„Der Fall von Ungehorsam in Uriahs Abteilung in Rabbah“, erklärte Joab noch sanfter, schon beinahe freundlich.

„Oh, das. Ja. Es tut mir leid. Der Aufruhr.“

„So kann man es kaum nennen, mein Herr. Wir haben dafür gesorgt, daß die Sache keine größeren Kreise zog. Doch gestern abend haben wir die Befragungen abgeschlossen und die beiden Anführer gestellt.“

Der König seufzte wieder hörbar. „Gut. Das ist gut. Wer waren die beiden?“

„Die Brüder Jeziel und Pelet.“

„Adonai sei uns gnädig! Zwei meiner altgedienten Soldaten. Sie haben länger unter mir gekämpft, als ich König bin ... schon seit Sauls Zeiten!“ Joab sagte dazu nichts, und der König murmelte: „Was hast du mit ihnen gemacht?“

„Sie wurden ausgepeitscht und in Einzelhaft gesetzt.“

„Ausgepeitscht? Wie viele Peitschenhiebe?“

„Jeder vierzig, mein Herr. Das Höchstmaß.“

„War das wirklich nötig? Es sind frei geborene Israeliten!“

„Mein Herr –“ Joab streckte sich.

„Ich meine das ernst, Joab. Mußtest du sie derart hart bestrafen?“

Joab machte eine Pause, bevor er in seiner gewohnt zackigen Militär-Stimme antwortete: „Ja, das mußte ich. Wenn du eine Armee haben willst und keinen verlausten Haufen von undisziplinierten Bauern, wie Saul ihn hatte. Meiner Meinung nach war das noch zu gut für sie. Gute Männer haben ihre Befehle befolgt und sind dafür gestorben.“

„Jeziel und Pelet.“ Der König schüttelte den Kopf. „Das hätte ich nicht gedacht. Beide haben schon in weit schwierigeren Situationen gesteckt und ihren Mann gestanden. Jeziel war einer der ersten, als wir Jerusalem von den Jebusitern zurückerobert haben. Warum sollten sie jetzt eine solche Sache anzetteln?"

„Ich bin nicht sicher, Herr", log Joab wenig überzeugend.

„Joab, du hast viele Jahre Erfahrung darin, Männer in die Schlacht zu führen und Meuterer zu befragen. Du mußt doch eine Vorstellung von ihren Beweggründen haben."

Eine Weile sagte Joab nichts. Als er schließlich antwortete, war alle militärische Zackigkeit aus seiner Stimme gewichen. „Bei allem Respekt, mein Herr ... die Befehle waren vollkommen unsinnig, und sie wußten es. Nur eine einzige Einheit vor die Mauern einer belagerten Stadt zu schicken ... das ist in neun von zehn Fällen reiner Selbstmord. Ich glaube nicht, daß irgendein Offizier außer Uriah einen solchen Auftrag angenommen oder von seinen Männern erwartet hätte, daß sie ihn ausführen. Uriah war ein Soldat mit Leib und Seele, David. Er stellte keine Fragen. Sein Tod ist ein enormer Verlust für uns."

Der König holte tief und zitternd Atem. Dann sagte er sehr leise: „Glaubst du, daß er es gewußt hat?"

„Gewußt, mein Herr?"

„Gewußt, daß ich wollte, daß du –"

„Das glaube ich kaum, mein Herr. Wie ich schon sagte: Er hat immer seine Befehle befolgt, ohne Fragen zu stellen."

Noch leiser hakte der König nach: „Hat deiner Meinung nach sonst jemand Verdacht geschöpft?"

Joab murmelte etwas Unbestimmtes, und der König wechselte schließlich das Thema. „Und was ist mit diesem Jungen, den du da mitgebracht hast? Was hat er mit alledem zu tun?"

Mein Herz begann laut zu pochen. Ich hatte schon gehofft, sie hätten mich vergessen. Joab räusperte sich und erklärte: „Er ist aus einem anderen Grund hier. Abischai und ich haben ihn letzte Nacht dabei erwischt, wie er in die Schatzkammer einbrechen wollte."

„Letzte Nacht?"

„Ja, Herr. Ich habe ihn über Nacht in eines der Verliese gesperrt, um ihn ein wenig zu läutern."

„Du meinst, er hat die ganze Nacht allein in diesem dunklen Loch verbracht? Joab, er kann nicht älter als acht Jahre sein! Der Herr gebe mir Stärke! Steh auf, kleine Dohle!"

Er klang nicht sehr wütend, nicht einmal überrascht. Langsam stand ich auf, denn mir tat immer noch alles weh. Wenig erfolgreich versuchte ich, den Staub und die Fusseln von meiner zerrissenen Tunika zu klopfen, als der König plötzlich mein Kinn in seine Hand nahm, so daß ich ihm in die Augen sehen mußte.

Da sah ich, wie er blaß wurde. Er machte drei unsichere Schritte rückwärts und ließ sich schwer auf das Podest sinken. „Joab, wer ist er?“ flüsterte er.

Joab sah so verdutzt aus, wie ich mich fühlte. Er hob die massiven Schultern. „Wir konnten seinen Namen nicht herausbekommen, Herr. Die unverschämte kleine Ratte sagt kein Wort. Sollen wir ihn ... mit anderen Mitteln aus ihm herauskriegen?“

Der König starrte mich an, als könne er den Blick nicht von mir wenden. Er winkte mich näher zu sich und fragte mich nach meinem Namen und meinem Alter, doch wie üblich konnte ich keine Antwort geben. Außerdem kannte ich mein Alter ebensowenig wie meinen richtigen Namen, obwohl ich dunkel zu wissen glaubte, daß ich älter als acht Jahre war. Der König murmelte mehr zu sich selbst als zu mir: „Du siehst ihm so ähnlich! Ich kann das gar nicht glauben. Das ist doch unmöglich ... “

Ich hatte nicht die leiseste Ahnung, wovon er sprach. Doch als der König nun verkündete, er sei müde und Joab solle mich mitnehmen und selbst entscheiden, was mit mir zu tun sei, muß ich so entsetzt ausgesehen haben, daß er seine Meinung änderte. Er bat Joab, draußen zu warten, während er allein mit mir sprach. Zweifellos war er zu dem Schluß gekommen, daß Joabs übermächtige Anwesenheit für meine Schweigsamkeit verantwortlich war.

Joab begann zu protestieren, wobei er ihn wieder nur David nannte statt „Herr“ oder „Majestät“. Erst, als der König ihn anfuhr, zog sich Joab zurück. Das überraschte mich.

Als er fort war, legte mir der König die Hände auf die Schultern, genau wie es sein Sohn vorhin getan hatte. Wieder schrak ich zusammen. Seine Augen waren müde, doch er hatte wahrscheinlich einmal sehr gut ausgesehen ... vor langer Zeit.

Ich sage ihm, daß ich Zoheleth hieß, weil ich Mitleid mit ihm hatte. Er mußte es mir von den Lippen ablesen, weil kein Ton aus meiner Kehle kommen wollte. Doch auch diesmal fuhren keine Blitze aus dem Himmel auf mich herab.

Danach schien er nicht recht zu wissen, was er mit mir tun sollte. Er ließ nicht erkennen, ob er sich noch daran erinnerte, weshalb ich zu ihm gebracht worden war. Am Ende schickte er mich einfach hinaus, und ich fand mich im Flur vor dem Thronsaal wieder.

Ich hätte wissen sollen, daß Amnon und Jonadab mir dort auflauern würden.

Sie zerrten mich außer Hörweite und begannen, mich zu bedrängen, um zu erfahren, ob ich ihre Namen ausgeplaudert hatte. Sie waren noch nicht ganz beim Verprügeln angekommen, als Absalom zurückkam.

Diesmal war er allein, allem Anschein nach nüchtern und furchtbar wütend. Er sagte: „Laßt den Jungen in Ruhe. Ihr habt ihm schon genug angetan."

„Steck deine Nase nicht in die Angelegenheiten anderer Leute, Syrer!"

Es war Jonadab gewesen, der das gesagt hatte und der sich ihm jetzt entgegenstellte. Sie sahen sich mit geballten Fäusten ins Gesicht, während Amnon mich festhielt. Doch Amnon war es, mit dem Absalom Streit suchte.

„Das war doch dein Gürtel, der seine Spuren auf den Beinen des Jungen da hinterlassen hat. Amnon, nicht wahr? Hast du ihn gezwungen, diesen versuchten Diebstahl zu begehen?"

„Bin ich etwa der einzige im Palast, der einen Gürtel trägt?" verteidigte sich Amnon, doch er sah Absalom dabei nicht in die Augen.

„Warum gibst du es nicht einfach zu? Wir wissen doch alle, was passiert ist!"

„Nennst du mich etwa einen Lügner? Wir werden ja sehen, was Vater dazu sagt!" Er ließ mich los und stellte sich dicht hinter Jonadab. Absalom ließ kein Anzeichen von Furcht erkennen. Ich dachte, daß so ein zukünftiger König aussehen mußte. Auf keinen Fall hätte ich in diesem Augenblick die Flucht ergriffen, obwohl das die Gelegenheit war.

Doch dann knurrte Jonadab: „Laß uns nicht noch mehr Zeit mit ihm verschwenden, Amnon. Er ist den Atem nicht wert. Und mit deinem Vater zu sprechen hat auch wenig Sinn; dieser verwöhnte kleine Bastard bekommt doch ohnehin alles von ihm, was er will. Nur den Thron wird er nicht kriegen ... dafür werden wir schon sorgen."

Sie gingen Seite an Seite davon, während mein Held und ich uns mißtrauisch ansahen. Schließlich meinte Absalom zu mir: „Am besten suchen wir deine Eltern. Sie werden vor Sorge um dich schon ganz außer sich sein."

Ich hob die Schultern.

„Komm mit. Wo lebst du? In welchem Teil des Palastes? Im Harem? In den Ställen?"

Ich starrte verzweifelt auf meine Füße. Wieder kniete sich Absalom vor mich hin, und ich konnte den Duft von Jasminblüten in seinem Haar riechen. Er fragte immer wieder geduldig, wo ich wohnte, so daß ich schließlich das erste Mal seit Monaten in Tränen ausbrach. Mein Zuhause war ganz bestimmt nicht der Palast oder Jerusalem. Und es lag auch ganz sicher nicht in Lo-Dabar, bei meinem ehemaligen Vormund und Ziba.

Schließlich trocknete Absalom meine Tränen und nahm mich mit zu seiner Mutter.

2

Der Eingang zu den Frauengemächern lag auf demselben Flur, wenn auch ein gutes Stück weiter. Ein fetter Eunuch bewachte ihn, doch er winkte uns ohne ein Wort durch. Allem Anschein nach war Absalom hier ein oft gesehener Gast. Ich bezweifelte, daß das erlaubt war, doch es schien, als ob der junge Prinz daran gewöhnt war, seinen Kopf durchzusetzen.

Wir passierten schattige Bogengänge und Innenhöfe, in denen junge und ältere Frauen saßen, handarbeiteten oder auf ihre spielenden Kinder aufpaßten. Die meisten der jüngeren Frauen folgten Absalom mit ihren Blicken; einige begrüßte er mit einem Kopfnicken.

Maacahs Gemächer waren schöner als alle anderen und lagen ein wenig abseits. Sie teilte sie mit ihrer Tochter Tamar – Absaloms Schwester –, zwei kleinen Söhnchen und drei jungen Dienerinnen. Doch selbst wenn dreißig Personen dort gewohnt hätten, wäre noch viel Platz gewesen. Wir traten unangekündigt ein.

Alle sieben waren in einem großen Raum versammelt, in dem überall Blumengebinde in goldenen Vasen auf den niedrigen Marmortischen standen. Ich sah einige Sofas mit dicken Stoffen und Kissen, und auf einem von ihnen lag Maacah, während zwei ihrer Dienerinnen ihr gelocktes Haar frisierten. Ihr wohlgeformter Körper war in ein tiefblaues Gewand gehüllt, aus dem nur ihre Hände, ihre Füße und ihr Gesicht herausschauten. Ihre langen Fingernägel waren leuchtend rot angemalt, und auch ihr schönes Gesicht war geschminkt. Für mich sah sie aus wie eine Göttin.

Ihre beiden kleinen Söhne spielten zufrieden zu ihren Füßen; und auf einem Hocker neben ihr saß Tamar über eine Stickereiarbeit gebeugt. Neben ihr hockte ein kleines Mädchen, das ihr die Fäden hielt. Dieses Mädchen, daß kaum älter sein konnte als ich, sah uns als erste. Ihre Augen leuchteten bei Absaloms Anblick auf, und ihre Wangen wurden purpurrot. Absalom legte einen Finger an die Lippen, damit sie schwieg.

„Tamar, du wirst die schönste Braut sein, die dieses armselige Land je gesehen hat“, verkündete Maacah voller Befriedigung, als ihre Tochter das Kleid hochhielt, an dem sie arbeitete. „Wir dürfen nicht vergessen, Astarte für deine Fruchtbarkeit ein Opfer zu bringen. Die Zeit vergeht so schnell!“

Tamar lachte leise und warf ihr Haar in den Nacken. Es war sehr dicht, unverschleiert und so blauschwarz wie das von Absalom. Sie konnte nicht viel älter als vierzehn sein. „Das steht in den Händen von Adonai, so wie alles andere auch“, sagte sie ruhig. Da erblickte sie Absalom und zwinkerte ihm zu.

Unerwartet stieß Maacah einen lauten Schmerzensschrei aus und schubste die beiden Dienerinnen beiseite, während sie ihr Haar im Nacken zusammenfaßte. Dieses immer noch tiefschwarze Haar hatte sie an alle ihre Kinder vererbt.

„Siebzehn Jahre lebe ich jetzt schon in dieser traurigen Umgebung“, rief sie aus, „und ich habe immer noch keine Bediensteten gefunden, die eine so einfache Sache wie das Frisieren einigermaßen beherrschen! Ich bin umgeben von Barbaren ... – Absalom, mein Liebling! Wo in aller Welt bist du gewesen? Es ist grausam von dir, deiner Mutter deine Gesellschaft so lange vorzuenthalten!“

Sie streckte beide Arme mit ebensoviel Zuneigung wie Autorität aus, und Absalom umarmte sie pflichtschuldig, während ich mich unschlüssig in der Nähe der Tür herumdrückte. Er ließ einen Schauer von Küssen über sich ergehen, während die Göttin ihn an ihre Brust drückte, sein Gesicht streichelte, seine Locken glattstrich und ihn fragte, wo die Ohrringe seien, die sie ihm zum Geburtstag geschenkt hatte. Die beiden kleinen Jungen kamen herbeigetappt und drängten sich dazwischen.

„Eliada! Eliphelet!“ schimpfte Maacah. „Seid nicht so aufdringlich!“

Doch Absalom zog die beiden Kleinen auf seine Knie, und Maacah seufzte: „Ach, da habe ich nun die vier schönsten Kinder der Welt, und sie müssen in einer solchen Einöde aufwachsen!" Doch sie lächelte dabei, genauso wie Absalom und Tamar.

„Du hast uns immer noch nicht verraten, wo du die ganze letzte Zeit gesteckt hast", bemerkte Maacah.

„Überall und nirgends. Meistens allerdings in meinen Gemächern."

„Bei Saufgelagen, nehme ich an", meinte Maacah mißbilligend. „Und mit wem, wenn ich fragen darf?"

„Mit Freunden."

„Welchen Freunden?"

Absalom zögerte und drehte eine Strähne seiner Haarfülle zwischen den Fingern. „Shimei und Sheba."

„Bei den Göttern! Wieder diese wertlosen Charaktere!" Maacah rollte die Augen. „Die sind doch nichts weiter als blutsaugende Schmarotzer! Shimei ist die schlechte Laune in Person, und Sheba ist so vollgefressen und faul wie ein Ochsenfrosch! Sie hofieren dich doch nur, weil sie als Kumpane des Lieblingssohnes des Königs gelten wollen. Dabei wird ihnen das gar nichts nützen, weißt du. David hat wenig übrig für Schmeichler."

„Das stimmt doch gar nicht!" protestierte Absalom. „Sie waren meine Waffenkameraden bei meinem ersten Feldzug!"

„Deinem ersten und bisher einzigen Feldzug, meinst du?" neckte ihn Tamar.

Absalom zog eine Grimasse und fuhr dann fort. „Es bedeutet ihnen gar nichts, daß mein Vater der König ist. Sie stammen beide aus der Familie von Saul."

Maacah sah unbeeindruckt aus. „Es ist höchste Zeit, daß du dir ein paar wirkliche Freunde suchst, mein Sohn. Warum verbringst du nicht mehr Zeit mit deinen Cousins? Einige von Davids Brüdern haben Söhne hier in Jerusalem."

„Solche wie Jonadab, meinst du?" schnaubte Absalom.

Maacah ignorierte seinen Tonfall. „Ja. Solche wie Jonadab. Sein Vater, Shammah, ist ein wirklicher Ehrenmann."

„Nun, Jonadab ist ganz sicher keiner!" Absalom wandte sich um und schien nach mir zu suchen. Ich hatte mich hinter dem Türvorhang versteckt. Meine Unerfahrenheit im Umgang mit Frauen ließ mich vor Maacah und ihrer extrovertierten Art noch mehr zurückschaudern als vor Joab oder Amnon.

Absalom lächelte mich freundlich an und winkte mich zu sich. Es war furchtbar, von so vielen Augen beobachtet zu werden. Am liebsten wäre ich weggerannt.

Absalom wies auf die Wunden an meinen Beinen und erzählte ihr, was er von mir wußte.

„Aber Absalom, er ist schmutzig!“ beschwerte sie sich und rümpfte die Nase. Schnell zuckte ich zurück, und darüber erschrak sie ebenfalls.

„Ich habe vergessen, dir seinen Spitznamen zu sagen“, grinste Absalom. „Er ist ein bißchen verwildert, ein Waisenkind, wie es scheint. Gehört nirgendwohin. Aber das hier haben Amnon und Jonadab ihm angetan. Ich wünschte nur, ich könnte es beweisen. Der Kerl kommt viel zu oft mit so etwas durch.“

Tamar piekte ihm belustigt den Finger in die Brust. „Ach ja? Und du? Ich erinnere mich noch gut daran, wie du dich in den Weinkeller geschlichen hast und deine kleinen Brüder abgefüllt hast, bis sie betrunken wie die Amalekiter waren! Und tu nicht so, als wüßtest du das nicht mehr! Natürlich hast nicht du den Ärger bekommen, sondern die drei Kleinen. Du bist nun mal Vaters Liebling, und das weißt du auch ganz gut.“

„Recht hat er!“ befand Maacah. „Absalom hat edleres Blut als alle seine anderen Söhne. Er ist zweifach von königlicher Abstammung. Nur der Sohn meiner Schwester hat ältere Ansprüche auf den Thron von Geschur. Ganz davon abgesehen wäre Absalom ein weit besserer König als Amnon. Und das weiß David so gut wie ich.“

Absalom lehnte sich in die Kissen und streckte sich wie eine Katze. „Wie auch immer, die Dummköpfe hatten es damals nicht besser verdient. Wieso tun sie auch alles, was man ihnen sagt! Sie haben überhaupt keinen eigenen Willen, besonders Adonia nicht. Der hängt doch immer noch am Schürzenzipfel seiner Mutter. Er wird nie eigene Entscheidungen treffen, es sei denn, sie oder ich sagen ihm, was er tun soll!“

„Das ist wahr. Davids andere Söhne stehen alle in deinem Schatten, sogar die, die in Hebron zur Welt gekommen sind. Und die unwürdige Brut, die hier geboren ist, sowieso!“

Ich sah, daß ein Kamm zu Boden gefallen war, als Maacah ihre Dienerinnen verscheucht hatte. Langsam pirschte ich mich heran, hob ihn auf und hielt ihn ihr dann schweigend hin.

„Wenigstens eine Person in diesem Raum weiß, was Manieren sind!“ murmelte sie. Dann sah sie mich genauer an und sagte: „Weißt du, ich denke, dieser Junge ist nur ein bißchen verwahrlost. Unter dem Schmutz ist er sogar richtig hübsch. Vielleicht sollte ich ihn baden lassen und ihn dann hierbehalten?“

Absaloms Raubkatzenaugen weiteten sich, und er schien nicht sicher, ob er entsetzt oder amüsiert sein sollte. „Nicht einmal du wirst das durchsetzen können, Mutter. Ein männlicher Diener im Harem? Das wäre der Skandal des Hofes!"

„So?" fragte Maacah. „Er ist nicht älter als die meisten Söhne der Konkubinen, und die leben auch hier im Harem."

„Ich glaube übrigens, daß er nicht sprechen kann", fügte Absalom noch hinzu.

„Um so besser! Dann kann er nicht über meine Angelegenheiten klatschen. Aber warum protestierst du denn so dagegen, daß ich ihn behalte, mein Liebling? Willst du ihn selbst haben? Ich werde ihm ein bißchen Schliff geben, und wenn sein Bart zu wachsen beginnt, kannst du ihn zu deinem Wagenführer machen."

„Ich fahre meinen Wagen selbst, Mutter."

„Nun, dann eben dein Waffenträger. Ganz wie du willst." Sie winkte mit ihrer schmalen Hand. „Das wäre also geklärt. Ich werde David informieren."

„Und wenn es ihm nicht gefällt?"

„Ich kann darin kein Problem sehen. Wenn sein Lieblingssohn ihm gegenüber seinen Kopf durchsetzt, kann das seine Lieblingsfrau auch. Ich habe noch nie Angst vor ihm gehabt!"

„Das ist wahr, meine syrische Zauberin! Ich bin derjenige, der Angst vor dir hat!"

Ich weiß nicht, wie lange der König schon da gestanden und wieviel er von dem Gespräch mit angehört hatte. Er trat herein und küßte Maacah und Tamar, dann Absalom und die Kleinen. Als er mich erblickte, schrak er sichtlich zusammen. Ich zog mich wieder hinter den Vorhang zurück, weil ich fürchtete, er wolle mir wieder Fragen stellen. Doch er blinzelte nur und sah plötzlich wieder alt und müde aus; der Funke von Übermut, der eben noch seine Augen erhellt und ihn jung und sehr attraktiv hatte erscheinen lassen, war erloschen. Er ließ sich auf eine Couch fallen und schloß die Augen.

Maacah eilte an seine Seite und massierte ihn mit geübtem Griff. „Was ist los, mein Liebster? Mußt du wieder so schwer arbeiten?"

„Es war ein anstrengender Morgen. Ständig gilt es, Probleme zu lösen und Streit zu schlichten. Die üblichen Dinge."

„Nun, jetzt kannst du sie für eine Weile vergessen, hier bei mir. Bleib doch und iß etwas." Sie ließ ihre Finger langsam über seinen Körper gleiten. „Du könntest auch ein kleines Mittagsschläfchen mit mir halten."

„Ich wünschte, das wäre möglich.“ Der König ergriff Maacahs Hände und hielt sie fest. „Doch dazu scheine ich einfach keine Gelegenheit mehr zu haben. Ich habe schon wieder eine dringende Verabredung.“

„Zweifellos mit Ahitophel. Manchmal frage ich mich, warum du ihn nicht auch heiratest, wo du doch so viel Zeit mit ihm verbringst. Ich würde ihm nicht einen halben Speerwurf weit über den Weg trauen. Er hat verschlagene Augen. Laß ihm doch eine Nachricht zukommen, daß du nicht kannst.“

„Es ist nicht nur Ahitophel, meine Liebe. Sein Assistent Huschai wird auch dort sein, und der Prophet Nathan kommt eigens zu diesem Treffen aus der Wüste in den Palast.“

„Oh, eine halbe Ratssitzung! Dann muß es ja etwas Wichtiges sein.“

„Das ist es“, sagte David und stieß ein abgrundtiefes Seufzen aus.

„Komm schon, verrat es mir. Früher hast du solche Dinge nie für dich behalten. Ich will die Last mit dir teilen.“

Eine Zeitlang antwortete er nicht. Ich dachte, daß er vielleicht eingeschlafen war; er sah ganz danach aus. Doch dann sagte er mit einer müden, distanzierten Stimme: „Nathan hat eine dreijährige Hungersnot vorausgesehen, als Strafe für das, was Saul den Gibeonitern angetan hat.“

Maacah sah nicht sehr beeindruckt aus. „Und was hat Saul den Gibeonitern angetan?“

„Er wollte sie auslöschen. Sie sind Götzendiener, Nachkommen der Kanaaniter, die hier in Israel gelebt haben, als Moses unser Volk aus Ägypten hierherführte. Doch sie hatten einen Bund mit Josua geschlossen und sollten verschont bleiben. Saul hat Hunderte von ihnen abgeschlachtet. Und jetzt ist es allem Anschein nach der Wille Adonais, daß die verbleibenden Gibeoniter entscheiden dürfen, wie die Strafe dafür aussehen soll. Was kann ich da tun? Sie könnten alles fordern.“

Maacah warf ihre Mähne zurück. „Warum läßt du dich von dem Gefasel eines kauzigen Einsiedlers so beeindrucken? Es gibt doch nicht die geringsten Anzeichen für eine Hungersnot. Die letzte Ernte war vollkommen normal, und dieses Jahr wächst auch alles gut, heißt es. Nathan muß man nicht mehr fürchten als die Zauberer meines Vaters in Syrien. Hat sich schon einmal irgend eine seiner Prophezeiungen bewahrheitet?“

David stützte den Kopf in die Hände, und zum ersten Mal sah

Maacah ehrlich besorgt aus. „Was ist denn nur los? Noch nie hat dich etwas so bekümmert!“ Sie umarmte ihn, doch er schien es nicht zu merken. Also stand sie auf, tauschte befremdete Blicke mit Absalom und Tamar und füllte einen goldenen Becher mit Wein. Erst wollte der König ihn nicht nehmen, doch als sie ihn drängte, stürzte er den Wein in einem riesigen Zug herunter. Es schien ihm gut zu tun; er ließ sich sogar von Absalom zu einer Runde Senet überreden. Doch er verlor jämmerlich, und seine melancholische Stimmung kehrte zurück. Bald darauf ging er.

Danach schien niemand mehr Lust zum Reden zu haben. Schließlich murmelte Tamar: „Armer Vater!“

„So kenne ich ihn gar nicht“, beschwerte sich Maacah. „Es kann nicht nur an dieser Voraussage von Nathan liegen. Er ist jetzt schon seit Monaten nicht mehr er selbst. Früher war er immer so sorglos, so übermütig, so voller Lebenslust ... ganz wie Absalom.“

„Abgesehen davon, daß Vater mehr Sinn für Humor hat“, neckte Tamar und kitzelte Absalom unter dem Kinn. Doch ihr Scherz lockerte die Stimmung keineswegs auf.

„Wir haben uns so geliebt!“ sagte Maacah leise. „Ich war die einzige Frau, die ihm an Willensstärke gleichkam, und er betete mich an. Ich weiß, man sagt, daß er mich nur geheiratet hat, um meinen Vater als Verbündeten gegen Ischboscheth zu gewinnen, als die beiden um den Thron rivalisierten. Doch ich weiß, daß es Liebe auf den ersten Blick war ... für uns beide.“ Maacah umarmte ihre Tochter impulsiv. „Und von allen seinen Frauen habe nur ich ihm eine Tochter geschenkt.“

„Das war doch nur ein Versehen“, meinte Absalom grinsend, aber Tamar ging auf den Scherz nicht ein.

„Es ist schlimmer geworden, seit das Baby gestorben ist“, sagte Tamar. „Vielleicht trauert er immer noch um das Kleine?“

„Das ist doch schon Monate her“, wehrte Maacah ab. „Er müßte langsam darüber hinweg sein. Das ist schließlich nicht das erste seiner Kinder, das früh stirbt. Denk nur an Abigails Sohn Chileab. Und Bathseba ist doch noch so neu im Harem; sie kann ihm unmöglich schon so viel bedeuten. Er hat sie schließlich nur geheiratet, weil ihr Ehemann einer der Dreißig war und bei einer gefährlichen Mission getötet wurde. Und zuerst schien David den Tod des Kindes so gut zu verkraften.“

Tamar sah kritisch drein. „Meinst du wirklich?“

„Nun, er hat wieder angefangen zu essen, nachdem er die ganze

Zeit gefastet hatte, als das arme kleine Ding krank war, nicht wahr? Er hat sein Haar gekämmt und sich wieder in der Öffentlichkeit sehen lassen, und er hat neue Lieder über Gottes Gnade geschrieben."

Absalom schenkte sich noch mehr Wein ein und nippte daran. „Er fährt nicht mehr mit mir zur Jagd, und er hat sich nicht mal meinen neuen Wagen angesehen. Früher haben wir immer gemeinsam trainiert. Und jetzt läßt mich Jehosaphat nicht mal mehr zu ihm! Heute habe ich ihn zum ersten Mal seit Wochen überhaupt gesehen!"

Maacah seufzte. „Und er war immer so wunderbar zu euch, als ihr noch klein wart! Weißt du noch, wie er einmal selbst auf die Dattelpalme geklettert ist, um dich zu retten, Absalom? Ihr habt beide schon immer mehr Mut als Verstand gehabt..."

„Seit wir Hebron verlassen haben, ist es einfach nicht mehr dasselbe", meinte Tamar. „Es war so wunderschön dort, nicht so riesenhaft und protzig wie hier. Und wir sind dort alle besser miteinander ausgekommen, finde ich. Sogar Amnon war irgendwie netter. Guck nicht so, Absalom! Er hat mir sogar eine Puppe aus Weizenähren gemacht, und ich habe ihm Kuchen gebacken."

„Das geht jetzt aber zu weit, mein Kind", sagte Maacah. „Hebron war noch primitiver als das hier. Eines Tages besuchen wir alle einmal euren Großvater in Geschur, damit ihr seht, wie ein wirklicher Palast aussieht! Es lag nicht daran, daß wir nach Jerusalem gekommen sind. Alles wurde erst so schlimm, seit David den Ammonitern den Krieg erklärt hat."

„Er hätte diesen Feldzug selbst leiten sollen, anstatt Joab und Abischai die Dreckarbeit machen zu lassen", meinte Absalom. „Hier mit all den Weibern und Kindern herumzusitzen hat ihm nicht gutgetan."

„Wenn er in den Krieg gezogen wäre, würde er jetzt vielleicht nicht mehr leben!" protestierte Tamar. „Wenn der Feind davon Wind bekommen hätte, daß der König selbst den Feldzug anführt, hätten ihre besten Krieger sich darum gerissen, ihn zu töten."

„Bisher hat er doch auch alle Kriege sehr gut überlebt", schwächte Absalom ab. „Zumindest war er selbst anwesend, als sie Rabbah eingenommen haben. Es ist doch immer wieder erstaunlich zu sehen, daß Joab manchmal doch ein Gehirn zu haben scheint!"

„Dasselbe könnte man über dich sagen", unterbrach ihn Tamar, doch ihr Bruder ignorierte sie.

„Vielleicht versteht Joab unseren Vater besser als wir alle", fuhr er nachdenklich fort. „Sie kennen sich schon so lange."

Maacah verzog das Gesicht. „David würde dir da nicht zustimmen. Er empfindet wenig Liebe für Joab. Oh, ich weiß; er zeigt es nicht, aber Joab und Abischai sind nicht gerade ein Schmuckstück für den Hof."

Tamar zog so fest an ihrer Nadel, daß der Faden riß. „Die beiden sind doch nichts als Meuchelmörder. Ich weiß wirklich nicht, warum Vater sich mit ihnen abgibt."

„Sie mögen Meuchelmörder sein, doch sie sind sehr talentierte Meuchelmörder." Maacah lehnte sich zu Tamar hinüber und fädelte die Nadel wieder ein. „Und ohne David wären sie verloren. Sie sind Bastarde, sie und ihr Bruder Asahel, der sich im Krieg gegen Ischboscheth umbringen lassen hat. Sie hatten alle drei verschiedene Väter, heißt es. Mit einer solchen Vergangenheit ist es wohl nicht verwunderlich, daß sie sehr eng zusammenhalten. Ihre Mutter Zeruiah war Davids Schwester, das dumme Huhn. Was hätte er denn anderes tun sollen, als sie unter seine Fittiche zu nehmen?"

Absalom schnaubte. „Ja, und sieh nur, was dabei herausgekommen ist! Was ist zum Beispiel mit Abner passiert, Sauls Cousin und der Anführer seiner Armee? Als Vater versuchte, ihn über Joabs Kopf hinweg zu befördern, bekam er von Joab ein Messer zwischen die Rippen! Joab ist ein Mörder, und wenn ich König wäre, hätte ich ihn schon längst beseitigt. Ich könnte nachts gar nicht schlafen, wenn ich ihn in der Nähe wüßte."

Ich fühlte eine Bewegung hinter mir. Tamars Dienerin hatte es ebenfalls bemerkt, denn sie erhob sich und ging zum Vorhang hinüber. Ich zog mich noch weiter zurück, doch sie warf mir nur einen kurzen Blick zu, ging vorbei und führte einen weiteren Besucher herein.

Es handelte sich um eine Matrone mittleren Alters mit unbedecktem, unfrisiertem Haar; ihr schlechtsitzendes, schäbiges Gewand verhüllte wenigstens zum Teil die Tatsache, daß sie allzu üppige Rundungen an den falschen Stellen besaß. Obwohl sie lächelte, wirkte ihr Gesicht so, als würde es nur ungern einen solchen Ausdruck zur Schau tragen. Sie war unverschleiert, und ihre hohe Stirn und etwas in ihren Augen sprach von Intelligenz. Doch diese Augen blickten auch traurig, und sie sahen aus, als ob jegliches Leben daraus entwichen wäre. Ich war vielleicht in vielerlei Hinsicht etwas beschränkt, doch ich erkannte sehr gut, wenn jemand viel zu leiden gehabt hatte – und das war bei dieser Frau der Fall, wenn auch vielleicht vor langer Zeit.

„Abigail!" Maacah breitete ihre Arme ebenso weit aus wie für Absalom, und die Besucherin erwiderte ihre Umarmung und küßte sie auf beide Wangen. Ihr Name war mir nicht unbekannt; sie war Davids zweite Ehefrau, die er geheiratet hatte, bevor er König wurde und lange bevor er Maacah begegnet war.

„So viele wunderbare Überraschungen an einem einzigen Tag!" rief Maacah, und es klang ehrlich erfreut. Allem Anschein nach betrachtete sie die Frau nicht mehr als Rivalin, wenn sie das überhaupt je getan hatte. „Das Glück muß auf meiner Seite stehen! Komm, setz dich. Fühl dich wie zu Hause." Sie wies ihre Dienerinnen an, Wein, Kuchen und Oliven zu holen.

Abigail bewunderte höflich Tamars Hochzeitskleid, sagte Absalom, wie erwachsen er doch geworden sei und liebkoste die beiden kleinen Jungen. Diese zogen ihr mit überraschender Kraft an den Haaren, doch Maacah wies sie nicht zurecht. Sie verwöhnte alle ihre Kinder gleichermaßen. Statt dessen fiel ihr ein, mich aus meinem Versteck zu ziehen und vorzuführen. Alle waren sich einig, daß ich ein hübsches Kerlchen sein würde, wenn ich erst einmal gesäubert und neu eingekleidet wäre.

Bald wandte sich das Gespräch jedoch wieder der rätselhaften Veränderung zu, die in letzter Zeit über den König gekommen war.

Abigail gestattete sich einen kleinen Ausflug in die Vergangenheit. „Ich werde nie vergessen, wie ich ihn zum ersten Mal gesehen habe. Er war auf der Flucht vor Saul und wußte nie, ob er den nächsten Tag noch erleben und wovon er und seine Männer sich ernähren würden." Sie lächelte geistesabwesend. „Er hatte vor, unseren Hof zu überfallen, weil mein damaliger Ehemann sich geweigert hatte, ihm seinen Tribut zu zollen. Er war bis an die Zähne bewaffnet, und statt eines Helms hatte er sich ein Tuch um den Kopf gewickelt wie ein wilder Beduine. Es war sofort um mich geschehen ..." Dann schüttelte sie den Kopf, wie um sich selbst zur Ordnung zu rufen, und sagte: „Tatsächlich bin ich teilweise wegen David hier, Maacah. Hast du in letzter Zeit seine neue Frau gesehen, Bathseba?"

Maacah zuckte die Achseln und sah auf einmal nicht mehr so freundlich aus. Sie rief die beiden Kleinen zu sich und tat so, als wäre sie mit ihnen beschäftigt, während sie darauf wartete, daß Abigail weiterredete.

„Ich mache mir Sorgen um sie, weißt du? Heute morgen bin ich ihr das erste Mal über den Weg gelaufen, seit sie das Baby verloren hat. Sie war auf dem Rückweg von Davids Gemächern, denke ich, und sie sah so schrecklich zerbrechlich aus. Ich wollte mit ihr sprechen, aber sie ist vor mir zurückgeschreckt, als ob sie fürchtete, daß ich sie beißen würde. Sie wirkt ... verstört, Maacah. Ich kann einfach nicht verstehen, warum David sie so kurz nach dem Tod ihres Gatten hierher gebracht hat. Und sie dann so schnell zu schwängern ... ich finde es sehr unsensibel von ihm, so viel von ihr zu verlangen, besonders, wo sie noch so jung ist!"

Maacah hob wieder die Schultern, doch als sie sah, daß ihr Gast den Tränen nahe war, nahm sie Abigails rauhe Hände in ihre eigenen sorgfältig manikürten.

Tamar fragte: „Ist Bathseba nicht Ahitophels Enkelin? Vielleicht ist er ihr einziger Verwandter, und sie konnte nirgendwo anders hingehen?"

„Sie hatte ja auch noch einen Ehemann", sagte ihre Mutter trocken. „Hatte der etwa keine Brüder? Einer von denen hätte sie heiraten sollen!"

Jetzt sah Abigail wirklich so aus, als ob sie jeden Moment anfangen würde zu weinen. „Ihr Ehemann war ein Hittiter, Maacah! Er hatte keine Angehörigen in Israel. Tamar hat recht, Ahitophel ist der einzige Verwandte, den das arme Mädchen hier hat."

Maacah schnalzte mit der Zunge. „Der verfluchte Ahitophel! Seit er der oberste Ratgeber des Königs geworden ist, hält er sich für den Nabel der Welt! Er wird gewollt haben, daß der König Bathseba heiratet, um seine eigene Position zu festigen; denn somit ist er ja jetzt ein Blutsverwandter des Hauses David! Schließlich hätte er das Mädchen ja auch einfach bei sich behalten können, wenn sie nirgends anders hätte hingehen können. David hätte sie nicht heiraten müssen."

Absalom, der sich bisher aus dem Gespräch herausgehalten hatte, setzte sich aufrecht hin und sagte mit einem vielsagenden Grinsen: „Bathseba ist eine Schönheit, wißt ihr." Er malte mit seinen Händen zwei eindeutige Kurven in die Luft, worauf Maacah zischte: „Absalom!" Doch sie wirkte eher belustigt.

Abigail kniff den Mund zusammen. „Sie ist in der Tat zu jung, um schon verwitwet zu sein. Vielleicht dachte David, daß sie leichter darüber hinwegkommt, wenn sie bald wieder einen Mann und auch ein Baby hat. Vielleicht wollte er ein bißchen Liebe in ihr Leben bringen. Wenn das arme kleine Ding doch nur nicht gestorben wäre."

Maacah drückte ihre Hände. „Du bist genau wie Tamar, Abigail. Immer denkt ihr nur das Beste von den Menschen." Sie drückte die ältere Frau an sich. „Es tut mir leid. Dein eigener Ehemann kann auch noch nicht lange tot gewesen sein, als David dich zur Frau nahm. Es muß dich daran erinnern."

Abigail schniefte und zog sich ein wenig vor ihr zurück. „Nein, Maacah, das ist es nicht. Das war etwas ganz anderes. Nabal war ein sturköpfiger Idiot und obendrein ein Säufer. Er hat mich sogar manchmal geschlagen, wenn er betrunken war. Er war kein bißchen wie Uriah."

„Uriah?"

„Nun, der Hittiter – Bathsebas Ehemann, Adonai sei seiner Seele gnädig. Er war ein so guter Mann. Er hat sogar unseren Glauben angenommen und immer alle Gesetze gehalten."

Endlich kam Maacah der Quelle von Abigails Tränen auf die Spur. „Du kanntest ihn also gut?"

„Ja, schon lange, bevor Bathseba und er verheiratet waren. Er war ein guter Freund meines Cousins; sie haben zusammen in der Armee gedient. Uriah war so ehrlich, so klar! Man wußte immer genau, woran man bei ihm war." Jetzt liefen ihr die Tränen unaufhaltsam die Wangen hinunter. „Man sagt, er starb als Held an den Mauern von Rabbah. Aber was nützt ihm das, wenn er als Schatten durch den Sheol irrt? Welchen Trost bietet das seinen Hinterbliebenen? Ich kann es nicht ertragen, sein Haus verschlossen und still zu sehen. Früher war es immer voller Gelächter und Leben, vor allem, als Uriah noch jünger war und ständig seine vielen Freunde zu Besuch hatte ... das war natürlich vor seiner Heirat. Man kann das Haus von hier aus sehen, Maacah."

Sie stand abrupt auf und ging zu dem kleinen, vergitterten Fenster hinüber. Maacah folgte ihr, und Abigail deutete auf das besagte Haus und sagte: „Oh, ich trauere nicht nur um ihn, ich trauere auch um Bathseba und das Kind. Ich kann es so gut nachfühlen, was es heißt, ein Baby zu verlieren. Es ist wie damals mit Chileab ..."

Tamar warf Absalom einen Blick zu und legte ihre Nadel nieder. Dann ging sie ebenfalls zum Fenster hinüber und legte jeweils einen Arm um ihre Mutter und um Abigail. Absalom wußte offensichtlich nicht so recht, ob er gehen sollte oder nicht.

„Arme Abigail", sagte Tamar. „Und arme Bathseba. Ich sollte sie besuchen gehen. Auf einmal fühle ich mich ganz schlecht, daß ich nur an mich und meine Hochzeit gedacht habe. Wie selbstsüchtig von mir!"

Abigail murmelte: „Sie läßt niemanden an sich heran. Ich habe es versucht, Tamar. Ich wollte sie besuchen, nachdem das Baby gestorben war, aber man sagte mir, daß sie krank sei und niemanden sehen wollte. Es heißt, sie sei auch während der Schwangerschaft krank gewesen. Vielleicht ist das arme kleine Ding deshalb so früh zur Welt gekommen und selbst krank geworden."

Selbst aus der Entfernung sah ich, wie Maacah erstarrte. „Früh? Was soll das heißen, es ist so früh zur Welt gekommen?"

Abigail sah ertappt aus. Sie rang die Hände und sagte leise: „Das Baby wurde mindestens einen Monat zu früh geboren. Das mußt du doch gehört haben. Es war ein Wunder, daß es überhaupt so lange gelebt hat."

Es dauerte eine ganze Weile, bis Maacah antwortete. Dann sagte sie: „Ich habe Bathsebas Baby kurz nach der Geburt gesehen, Abigail. David hatte nach mir schicken lassen, weil er um meine Heilkenntnisse wußte. Und ich sage dir, dieses Kind war keine Frühgeburt."

„Was willst du damit sagen?" fragte Abigail scharf.

„Ich weiß es nicht", murmelte Maacah. „Ich weiß es wirklich nicht."

Doch wenn der Vater des Kindes nicht David, der König von Israel, der Dichter von hundert Psalmen und ein Mann nach dem Herzen Gottes gewesen wäre, wäre die Antwort für jedermann offensichtlich gewesen.

3

Wie sie gesagt hatte, verkaufte Maacah ihre beiden Dienerinnen und nahm mich an ihrer Stelle. Ich bekam ein schmales Bett zugeteilt in einem Raum, der nicht größer war als ein Schrank, doch das war immer noch mehr, als ich je in meinem Leben gehabt hatte. Man übertrug mir auch einige Aufgaben; allerdings keine sehr anspruchsvollen. Ich erledigte Botengänge, frisierte Maacahs Haar – was mir recht bald zu ihrer Zufriedenheit gelang –, und ansonsten war ich hauptsächlich Dekoration, was mich selbst überraschte. Ich hatte Unmengen glänzendes schwarzes Haar, als es erst einmal entwirrt war, und feine Gesichtszüge; beides Zeichen einer edlen Herkunft, wie Maacah mir versicherte. Doch das war wenig wahrscheinlich.

Jedenfalls fand sie sehr schnell heraus, daß ich nicht erzogen worden war wie ein Knabe von edler Herkunft. Abgesehen von der Tatsache, daß ich niemals sprach, machte ich oft meine schönen neuen Sachen schmutzig. Ich glaube, manchmal bereute Maacah, mich genommen zu haben, doch Tamar hatte Mitleid mit mir und hätte es ihrer Mutter nie verziehen, wenn sie mich fortgeschickt hätte, wie sie es mit einer ganzen Reihe meiner Vorgänger getan hatte.

Es schien nie jemandem einzufallen, mich nach meiner Meinung zu dieser ganzen Angelegenheit zu fragen. Doch mir kam auch nie der Gedanke, daß ich vielleicht eine eigene Meinung haben könnte. Mein gesamtes Dasein war eine Abfolge von schrecklichen Ereignissen und Veränderungen gewesen, auf die ich nie irgend einen Einfluß gehabt hatte. Maacah hatte mich vor einem Leben als Bettler oder Dieb und vor Amnon bewahrt. Doch für wie lange? Schöne Dinge verderben so leicht wie Milch in der Sonne. Diese Lektion hatte ich bereits zu Genüge gelernt. Ich hatte ebenfalls gelernt, nichts und niemanden zu lieben. Ich hatte früher den Fehler gemacht, zu dem einen oder anderen Sklaven oder Diener Zuneigung zu empfinden; doch irgendwann wurde ich immer enttäuscht. Es machte mich wütend, daß ich anscheinend nicht verhindern konnte, Maacah, Tamar und Absalom liebzugewinnen.

Jetzt, wo es mir besser ging, hatte ich gehofft, daß die Alpträume aufhören würden, die mich schon so lange quälten. Ich hatte angenommen, daß ich vielleicht bald eine ganze Nacht durchschlafen könnte, ohne schweißgebadet und voller Grauen aufzuwachen. Doch ich hatte mich getäuscht. Nacht für Nacht erlebte ich erneut die Schrecken, die ich in den Jahren vor meiner Ankunft in Jerusalem durchgemacht hatte.

Ich war in Lo-Dabar zur Welt gekommen, einer Stadt weit im Norden, auf der anderen Seite des Jordans, und wuchs dort im Haus von Machir auf, einem reichen Mann, der über mehrere große Anwesen verfügte. Er war ein entfernter Verwandter meines Vaters, und ich nehme an, daß er ein freundlicher Mensch war, weil er für uns beide aufkam, ohne je auf eine Belohnung hoffen zu können. Doch wir sahen ihn fast nie.

Mein Vater Merib war ein Krüppel, sowohl körperlich als auch geistig. Er konnte nicht richtig gehen, und er wußte kaum, wer er war – oder wer ich war. Er hat nie mit mir gesprochen; zumindest nichts, was irgendeinen Sinn gemacht hätte. Meistens lallte er in unzusammenhängenden Silben vor sich hin, sabbernd und immer wieder die gleichen verdrehten Gesten wiederholend. Er hatte auch manchmal Krampfanfälle, und ich fürchtete mich davor, mit ihm allein zu sein. Eigentlich war er wie ein kleines Kind – aber eines, das nie erwachsen werden würde. Er und ich, wir beide waren der Obhut eines von Machirs Dienern unterstellt – Ziba.

Ziba war grausam zu uns. Er nannte meinen Vater „Idiot" und mich „Mamzer", den Bastard. Wenn das Gestammel meines Vaters ihm auf die Nerven ging, schlug er ihn, bis er aufhörte. Mich schlug er grundlos. Oft sperrte er mich in eine dunkle Kammer oder kettete mich in der Mittagshitze draußen an die Wand, einfach nur so, um mich zu quälen. Er wußte nur zu gut, daß es niemanden gab, bei dem ich mich hätte beklagen können, selbst wenn ich dazu in der Lage gewesen wäre.

So hatte er also am Tag seinen Spaß mit mir. Die Nächte waren schlimmer. Ich verstand nicht völlig, was er mir antat, doch danach fühlte ich mich immer schmutzig und schuldig und wertlos. Und er schärfte mir immer wieder ein, daß er mich töten würde, wenn ich jemandem davon erzählte.

Eines Tages wurden wir in den Palast gebracht. Machir hatte zu Ziba gesagt, daß es sich bestimmt um einen Trick handelte. Was sollte der König schon mit uns anfangen wollen? All die Jahre hatte man uns versteckt und unsere Identität geheimgehalten, und nun sollte sich das ändern?

Das erinnerte mich daran, daß Ziba mir wieder und wieder unter schrecklichen Drohungen eingeschärft hatte, daß ich niemals jemandem sagen durfte, wer ich war. Natürlich war das vollkommen überflüssig; ich war ohnehin ein Niemand.

Ziba überzeugte Machir davon, daß er uns nach Jerusalem begleiten mußte, weil wir an ihn gewöhnt seien und uns seine Gegenwart beruhigen würde. Die Bodenlosigkeit dieser Lüge ließ mich erschaudern, doch Machir hatte keinen Anlaß, Zibas Motive zu hinterfragen. Er sagte nur mit milder Überraschung, daß er nicht damit gerechnet habe, daß Ziba so an uns hinge.

Ziba antwortete so glatt wie Wasser, das von einer Klinge fließt: „In all den Jahren habe ich eine gewisse ... Zuneigung zu den beiden bedauernswerten Kreaturen entwickelt, mein Herr."

Ich hätte ihm am liebsten die Kehle aufgeschlitzt.

Und so ging er mit uns nach Jerusalem. Ziba erzählte einfach niemandem, daß ich Meribs Sohn war, und nach dem Zustand meines Vaters zu urteilen war auch nicht anzunehmen, daß er einen Sohn gezeugt haben könnte. Ziba ging mit ihm fort und ließ mich in der Küche zurück. Und so wurde ich Zoheleth, die Schlange, die lautlos durch die dunklen Gänge glitt.

Obwohl ich eigentlich Maacahs Diener sein sollte, verbrachte ich doch die meiste Zeit mit ihrer Tochter, und sie war auch diejenige, die ich am meisten lieben lernte, obwohl sie das sicher nicht merkte, da ich nie ein Wort sprach und mich von niemandem berühren ließ.

Ich war durchaus in der Lage zu sprechen; es war nur so, daß ich nie viel Anlaß dazu gehabt hatte, und ich war so an mein eigenes Schweigen gewöhnt, daß ich gar nicht auf den Gedanken kam zu reden. Außerdem fürchtete ich, daß ich vielleicht eines meiner schrecklichen Geheimnisse verraten würde, wenn ich zu sprechen begann. Doch ich mochte es, wenn Tamar mit mir redete. Sie nannte mich „Zohel“, und mir wurde ganz warm, wenn sie diesen Namen aussprach. Auch Maacah und Absalom nannten mich bald so, ebenso wie Tamars Dienerin Miriam. Auch diese hatte ich sehr lieb gewonnen. Sie redete kaum mehr als ich, hatte ein wunderschönes Lächeln und eine Haltung wie eine Königin. Wie ich war sie keine Sklavin, sondern frei geboren und von gutem Hause. Ihre Eltern betrachteten es als große Ehre, daß sie die Dienerin der einzigen Tochter des Königs war.

Absalom kümmerte sich oft um mich. Er nahm mich mit hinaus zu den Ställen und zeigte mir seine Wagen und Pferde. Tamar sagte, er sei vermutlich nur froh, daß er jemanden gefunden hatte, der sich noch von ihm beeindrucken ließ, doch ich hatte das Gefühl, daß er mich wirklich mochte, ebenso wie er seine Pferde ganz offensichtlich liebte. Es waren wirklich wunderbare Tiere. Ich war an den Anblick von Eseln gewöhnt und auch von Maultieren, doch Pferde waren damals noch etwas ganz Besonderes in Israel. Und Absaloms Streitrösser waren stolz und wunderschön mit ihrem glänzenden Fell und den langen Mähnen. Er hatte ein halbes Dutzend Sklaven für ihre Pflege angestellt, doch am liebsten kümmerte er sich selbst um sie.

„Diese Pferde sind doch viel eher würdig als ein Maultier, einen König zu tragen, findest du nicht?“ sagte er einmal, als wir die Tiere nach der Arbeit striegelten. Ich hob die Schultern. „Eines Tages werde ich meinen Vater dazu überreden, ein Wettrennen zu machen. Wenn er mal Zeit hat ...“ Seine Augen verschleierten sich, und er sah auf einmal sehr jung aus.

Inzwischen beherrschte er das Reiten recht gut. Ein paarmal hatte er mich vor sich aufs Pferd gehoben, und wir waren davongaloppiert, schneller als der Wüstenwind. Die Hände in der dichten Mähne, den Wind im Gesicht, Absaloms Arm um meine Taille – es war einfach wunderbar gewesen. Das erste Mal in meinem Leben hatte ich vollkommen vergessen, vor der Nähe eines anderen Menschen Angst zu haben. Die Geschwindigkeit hatte unsere Sorgen davongetragen, und sie machte süchtig wie unverwässerter Wein. Ich glaube, daß Absalom und ich im Herzen verwandt waren. Natürlich gab sich Absalom mit dem bloßen Geradeausreiten nicht lange zufrieden. Bald schon wollte er etwas Neues dazulernen. Er begann mit dem Pferd über Hindernisse zu springen oder stehend zu reiten. Eines Tages schlug Shimei ihm vor, einmal rückwärts zu reiten, und er mußte auch das ausprobieren. Das Pferd war von der Idee nicht so begeistert; es ging durch und raste auf das Stalltor zu, das zu niedrig für seinen Reiter war. Ich stieß einen Warnschrei aus, und im letzten Moment sprang Absalom über das Hinterteil des Pferdes hinunter.

Erst als Absalom der entsetzten Tamar die Geschichte erzählte, fiel uns allen auf, daß die gefährliche Szene ein Wunder bei mir gewirkt hatte.

Nachdem diese erste Barriere gefallen war, begann sich alles in mir zu verändern. Es war, als hätte ich mein ganzes Leben lang im Gefängnis gesessen und sei plötzlich freigelassen worden. Die Freiheit schmeckte fremd und zugleich wunderbar. Ganz langsam begann ich mich zu öffnen, Worte und schließlich ganze Sätze zu sprechen, genährt vom Lob und der Begeisterung meiner neuen Familie.

Noch während ich das Reden neu lernte, begann Tamar mich Lesen und Schreiben zu lehren. Immer wieder sagten Besucher zu ihr, daß sie ihre Zeit verschwendete und ich nicht in der Lage sei, es zu lernen, doch sie erwiderte nur, daß man das von Frauen im allgemeinen auch sagte. Und sie behielt recht. Bald konnte ich meinen Namen schreiben und nicht lange danach die Zehn Gebote.

Doch ich erzählte niemandem etwas von meiner Vergangenheit. Ich wollte gar nicht, daß sie erfuhren, daß ich einen Vater hatte. Was mit ihm geschehen war, wußte ich nicht, und ich hatte Angst, es zu erfahren. Noch mehr Angst hatte ich davor, zu ihm zurückgeschickt zu werden. Welches Schicksal Ziba ihm auch zugedacht hatte, ich wollte es ganz sicher nicht teilen.

Eines Nachmittags im späten Frühjahr saßen Tamar und ich im Innenhof und studierten die Torah. Wir waren bei der Passage angelangt, die das Shema enthielt, das Gebet, das ein Kind Israels als erstes hören sollte, wenn es geboren wird, und als letztes, wenn es stirbt. Soweit ich wußte, hatte ich es noch nie gehört. Maacah war bei uns und hatte eins der Babys an ihrer Brust, und alles war sehr friedlich – bis Miriam Amnon und Jonadab zu uns herausführte. Ich geriet sofort in Panik, doch sie erkannten mich nicht einmal. Jonadab flüsterte Maacah zu, daß Amnon einen von ihren Liebestränken bräuchte.

Maacahs Gesicht versteinerte sich sofort, und sie antwortete, daß sie nichts von solchen Dingen wüßte. Natürlich konnte das eine Falle sein. Viele Leute dachten wie David und hielten nichts von solchen heidnischen Praktiken. Doch Jonadab versicherte ihr, daß die Anfrage ehrlich gemeint sei. Während er sie zu überzeugen versuchte, beobachtete ich Amnon.

Er stand dicht neben Jonadab, doch er verfolgte das Gespräch nicht. Statt dessen starrte er aus den Augenwinkeln Tamar an. Sie bemerkte es nicht; sie beugte sich über die Schriftrolle, und ihr Haar fiel ihr über ihre Schultern wie ein dunkler Wasserfall. Doch ich sah Amnons Blick, und der Ausdruck auf seinem Gesicht war mir nur allzu bekannt. Ziba hatte genauso ausgesehen, wenn er nachts zu mir gekommen war. Dieser Blick ließ mein Blut zu Eis gefrieren. Als die beiden jungen Männer kurz darauf den Innenhof verließen, ohne die Sache mit dem Liebestrank weiter zu verfolgen, zweifelte ich daran, daß das der eigentliche Zweck ihres Besuches gewesen war. Doch ich behielt meine Gedanken für mich. Noch immer hatte ich keine Worte für diese Dinge.

Beunruhigt ging ich in den Innenhof, wo Miriam dabei war, einen Strauß Blumen zu pflücken. Wie üblich sprach sie nicht mit mir, sondern arbeitete schweigend. Ich beobachtete sie abwesend, bis ich Tamars Hand auf meiner Schulter spürte.

„Überleg dir genau, ob du wirklich ein Auge auf Miriam werfen willst, Zohel“, sagte sie augenzwinkernd. „Sie ist hoffnungslos in Absalom verliebt, das dumme Ding.“

Miriam tat, als ob sie es nicht gehört hätte, doch sie errötete bis unter die Haarwurzeln.

„Nun ja, andererseits habe ich gehört, daß jedes Mädchen am Hof in Absalom verliebt ist. Nur Miriam ist zu schüchtern und zu wohlerzogen, um es ihm zu zeigen. Darum zieht er sie immer nur auf und schenkt ihr nicht die gebührende Aufmerksamkeit. Wenn so viele Jungfrauen voll Anbetung vor ihm in die Knie sinken, warum sollte er sich dann mit einer abgeben, die die Unnahbare spielt? Obwohl sie ihn glücklicher machen würde als irgendeine andere!“

Miriam hielt es nicht länger aus. Sie ließ den Korb mit Blumen fallen und wandte sich schweigend ab. Tamar lachte, aber nicht gehässig. Sie konnte ebenso scharfzüngig sein wie ihre Mutter, wenn sie wollte, aber sie verletzte nie absichtlich jemanden. „Vergiß ihn, Miriam. Er macht nichts als Ärger!“ Sie hob Miriams Korb auf und reichte ihn ihr. „Es tut mir leid, Miriam. Aber ich hasse es, verschwendete Liebe zu sehen.“

Sie gingen Seite an Seite wieder hinein, und ich dachte, daß Liebe an Absalom niemals verschwendet werden konnte. Er lebte von ihr, er saugte sie in sich auf, wo auch immer sie herkam. Wie ein Fluß, der sein Wasser aus vielen Quellen bezog und doch niemals voll wurde; und ich hatte noch nie erlebt, daß das Wasser stromaufwärts floß.

Singen war eine andere Kunst, die Tamar mir beibrachte. Vermutlich singen die meisten Kinder von Natur aus gern und oft, doch ich hatte bisher wenig Anlaß dazu gehabt. Wenn Tamar sang, dachte man an weiches Gras, das sich in einer sanften Brise wiegte, oder den Wind, der durch die Tamariskenblätter strich. Sie hatte das musikalische Talent ihres Vaters geerbt, obwohl sie nicht die Harfe oder die Flöte spielte, die von David meisterlich beherrscht wurden. Sie lehrte mich Erntelieder, Psalmen und Hymnen an Adonai.

Anfangs hatte ich nicht die geringste Ahnung, wer dieser Adonai sein sollte. Mir war jede Art von Religion ebenso unbekannt wie die meisten Dinge. Bisher hatte mir außerdem niemand genug Intelligenz zugetraut, um mir davon zu erzählen. Also versuchte Tamar mir begreiflich zu machen, was und wer Adonai war, der Höchste, der einzige Gott, der Herr, dessen Name zu heilig ist, um ihn auszusprechen.

Eines Tages summte sie eine traurig-schöne, unendlich sehnsüchtige Melodie, während sie ihre Fingernägel mit Henna färbte. Das Lied schien direkt zu meinem Herzen zu sprechen; seine Schönheit machte mich ganz schwach, und beinahe hätte ich geweint. Da sah sie meinen Gesichtsausdruck. „Oh, das Lied! Es ist wunderschön, nicht wahr? Vater hat es geschrieben. Es heißt ‚das Lied der Unterwerfung‘.“

„Dann gibt es auch einen Text dazu?"

„Aber natürlich!" Und sie sang ihn mir vor, schmerzvolle, tief empfundene Worte über zwei große Krieger mit Namen Saul und Jonathan, die beide in einer Schlacht am Berg Gilboa gefallen waren.

„Wer waren sie?" flüsterte ich, als sie geendet hatte.

„Das weißt du nicht?" Sie starrte mich ungläubig an.

„Ich habe die Namen schon gehört, aber..."

„Saul war vor Vater der König von Israel. Der erste König, den unser Volk je gehabt hat."

„Wie war er? Hat David ihn gehaßt?"

„Ganz im Gegenteil. Er war am Boden zerstört, als Saul und Jonathan fielen. Er hat mir das oft erzählt; er nennt ihren Tod eine Tragödie. Er hat früher für Saul gesungen, und seine Musik hatte die Kraft, die Dämonen zu bannen, die Sauls Seele vernichten wollten." Mein Mund stand offen bei ihren Worten. „Doch das sind Dinge, die lange vor meiner Geburt geschehen sind. Du mußt Vater schon selbst fragen, wenn du noch mehr darüber wissen willst."

Der Gedanke, eine Audienz beim König zu erbitten, erschien mir so lächerlich, daß ich kicherte. Auch Tamar lächelte; sie hatte das natürlich nicht ernst gemeint. Doch sie konnte sehen, daß ich auf weitere Erzählungen über Saul hoffte.

„Sie sind beide gestorben, bevor mein Vater meine Mutter geheiratet hat", sagte sie. „Ich denke, Vater und seine erste Frau Michal sind die einzigen im Palast, die diese Zeit miterlebt haben. Michal ist eine Tochter von Saul. Vielleicht könntest du sie fragen." Wir sprachen nicht mehr davon, doch ich fühlte mich eigenartig zu diesem Lied und seinen Helden hingezogen. Vielleicht lag es nur daran, daß die Melodie eine solche Sehnsucht in mir geweckt hatte.

4

Der Frühling war noch nicht in den Sommer übergegangen, als der König nach mir schickte. Mein Herz blieb mir beinahe stehen vor Angst, obwohl mir hätte klar sein müssen, daß viel zu viel Zeit vergangen war, als daß es um den Einbruch gehen konnte. Jehosaphat schob mich direkt in den Thronsaal. Der König saß auf einem gepolsterten Stuhl an einem Tisch, der mit Schriftrollen, Diagrammen und kleinen Figuren vollgestellt war. David schien durch sie hindurchzusehen. Er sah mit einem abwesenden Gesichtsausdruck auf, als ich hereinkam. Zu spät fiel mir ein, daß ich mich hätte verbeugen sollen, doch es schien ihn nicht zu stören. Tatsächlich entspannte sich sein Gesicht bei meinem Anblick sichtlich.

„Komm", winkte er mich näher, „setz dich. Du brauchst keine Angst zu haben." Er deutete auf eine Couch neben sich, und ich wurde noch nervöser. Mit Befehlen konnte ich umgehen; freundliche Einladungen von Autoritätspersonen – oder schon gar von einem König! – waren etwas ganz anderes. Ich setzte mich auf die äußerste Kante der Couch, die Finger im Mund wie ein Krabbelkind. Er zog sie sanft heraus. Seine Hand war warm und fest und rauh; eine Hand, die öfter ein Schwert geführt hatte als alles andere. Er sagte: „Du hast zweifellos nicht mit einer solchen Einladung gerechnet. Aber seit unserer ersten Begegnung ist mir dein Gesicht nicht mehr aus dem Kopf gegangen."

Vorher war ich nervös gewesen; jetzt stieg Panik in mir auf. Er sah mir direkt in die Augen, doch ich konnte seinen Blick nicht deuten. Immer noch hielt er meine Hand, doch nun entzog ich sie ihm und begann, mich hin und her zu wiegen, um mich zu beruhigen. Ich weiß nicht, was er von mir gedacht haben muß.

„Du mußt dich nicht fürchten, Zoheleth", beruhigte er mich. „Du erinnerst mich nur an jemanden. Jemanden, der vor langer Zeit mein Freund war. Ich muß dir eine wichtige Frage stellen, und du mußt sie mir ehrlich beantworten: Bist du der Sohn von Mephiboschet?"

Ich schüttelte langsam den Kopf; wie früher traute ich meiner Stimme nicht.

„Sagst du mir auch die Wahrheit? Niemand wird dir etwas tun."

Endlich schaffte ich es hervorzustoßen, daß mein Vater Merib hieß; doch danach trocknete mein Mund aus, und meine Zunge wurde zu Holz. Der König stützte den Kopf in seine Hände, und all die tiefen Linien in seinem Gesicht waren zurückgekehrt. Er murmelte, daß seine alten Augen ihn verspotteten; daß er noch genauso enden würde wie Saul.

Dann kam Jehosaphat herein und teilte ihm mit, daß Michal eine Audienz wünschte.

„Michal?" wiederholte er irritiert. „Aber es muß Monate her sein ... nun gut, Jehosaphat. Führe sie hinein."

Während der Herold den Befehl ausführte, sammelte David seine Schriftrollen zusammen und warf sie auf die Couch. Doch er sagte nichts zu mir und gab mir auch kein Zeichen, ob ich gehen oder bleiben sollte. Diese neueste Entwicklung hatte anscheinend jeden Gedanken an mich fortgeblasen. Zu verängstigt, um mich zu bewegen, kauerte ich mich zusammen und blieb, wo ich war.

Eine Frau ungefähr in Maacahs Alter kam herein. Ihr Gesicht war ebenso stark geschminkt wie Maacahs, doch im Gegensatz zu Maacahs immer tadellosem Aussehen wirkte Michal so, als ob sie oder ihre Dienerinnen irgendwann ihre Kunstfertigkeit auf diesem Gebiet verlernt hatten. Sie und der König standen sich steif und unbeholfen gegenüber.

Mühsam begannen sie eine unehrliche Konversation, in der beide behaupteten, gern öfter zusammen zu sein, was schlichtweg nicht stimmte. Besonders David sah so aus, als wünschte er sich weit weg; doch Michal steuerte die Unterhaltung langsam auf den eigentlichen Grund ihres Kommens zu. Endlich rückte sie damit heraus, daß sie den König bitten wollte, ihr die Pflege für Mephiboschet zu übertragen.

Ich hatte meinen Gedanken nachgehangen, doch die Erwähnung dieses Namens riß mich aus meiner Apathie. Noch vor einer Stunde hätte er mir nichts bedeutet; nun hörte ich ihn schon zum zweiten Mal.

„Er ist immerhin mein Neffe“, argumentierte Michal, während David sie mißtrauisch ansah. „Du denkst, daß mir das alles egal ist, nicht wahr? Und du fragst dich, was ich vorhabe, weil ich bisher immer nur an mich selbst gedacht habe. Aber das stimmt nicht. Ich habe dich einmal geliebt, David, und ich habe meinen Bruder Jonathan geliebt. Sein Sohn ist alles, was mir von meiner Familie noch geblieben ist; da ich selbst keine Kinder habe.“ Sogar ich konnte den Vorwurf in ihren Augen erkennen.

Ihr Gemahl sagte: „Wir haben genug Sklaven für diese Art von Arbeit, Michal. Du bist die Tochter und die Frau eines Königs.“

„Und sieh, wieviel Gutes mir das eingebracht hat!“ zischte sie. „Wen interessiert es schon, wer mein Vater oder mein Gemahl ist; ich lebe wie eine Einsiedlerin und sehe zwischen einem Sabbattag und dem nächsten keine Menschenseele. Mephiboschet wäre vielleicht heute König statt dir, wenn die Dinge so gekommen wären, wie sie gedacht waren. Und ich soll mich zurücklehnen und zusehen, wie er behandelt wird. Das ist billige Gnade!“ Sie hatte ihre Stimme nicht erhoben, doch ihre Augen sprühten Funken.

David blickte sie eine ganze Weile nur eindringlich an. Vielleicht dachte er daran, was hätte sein können. Dann sagte er: „Nun denn, es sei, wie es dir gefällt. Du hast meine Erlaubnis." Er faltete die Arme über der Brust und wartete, daß sie ging, doch sie rührte sich nicht.

„Da ist noch etwas ... mein Herr. Etwas, was deine neue Frau betrifft. Die, die man Bathseba nennt."

„Aha? Was ist mit ihr?" knurrte David.

„Es kursieren ... nun, Gerüchte, mein Herr. Von gewissen ... Beziehungen. Ich dachte, daß du dir dessen bewußt sein solltest. Es ist nichts Bestimmtes, und du weißt, daß ich nie etwas um Klatsch gegeben habe. Doch um der Liebe willen, die wir einmal füreinander empfunden haben – ich könnte es nicht ertragen, wenn du der letzte wärst, der es erfährt. Du darfst dich nicht zum Narren machen."

David antwortete nicht. Er blinzelte nicht einmal. Doch sein Schweigen brachte meine Seele zum Frösteln. Eine dunkle Wolke schien sich über ihm zusammenzubrauen. Ich wünschte mich von ganzem Herzen weit weg; nichts von alledem war für meine Ohren und Augen bestimmt gewesen. Andererseits konnte ich mir nicht vorstellen, daß Michal mich nicht bemerkt hatte. Erst viel später begriff ich, daß ihr das egal war, daß sie sogar gewollt hatte, daß ich es hörte. Ich und so viele andere Leute wie möglich.

Ich konnte es nicht länger ertragen, und wie die Schlange, die mir meinen Namen verliehen hatte, schlüpfte ich lautlos hinter das Podest, auf dem der Thron stand. Michal und David stritten sich jetzt, und ihre Stimmen klangen schrill. Auf dem Podest lag Davids Harfe, sorgfältig in weichen Stoff eingewickelt. Ich hob die Umhüllung an und betrachtete das Instrument, von dem ich schon so viel gehört hatte. Es war ein wunderschön verarbeitetes Stück aus kostbarem Zypressenholz, und ich konnte der Versuchung nicht widerstehen, meine Hände auszustrecken und über die Saiten zu streichen. Sie fühlten sich unter meinen Fingern so hart an wie Glasscherben.

Ich schrak zusammen, als David sich wie ein Löwe auf mich stürzte und schrie: „Was machst du denn da? Finger weg von meiner Harfe!"

Sofort verkroch ich mich hinter dem Podest, den Daumen im Mund und die andere Hand in wilder Verzweiflung in meinem Haar.

Er brauchte eine ganze Weile, um mich hervorzulocken. Michal war längst gegangen, und wir waren allein, doch ich zitterte von Kopf bis Fuß, und auch David war weiß vor Schreck über das, was er in mir ausgelöst hatte – das weiß ich, weil er es mir sagte. Doch wahrscheinlich schockierte ihn der Gedanke an das, was mich zu dem gemacht hatte, was ich war, noch viel mehr.

„Es tut mir leid, Zoheleth", sagte er und nahm die Harfe auf. „Ich wollte dich nicht erschrecken. Hier –" Er streckte mir seinen kostbaren Schatz entgegen. Zuerst starrte ich nur ungläubig auf sein erwartungsvolles Gesicht, dann ergriff ich das Instrument und strich ehrfürchtig über die Saiten. Wie verzaubert lauschte ich dem silbrigen Klang der Töne, die wie Nebelschwaden von der Harfe aufstiegen.

Bevor ich noch recht begriff, was geschah, kniete David, der König von Israel in seinem goldenen Gewand, neben mir auf dem Boden. Er schien von der Art, wie ich die Saiten schlug, angetan zu sein, von der ehrfürchtigen Empfindsamkeit, mit der ich das Instrument berührte, das Adonai Loblieder gesungen und den gequälten König Saul besänftigt hatte.

Und als David mich fragte, ob ich lernen wollte, wie man wirkliche Musik machte, wußte ich, daß er das nicht aus Mitleid oder sentimentalen Schuldgefühlen heraus sagte.

Und so kam es, daß ich eine ganze Weile mehr Zeit mit dem König verbrachte als mit Maacah und ihren Kindern. Als er mich zum dritten Mal rufen ließ, wollte Maacah wissen, was eigentlich los war.

Ich sagte: „Er bringt mir das Harfespielen bei. Er sagt, daß ich ein großes Talent dazu habe, das nicht verschwendet werden darf."

Sie stemmte die Hände in die Hüften und sah auf mich herab. „Soso. Er hat also keine Zeit, um auch nur ein Glas Wein mit mir zu trinken, aber er hat Zeit, sich mit dir zu amüsieren."

„Ich werde nicht mehr hingehen, wenn es dir mißfällt, Herrin."

„Nein, nein. Du bist ein frei geborener Israelit, kein Sklave. Und du bist nicht derjenige, mit dem ich in dieser Sache zu reden habe."

Über einige Wochen hinweg sah ich den König zwei- oder dreimal zwischen den Sabbattagen. Ganz im Gegensatz zu dem, was Maacah und Absalom dachten, schien David nie besonders beschäftigt zu sein. Statt dessen wirkte er grüblerisch und abwesend, und die einzige Sache, die ihn wirklich zu fesseln schien, waren die Schriftrollen mit den Zahlen und Zeichnungen darauf. Er hatte mir erklärt, daß es Pläne für einen großen Tempel für Adonai waren, den er eines Tages errichten wollte, wenn die Zeit reif war.

Schon beim zweiten Treffen überreichte er mir eine eigene Harfe.

Zuerst konnte ich nicht glauben, daß ich sie behalten durfte. Nichts auf der Welt hatte jemals mir gehört, nicht einmal die Kleider, die ich am Leibe trug. Doch er sagte, schließlich müßte ich zwischen den Unterrichtsstunden üben. Außerdem hatte ich schon herausgefunden, daß er ebensoviel Vergnügen daran fand, mich zu lehren, wie ich, etwas zu lernen. Es war nicht zu übersehen, daß unsere Treffen ihn aufheiterten. Seine Tage waren angefüllt mit Bittstellern und Kurieren, Ratssitzungen und Problemen, und immer ging es allen nur darum, möglichst viel für sich selbst herauszuschlagen. David gab immer strikte Anweisung, uns nicht zu stören, und nicht einmal Leute wie Joab wagten es, diesem Befehl zu trotzen. Lediglich Ahitophel besaß gelegentlich die Kühnheit, sich über die Wünsche des Königs hinwegzusetzen, und Jehosaphat fürchtete ihn zu sehr, um ihn zurückzuhalten.

Ich hatte kaum die Zeit gehabt, meine Harfe auszupacken, als er das erste Mal in eine unserer Sitzungen hineinstürmte. Der stattliche ältere Edelmann mit dem akkurat getrimmten Bart würdigte mich kaum eines Blickes, schaffte es aber gleichzeitig ohne Worte, sein Mißfallen über meine Anwesenheit zum Ausdruck zu bringen. Ohne die Erlaubnis zum Sprechen abzuwarten und ohne auch nur die Andeutung einer Verbeugung informierte er den König davon, daß er die Reparationszahlungen der Ammoniter untersucht habe und daß einige Zahlen nicht in Ordnung gewesen seien. David machte seinem Unmut über die Störung deutlich Luft und meinte, daß das doch sicher auch noch warten könne. Doch Ahitophel ließ sich nicht beirren und präsentierte David die fraglichen Listen. Daraufhin seufzte der König schwer und bat mich, am nächsten Tag wiederzukommen.

Im Vergleich zu Ahitophel und seinesgleichen war ich wohl wie eine frische Brise für den König. Und er hatte ein erstaunliches Vertrauen in meine Loyalität.

„Du bist so unschuldig, Zohel“, sagte er immer wieder zu mir, und ich hatte keine Ahnung, was er damit meinte.

Als sich mein Spiel langsam verbesserte, lehrte mich David die Lieder, die in der Stiftshütte gespielt worden waren. Ich lernte neue Worte und Melodien sehr schnell auswendig, und wenn ich sie mir einmal eingeprägt hatte, vergaß ich sie niemals wieder. David sagte, daß mein Gedächtnis ebenso erstaunlich wäre wie mein musikalisches Talent.

Ich fand es einfach, mir die Lieder zu merken, weil sie mir so viel Freude bereiteten. Manche waren fröhlich und rhythmisch, andere schienen die Seele in Frieden und Licht zu baden. Diese ruhigen Lieder waren mir die liebsten; die Schönheit der Melodien trug mich davon, während sich ein tiefer Frieden auf mich legte, wenn ich sie in meiner Kammer übte. Ich war jedesmal neu erstaunt, daß die Musik allein eine solche Kraft besaß und eine so tiefe Wirkung auf mich hatte; gerade auf mich, der ich doch so gut gelernt hatte, meine Gefühle tief in mir zu verbergen. Und dabei waren es meine eigenen unerfahrenen Finger, die die Akkorde hervorzauberten, und meine eigene dünne Kinderstimme, die die Worte sang.

Ich hätte darauf vorbereitet sein sollen, und doch wußte ich kaum, wie mir geschah, als ich mich das erste Mal in Davids Gegenwart in der Musik verlor.

Ich hatte nicht vorgehabt, mich so gehenzulassen. Doch der sanfte Rhythmus der Melodie und die Inbrunst der Worte verliehen meiner Seele Flügel. Meine Finger spielten von selbst weiter, während ich auf einer hellen Wolke der Freude davongetragen wurde. Doch sogar während das geschah, war mir klar, daß es nicht allein die Musik war, die mich bewegte. Das Lied, das ich gespielt hatte, war ein alter Psalm aus der Zeit des Propheten Mose, als der Glaube des Volkes Israel noch jung gewesen war und heilige Männer die Unterstützung des Höchsten gebraucht hatten, um die Leute dazu zu bewegen, ihnen zu folgen. Sie hatten den Atem Adonais in ihre Hymnen verwoben und ihnen eine geistliche Kraft verliehen, die ich nun durch mich hindurchfließen spürte. Ich sang nicht mehr; ich lobpreiste, ohne zu wissen, daß ich das tat, und die Musik, die in meinem Herzen widerhallte, war nicht von dieser Welt.

Da spürte ich die Hände des Königs auf meinem Kopf; er betete in einer Sprache, die ich nicht verstand und die irgendwie überirdisch klang, und dabei strahlte eine Freude aus seinen Augen, die meiner eigenen in nichts nachstand.

„Hör nicht auf“, flüsterte er. „Adonai tut ein Wunder an dir! Laß dich ganz von ihm erfüllen.“

Und so erlaubte ich es mir wieder, mit der Musik davonzuschweben. Normalerweise konnte ich nicht einmal einschlafen, wenn ich nicht allein im Raum war, und es war ganz untypisch für mich, mich in Gegenwart eines anderen Menschen so ganz und gar loszulassen. Doch dies hier war etwas anderes. Ich begann zu begreifen, wieso Davids Musik die Dämonen in Sauls Kopf zum Schweigen gebracht hatte. Noch nie in meinem ganzen Leben hatte ich mich so frei gefühlt.

„Du bist etwas ganz Besonderes, Zohel", sagte David, als ich schließlich aufhörte zu spielen. „Adonai muß Großes mit dir vorhaben."

Ich suchte in seinem Gesicht nach einem Hinweis auf die Bedeutung dieser Worte. Die Freude schwand langsam wieder aus seinen Zügen, und jetzt lag eine Spur von Sehnsucht in seinem Blick, wie wenn man etwas Wunderschönes geträumt hat und es am Morgen halb vergessen ist. Ich fragte: „Etwas Großes? Warum denkst du das?"

Er antwortete mir nicht direkt. Statt dessen stellte er mir viele Fragen, und er schien die Antwort immer schon vorher zu kennen. Ja, ich war in meinem Leben oft verzweifelt und zu Tode verängstigt gewesen; ja, wenn ich mich fürchtete, hatte ich immer zu irgend jemandem gerufen, obwohl ich gar nicht wußte, zu wem und es nicht Beten genannt hätte. Ja, ich war immer schon in der Lage gewesen, Stimmungen zu erspüren und Dinge über Menschen zu wissen, die mir nie jemand erzählt hatte.

„Du wirst nie mehr einsam sein, Zohel", sagte David feierlich. „Du bist ein Erleuchteter, einer der Erwählten. Adonai hat sich dir offenbart, wie er sich Mose offenbart hat, als er vom Berg Sinai herabkam und niemand ihn ansehen konnte, weil er so unerträglich hell strahlte. Jetzt kennst du seine Macht – dein Leben wird nie mehr so sein wie zuvor."

Mit meinem Verstand konnte ich nicht begreifen, was er sagte, doch in meinem Herzen wußte ich, daß er die Wahrheit sprach.

„Wir müssen dir einen neuen Namen geben, um deutlich zu machen, daß du ein anderer Mensch geworden bist", fuhr er fort. Von nun an sollst du ‚Zohar' heißen; das bedeutet Helligkeit. Ich kann sie in deinen Augen sehen, und ich sage dir, Adonai hat dich für eine besondere Aufgabe auserkoren."

Einen Moment lang siegte mein Kopf über mein Herz, und ich sagte: „Aber du hättest das für jeden tun können, Herr."

David schüttelte den Kopf. „Eines Tages, so heißt es, wird jeder Adonai finden können, der es will. Wenn die Zeit gekommen ist. Doch noch ist es nicht soweit. Noch erwählt Adonai nur einige wenige, um sie in seinen Dienst zu nehmen."

„Wer kennt denn im Palast sonst noch Adonai auf diese Weise?" wollte ich wissen.

„Nur du, ich und der Prophet Nathan."

„Nur wir drei? Nicht einmal Tamar oder Absalom?"

„Tamar liebt Adonai sehr, das weiß ich. Aber ich bin nicht sicher, ob Absalom überhaupt an seine Existenz glaubt. Jedenfalls nicht ausschließlich. Maacah hat ihn nicht in ihrem heidnischen Glauben erzogen, aber er kennt ihr Herz so gut wie ich. Und er hat ihr immer näher gestanden als Tamar."

Ich lehnte mich in die Kissen zurück und hatte zum ersten Mal in meinem Leben das Gefühl, irgendwo hinzugehören. Ich sagte: „Und nur ganz wenige Menschen haben Adonai je kennengelernt? Nur Mose und Josua, die Richter und die Propheten?"

David sagte leise: „Und Saul."

Saul! Der Name schien in der Stille zwischen uns zu schweben.

Als die Zeit zum Gehen gekommen war, trug David mir auf, das nächste Mal mit einer selbst verfaßten Harfen-Begleitung zu einem Psalm zu kommen. Er sagte: „Wähle sorgfältig, Zohar. Such einen Psalm, der dir wirklich etwas bedeutet. Du darfst niemals deine Gaben an leere Worte verschwenden, die deine Seele nicht berühren!"

Also bat ich Tamar, mir das Lied der Unterwerfung beizubringen. Ich liebte es, und ich wußte, daß David es geschrieben hatte. Ich sang es mit ihr, bis ich die Worte und die Harmonien auswendig konnte, und dann verbrachte ich viele Tage damit, den Part der Harfe zu komponieren und zu vervollkommnen. Denn ich wollte nicht zum König zurückkehren, bevor ich das Stück nicht perfekt beherrschte.

Ich war zu beschäftigt, um überhaupt zu bemerken, daß die bösen Träume aufgehört hatten.

Eines Tages hörte Absalom mich üben und zog mich damit auf, daß sein Vater mich mit diesem überflüssigen Unsinn angesteckt habe.

„Du bist wie Michal", kam Tamar mir zu Hilfe. „Deshalb besucht Vater sie auch nicht mehr. Es heißt, sie habe ihn sogar ausgelacht, als er in der Gegenwart Adonais tanzte."

Absalom tat das mit einem Schulterzucken ab und warf in seiner typischen Geste sein Haar zurück. Mir wäre nicht im Traum eingefallen, daß er vielleicht neidisch auf mich sein könnte. Doch in den nächsten Tagen beschäftigten mich Absaloms Worte immer mehr. Während ich an meinem Lied arbeitete, ging die Saat des Mißtrauens auf, die er in meine Gedanken gesät hatte. War es richtig gewesen, die Tore meiner Seele zu öffnen? Hatte ich mich voreilig einer Macht ausgeliefert, die ich nicht verstand?

Als das Lied fertig war, bat ich zum ersten Mal aus eigenem Antrieb bei Jehosaphat um eine Audienz beim König.

Doch sobald ich den Thronsaal betreten hatte, warnte mich eine innere Stimme, daß der Zeitpunkt schlecht gewählt war. David war zwar allein und schien nicht allzusehr beschäftigt zu sein, doch er wirkte nervös und abwesend. Ich sagte ihm, weshalb ich gekommen war, und er lächelte mich ein wenig mühsam an. Ich dachte daran zu sagen, daß ich später wiederkommen würde, doch dann hoffte ich vermessenerweise, daß mein Lied vielleicht die Kraft haben würde, seinen Geist zu beleben, so wie er es in seiner Jugend für Saul getan hatte. Vielleicht war das ja die Aufgabe, die Adonai mir zugedacht hatte. Ich hatte völlig vergessen, daß David sich sonst immer Zeit genommen hatte, um sich auf meine Besuche vorzubereiten.

Doch ich war noch nicht einmal über die erste Zeile hinausgekommen, als der König zu weinen begann. Völlig irritiert klimperte ich das Lied bis zum Ende, während er schluchzte wie ein kleines Kind, die kampfgestählten Hände vor die Augen gepreßt.

Plötzlich erinnerte er mich an meinen Vater. All die schlimmen Erinnerungen und Ängste überfluteten mich, und ich dachte voller Panik: *Er wird verrückt. Ohne Frage verliert der König von Israel den Verstand. Er mag der erwählte Führer des Volkes Gottes sein, und er mag Adonai kennen, doch was nützt ihm das, wenn ihm so etwas widerfahren kann? Kein Wunder, daß er immer seltener in die Öffentlichkeit geht. So sollte ihn niemand sehen; schon gar nicht ich. In meinem Leben hat es schon genug Wahnsinn gegeben.*

Ich warf die Harfe hin und floh. Ich glaube, daß David hinter mir her gerufen hat, ich solle bleiben, doch ich hatte meine Wahl getroffen: Von diesem Tag an würde ich so viel Zeit wie möglich mit Absalom und seinen Freunden verbringen. Sie lachten immer, und sie ließen sich nie von ihren Sorgen belasten. Es würde keine Harfenstunden mehr geben und kein Spiel mehr mit dem heiligen Feuer Adonais. Ich hatte mir bereits die Finger verbrannt.

5

Kurz bevor das Korn reif zur Ernte war, kamen die Heuschreckenschwärme aus der Wüste. Sie vernichteten fast die gesamte Ernte, und das bißchen, das gerettet werden konnte, war kaum genug, um auch nur einen der zwölf Stämme Israel einen Monat lang zu ernähren. Es wurden Vorkehrungen getroffen, um Korn aus Ägypten zu kaufen. Das war für sich betrachtet noch kein Problem, weil Israel aufgrund seiner vielen Siege in den vorangegangenen Kriegen sehr reich war. Doch die Sache bekümmerte den König – und zwar über alle Maßen stark, wie es schien.

Es trieb ihn sogar zu einem Besuch bei Maacah – das erste Mal seit Monaten. Ich versteckte mich in meiner Kammer, obwohl ich hinter dem Vorhang ohnehin jedes Wort mitanhören konnte. Tamar und Absalom unterbrachen ihre übliche fröhliche Neckerei, als der König eintrat.

Er nahm den dargebotenen Wein an und erklärte ohne lange Vorrede, daß die Gibeoniter Blut für Blut gefordert hatten, um Sauls Verbrechen zu sühnen.

„Und wessen Blut genau möchten sie haben?" fragte Absalom ironisch.

„Das haben sie nicht genau gesagt. Noch nicht. Sie sagten, sie müßten erst ihre Götter befragen. Voraussichtlich werden sie jemanden aus Sauls Familie haben wollen, doch ich weiß nur von Michal und Mephiboschet. Und ich kann ihnen schlecht zwei Mitglieder meines eigenen Haushaltes ausliefern."

„Nein, Vater!" rief Tamar. „Du mußt sie beschützen!"

Doch David kippte achselzuckend seinen Wein in einem Zug hinunter. „Nathan sagt, ich muß es tun. Nur Blut kann Blut sühnen. Wenn ich es nicht tue, sagt Nathan, werden die Heuschrecken nächstes Jahr wiederkommen, und im Jahr darauf auch. Wer kann sagen, wieviele Menschen dann ihr Leben verlieren? Sogar Ahitophel meint, daß es notwendig ist. Er sagt, als König muß ich das Wohl des Volkes über meine persönlichen Anliegen stellen."

Maacah meinte: „Es muß doch noch andere Angehörige von Sauls Familie geben, die du ihnen ausliefern kannst. Alle Könige haben Konkubinen. Jerusalem muß vor Bastarden von Saul und deren Brut doch nur so wimmeln!"

„Saul war nicht von dieser Art", wies David sie zurecht und klang bedrückter denn je.

„Aber das können die Gibeoniter ja nicht wissen", sagte Absalom mit einem hintergründigen Lächeln. „Stell ein paar ... Nachforschungen an. Du kannst bestimmt irgendwo ein paar Charaktere von fraglicher Herkunft aufstöbern, deren Ableben kein großer Verlust für die Menschheit sein würde."

„Ich denke, deine Kumpane Sheba und Shimei wären da genau die richtigen Kandidaten", gab Maacah trocken zurück. „Du prahlst doch ständig mit ihrer Verwandtschaft zum Hause Sauls."

David hatte sich mit verzerrtem Gesicht abgewandt. „Es sind nicht die Gibeoniter, die wir zufriedenstellen müssen..."

Maacah ging nicht darauf ein. „Ich persönlich kann gar nicht begreifen, warum du dich so dagegen sträubst, Michal und Mephiboschet loszuwerden. Michal tut seit Jahren nichts anderes, als dich zu verleumden, und Mephiboschet ist doch nichts als ein unnützer Esser. Ohne sie wärest du sogar sicherer. Als mein Vater den Thron von Geschur bestieg, hat er die gesamte Familie seines Vorgängers innerhalb eines Monats ausgelöscht. Das nennt man Sicherheitsmaßnahme."

Tamar rief entsetzt: „Mutter! Wie kannst du etwas so Schreckliches sagen! Als ob diese beiden bemitleidenswerten Gestalten jemals eine Bedrohung für Vater darstellen könnten!"

„Nur ein toter Saulide ist ein ungefährlicher Saulide", sagte Maacah ungerührt. „Könige können es sich nicht leisten, Mitleid zu haben."

„Ohne Zweifel würde Ahitophel dir zustimmen", sagte David und leerte den zweiten Becher Wein. „Ganz zu schweigen von Joab und Abischai. Doch das ist nicht der Weg Adonais. So etwas sollte nicht notwendig sein. Außerdem habe ich vor allen meinen Ratgebern erklärt, daß Mephiboschet bis zum Ende seiner Tage in Frieden hier am Hof leben soll. Und ich habe Saul mein Wort gegeben, daß ich dafür sorgen werde, daß seine Linie nicht ausstirbt."

Absalom wechselte das Thema. „Wie auch immer, die ganze Sache könnte ja auch ein Zufall sein. Ich meine, daß die Heuschrecken gerade jetzt kommen, wo es so gut in Nathans Prophezeiung paßt. Warum warten wir nicht erst einmal ab, was passiert?"

„Ich wünschte, du hättest recht", murmelte David leise; dann rief er: „Oh, und wie ich das wünschte!"

Sein unerwarteter Ausbruch schockierte uns alle. Irgendwie kam es mir so vor, als sei die drohende Hungersnot nicht der wirkliche Grund, warum Nathans prophetische Gabe den König so beunruhigte.

In einem Versuch, die Situation zu entspannen, fragte Tamar: „Wie geht es Bathseba? Abigail sagt, daß sie immer noch nicht wieder gesund ist."

Das machte die Dinge natürlich nur noch schlimmer; allerdings konnte Tamar das nicht wissen, weil sie ja nicht gehört hatte, was ich von Michal wußte. David stürzte den Rest des Weines hinunter und griff nach der Karaffe, die er beinahe umwarf. Er sah krank aus, doch ich war sicher, daß das nicht am Wein lag. Selbst Absalom, der den Freuden des Weingenusses durchaus zugetan war, sah ihn mit einer gewissen Verachtung an, und ich stellte einmal mehr fest, wieviel anziehender und vernünftiger er doch im Gegensatz zu seinem Vater wirkte.

Am folgenden Tag backte Tamar, immer noch ahnungslos, ihre berühmten Kuchen für Bathseba und schickte mich dann damit zu ihren Gemächern. Ich ging mit gemischten Gefühlen los, und Absalom rief übermütig hinter mir her: „Sag der Dame, daß ich sie auch gern besuchen komme, wenn sie Aufheiterung braucht!"

„Absalom!" schalt Maacah wenig überzeugend, und Tamar kicherte leise.

Direkt hinter der Tür stieß ich auf Amnon und Jonadab und ließ den Korb mit den Kuchen beinahe fallen. Ich gefror zu Eis.

„Ist die Prinzessin Tamar anwesend?" begann Jonadab, während er seine Kleidung zurechtrückte. „Mein Herr möchte sie sprechen", fügte Jonadab lahm hinzu, was einen Hustenanfall bei Amnon auslöste.

„Nein", log ich. „Sie ist nicht da." Und ich eilte davon.

Bathsebas Gemächer lagen etwas abseits des Haupthofes. Die meisten anderen Frauen ließen ihre Türen offen und unbewacht, besuchten sich gegenseitig und ließen ihre Kinder miteinander spielen. Doch Bathsebas Tür war fest verschlossen, und davor hatte sich eine beeindruckend große, schwarze Sklavin postiert. Anscheinend hielt mich die Sklavin für ungefährlich, oder sie nahm an, daß ich ihrer Herrin gefallen würde, denn sie ließ mich ohne Zögern hinein.

Davids jüngste Frau lag wie hingegossen auf einer Couch, während mehrere Dienerinnen ihr Luft zufächelten, die Nägel polierten und ihr duftende Essenzen auf einem Tablett präsentierten. Ohne ihren Schleier konnte ich sehen, daß sie nicht viel älter sein konnte als Absalom. Und er hatte mit seiner Bemerkung über ihre Schönheit vollkommen recht gehabt. Das hauchdünne Gewand, das sie trug, ließ wenig Spielraum für die Phantasie. Sie war schlank und feinknochig gebaut, hatte seidiges Haar, helle Haut und sehr sinnliche Lippen. Und sie sah kein bißchen krank aus. Ihre Wangen hatten Farbe, ihre erstaunlich dunklen Augen glänzten, und obwohl sie sehr stark geschminkt war, war ich überzeugt, daß sie ohne Make-up genauso gut ausgesehen hätte. An der Art, wie sie mich mit einem einzigen Augenaufschlag musterte und verwarf, erkannte ich sofort ihren Großvater.

Wie immer überfiel mich eine lähmende Schüchternheit, und alles, was ich tun konnte, war ihr den Korb entgegenzustrecken. Sie winkte eine ihrer Dienerinnen herbei, um den Inhalt zu inspizieren, und wollte wissen: „Wer hat das geschickt? Wessen Sklave bist du?"

Ich wollte den Korb abstellen und fliehen, doch schließlich gelang es mir, ihr zu sagen: „Es ist ein Geschenk von Prinzessin Tamar. Sie hörte, daß du krank seist."

„Die kleine Schlangenbrut der syrischen Zauberin!" rief Bathseba aus und warf den Kopf nach hinten, und alle ihre Dienerinnen stimmten gehorsam in ihr Lachen mit ein. „Oh, ich fühle mich geehrt! Wie rührend! Dann bist du wohl die Kreatur, die David Zohar nennt."

Bei dem Gedanken daran, daß David mit jemandem wie ihr über mich sprach, überkam mich eine Gänsehaut.

„Nun sei doch nicht so schüchtern", ermunterte sie mich, und als ich auf ihr Winken nicht reagierte, schubste eine ihrer Sklavinnen mich so weit nach vorn, daß mich der schwere Duft ihres Parfüms einhüllte. „Komm, setz dich und iß einen dieser delikaten Kuchen mit mir. So, wie du aussiehst, füttern deine Besitzer dich nicht sehr gut."

Erst, als ich einen der kleinen Kuchen gegessen hatte und sie mich dabei die ganze Zeit mißtrauisch beobachtete, wurde mir klar, warum sie auf einmal so freundlich getan hatte.

„Nun, das ist eine Erleichterung", sagte sie nach einer Weile. „Heutzutage kann man nicht vorsichtig genug sein. Besonders seit mein armes Kind so krank wurde, nachdem die Syrerin hier gewesen ist."

Sie selbst aß keinen der Kuchen, sondern nahm mir den Korb ab, wobei sie mich mit ihren langen Fingernägeln streichelte, und reichte ihn an ihre Dienerinnen weiter. Ich beschloß, meine Botschaft abzuliefern und dann so schnell wie möglich hier zu verschwinden.

„Tamar würde dich gern besuchen, wenn du es ihr gestattest. Sie befürchtet, daß du einsam sein könntest", stieß ich hervor.

„Wie teilnahmsvoll von ihr!" sagte Bathseba langsam. „Aber ich will keine Anhänger der Göttin Aschera hier haben ... oh, Verzeihung, in Syrien nennt man sie wohl Astarte, nicht wahr? Aber du kannst der gnädigen ... Prinzessin dennoch für ihre Besorgnis danken."

Während ich erfolglos versuchte, mich aus dem Bannkreis ihrer Nähe zu entfernen, hörte ich mich sagen: „Absalom sagt, daß er dich auch gern besuchen kommen würde."

Ich weiß nicht, wie ich so dumm sein konnte, das zu sagen; die einzige Entschuldigung für mein Verhalten war wohl die Tatsache, daß ich alles gesagt hätte, um ihre Aufmerksamkeit von mir abzulenken. Jedenfalls funktionierte das außerordentlich gut.

„Absalom." Sie ließ den Namen auf der Zunge zergehen, bewegte ihn in ihrem Mund wie das Fleisch einer exotischen Frucht. „Nun, das ist doch schon wesentlich interessanter. Vielleicht wäre ich sogar geneigt, die mütterliche Linie eines Mannes zu vergessen, der von seinem Vater so hoch gelobt wird. Sag mir, ist er so charmant und geistreich wie er schön ist?"

Ich erwiderte wie in Trance: „Absalom ist sehr freundlich. Und er macht sich deinetwegen Sorgen, genau wie Tamar."

Ich wußte, daß das nicht das war, was sie hatte hören wollen, doch es war alles, was ich ihr preiszugeben bereit war. Ich fühlte mich, als ob ich mich auf Treibsand bewegte.

„Nun, du kannst ihm ausrichten, daß ich seine Freundlichkeit zu schätzen weiß. Er wird bald von mir hören. Und jetzt machst du dich besser auf den Weg, sonst fragen sich deine Herrchen sicher bald, ob ich dich wohl aufgefressen habe."

Ich hatte selbst das Gefühl, daß sie das getan hatte. Die junge Witwe des Uriah mochte erst halb so alt sein wie Maacah und hatte vielleicht auch nur halb soviel Wissen und Erfahrung, doch ich war sicher, daß sie doppelt so gefährlich war.

Bathseba hatte Tamars Kuchen nicht zu würdigen gewußt, doch es gab viele Menschen in Jerusalem, die das nur zu gern getan hätten. Den offiziellen Berichten zufolge waren große Mengen Getreide aus dem Ausland beschafft worden und sollten gegen ein symbolisches Entgelt an die Bevölkerung verteilt werden. Doch es wurde bald deutlich, daß diejenigen ohne Macht und Einfluß ein weit höheres als nur ein symbolisches Entgelt dafür bezahlen mußten. Und diejenigen, die auf irgendeine Weise das Mißfallen der Verantwortlichen erregt hatten, wurden sogar mit leeren Händen wieder fortgeschickt. Auf den Straßen der Stadt zeigten sich die ersten Anzeichen der Hungersnot: Magere Kinder mit Wasserbäuchen bettelten neben den Blinden und Krüppeln. Auf dem Land mußte das Vieh aus Futtermangel geschlachtet werden, und überall wurde gehamstert, getauscht und gestohlen.

Absalom hatten wir seit Wochen nicht zu Gesicht bekommen. Nachrichten an ihn blieben unbeantwortet, und selbst Sheba und Shimei konnten – oder wollten – kein Licht auf sein Verschwinden werfen. Schließlich beauftragte Maacah mich, ihm in der Nähe seiner Gemächer aufzulauern und ihm unauffällig zu folgen, sobald er sich blicken ließ. Sie gab mir ein Amulett, daß ich den Wachen zeigen sollte, falls wir die Tore des Palastes verlassen würden. Sie wüßten dann, daß ich in ihrem Auftrag unterwegs sei, erklärte Maacah mir.

Ich hatte meine Fähigkeiten im Verstecken und Anschleichen lange nicht gebraucht, doch sie waren zu tief in mir verankert, als daß ich sie vergessen hätte. Ich kauerte mich in den Schatten vor Absaloms Tür und wartete. Als die Dunkelheit hereinbrach, kam ein Sklave und entzündete die Fackeln auf dem Gang, doch er sah mich nicht.

Gegen Mitternacht trat Absalom heraus und sah sich behutsam im Flur um. Sein Haar war sorgfältig frisiert, er hatte sich die Augen mit Khol geschwärzt, und ich konnte sein schweres Parfüm aus zehn Metern Entfernung riechen.

Unbemerkt verfolgte ich ihn zum Harem. Dort trat Bathseba in einer dunklen Robe hinaus, einen schweren Schleier um den Kopf, doch ich hätte sie jederzeit wiedererkannt. Sie ließ etwas in die Hand des fetten Eunuchen gleiten, der die Haremstüren bewachte, und ließ dann ihren Schleier gerade weit genug zurückgleiten, um Absalom leicht auf den Mund zu küssen.

Sie verließen den Palast durch einen verborgenen Seiteneingang, von dessen Existenz ich nichts gewußt hatte. Es gab nur einen Wachtposten, und der schlief tief und fest. Noch hatte ich nicht begriffen, wie weit Bathseba ihre Netze bereits gespannt hatte und welche Mächte sie dazu benutzte. Ich brauchte Maacahs Amulett nicht.

Die Straßen lagen verlassen im Mondschein. Absalom und Bathseba gingen schnell, aber nicht eilig. Offenbar fürchteten sie nicht, entdeckt zu werden. Es war vielleicht nicht überraschend, wenn der Lieblingssohn des Königs nachts durch die Stadt strich, um seine Ausbildung zu vervollkommnen – egal, was das Gesetz dazu sagte –, und die verhüllte Gestalt an seiner Seite konnte sehr gut eine willige Lehrerin aus den berüchtigten Gebieten Jerusalems sein. Als sie das Haus betraten, das Bathseba einst mit Uriah geteilt hatte, beschloß ich, die Verfolgung aufzugeben.

Am nächsten Tag bestellte Maacah Sheba und Shimei zu sich und drohte ihnen damit, sie beim König als saulidische Sympathisanten zu verleumden, wenn sie Absalom nicht sofort zu ihr brächten. Ich wußte nicht, warum das die beiden einschüchtern sollte – David war sich sehr wohl bewußt, mit wem die Freunde seines Sohnes verwandt waren, und er hatte nie die leiseste Regung gezeigt, etwas gegen sie zu unternehmen. Ich denke, daß Maacah selbst sie mehr beeindruckte als ihre Drohungen, denn ich konnte die Angst von ihren Gesichtern ablesen, als sie ihre Versprechungen stammelten und davoneilten.

Ich konnte Maacah nur zustimmen, daß Absalom bei der Wahl seiner Freunde ein wenig kritischer hätte sein sollen. Shimei war ein nervöser, drahtiger Kerl mit wechselhaften Launen. Er hatte kleine, verschlagene Augen, die nie mehr als zwei Sekunden auf einem Punkt verharrten. Seine Gesprächspartner sah er überhaupt nie an. Er war so hektisch, daß nicht einmal die enormen Mengen von Alkohol, die er täglich zu sich nahm, ihn fett gemacht hatten.

Das traf auf Sheba in keinster Weise zu. Er war übergewichtig und irgendwie ölig. Sein Haar war fettig, und er wirkte stets unrasiert: Sein Atem stank nach Wein und Knoblauch, und er machte immer einen leicht abwesenden Eindruck.

Möglich, daß die beiden jungen Männer verborgene Qualitäten hatten, doch Maacah waren sie nicht gewachsen. Noch vor der Mittagsstunde stand Absalom artig vor seiner Mutter, und zum ersten Mal klang ihre Stimme ihm gegenüber ehrlich wütend.

„Absalom, hast du denn den letzten Rest an Verstand verloren?" wollte sie wissen, während sie vor ihm auf und ab lief wie eine Löwin vor ihrer Beute.

Absalom warf seine Mähne zurück und sagte mit glitzernden Augen: „Mutter, ich bin sechzehn Jahre alt! Ich bin Manns genug, die Waffen zu nehmen und die ammonitischen Würmer an meiner Speerspitze verenden zu sehen! Berechtigt mich das nicht dazu, eine Frau zu nehmen, die mich auch will?"

„Eine Frau?" schrie Maacah. „Das ist alles, was du in ihr siehst? Bei allen Göttern, Absalom, sie ist die Ehefrau deines Vaters! Und es würde ihm das Herz brechen, wenn er wüßte, daß du mit ihr geschlafen hast, selbst wenn sie nur irgendeine Frau wäre! Du kennst doch die Torah so gut wie jeder andere!"

„Ach, jetzt ist es auf einmal die Torah! Seit wann bedeutet dir das Gesetz mehr als ein Haufen Kameldung? Oh ja, du kannst alles auswendig herbeten, wenn es dir nützt, doch du würdest jederzeit die

Torahrollen als Brandopfer für deine heidnischen Praktiken benutzen, wenn du nicht befürchten müßtest, dafür öffentlich ausgepeitscht zu werden!"

„Wie kannst du es wagen, so mit mir zu reden! Das habe ich nicht verdient! Du spielst mit dem Feuer, Absalom! Meinst du, ich will mitansehen, wie du in dein Verderben rennst?"

„Ich weiß nicht, wovor du dich so fürchtest! Glaubst du denn, daß er sie öffentlich als Ehebrecherin bezeichnen und steinigen lassen würde? Das wage ich zu bezweifeln! Irgendwie habe ich den Eindruck, daß ich nicht ihr erster Liebhaber bin. Er ist nicht blind; er muß langsam gemerkt haben, was sie tut, sobald er ihr den Rücken kehrt. Und er wird sicherlich nicht die Tatsache bekanntmachen wollen, daß sie ihm Hörner aufgesetzt hat!"

„Absalom!"

„Das stimmt doch, oder? Und wenn er sie verstoßen sollte, würdest du es sicherlich als allerletzte bedauern!"

Maacah schlug Absalom mit dem Handrücken ins Gesicht. Völlig verblüfft ließ er sich auf einen Stuhl sinken und starrte sie sprachlos an. Maacah starrte zurück, und ich konnte spüren, daß sie zum ersten Mal den Mann in ihm sah, der er einmal sein würde. Als sie wieder sprach, hatte ruhige Zielstrebigkeit ihrer Wut und Angst Platz gemacht.

„Ich habe es nicht nötig, eifersüchtig auf Bathseba zu sein, Absalom. Ich bin die einzige Frau, die David je wirklich geliebt hat, die einzige, die sich mit seiner Stärke messen kann. Bathseba ist nichts. Oh, sicher, sie hat ein hübsches Gesicht und einen biegsamen jungen Körper, aber das ist auch alles. Um dich habe ich Angst, du verückter Dummkopf, obwohl du zu verbohrt bist, um es zu erkennen!"

Absalom wich dem Blick seiner Mutter aus, bis er schließlich sagte: „Vielleicht bist du tatsächlich die einzige Frau, die er wirklich liebt. Aber bin ich nicht sein Lieblingssohn? Er wird nicht zulassen, daß mir etwas geschieht."

Maacah sah ihn mit einem Blick an, in dem so viel Bedauern und Verachtung lagen, daß er gezwungen war, sie anzusehen. „Das ist es ja gerade, Absalom. Er liebt dich so sehr, daß er am Boden zerstört wäre, wenn er auch nur vermuten müßte, daß du ihn so verraten kannst. Er hält viel zu viel von dir."

Absalom schnaubte abfällig. Schmollend meinte er: „Er hat seit Monaten nicht mehr richtig mit mir gesprochen. Ich bekomme ihn nie zu Gesicht. Vielleicht war ich einmal etwas Besonderes für ihn, aber er interessiert sich offenbar nicht mehr das kleinste bißchen für mich."

Der kranke Ausdruck auf Maacahs Gesicht bei diesen Worten ließ sie plötzlich älter erscheinen. Absalom wollte ja geradezu, daß David sein Verhältnis mit Bathseba entdeckte – und dann bewies, wie sehr er Absalom liebte, indem er ihn verschonte. Maacah flüsterte: „Aber was, wenn er keine andere Wahl hat, Absalom? Wenn du ihm gar keine andere Möglichkeit läßt, als dich hinzurichten, selbst wenn es ihn auch umbringt?"

„Ich ... ich weiß nicht, was du meinst."

„Oh Absalom, muß ich es wirklich aussprechen? Nehmen wir an, du schwängerst sie. Willst du dann so tun, als sei es Davids Kind, und deinem Verrat noch eine weitere billige und grausame Lüge hinzufügen? Vielleicht würde er auch das bald herausbekommen. Er sagt, es geht ihr noch immer schlecht ... vielleicht glaubt er das, und vielleicht schläft er gar nicht mir ihr! Was dann, Absalom? Meinst du wirklich, Männer wie Nathan würden zulassen, daß du weiterlebst, wenn du mit der Frau deines eigenen Vaters ein Kind gezeugt hast?"

Absalom holte tief Luft und sagte: „Ich glaube nicht, daß da irgendeine Gefahr besteht, Mutter."

„Ach ja? Und was macht dich da so sicher?"

„Bathseba ist bereits wieder schwanger. Und zwar vom König."

6

Es war Mittag; die heißeste Zeit des Tages in der heißesten Jahreszeit. Maacah und Tamar saßen auf einer Bank in einer schattigen Ecke des Innenhofes und sprachen über die Hochzeit, die in vierzehn Tagen stattfinden sollte.

Benommen von der Hitze saß ich einfach nur im Schatten und hörte mit halbem Ohr zu.

„... es muß doch schrecklich sein, so bitter und allein zu enden wie Michal. Obwohl ich gehört habe, daß es ihr besser geht, seit sie für Mephiboschet sorgt."

„Und Mephiboschet soll auch geradezu aufgeblüht sein", fügte

Maacah hinzu, und ich spitzte die Ohren. Doch dann klopfte es an der Tür, und ich eilte hin, um zu öffnen.

Es war Jonadab, diesmal allein. Ich machte unbewußt einen Schritt nach hinten, doch dann faßte ich mich und geleitete ihn in den Hof. Er verbeugte sich tief vor Maacah und Tamar und erklärte mit theatralischer Stimme, daß er schlechte Nachrichten hätte.

„Was ist geschehen?" fragte Maacah besorgt.

„Es geht um Amnon. Er ist sehr krank. Der König hat ihn besucht und ist sehr besorgt seinetwegen, und deshalb hat er mich hergeschickt. Amnon hat seit Tagen kein Essen mehr angerührt, und er ist bereits sehr geschwächt."

„Armer Junge", sagte Maacah mitleidig, wenn auch nicht sehr ehrlich. „Aber was können wir da tun?"

„Seine Majestät hat Amnon gefragt, ob er irgend etwas Besonders gerne ißt, und Amnon sagte, daß das einzige, was er vielleicht hinunterbringen könne, die Honigkuchen seien, die Tamar ihm immer gebacken hat, als er noch klein war."

Maacah hob die Augenbrauen. „Das ist allerdings ein etwas seltsames Anliegen! Meinst du nicht, es wäre besser, wenn ich hingehe und ihn mir mal ansehe? Vielleicht kann ich ja etwas für ihn tun. Wie ich mich entsinne, war er das letzte Mal doch auch auf meine ... medizinische Beratung ganz erpicht."

„Bitte, Herrin, mach darüber keine Scherze", sagte Jonadab und ergriff Maacahs Hand so plötzlich, daß sie zusammenzuckte. „Er ist schon den ganzen Vormittag im Delirium, und er redet unzusammenhängendes Zeug – wie glücklich ihr alle in eurer Kindheit wart und so etwas." Jetzt wandte er sich an Tamar, und ich wurde langsam mißtrauisch. „Vielleicht könntest du ihm ein paar dieser Kuchen backen, oder auch nur einen, um ihn zu überzeugen, daß es sich lohnt weiterzuleben. Wenn auch das nichts nützt, hilft es ihm vielleicht wenigstens, in Frieden zu sterben."

„Sterben?" rief Tamar und ergriff Jonadabs andere Hand. „Steht es wirklich so schlecht um ihn?"

„Ich fürchte ja, Herrin." Jonadab ließ den Kopf hängen.

Leichenblaß versicherte Tamar, sie werde die Kuchen backen und mich dann sofort mit ihnen zu Amnon schicken.

Doch Jonadab schüttelte den Kopf. „Nein. Nein, er will, daß du kommst und sie in seiner Küche backst, so daß er sie riechen kann. Ich meine, daß würde er sicher wollen, wenn er sich noch klar ausdrücken könnte." Bevor irgend jemand ihm noch weitere Fragen stellen konnte, stand er abrupt auf, wischte sich die Augen und sagte: „Entschuldigt mich bitte. Ich möchte ihn nicht zu lange allein lassen. Wenn du bald kommen könntest, Herrin …" Und damit ging er hinaus.

Wir starrten uns verwirrt an. Dann sagte Tamar: „Komm, Zohel, laß uns die Zutaten zusammensuchen. Du kannst mir helfen, sie hinüberzutragen."

Ich murmelte: „Tamar … ich will nicht dort hingehen. Und du solltest auch nicht hingehen."

„Was? Aber natürlich werde ich gehen. Sei nicht so herzlos, Zohel!"

Also nickte ich unglücklich, während sie mir die verschiedenen Utensilien in die ausgestreckten Arme legte.

Amnons Gemächer lagen im Dunkeln, und die Luft roch ekelhaft nach Schweiß und Erbrochenem. Jonadab öffnete uns die Tür und bat uns, leise zu sprechen; Amnon sei endlich eingeschlafen. Da Tamar ihn sehen wollte, führte Jonadab uns zu seinem Bett. Amnon warf sich in den Laken hin und her, ein feuchtes Tuch auf der Stirn, und stöhnte und murmelte Tamars Namen. Jonadab kniete sich neben ihn und befeuchtete sanft seine Stirn. Am liebsten hätte ich geschrien.

Irgendwie schafften wir es, den Teig zu kneten, zu formen und in den Ofen zu schieben, und bald mischte sich der Duft von Honig und Rosinen mit dem Gestank der Krankheit. Mein Magen drehte sich um. Tamar saß da und rang nervös die Hände, während wir darauf warteten, daß die Kuchen aufgingen.

Die Zeit schien sich endlos dahinzuschleppen, doch endlich stand Tamar auf und holte die Kuchen aus dem Ofen. Wir verteilten sie auf einem vorgewärmten Teller und trugen sie zu Amnon hinüber. Er schien unser Kommen nicht zu bemerken, doch als Tamar Anstalten machte, den Teller abzustellen und sich zurückzuziehen, fuhr er hoch und rief: „Tamar! Tamar, wo bist du? Wer sind all diese Leute? Sie sollen weggehen! Tamar! Ich kann nicht atmen!"

Tamar zögerte und wußte nicht, was sie tun sollte. Da tauchte plötzlich Jonadab wie aus dem Nichts auf und ergriff meine Hand. „Wir gehen wohl besser hinaus, Zoheleth. Er wird sich sonst nur noch mehr aufregen." Er hielt meine Hand so fest, daß es mir weh tat, und zog mich hinter sich her aus dem Zimmer und in den Flur.

Mir war klar, daß ich mich von Anfang an mehr hätte wehren sollen. Ich versuchte es jetzt noch und strampelte und schlug um mich, bis es mir gelang, Jonadab ein ganzes Stück Fleisch aus der Hand zu beißen. Es blutete stark, und Jonadab schrie und fluchte und ließ mich los. Ich schlüpfte davon und verbarg mich im Schatten, bis er auf der Suche nach mir laut schimpfend im Labyrinth der Flure verschwunden war.

Sobald ich sicher war, daß mir von ihm keine Gefahr mehr drohte, eilte ich zu Amnons Räumen zurück. Die Tür war von innen verriegelt. Ich warf mich erfolglos dagegen; dann legte ich mein Ohr daran und lauschte. Zuerst konnte ich nichts hören, doch dann begann ich, Stimmen auszumachen: Amnons ruhig und gefährlich; Tamars rauh und schrill vor Angst.

„Nein, Amnon, nicht! Bitte tu das nicht ... Amnon, bei der Gnade Adonais, ich bitte dich ... denk doch an Vater! Was wird er tun, wenn er davon erfährt? Bitte ... sprich doch mit ihm, er gestattet dir sicher, mich zu heiraten ... Nein! Oh Gott, nein!"

Dann herrschte Stille.

Völlig außer mir vor Angst begann ich gegen die Tür zu hämmern, doch es nützte nichts. Aus Amnons Gemächern drang nur eine schreckliche, bedrohliche Stille. Dann öffnete sich plötzlich die Tür, und Amnons Stimme sagte: „Scher dich weg, du syrische Hure. Ich will dich nie mehr wiedersehen!"

In diesem Moment kam auch Jonadab zurück, und Amnon begann zu schreien, daß er verzaubert worden sei, daß die Hexe ihn mit ihren Gewürzen und Essenzen verführt hätte und daß man sie ihm vom Leibe schaffen solle. Jonadab nahm die völlig verstörte Tamar, schubste sie auf den Flur hinaus und ging in Amnons Zimmer, die Tür hinter sich zuwerfend.

Tamar war im Flur zusammengebrochen und rührte sich nicht. Ich verharrte ebenfalls bewegungslos; ich dachte, sie sei tot und war vor Angst wie erstarrt. An ihrer Schläfe war eine Wunde, und das Blut lief ihr ins Auge. Auch auf ihren Kleidern war Blut; sie waren zerrissen, und ihre Arme und Beine ragten steif wie die Gliedmaßen einer Puppe aus ihnen heraus.

Dann begann sie zu würgen; ich eilte ihr zu Hilfe, und nachdem sie sich übergeben hatte, fing sie an zu weinen.

Natürlich fragte ich sie, was geschehen sei; wieder und wieder fragte ich das, während ich neben ihr auf dem Boden saß und ihr hilflos den Rücken streichelte. Doch sie antwortete nicht. Sie hing nur leblos wie ein leerer Weinschlauch an meiner Schulter, und ich glaube, ihr war noch nicht einmal bewußt, daß sie weinte.

Ich wußte sehr gut, was geschehen war, und zwar aus Gründen, die kein Kind in meinem Alter kennen sollte. In wilder Verzweiflung sah ich mich nach Hilfe um; gleichzeitig hoffte ich, daß niemand zufällig vorbeikam und die Tochter des Königs so sah. Halb erwartete ich, daß Amnon oder Jonadab herauskommen und mich umbringen würden, doch keiner von beiden ließ sich blicken.

Schließlich wurde mir klar, daß ich Hilfe holen mußte. Ich lehnte die noch immer leblose Tamar behutsam gegen die Wand und rannte wie von Furien gehetzt los. Tamar schien es nicht einmal zu bemerken.

Absaloms Gemächer lagen am nächsten. Ich konnte seine Stimme und das Gelächter von Sheba und Shimei schon von weitem hören. Es war erst früher Nachmittag, doch sie waren bereits deutlich angeheitert.

Ich rannte zur Tür. Sie war unverschlossen, und so stürmte ich direkt hinein und stieß hervor: „Absalom, es ist etwas passiert. Du mußt mit mir kommen!"

„Passiert? Was denn?" Absalom lag träge ausgestreckt auf einer Couch, das dunkle Haar wie die Strahlen einer schwarzen Sonne um seinen Kopf verteilt. „Und hör auf, so zu schreien, ja? Ich habe Kopfschmerzen."

„Es ist Tamar, sie –" ich unterbrach mich. Plötzlich konnte ich das Grauen nicht in Worte fassen; nicht vor Sheba und Shimei. Doch irgendwie mußte meine Verzweiflung zu Absalom durchgedrungen sein, denn er erhob sich stöhnend und stolperte hinter mir her zur Tür, wobei er seinen Freunden befahl, auf ihn zu warten.

Als er seine Schwester erblickte, mußte er sich an einen Pfosten klammern, und ich sah, wie sich sein Blick langsam klärte. Stammelnd versuchte ich zu erklären, was geschehen war, doch er hörte mir gar nicht zu. Er fiel auf die Knie, nahm Tamar in seine Arme und fragte sie direkt: „Hat Amnon bei dir gelegen?"

Sie konnte nicht sprechen, aber ich war fast sicher, daß sie nickte. Absalom hatte es auch bemerkt. „Warum hast du nicht um Hilfe gerufen? Ich hätte dich doch gerettet! Alle hätten gewußt, daß es nicht dein Wille war! Oh, warum?"

Doch Tamar sagte nichts, und je heftiger er sie schüttelte und auf sie einredete, desto mehr zog sie sich in sich selbst zurück. Schließlich drückte er sie einfach nur an sich, streichelte sie und murmelte, sie solle niemandem etwas davon erzählen; er würde die Sache für sie regeln.

Wir mußten sie in den Harem zurücktragen. Zum Glück waren die Gänge menschenleer, und wir begegneten niemandem.

Sobald Maacah begriff, was vorgefallen war, begann sie, sich auf die Brust zu schlagen und ein Wehgeschrei anzustimmen, das laut genug war, um die Toten aufzuwecken. Miriam kümmerte sich um Tamar, während Absalom und ich versuchten, ihre Mutter zu beruhigen. Absalom flehte sie an, leise zu sein. Sie wolle doch nicht den ganzen Palast zusammenrufen, so daß jeder von Tamars Schande erfuhr?

Tamar kauerte sich leise schluchzend in einer Ecke zusammen, während sich Maacahs Zorn nun gegen Absalom wandte. Ihre einzige Tochter war vergewaltigt worden, und nun wollte er ihr den Mund verbieten!

„Aber sie hat nicht geschrien!“ rief Absalom und ergriff Maacahs Arme. „Ich habe sie nicht ein einziges Mal schreien gehört, verdammt nochmal! Niemand hat sie gehört. Wer wird ihr glauben, daß es eine Vergewaltigung war? Du kennst das Gesetz. Wenn das herauskommt, wird sie gesteinigt werden!“

Meine Knie wurden weich. Maacah rief: „Sieh sie dir doch an! Sie ist über und über mit Blut besudelt! Wer würde sagen, daß sie sich nicht gewehrt hat?“

Absalom sagte: „Amnon könnte behaupten, daß das erst nachher passiert ist.“

„Das glaubst du doch selber nicht!“

„Natürlich glaube ich das nicht, aber andere werden es glauben!“

Maacah rang verzweifelt die Hände. „Wir könnten sie untersuchen lassen und sehen, ob er mit Gewalt in sie eingedrungen ist.“

Ich wußte, daß Tamar das niemals zulassen würde. Sie saß in ihrer Ecke und wiegte sich mit leerem Blick in der stumpfsinnigen Art hin und her, die mir nur allzu bekannt war. Ich wußte schrecklich genau, was sie fühlte, und es gab nichts, was ich für sie tun konnte.

Maacah und Absalom nahmen natürlich an, daß sie Tamars Apathie durchbrechen konnten, doch sie hatten Unrecht. So sehr sie sie drängten, ihnen genau zu erzählen, was passiert war – sie hätten genausogut mit einer Dattelpalme sprechen können. Als Maacah versuchte, die verschmierten Überreste von Tamars Kleid zu entfernen, erntete sie einen heftigen Tritt.

Ich glaube, erst da begriff Maacah wirklich, was geschehen war. Das Gejammer von vorhin war aus der wechselhaften Oberfläche ihrer Gefühlswelt hervorgerufen worden; jetzt drang die Qual in die Tiefen ihrer Seele vor. Viel zu ruhig sagte sie: „Es war nicht Tamars Schuld. Tamar hätte niemals so etwas getan. Amnon hat sie getötet. Amnon hat meine Tochter getötet!“

Eine schreckliche Stille entstand, die Absalom schließlich flüsternd brach. „Zohel, hol mein Schwert. Ich werde Amnon umbringen.“

„Nein, das wirst du nicht tun“, rief Maacah mit solcher Heftigkeit, daß er innehielt. „Denkst du, ich will dich auch noch verlieren? Was soll es mir nützen, zwei meiner Kinder zu verlieren? Denk einmal in deinem Leben richtig nach, Absalom!“

Er gehorchte. Ich sah, wie sein Blick zwischen Tamar und seiner Mutter hin und her flackerte. Er wandte sich zum Gehen mit den Worten: „Also gut. Dann werde ich jetzt meinem Vater einen Besuch abstatten.“

7

Während wir auf Absaloms Rückkehr warteten, versuchte Maacah mehrmals, irgendwie zu Tamar durchzudringen, und ich sah, wie sehr die leblose Abweisung ihrer Tochter ihr weh tat. Wieder einmal dachte ich, daß es wohl besser war, sich gegen jede Art von Liebe abzuschirmen als sich solchen schrecklichen Qualen auszuliefern.

Absalom kam bleich und zitternd vor Wut zurück und stieß hervor: „Er glaubt mir nicht! Er denkt, daß ich lüge, daß ich lediglich eifersüchtig auf Amnon bin und jetzt versuche, ihm Ärger zu machen!“

Maacah sagte: „Er soll herkommen. Er soll sich Tamar ansehen.“

„Das habe ich ihm auch gesagt.“ Absalom zuckte hilflos mit den Schultern. „Er will nicht.“ Sein Zorn wurde schnell zur Verzweiflung, und er wischte sich verstohlen mit den Handrücken über die Augen. „Seit Monaten hat er nichts anderes getan als das Haus Geschur mit Beleidigungen zu überschütten. Alles andere ist ihm egal.“

Ich konnte das nicht länger ertragen und sagte: „Komm, Absalom, wir gehen zusammen noch einmal zu ihm. Mir wird er glauben!“

Absalom stieß ein bitteres Lachen aus. Warum sollte ein König auf einen verwaisten Bettelknaben hören, wenn er nicht einmal seinem Lieblingssohn Glauben schenkte? Doch das sprach er nicht laut aus. Und ich wünschte, ich hätte das nicht so unüberlegt vorgeschlagen, nachdem ich David schon so lange nicht mehr gesehen hatte und auch nicht den Wunsch verspürte, ihm zu begegnen. Doch ich wußte, daß er mir glauben würde, und das war Grund genug.

„Seine Majestät der König von Israel wußte offenbar nicht recht, ob er begeistert oder entsetzt sein sollte, uns zu sehen. Die Freude, die in seinen Augen aufleuchtete, als sie meinen begegneten, beschämte mich. Dann bemerkte er Absalom hinter mir, und ihm wurde klar, weshalb wir gekommen waren. Ich sah, wie sich eine Wolke der Schwermut auf ihn legte.

Er ging sanft mit mir um, ersparte mir jedoch keine Einzelheit. Was genau hatte ich gesehen? Was gehört? Wußte ich überhaupt, was das Wort Vergewaltigung bedeutete? Und wie konnte ich mir sicher sein, was geschehen war?

„Ich weiß es einfach", sagte ich und sah ihm direkt in die Augen; er mußte mir einfach glauben! Die Wolke, die über ihm hing, wurde zusehends schwärzer, und mir wurde klar, daß sie schon immer dort gewesen war, so lange ich ihn kannte. Ich wich etwas zurück, und er schüttelte traurig den Kopf.

„Hab keine Angst, Zohar. Du darfst dich nie davor fürchten, die Wahrheit zu sagen."

Ich sagte: „Ich fürchte mich vor Amnon! Er hat mich schon immer gehaßt. Wenn er herausfindet, daß ich geredet habe, wird er durchdrehen!"

Absalom fiel sofort ein: „Du mußt Amnon bestrafen, sofort! Er hat Schande über meine Familie gebracht. Über deine!"

„Ich werde mit ihm reden", sagte David resigniert.

„Reden? Soll das alles sein? Was soll das bringen? Die Strafe dafür, wenn man sich an einem Mädchen vergeht, das bereits verlobt ist, ist der Tod! Das weißt du doch! Und wenn es auch noch die eigene Schwester ist ... "

„Absalom, er ist ebenso mein Sohn wie du. Ich muß ihm die Gelegenheit geben, sich zu rechtfertigen."

„Er ist nicht würdig, der Sohn eines Königs zu sein! Das war er noch nie! Willst du den Thron Israels etwa an einen Vergewaltiger weitergeben?"

„Ich will den Thron von Israel an überhaupt niemanden weitergeben, Absalom! Das steht mir nicht zu. Dies hier ist nicht Ägypten ... oder Syrien! Adonai beruft den zum König, den er erwählt hat. Und wie gesagt, Amnon hat das Recht, für sich selbst zu sprechen."

„Dann verlange ich, daß mir berichtet wird, was er gesagt hat!"

„Absalom, du hast kein Recht, irgend etwas zu verlangen."

Für die Dauer von zehn unendlich langen Herzschlägen starrten Vater und Sohn sich an; David erschöpft und widerstrebend, Absalom flammend vor Entrüstung. Dann sagte ich: „Komm, Absalom, laß uns gehen.“

Überraschenderweise gehorchte er, doch während wir gingen, rief er über die Schulter zurück: „Ich werde gleich morgen früh wiederkommen. Und dann erwarte ich ein paar Antworten ... Majestät!“

Diese Nacht verbrachte Absalom bei uns im Harem. Ich glaube, Maacah wollte ihn im Auge behalten. Doch er schlief nicht; er ging die ganze Nacht auf und ab und befühlte die Schneide seines Messers. Tamar saß noch immer zusammengekauert in ihrer Ecke und ließ niemanden an sich heran.

Ich fand auch nicht viel Schlaf. Ich hatte meine Bettrolle auf dem Boden vor Tamar ausgerollt, um in ihrer Nähe zu sein, und jedesmal, wenn ich erwachte, waren da ihre blicklosen Augen, die groß und feucht in die Dunkelheit starrten und mich bis in meine Träume verfolgten.

Beim ersten Tageslicht stürmte Absalom ohne Frühstück hinaus. Ich hatte ihn noch nie so am Boden zerstört gesehen wie bei seiner Rückkehr. Er sagte, sein Vater habe ihm berichtet, daß Amnon alles zugegeben und bereut hätte und daß die ganze Sache jetzt vorbei wäre. Ich hätte nichts von Jonadab oder Amnon zu befürchten, und das Beste, was wir alle tun könnten, sei zu vergeben und zu vergessen. Absalom befahl mir, ihm Wein zu bringen. Er schien es darauf anzulegen, sich besinnungslos zu trinken, denn er leerte Becher nach Becher, ohne auch nur einmal innezuhalten.

„Wie können wir vergeben und vergessen?“ klagte Maacah. „Können wir etwa Tamar zu ihrer Hochzeit schicken, als ob nichts gewesen wäre? Was wird ihr Ehemann sagen, wenn in der Hochzeitsnacht kein Blut auf dem Laken ist? Und wie lange wird sie in diesem ... Zustand bleiben?“

„Er sagt nur immer wieder, daß sie nicht geschrien hat“, murmelte Absalom. „Also müßte sie auch sterben, wenn er Amnon zur Rechenschaft zieht. Das Volk würde das verlangen. Es war schließlich Blutschande! Er müßte also seinen erstgeborenen Sohn und seine einzige Tochter am selben Tag zum Tode verurteilen. Ganz abgesehen von dem Skandal, den das verursachen würde, und dem Schaden, den es dem königlichen Haus bringen würde, wenn die Sache an die Öffentlichkeit käme. Amnon hat bereut; also ist es wohl wirklich das Weiseste, die ganze Angelegenheit zu vertuschen.“ Er knallte frustriert seinen Becher auf den Tisch. „Beim Himmel, er hat recht! Es gibt keinen legalen Weg, Amnon zu bestrafen und Tamar zu verschonen. Schon gar nicht, wenn sie die Geschichte nicht aus ihrer Sicht zu schildern bereit ist."

„Er ist der König. Wenigstens er sollte doch in der Lage sein, zu tun, was er will, egal, was die Leute sagen!"

„Wir sind hier in Israel, Mutter." Absaloms Stimme war bitter. „Nicht einmal der König kann sich Freiheiten gegenüber der Torah erlauben."

„Aber David weiß doch, daß es eine Vergewaltigung war, oder, Zohel?"

„Und ob er das weiß", zischte Absalom. Wütend stand er auf, doch der viele Wein ließ ihn schwanken. „Er nennt sich selbst gerecht und einen Mann Gottes, Adonais Erwählten. Doch was ist das für eine Art von Gerechtigkeit, die einen blutschänderischen Vergewaltiger auf den Thron setzen will? Ich will wahre Gerechtigkeit! Ich verlange wahre Gerechtigkeit! Wenn er sie nicht gewähren will, dann muß ich eben dafür sorgen, daß es sie gibt. Ich werde Amnon töten, ganz egal um welchen Preis."

Er wollte zur Tür gehen, doch nach zwei Schritten brach er zusammen und mußte auf die Couch geschleppt werden. Danach schlief er den ganzen Tag durch; er hatte ja in der Nacht kein Auge zugetan. Sogar Tamar schlief in ihrer Ecke ein, und Maacah und mir gelang es, sie in ihr Bett zu tragen. Miriam wurde losgeschickt, um frisches Wasser für ihre Herrin zu holen, und direkt hinter unserer Tür lauerte ein klatschgieriges Rudel von Haremsbewohnerinnen, die wie ein Schwarm Geier über das arme Mädchen herfielen und sie von allen Seiten mit Fragen bombardierten.

Nach Sonnenaufgang erwachte Absalom. Ich führte ihn zu Tamar ans Bett, und er nickte und erklärte: „Ich muß etwas erledigen."

Maacah bettelte: „Absalom, laß dein Messer hier. Ich will nicht, daß du irgendwelche Dummheiten machst ..."

Er nahm sein Messer ab und warf es auf den Tisch. Er wußte genausogut wie Maacah, daß er mit einem offenen Mord nie davonkommen würde.

„Wo gehst du hin, wenn du nicht hinter Amnon her bist?"

„Ich weiß nicht. In meine Gemächer", sagte er, doch wir alle wußten, daß er log. Da er sich an seinem Bruder nicht öffentlich rächen konnte, wollte er seinen Vater auf seine Art bestrafen.

Zwei Tage vergingen, doch Tamars Zustand besserte sich nicht im geringsten. Absalom hielt sich von Maacahs Gemächern fern und versuchte mit allen ihm zur Verfügung stehenden Mitteln, seinen Kummer zu betäuben.

Am dritten Tag gelang es den Klatschweibern, in unsere Räume einzudringen. Ich weiß nicht, wie sie das geschafft haben, doch plötzlich wimmelte der Raum nur so von Frauen, die alle durcheinander redeten. Wir versuchten, sie hinauszuwerfen, doch sie ignorierten uns einfach, strömten in Tamars Zimmer und fielen über sie her wie eine Horde Raben.

Nun, immerhin durchbrachen sie Tamars Teilnahmslosigkeit, und dafür mußten wir ihnen wohl dankbar sein. Als eine der Frauen Tamars Hochzeitsgewand hochhielt und einige ironische Bemerkungen über die Jungfräulichkeit der Braut machte, sprang Tamar laut schreiend auf und zog sich das Gewand über den Kopf, um ihr Gesicht zu verstecken. Die Frau versuchte es ihr wieder wegzunehmen, und in dem folgenden Handgemenge riß der kostbare Stoff, und das Kleid zerfiel in zwei Hälften.

„Ein böses Omen!" schrie das Weib, das die eine Hälfte in den Händen hielt. „Anscheinend hat die Prinzessin einen anderen Mann gefunden, der mehr ihren Neigungen entspricht. Einen, der mit ihr mehr gemeinsam hat vielleicht?"

Zitternd und hilflos wie ein Blatt im Wind wandte sich Maacah an mich: „Zohel, geh und hol Absalom, bevor sie Tamar auch noch in Stücke reißen!"

Ich fand Absalom allein in den Ställen, wo er seine Pferde striegelte und dabei auf sie einredete. Die wilden Bürstenstriche, mit denen er die Tiere traktierte, verrieten seinen inneren Aufruhr. Er war unbewaffnet, doch er ergriff eine Peitsche, während er hinter mir her eilte. Die Peitsche über dem Kopf schwingend stürmte er in Maacahs Gemächer. Er ließ die Peitsche auf einen Tisch niedersausen; Vasen, Becher und andere Gegenstände flogen durch den Raum, und die Weiber kreischten und stolperten übereinander in ihrer Hast, diesem Verrückten mit der Peitsche zu entkommen.

In der Nacht schmuggelten wir Tamar aus dem Harem und brachten sie in Absaloms Gemächern unter. Sie hielt immer noch die Überreste ihres Hochzeitsgewandes umklammert, und keiner von uns konnte es ihr entwinden.

Bis auf diesen bizarren Vorfall, der ihr übermenschliche Kraft verliehen hatte, war sie schrecklich schwach. Sie hatte seither weder gegessen noch getrunken. Sie war hier vielleicht sicher vor den Angriffen anderer, doch niemand konnte sie vor sich selbst schützen.

Ich blieb bei Maacah, um ihr beizustehen. Für die beiden Kleinen wurde eine Amme eingestellt, und ein kräftiger Eunuch wurde vor der Tür postiert, um die Frauen von einem weiteren Eindringen in Maacahs Gemächer abzuhalten. Wohl zwanzig Mal am Tag fragte Maacah mich: „Warum kommt David nicht her, Zohel? Er muß doch wissen, wie es uns geht. Hat er etwa Angst? Er, der sich nie vor etwas gefürchtet hat und eigenhändig einen Riesen tötete?"

Ich hatte nichts zu sagen. Und immer noch standen die Frauen wie Aasgeier jeden Tag vor unserer Tür, wartend, flüsternd, und trieben Maacah langsam an den Rand des Wahnsinns.

Ich selbst hatte mich recht gut unter Kontrolle. Ich war inmitten von Krisen und Gewalt aufgewachsen und konnte damit besser umgehen als mit Liebe und Fürsorge. Miriam kam jeden Tag und berichtete von Tamar, und zuerst klangen ihre Neuigkeiten recht ermutigend: Tamar hatte zum ersten Mal die Nacht durchgeschlafen, dann war sie aufgestanden und hatte Miriam gebeten, ihr Wasser für ein Bad zu besorgen. Sie hatte sogar ein wenig gewärmten Wein getrunken, aber nichts gegessen.

Doch von diesem Tag an hatte sie mehr und mehr Zeit in ihrem Waschzuber verbracht, bis ihre Haut ganz schrumpelig wurde. Selbst Miriam durfte sie nicht nackt sehen. Sie mußte den Raum rückwärts betreten, wenn sie frisches Wasser brachte. Natürlich hatte sie trotzdem geschaut und berichtete, daß Tamar schrecklich dünn wäre und sie sich fast alle Haare ausgerissen hatte. Systematisch zerfetzte sie auch das Hochzeitsgewand in winzige Stückchen, die wie Blütenblätter in ihrem Badewasser trieben und sich langsam auf dem Boden zu kleinen Hügeln anhäuften.

„Und Absalom?" fragte Maacah. „Wie geht es ihm?"

Miriam ließ den Kopf hängen. „Ich sehe ihn fast nie. Und er trinkt viel zuviel."

Der Tag der Hochzeit kam und ging. Kein Wort war an Tamars Verlobten gesendet worden, und auch von ihm war keine Nachricht gekommen. Er hatte vermutlich die Gerüchte gehört, so wie jeder andere auch.

Ich begann, mir selbst einen Teil der Schuld zu geben, die ich zuvor so leichtherzig vor Davids Tür abgeladen hatte. Hatte ich mir nicht gewünscht, die Hochzeit würde nicht stattfinden? Warum hatte ich Tamar nicht gewarnt, wo ich doch ahnte, was Amnon vorhatte? Vielleicht hätte ich es verhindern können?

Die Schuldgefühle vermengten sich mit der alten Scham über meine Vergangenheit, und ich fühlte mich so wertlos und schäbig wie nie zuvor. Ich sprach tagelang mit keinem Menschen, verkroch mich in einer Ecke und lutschte am Daumen, wie ich es schon monatelang nicht mehr getan hatte. Innerlich konzentrierte ich mich darauf, David zu hassen Es war sehr viel Haß in mir, und immer, wenn der Pfeil der Schuld sich auf mich selbst richten und mein Herz durchbohren wollte, wendete ich seine Flugbahn auf David. Bald fühlte ich mich stärker.

Noch immer hatte Tamar keine Nahrung zu sich genommen.

„Ich glaube, sie hat sich entschlossen zu sterben", schluchzte Miriam. „Was hat sie denn auch noch für einen Grund zu leben?"

„Ich muß sie sehen", entschied Maacah. „Ich kann das nicht zulassen!"

„Oh nein, Herrin, bitte nicht! Es würde euch nur entsetzen, sie zu sehen. Tut euch das nicht an."

„Mutter sein ist schmerzhaft, Miriam. Ich muß es ertragen."

Wir nahmen Früchte und Oliven und verlockende Süßspeisen mit und kämpften uns durch die noch immer vor unserer Tür lauernden Frauen. Tamar zeigte sich nicht. Miriam rief ihr leise von der Tür aus zu, daß ihre Mutter da war. Tamar sagte nur, sie solle gehen. Ich weiß nicht, warum Maacah nicht einfach trotzdem hineinging. Vielleicht hatte sie Angst vor dem, was sie dort vorfinden würde. So gingen wir unverrichteter Dinge wieder zurück.

Dasselbe wiederholte sich von nun an jeden Tag, ohne daß sich irgend etwas geändert hätte. Am vierten Tag entschloß ich mich dazu, einige der herzförmigen Kuchen zu backen, die Tamar so liebte. Maacah war wenig begeistert von der Idee.

„Was soll das bringen, Zoheleth? Du wirst sie nur daran erinnern, was geschehen ist. Mach die Dinge nicht noch schlimmer."

Ich sagte: „Sie können gar nicht noch schlimmer werden" und machte mit dem Backen weiter. Vielleicht würde ich wirklich eine negative Reaktion hervorrufen, doch das war immer noch besser als gar keine Reaktion. Und vielleicht würde sie sich ja nicht nur an die Schmerzen, sondern auch an glückliche Zeiten erinnern.

Auch Miriam versuchte, mir die Sache auszureden, als ich mit meinen Kuchen in Absaloms Gemächern auftauchte. Doch ich war fest entschlossen.

„Sag Tamar nicht, daß ich da bin. Ich gehe einfach hinein – allein."

„Zohel, nein! Sie badet. Ich kann nicht zulassen, daß du sie siehst!"

„Dann mußt du mich schon mit Gewalt davon abhalten, und ich glaube, daß ich wesentlich mehr Übung im Kämpfen habe als du. Ich werde nicht länger einfach zusehen, wie sie sich zu Tode hungert!"

Tamar saß mit dem Rücken zu mir in ihrem Zuber und goß sich kraftlos mit skelettdünnen Fingern Urne um Urne Wasser über die Schultern. Sie hatte sich sämtliche Haare bis auf ein paar verfilzte Strähnen ausgerissen, und ich konnte jeden einzelnen Knochen in ihrem Rücken und ihren Schultern ausmachen. Wenn ich nicht gewußt hätte, um wen es sich handeln mußte, hätte ich sie nicht erkannt.

Sie mußte mich gehört haben, doch sie machte keinen Versuch, sich zu verhüllen. Langsam ging ich um den Zuber herum – und sah in die stumpfen, tief eingesunkenen Augen einer Fremden in einem grauen, schmalen Gesicht. Die Haut hing ihr seltsam schlaff von den Knochen, und von ihren Brüsten war fast nichts mehr übrig. Sie schien mich zu erkennen; doch sie schrie nicht auf und wandte sich auch nicht ab. Ich faßte mir ein Herz und streckte ihr einen der Kuchen entgegen. Ihre Finger berührten meine, als sie ihn nahm, und sie waren kalt wie Schnee.

Dann lächelte sie ein entsetzlich leeres, krankes Lächeln und aß den Kuchen.

Zuerst frohlockte ich, doch nur für einen Moment. Dann sah ich, daß das irre Grinsen auf ihrem Gesicht lag wie eine Totenmaske, und ich wollte mich am liebsten übergeben. Ich reichte ihr noch einen Kuchen, und sie aß auch diesen. Ich wußte ebensowenig, warum sie das tat, wie ich gewußt hatte, warum ich sie gebacken hatte. Vielleicht bedeutete es ja, daß sie doch nicht sterben würde.

Ich ließ die restlichen Kuchen bei Miriam und sagte nur: „Sie wird sie noch essen. Ich bringe morgen neue."

Jeden Morgen und jeden Abend beteten Maacah und ich gemeinsam um ein Wunder. Das waren denkwürdige Gebetstreffen, bei denen keiner von uns so recht festlegte, zu wem er eigentlich betete – Maacah, weil sie mich nicht erschrecken wollte, und ich, weil ich es nicht besser wußte. Und meine Worte schienen trotz ihrer Dringlichkeit leer zu mir zurückzukommen.

Die Kuchen bei Miriam zu lassen hatte nichts genützt. Wir fanden schnell heraus, daß Tamar sie nur aß, wenn ich sie ihr persönlich reichte. Das wunderte alle, doch wenn ich abends allein in meinem Bett lag, gestattete ich mir zu glauben, daß ich wußte, warum das so war. Ich hatte Tamar nie von Ziba erzählt, doch jetzt, wo ihr alles sonstige Verstehen genommen war, begriff sie vielleicht, daß wir Seelenverwandte waren ... sie und der seltsame kleine Junge, den sie aus seinem Schneckenhaus befreit hatte.

Ich mußte also jeden Tag zu Absaloms Gemächern hinübergehen. Manchmal ging ich frühmorgens, manchmal mittags oder abends, und ich blieb immer unterschiedlich lange, damit niemand dahinter kam, daß Tamar dort war.

Eines Tages saß ich bei Tamar und sang ihr leise etwas vor, wie ich das öfters tat, und wie immer hoffte ich auf eine Reaktion. Plötzlich drangen laute Geräusche vom Flur herein – die Stimmen von Sheba, Shimei und Miriam, die alle versuchten, den offenbar aufgebrachten Absalom zu beruhigen. Tamar begann leise zu wimmern, und ich stand auf, um nachzusehen, was los war.

Zu meinem Erstaunen war Absalom nicht betrunken, wie ich angenommen hatte. Er war zu aufgeregt, um zusammenhängend zu erzählen, aber ich konnte doch ausmachen, daß er ein Zusammentreffen mit Amnon hinter sich hatte.

„Ich habe ihn nicht mehr gesehen, seit er ... seit er ... seit Tamar – also, ich habe ihn seit damals nicht mehr gesehen. Vater sagte, er hätte die Sache bereut; ich dachte, er hätte ihm irgendeine Art von Strafe aufgebrummt, aber er gibt doch tatsächlich noch damit an, Zohel! Ja, wirklich! Natürlich konnte ich nicht an ihm vorbeigehen und so tun, als sei nichts gewesen. Doch er hat nur gesagt, er verstünde gar nicht, worüber wir alle uns so aufregten. Er sei der erstgeborene Sohn des Königs; es stünde ihm zu, alles zu bekommen, was er haben wolle. Die Könige von Ägypten würden auch ihre Schwestern heiraten und Söhne mit ihnen zeugen, was hätte er also so Schreckliches verbrochen? Er ist so blasiert, Zohel so ... so völlig unberührt und so offensichtlich ganz und gar einverstanden damit, während Tamar hier Tag um Tag ... Sie wird für seine Sünde bestraft, und er läuft frei herum! Vater muß langsam senil werden, wenn er das nicht bemerkt!"

Ich fragte leise: „Hast du es ihm erzählt?"

„Erzählt? Was erzählt?"

„Hast du Amnon erzählt, was mit Tamar passiert ist?"

„Nein!" Absalom ließ die Schultern sinken. All sein Feuer hatte ihn verlassen. „Ich denke, ich will gar nicht, daß er das erfährt. Warum sollte er das Vergnügen haben herauszufinden, wieviel Macht er über unschuldige Menschen hat? Denn das würde ihm Vergnügen bereiten, das weiß ich. Ich weiß, wie er ist."

Ich bemerkte, daß ich die Fäuste zusammengepreßt hatte. Was sollte ich auch sonst tun? Da fragte Miriam plötzlich: „Warum geht ihr nicht zu Nathan?“

„Nathan?“ wiederholte Absalom verständnislos. „Der Prophet Nathan?“ Er runzelte die Stirn, dann sagte er: „Oh nein, zu ihm kann ich nicht gehen. Er hockt irgendwo in der Wildnis mit einem Haufen durchgedrehter Anhänger. Ich verschwende doch nicht meine Zeit damit, in der Wüste herumzuirren! Was soll das bringen?“

„Nathan ist hier im Palast“, gab Miriam zurück. „Ich habe ihn heute morgen gesehen.“ Dann wurde ihr bewußt, daß alle Augen auf sie gerichtet waren – vor allem Absaloms –, und sie lief dunkelrot an und senkte den Blick. „Es könnte sehr viel bringen. Er ist ein Mann Gottes, wenn es je einen gab! Er würde sich nicht blind stellen, wenn er Ungerechtigkeiten sieht. Und er hat großen Einfluß auf den König.“

Absalom saß eine Weile in nachdenklichem Schweigen da. Dann sagte er: „Komm mit mir, Zohel. Für den Fall, daß Nathan mir auch nicht glaubt!“

Ich glaube nicht, daß das wirklich der Grund war, warum er mich mitnahm. Ich denke eher, daß er annahm, daß ich sogar in meinem zarten Alter mehr Kenntnis der Wege Adonais hatte als er je haben würde. Er konnte ja nichts von der Verwirrung wissen, die in meinem Inneren tobte.

Nathan wohnte in einem kleinen Zimmer, in dem jede Art von Dekoration völlig fehlte. Abgesehen von einer schmalen Schlafstatt und zwei Stühlen mit harten Lehnen gab es keine Möbel. Doch er empfing uns so würdevoll wie ein Pharao zwei königliche Abgesandte. Ein lockenköpfiger Junge etwa in meinem Alter holte Wein und Oliven für uns, und wir wurden angewiesen, auf den beiden Stühlen Platz zu nehmen, während der Prophet mit dem harten Fußboden vorliebnahm. Aus irgendeinem Grund überraschte mich die Feststellung, daß die Falten in seinem Gesicht eher vom Lachen als vom Stirnrunzeln kamen und daß seine Augen glänzend und arglos waren wie die eines Kindes. Er war einer dieser Menschen, die einem das Gefühl vermitteln, die wertvollste und interessanteste Person der Welt zu sein, einfach nur, indem sie einen begrüßen; und davon gibt es nur sehr wenige. Sie alle kennen Adonai.

Absalom wirkte nervös und ließ ohne große Umschweife seine Schimpftirade vom Stapel. Doch das, was ihm als rechtschaffener Zorn erschien, wirkte plötzlich böse und gehässig. Trotzdem hörte

Nathan ihn bis zum Schluß an und blickte ihm die ganze Zeit sehr aufmerksam in die Augen. Hier und da nickte er bestätigend. Das schien Absalom noch mehr zu irritieren; er schloß mit einer recht lahmen, aber zynischen Bemerkung über David und ließ dann den Kopf hängen, so daß ihm seine blauschwarzen Locken über die Augen fielen.

„Es wäre gut, wenn du dir das fünfte Gebot in Erinnerung rufen würdest, Prinz Absalom", bemerkte Nathan, als die Attacke vorüber war.

Absalom erwiderte nichts.

„Dein Vater ist der König, den Adonai erwählt hat. Es mag gute Gründe dafür geben, daß er Amnon nicht in der Weise bestraft, die du wünschst. Weißt du alles, was es über sie beide zu wissen gibt? Meinst du, daß ein öffentlicher Skandal Tamar irgend etwas nützen würde oder ungeschehen machen könnte, was geschehen ist? Würde das irgend etwas zur Sicherheit und Stabilität des Volkes Israel beitragen? Oder sind es nicht vielleicht Israels heidnische Nachbarn, die du frohlocken sehen willst? Bei allem Respekt ... Sohn der Maacah."

Absalom verlor die Kontrolle über sich. „Meine Abstammung hat nichts mit dieser Sache zu tun! Denkst du etwa, daß Amnon weniger befleckt vom Götzendienst ist als ich? Er schläft mit Tempelprostituierten und bezahlt sie mit Gold aus dem königlichen Schatz!"

„Aha? Und sicher hast du Beweise für diese Behauptung, nicht wahr?"

„Beweise? Jeder weiß, daß das stimmt! Ich habe schon hundert Leute darüber reden gehört."

„Das ist kein Beweis."

„Ich habe einen Beweis dafür, daß er es versucht hat!" Absalom ergriff meinen Arm, zerrte mich von meinem Stuhl und hielt mich wie einen Schild zwischen sich und Nathan. „Ich habe die Abdrücke seines Gürtels auf den Beinen eines Kindes gefunden, das er für seine eigenen ruchlosen Absichten benutzt hat, weil er dachte, die arme Kreatur könne nicht sprechen! Nun, jetzt *kann* er sprechen, dank der Bemühungen meiner Mutter und Tamars. Er wird dir sagen, was für ein Mann Amnon ist."

Ich öffnete den Mund, doch Nathan brachte mich zum Schweigen. „Laß mich dir erst eine Geschichte erzählen, mein wütender junger Prinz. Ich habe einmal von einem Witwer gehört, der vier wunderschöne, aber sehr unachtsame Töchter hatte. Ständig verloren sie Dinge, manchmal sogar Dinge, die ihnen viel bedeuteten. Die älteste verlegte eine Goldmünze, die Zweite einen kostbaren Edelstein, die Dritte eine silberne Halskette, die das Hochzeitsgeschenk ihres Ehemannes gewesen war. Und die Jüngste, die zufällig auch die Schönste war, verlor einen einfachen Kupferring, der aber das einzige war, was ihre Mutter ihr hinterlassen hatte."

Nathan schwieg so lange, daß Absalom anfing, sich darüber zu beschweren, daß dieses ganze Gespräch zu nichts führe und er nicht hergekommen sei, um irgendwelchen überflüssigen, tränenreichen Geschichten zuzuhören.

„Du kannst nachher entscheiden, ob die Geschichte überflüssig war", konterte Nathan. „Doch du hast recht, es ist eine tränenreiche Geschichte. Die jüngste Tochter weinte viele Tränen und beklagte sich, daß jemand sie bestohlen habe und daß dieser Jemand bestraft werden müsse. Ihre Schwestern stellten daraufhin das ganze Haus auf den Kopf, um zu beweisen, daß sie Unrecht hatte. Der Ring war nirgends zu entdecken, doch sie fanden ihre eigenen vermißten Schätze – in der Schublade der Jüngsten!"

Absalom war blaß geworden. „Was willst du damit sagen?"

„Du bist nicht der einzige mit einem Ohr für Gerüchte, junger Prinz. Du bist selbst wohl nicht ganz unschuldig, oder?"

„Ich . . . ich weiß nicht, wovon du sprichst."

„Nein? Willst du es wirklich hören? Du fühlst dich betrogen, weil dein Bruder etwas gestohlen hat, was dir heilig war. Dabei hast du etwas genommen, was deinem eigenen Vater gehört!"

Absalom zitterte von Kopf bis Fuß. „Woher weißt du das?"

„Ich bin das Ohr, das Auge und der Mund Adonais, Absalom. Es ist meine Aufgabe, alles zu wissen."

Absalom stotterte: „Du ... du verstehst das nicht. Es war alles ganz anders! Ich habe Bathseba nicht mit Gewalt genommen. Ich war der Jungfräuliche von uns beiden ... sie hat mich verführt!" Als Nathan eine Augenbraue hob, fügte er hinzu: „Oh, ich weiß, es hat immer Gerede gegeben über mich und die Frauen, doch das war auch alles. Nur Gerede! Gott weiß, daß ich genug davon selbst verbreitet habe ... "

„All das macht das, was du getan hast, nicht weniger falsch." Nathan erhob sich und bedachte Absalom überraschenderweise mit einem strahlenden Lächeln. „Ich fürchte, daß dies der Beginn der Erfüllung ist", sagte er.

Doch Absalom war zu verängstigt, um ihn zu fragen, was er damit meinte.

Den ganzen Weg zurück zu seinen Gemächern öffnete er nicht einmal den Mund. Ich hatte Mitleid mit ihm; auch in meinen Augen war sein Verbrechen nicht so schlimm wie das, welches Amnon begangen hatte. Wie die meisten Kinder und nicht wenige Erwachsene sah ich Sünde immer noch als etwas, das man in Graden messen kann, nicht als Geisteszustand, der zum Tod führt, ganz egal, wie offensichtlich oder diskret man ihn auszudrücken versucht.

Plötzlich blieb Absalom abrupt stehen und versuchte, mich loszuwerden; ich nehme an, er wollte zu Bathseba. Dann änderte er seine Meinung und beschloß, seine Mutter zu besuchen, und da ich heute schon meinen Dienst an Tamar getan hatte, kam ich mit. Ich war nicht überrascht, daß er seine ruchlose Geliebte jetzt nicht sehen wollte; ihre verborgene Affäre hatte plötzlich einen bitteren Beigeschmack bekommen.

Doch der innere Aufruhr in uns beiden wurde sehr schnell von dem in den Schatten gestellt, was uns in Maacahs Gemächern erwartete: Alles war durcheinandergeworfen, und Maacah selbst war nirgendwo zu sehen. Ein ganzes Rudel von Sklaven, die ich noch nie zuvor gesehen hatte, waren dabei, unsere Sachen in Kisten zu packen. Die Möbel waren in der Mitte des Raumes aufgestapelt, die Teppiche zusammengerollt, und sogar die Wandbehänge waren abgenommen und auf den Boden geworfen worden.

Fluchend packte Absalom den nächstbesten Sklaven und schrie: „Was ist hier los?"

Der Sklave starrte ihn an, als wäre er erstaunt, daß er das nicht wußte. „Die Sachen der Herrin Bathseba werden morgen früh hierher gebracht, Herr. Dieser ganze Kram muß bis dahin hier weg sein."

„Bathseba? Sie zieht in diese Räume?"

„Ja, Herr. Übermorgen. Auf Anweisung des Königs."

„Was? Warum?"

Inzwischen hatten alle Sklaven ihre Arbeit unterbrochen und gafften Absalom an. Einer trat vor und sagte: „Wir dachten, daß du und deine Mutter davon wüßten, Herr. Die Herrin Bathseba fühlt sich nicht wohl, und sie ist ja auch wieder schwanger. Ihre Räume bei den anderen Frauen des Harems sind nicht mehr ... angemessen für sie, also hat der König einen Austausch angeordnet."

Absalom knurrte: „Wo ist meine Mutter?"

„Ich glaube, sie ist zum König gegangen, Herr."

In diesem Moment hörte ich hinter mir das Rascheln eines Gewandes, und jemand zischte: „Es gibt hier niemanden mehr, der es wert ist, König genannt zu werden!" Maacahs Stimme klang erschöpft und immer noch ungläubig. „Dies hier findet nicht auf Davids Anweisung hin statt. Noch nicht einmal auf Ahitophels. Und es hat auch nichts mit irgendeiner Krankheit zu tun. Es ist Bathsebas Wunsch, in den Gemächern zu wohnen, die für die Hauptfrau des Königs vorgesehen sind. Sie hat das alles arrangiert!"

Die Sklaven schienen überrascht; einer legte einen Teppich ab, den er bereits geschultert hatte. Absalom keuchte: „Du meinst, Vater hat von alledem gar nichts gewußt? War er denn nicht wütend auf sie?"

„Zuerst schon. Er hat nach ihr schicken lassen, während ich dort war, damit sie es mir selbst erklären konnte. Doch sie mußte ihn nur ansehen, und schon hat er nachgegeben. Deine kleine Hure muß ja wirklich das gewisse Etwas haben, Absalom. Er muß ganz unter ihrem Bann stehen. Oder er fürchtet ihren Großvater."

„Es ist vorbei", murmelte Absalom.

„Was ist vorbei?"

„Das mit Bathseba und mir. Dies hier ist ihre letzte Beleidigung gewesen. Ich werde sie nie wiedersehen."

Maacah stützte müde ihr Gesicht in die Hände. „Ich wünschte, ich könnte das auch sagen. Als ich den Thronsaal verließ, ist sie mir nachgekommen und hat mich beschimpft. Sie schrie, ich hätte ihr Kind vergiftet, ich sei eine Hexe, und Tamar ebenfalls, und daß Tamar diejenige gewesen sei, die Amnon verführt hätte. Wenn ich noch einmal wegen dem Umzug Ärger machen würde, werde sie David dazu bringen, Tamar hinrichten zu lassen."

Absalom nahm seine Mutter in die Arme, und sie klammerte sich an ihn wie eine Ertrinkende und stammelte, daß er das einzige sei, was ihr noch geblieben sei und daß er sie nicht im Stich lassen dürfe. Er flüsterte: „Das macht doch alles keinen Sinn. Nichts davon macht irgendeinen Sinn!"

„Oh doch, das tut es", weinte Maacah. „Wir sind die ganze Zeit blind wie die Fledermäuse gewesen, Absalom. Schon seit den Ammoniterkriegen ist alles falsch gelaufen, und jetzt kenne ich auch den Grund: Männer aus Geschur haben gegen David gekämpft, und weil wir ein stolzes Volk sind und ihm keine Abgaben zahlen wollten, kann er uns nicht vergeben. Und diese Hure gießt jeden Tag Öl in das Feuer seiner Rachsucht. Und ich habe gesagt, daß ich seinetwegen der Göttin abschwöre; dies ist meine gerechte Strafe! Wenn David mich also als heidnische Zauberin sehen will – den Gefallen kann ich ihm tun!"

Als wir in Maacahs neue Räume einzogen, stellte sie eine Statue der Göttin Astarte – oder Aschera, wie sie hierzulande genannt wird – für jeden sichtbar auf einen kleinen Altar auf das Dach. „Laß es alle sehen", sagte sie. „Was soll mir noch passieren? Es ist nichts mehr übrig, was David mir noch nehmen könnte, wenn er nicht gerade einen Krieg mit Syrien vom Zaun brechen will."

8

Zwei Jahre vergingen, und zwei weitere Ernten wurden von den Heuschrecken vernichtet. Dazu kamen noch extreme Fröste im Winter, denen Hunderte alter Olivenbäume zum Opfer fielen. Die Weinreben bekamen eine Art Mehltau, und die Beeren verschrumpelten an den Stöcken, bevor sie reif waren. In den Straßen der Stadt wurde der Unmut über David immer offener geäußert. Und es wäre noch weit schlimmer gewesen, wenn das Volk von Nathans Prophezeiung gewußt hätte – und davon, daß der König bereits sehr genau wußte, was zu tun war, um das Schicksal abzuwenden.

Die Schatzkammern des Königs gaben nicht mehr genug her, um Korn im Ausland zu kaufen und es billig an das Volk weiterzugeben. Seit dem Sieg über die Ammoniter hatte Israel keinen Krieg mehr geführt, und so war auch keine Beute gemacht worden. Auf den Marktplätzen stiegen die Preise in schwindelerregende Höhen; allein ein Schafskopf kostete jetzt schon soviel wie drei Jahre zuvor zwei lebende Schafe. Abgezehrte Frauen trugen die kleinen Leichen ihrer Kinder vor die Stadt, um sie zu beerdigen, und im Gefolge der Unterernährung gediehen auch die Krankheiten. Die Nahrungsmittelknappheit führte dazu, daß die Menschen gegen die mosaischen Gesetze verstießen und unreine Lebensmittel verzehrten.

Im Palast mußten wir keinen Hunger leiden, doch die Auswahl war wesentlich beschränkter als bisher. Und wir waren nicht gegen die Krankheiten gefeit. Zuerst starben nur einige Sklaven; dann eine der Konkubinen. Und dann, während David noch immer versuchte, die Augen vor dem Problem zu verschließen, erkrankten Maacahs kleine Söhne Eliada und Eliphelet am selben Tag. Noch bevor die

Woche um war, lagen ihre kleinen Körper still und kalt und in weiße Tücher gehüllt auf einer Bahre.

Bathsebas kleiner Sohn dagegen gedieh prächtig, so sagte man jedenfalls. Wir hatten ihn noch nie gesehen; niemand hatte ihn je zu Gesicht bekommen. Sein Name war Salomo, und Bathseba hielt ihn versteckt, weil sie, wie man munkelte, die Eifersucht von Davids anderen Söhnen fürchtete.

Ich bezweifle, daß David sich je zu einer Entscheidung durchgerungen hätte, wenn er nicht dem Begräbnis von zweien seiner eigenen Söhne hätte beiwohnen müssen. Doch schließlich wurden die gibeonitischen Abgesandten noch einmal in den Palast gebeten. Sie verkündeten, daß ihre Götter nun befragt worden seien und verlangt hätten, daß ihnen sieben direkte männliche Nachkommen Sauls ausgeliefert und vor den Mauern von Sauls Hauptstadt aufgehängt werden sollten. Ich hatte keine Ahnung, ob abgesehen von diesem rätselhaften Mephiboschet überhaupt noch so viele direkte Nachkommen Sauls existierten. Ich glaube nicht, daß irgend jemand im Palast das wußte, schon gar nicht David. Doch irgendwie gelang es Ahitophels Schergen, sieben traurige Gestalten aufzutreiben, von denen sie behaupteten, sie seien Söhne von Sauls Konkubine Rizpah und seiner Tochter Merab, der Schwester von Michal. Vielleicht zum ersten Mal in ihrem Leben war Michal froh, kinderlos geblieben zu sein, und zweifellos ging es David ebenso.

Auf der Höhe des Sommers, als die Hügel vertrocknet dalagen und ganz Jerusalem nach Tod und Verfall stank, beobachtete ich vom Palastdach aus, wie die sieben Opfer in Ketten vor die Stadt gebracht und den Gibeonitern ausgehändigt wurden. David vollzog die grausige Transaktion selbst. Aus der Entfernung sah er aus wie ein gebrechlicher alter Mann. Seine Augen waren dunkle Löcher, und er ging gebeugt, als ob er noch immer das Gewicht dieser schrecklichen schwarzen Wolke auf den Schultern trug, die ich über ihm gesehen hatte. Nathan stand passiv dabei, doch als es vollbracht war, sah ich, wie der König und er unglückliche Blicke austauschten.

Von diesem Tag an brachte jedes Saatkorn, das gepflanzt wurde, reiche Ernte.

Ich war an jedem einzelnen Tag der vergangenen zwei Jahre zu Tamar gegangen und hatte sie zum Essen überredet. Nach einer Weile hatte sie auch Früchte und Süßigkeiten von mir angenommen, und das war gut, denn ich hatte den Geruch der Kuchen inzwischen hassen gelernt. Doch in dieser ganzen Zeit hatte sie nie ein einziges Wort zu mir gesagt. Sobald ihr Haar nachwuchs, schnitt sie es ab und riß es sich büschelweise aus. Wenn sie nicht im Bett war, saß sie in ihrem Badezuber, und sie weigerte sich, irgendein Kleidungsstück anzuziehen. Jedes Stück Stoff wurde von ihr in kleine Fetzen gerissen. Ich sagte immer noch jeden Tag meine Gebete auf, doch die Worte waren nicht mehr als ein Ritual. Die Tamar, die ich gekannt hatte, war tot, und tot war auch die Liebe, die sie in mir erweckt hatte. Absalom und Maacah hatten ihre eigenen Probleme und bedachten mich nicht mehr mit so viel Zuneigung wie früher, und langsam zog ich mich wieder in mein Schneckenhaus zurück, sprach immer weniger und hörte auf zu singen. Auch die bösen Träume stellten sich wieder ein.

Absalom mochte nicht bemerken, daß ich trauerte, doch ich sah ganz deutlich, daß er litt. Außer dem unvermeidlichen Trinken gab es noch andere Hinweise. Er hatte seine Pferde und die Wagen aufgegeben, und er hurte nun ganz offen herum. Von den unzähligen Kindern im Harem war den Gerüchten zufolge mehr als eines von ihm. Ich glaube kaum, daß David selbst noch wußte, wieviele Söhne er hatte, doch mit einer Ausnahme schienen nur diejenigen, die in Hebron geboren waren, wirklich zu zählen, obwohl auch von den anderen langsam schon einige das Erwachsenenalter erreichten. Die eine Ausnahme war Bathsebas Sohn.

Die Affäre zwischen ihr und Absalom war an dem Tag zu einem abrupten Ende gekommen, an dem wir Nathan aufgesucht hatten. Ich weiß nicht, ob Bathseba es darauf angelegt hatte, als sie Maacah gedemütigt hatte, doch vielleicht war es sogar ihr unangemessen vorgekommen, ein länger andauerndes Verhältnis mit dem Sohn des Königs zu haben. Doch wenn es ihr etwas ausgemacht haben sollte, ihren schönen jungen Liebhaber zu verlieren, so ließ sie das niemanden merken.

Maacah selbst verhielt sich aus meiner Sicht immer seltsamer, und meine Tätigkeit bei ihr wurde mir immer unangenehmer. Sie hatte nie offen um ihre beiden kleinen Söhne getrauert; sie sprach auch niemals über sie. Tag um Tag füllte sie unsere ohnehin schon vollgestopften Räume mit neuen Götzenbildern und Statuen und verbrachte Stunden auf dem Dach mit wunderlichen Ritualen. Manchmal zwang sie mich, ihr zu helfen und ihr Messer und Gefäße mit Blut anzureichen, während sie eintönige Gesänge anstimmte und Flüche gegen David und Bathseba aussprach. Doch ein Teil von ihr schien David noch immer verzweifelt zu lieben, und wenn dieser Teil die Oberhand gewann, dann hätte sie ihm eher einen Liebestrank als

Gift verabreicht. Doch sie hatte ohnehin keinen Zugang mehr zum König; dafür hatte Bathseba gesorgt.

Manchmal, wenn Absalom zu Besuch kam, versuchte Maacah ihn in ihre fremdartigen Rituale mit einzubeziehen, doch er konnte damit ebensowenig anfangen wie mit der Anbetung Adonais. Er lehnte jede Art von Religiosität als hysterisches und abergläubisches Getue ab, besuchte nur die Veranstaltungen, die sich nicht vermeiden ließen und hielt sich ansonsten alle geistlichen Angelegenheiten vom Leib. Es erinnerte ihn daran, daß er weder ein richtiger Syrer noch ein wahrer Sohn Israels war.

Eines Tages beschloß ich, meinen Besuch bei Tamar möglichst früh hinter mich zu bringen. Ich hatte ein paar Kuchen vom Vortag übrig und nahm noch eine Handvoll Feigen mit, bevor ich mich hinausschlich. Absalom schlief noch, als ich ankam; er hatte sich voll bekleidet auf die Couch fallen lassen, die der Tür am nächsten stand. Wahrscheinlich war er nach seinen üblichen nächtlichen Vergnügungen einfach nicht weiter gekommen. Miriams Tür war verschlossen.

Tamar war nicht in ihrem Bett. Auch saß sie nicht in dem Badezuber, oder zumindest sah es zuerst so aus, denn ich konnte die vertrauten Umrisse ihres knochigen Körpers und ihres geschorenen Kopfes gegen das Dämmerlicht nicht ausmachen. Ich ging zum Fenster hinüber und stieß es auf, um den Morgen einzulassen, und erst als ich mich umdrehte, sah ich sie. Sie lag mit über der Brust gefalteten Armen in dem Zuber, die Augen weit geöffnet und das Gesicht unter dem kalten Wasserspiegel.

Miriam fand mich viel später zusammengekauert in einer Ecke. Ich kann mich nicht erinnern, was danach passierte – nicht an die Trauer, nicht an die Beerdigung, nichts. Ich muß Wochen oder Monate wie eine Raupe in einer Art Starre verbracht haben. Irgendeine tief verschüttete Ebene meines Bewußtseins konnte mit Tamars Tod einfach nicht fertigwerden.

Doch ich war kein kleiner Junge mehr, und irgendwie kam ich nach einer Weile wieder zu mir und lernte weiterzuleben. Ich war nicht mehr derselbe, obwohl ich immer noch für Maacah arbeitete und mich den Leuten um mich her höflich zeigte, weil ich nicht wieder als Bettler herumstreunen wollte. Doch tief im Inneren meines Herzens wußte ich, daß ich damals klüger gewesen war. Ich hatte alles unter Kontrolle gehabt: *Liebe niemanden, und laß nicht zu, daß dich jemand liebt, dann kann dich niemand verletzen.* Aber vielleicht konnte ich diesen Zustand wieder erreichen.

Ich beobachtete und hörte zu, doch ich ließ mich von nichts mehr berühren. Ich sah zu, wie Maacah in tiefe Verzweiflung sank, und ich hörte Miriam zu, die ebenso verzweifelt versuchte, Maacah zu helfen.

Absalom schien die letzte Episode in Tamars Tragödie am tiefsten zu treffen. Praktisch über Nacht wurde er ein anderer Mensch. Er hörte auf zu trinken und brach alle Affären mit Frauen ab. Er verbrachte viel Zeit mit seiner Mutter, doch sie redeten fast nie miteinander. Er wurde still und grüblerisch, was überhaupt nicht zu ihm passen wollte, und er wurde berechnend. Irgend etwas plante er, doch ich wußte nicht was, und ich hatte mich bereits genug von allem distanziert, um es auch nicht wissen zu wollen.

Dann, eines Tages, ging er zum König und bat ihn, ihm einen Teil seines Erbes im voraus auszuhändigen. Von dem Geld kaufte er sich ein großes Gut in Baal-Hazor in der Nähe von Ephraim, etwa eine Tagesreise nordöstlich von Jerusalem, und gab bekannt, daß er dort hinziehen würde ... allein.

Auch die tränenreichen Klagen seiner Mutter konnten ihn nicht umstimmen. „Absalom, mein Liebling, wie kannst du mir das antun? Nimm mich doch mit! Ich werde so einsam sein ... werde ich jetzt auch noch mein letztes Kind verlieren?"

„Du bist die Frau des Königs, ob es dir gefällt oder nicht", entgegnete Absalom hart. „Es würde sich nicht schicken, wenn du Jerusalem verläßt. Außerdem würdest du Bathseba damit genau das geben, was sie will. Ganz davon abgesehen befindet sich das Haus in einem grauenhaften Zustand und wäre wohl kaum der richtige Aufenthaltsort für eine Adlige deines Standes!"

„Dann wirst du mich holen, wenn es fertig ist? Wenigstens könnte ich dich doch für eine Weile besuchen, nicht wahr? Ich könnte dir bei der Auswahl der Möbel behilflich sein, und –"

„Mutter, wenn das Haus fertig ist, werde ich ein riesiges Fest veranstalten. Ihr alle seid dazu eingeladen, du und Miriam und Zohel und alle anderen. Macht dich das glücklich?"

„Glücklich?" Maacah lachte bitter. „Es braucht schon mehr als ein Fest, um mich jetzt noch glücklich zu machen. Ich kann einfach nicht verstehen, warum du überhaupt nach Baal-Hazor ziehen willst. Du kannst doch jemanden einstellen, einen Verwalter, der die Arbeiten dort überwacht. Die Götter allein wissen, warum du das Gut überhaupt gekauft hast!"

Absalom küßte sie leicht auf die Stirn und sagte nur: „Du mußt mir vertrauen."

Erst nach Wochen hörten wir wieder von ihm. Ich hatte schon angefangen zu denken, daß wir ihn vielleicht nie wiedersehen würden. Doch dann schickte er einen Diener mit der Einladung zu seinem Fest.

Maacah las die Botschaft mit steigender Ungläubigkeit. Das große Ereignis sollte zur Feier der sommerlichen Schafschur stattfinden, und halb Jerusalem war dazu eingeladen, der König selbst und jeder einzelne seiner Söhne eingeschlossen – sogar Amnon.

„Ich begreife das nicht!" sagte Maacah, als der Diener fort war. „Das wird das größte Fest, das Israel je gesehen hat, und das zur Ehre von ein paar stinkenden Schafen? Er wird die Schulden niemals abbezahlen können, in die er sich stürzt!"

„Ich könnte mir vorstellen, daß er mehr als nur ein paar Schafe hat", meinte Miriam ruhig, aber weise wie immer. „Eher ein paar tausend. Ohne Zweifel macht er einen bemerkenswerten Profit dort draußen und möchte seinen Erfolg feiern."

„Aber überleg doch nur mal, was es kostet, ein Bankett zu geben, das eines Königs würdig ist, und dann ihn und sein gesamtes Gefolge zu unterhalten, bis sie sich davon wieder erholt haben! Warum muß Absalom nur immer gleich so übertreiben? Er wird sich in den Ruin stürzen!"

Das war auch ungefähr der Inhalt der Antwort, die David Absalom zukommen ließ; mit dem Ergebnis, daß Absalom persönlich nach Jerusalem kam, um seinen Vater doch noch zum Kommen zu überreden. Er erzählte uns später, daß er den halben Vormittag mit David gestritten habe, ihn aber nicht hatte überzeugen können. Der König hatte von Kosten und Sicherheitsrisiken gesprochen und von dem Aufwand, den es Absalom kosten würde, den Hofstaat zu verköstigen und die Etikette einzuhalten. Absalom schloß aus dem Ganzen, daß David schlichtweg nicht den Mut hatte, die Reise anzutreten. Am Ende willigte er ein, daß seine Söhne kommen und ihn vertreten würden, und damit mußte sich Absalom wohl oder übel zufriedengeben.

„Bathseba will noch nicht einmal erlauben, daß meine Brüder kommen", bemerkte er noch.

„Hast du sie gesehen?" krächzte Maacah.

„Sie stand die ganze Zeit lauernd daneben, während ich mit ihm diskutiert habe", gab Absalom zurück. „Wenn sie vorher gewußt hätte, daß ich komme, hätte sie mich sicher gar nicht an ihn herangelassen. Sie traut mir keine Elle lang mehr über den Weg, das konnte ich spüren. Selbst wenn er gewollt hätte, hätte sie ihn niemals nach

Baal-Hazor hinauskommen lassen, und sie hat gesagt, er würde es noch bereuen, wenn er irgend jemanden aus seiner Familie hinschickt."

„Und wird er das bereuen?" Maacah runzelte die Stirn, und Absalom wand sich ein wenig.

„Mutter, Tamar ist tot. Es gibt nichts, was wir tun können, um sie zurückzubringen. Ich habe seit zwei Jahren nicht mehr mit Amnon gesprochen. Meinst du nicht, daß es an der Zeit ist, die Dinge zwischen uns in Ordnung zu bringen?"

„Wer hat von Amnon gesprochen? Ich will nicht einmal seinen Namen hören!"

„Meine Güte, Mutter! Ich bin gekommen, um die Menschen einzuladen, die mir am meisten am Herzen liegen, nicht um mit ihnen herumzustreiten! Warum fängst du nicht an, dir Gedanken zu machen, was du zum Fest anziehen wirst?"

Maacah stieß hervor: „Deine Schwester ist tot! Ich kann das niemals verzeihen, und du solltest es auch nicht können! Wie kann ich mich mit solchen Oberflächlichkeiten wie Kleidern beschäftigen? Wie kann ich auch nur daran denken, mit dem Mörder meiner Tochter an einem Tisch zu sitzen? Miriam und Zohel können ja fahren, wenn sie wollen. Abigail kann sie mitnehmen."

Absalom nahm ihre Hände in seine. „Ich will, daß du kommst. Ich will, daß du dem Fest beiwohnst und es mit mir teilst, und ich will, daß auch Amnon dabei ist. Danach fühlst du dich vielleicht besser. Die Erfahrung könnte dir Heilung bringen. Bitte versprich mir zu kommen. Es ist mir wichtig. Mach mich glücklich!"

Er lächelte sie mit seinen kholumrandeten Raubkatzenaugen an. Schließlich küßte sie ihn auf den Mund, und ich wußte, daß sie zum Fest fahren würde.

Die bevorstehenden Feierlichkeiten wurden schnell zum Gesprächsstoff in ganz Jerusalem. Es schien, als habe jeder den schönsten Sohn des Königs schmerzlich vermißt, seit er nicht mehr in Jerusalem lebte. Er sah noch besser aus als je zuvor, obwohl er mit seinem Körper schon seit seiner Jugendzeit Raubbau getrieben hatte. Er war jetzt achtzehn Jahre alt und noch immer nicht verheiratet, und so wollte jedes israelische Mädchen im heiratsfähigen Alter auf dem Fest sein. Da das Land noch unter den Folgen der Hungersnot litt, hatte es schon lange keine Zerstreuung wie diese mehr gegeben.

Eine riesige Kavalkade brach von Jerusalem aus nach Baal-Hazor auf. Vorne ritten Davids Söhne: die vier, die in Hebron zur Welt gekommen waren – Amnon, Adonia, Schepathja und Ithream – und die vier ältesten der in Jerusalem geborenen. Sie trugen ihre besten Gewänder, und die Zaumzeuge ihrer Maultiere waren mit Blumen geschmückt. Daran schlossen sich zwanzig von Davids Frauen und Konkubinen mit ihren Kindern und Dienern an. Sie reisten in geschlossenen Wagen, um sich vor Staub, Insekten und den Augen der Öffentlichkeit zu schützen. Maacah, Miriam und ich befanden uns ebenfalls unter ihnen; Bathseba und ihr rätselhafter Sohn glänzten durch Abwesenheit. Hinter uns kam eine riesige Gruppe von Höflingen, Adligen, Kaufleuten und Würdenträgern mit ihren Frauen und Kindern; Shimei und Sheba und ein paar andere von Absaloms ehemaligen Saufkumpanen und jeder andere, der es geschafft hatte, an eine der begehrten Einladungen heranzukommen.

Als die Prozession sich der Stadt näherte, brach die Dämmerung herein, und der Weg zum Anwesen des Prinzen wurde von fackelschwenkenden Sklavenmädchen erleuchtet.

Das Bankett sollte in dem großen, offenen Innenhof stattfinden, der bereits voller Menschen war. Absalom selbst hatte ich nirgends gesehen, deshalb erschrak ich bis ins Innerste, als er plötzlich neben mir auftauchte und mich beiseite zog. Er schüttelte die Horde von Jungfrauen, Müttern und Kupplern ab, die ihn umschwirrten, und führte mich ins Haus in einen dunklen Raum, in dem es nach frischer Farbe roch und in dem der Lärm der Massen kaum noch zu hören war. Es war niemand außer uns zu sehen, trotzdem sprach er nur flüsternd. „Zohel, hör mir ganz genau zu und stell keine Fragen. Wenn es vorbei ist, mußt du Mutter, Miriam und dich selbst hier schnell fortbringen. Es ist wahrscheinlich nicht klug, gleich in den Palast zurückzukehren. Shimei hat einen Verwandten, der allein in einem großen Haus in der Nähe des Tabernakels wohnt. Er hat jede Menge Platz, um euch unterzubringen, und er wird gut dafür bezahlt. Verstehst du das?"

Ich verstand überhaupt nichts. Ich starrte ihn verblüfft an, dann sagte ich: „Wenn es vorbei ist? Wenn *was* vorbei ist?"

„Zohel, du sollst doch keine Fragen stellen! Verstehst du die Anweisungen? Das ist alles, was ich wissen will."

„Nun, ja, aber –"

„Gut. Ich verlasse mich auf dich, kleine Schlange!" Er tätschelte meine Wange, dann stand er auf und zog mich wieder mit hinaus. Ich wollte ihn fragen, was eigentlich los war, doch er war schon wieder im Gewühl verschwunden.

Endlich war es Zeit, sich zum Essen hinzusetzen. Maacah saß neben Absalom am Haupttisch, und Miriam und ich waren überrascht, unsere Plätze ebenfalls dort vorzufinden. Ich hatte erwartet, daß wir auch bedienen helfen würden. Zu Absaloms Linken saßen seine Brüder; Amnon ihm am nächsten. Jonadab mußte sich mit einem Platz weiter abseits zufriedengeben, zwischen den weniger direkten Verwandten des Königs.

Alles schien wunderbar zu laufen. Das Essen war reichlich und exzellent zubereitet, und die vergnügungshungrigen Gäste schlangen es gierig hinunter. Der Wein floß in Strömen, und die lächelnden Gesichter um mich herum röteten sich im Fackelschein schnell. Adonia, Shepatiah und Ithream – alle kaum mehr als Knaben – betranken sich unter der erfahrenen Anleitung von Shimei und Sheba hemmungslos. Absalom achtete darauf, daß seine Diener allen Becher um Becher nachfüllte, doch ihn selbst sah ich nichts trinken.

Im Gegensatz dazu hielt Amnon sich mit dem Weingenuß nicht zurück, während er etwas unbeholfen neben seinem Bruder saß und offenbar nicht wußte, wie er sich verhalten sollte. Ich dachte, daß er vermutlich schon wünschte, er wäre nicht hergekommen. Ich war nicht sicher, wieso er es überhaupt getan hatte. Vielleicht ertrug er die Spannung zwischen ihm und Absalom nicht länger. Auf jeden Fall versuchte Absalom nach Kräften, ihn in eine Unterhaltung zu ziehen.

„Amnon, mein liebster Bruder, warum siehst du denn so mißmutig aus? Du verdirbst mir noch mein Fest! Komm, früher waren wir doch so gute Freunde, und wir haben so vieles gemeinsam. Sieh mal, wir sind beide begehrte Junggesellen, beide Prinzen, beide Söhne desselben gottesfürchtigen und berühmten Vaters. Wir teilen den Wunsch, Anerkennung bei ihm zu finden, und wir hegen beide die Absicht . . . nun, das Ruder zu übernehmen, wenn er eines Tages einmal abtritt, sozusagen. Und uns beiden gefallen die Frauen, nicht wahr, Amnon?"

Amnon rutschte auf seinem Stuhl hin und her und sah sich hilfesuchend nach Jonadab um. Doch der wurde gerade von einer exotischen Schönheit abgelenkt, die ihm die Zukunft aus dem Satz seines Weines lesen wollte. Die beiden wenig intelligent aussehenden Männer, die Amnon als Leibwächter mitgebracht hatte, waren ebenfalls anderweitig beschäftigt.

„Wie dem auch sei, Amnon", fuhr Absalom fröhlich fort und legte seinem Bruder einen Arm um den Hals, „das einzige, das uns getrennt hat, ist jetzt fort, nicht wahr? Was hält uns noch davon ab, die Vergangenheit ruhen zu lassen? Du bist ein intelligenter Mann, genau wie ich. Wir können nicht zulassen, daß das Gestern über unsere Zukunft bestimmt. Das Leben ist zu kurz, um es mit sinnlosen Grübeleien zu verschwenden über das, was hätte sein können. Siehst du das nicht auch so? Die Zeit ist gekommen, wo wir handeln müssen, Amnon. Wir müssen in die Zukunft blicken!"

Amnons weingetrübte Augen traten immer weiter hervor, während Absalom mit seinem Gesicht immer näher und näher an seines rückte. „Du siehst so verwirrt aus, mein Lieber. Ich dachte eigentlich, ich hätte mich recht klar ausgedrückt. Vielleicht möchtest du, daß ich dir das Ganze noch einmal ein bißchen ... genauer erkläre?" Absalom sah Amnon eine lange Weile direkt in die Augen; dann ließ er plötzlich das überfreundliche Gehabe fallen wie einen Umhang, und als er wieder sprach, war seine Stimme scharf wie ein Jagdspeer. „Tamar ist tot."

Als Amnon daraufhin immer noch wie vom Blitz getroffen dasaß, warf Absalom den Kopf in den Nacken und schrie zu den Sternen hinauf: „Meine Schwester Tamar ist tot!"

Das muß ein geheimes Signal gewesen sein. Mehrere junge Männer kamen aus verschiedenen Richtungen auf Amnon zu und zogen im Gehen ihre Schwerter aus ihren Umhängen. Absalom trat etwas zur Seite, das Gesicht noch immer dem Himmel zugewandt, und sein schwarzes Haar floß ihm wie ein dunkler Wasserfall den Rücken hinab. Er war sehr weit weg, unbewaffnet, unberührt von dem Blut, das vergossen wurde.

Zweifellos hatte er sich so das Ende vorgestellt: Amnon zu seinen Füßen liegend, sein Blut wie einen roten Teppich um sich verbreitend, über den Absalom schreiten würde, um den Thron für sich zu beanspruchen, begleitet von den Jubelrufen seiner begeisterten Bewunderer. Niemand außer Absalom konnte einen Mord als krönenden Abschluß eines Festbanketts inszenieren, anstatt ihn irgendwo im Verborgenen zu begehen.

Doch es lief nicht ganz so, wie Absalom es sich vorgestellt hatte. Im letzten Moment verlor einer der gedungenen Meuchelmörder die Nerven, und Amnon gelang es, sich auf allen Vieren kriechend aus ihrem Kreis zu befreien. Er brüllte wie ein Tier und blutete aus mehreren tiefen Wunden; ein großer Hautlappen hing von seinem Hals, wo einer der Männer einen ungeschickten Versuch gemacht hatte, ihm die Kehle durchzuschneiden.

Auf einmal schrien und rannten alle durcheinander. Amnon ergriff die Tischdecke, um sich hochzuziehen, riß sie aber herunter, und ein Regen von Essensresten, Tellern und Bechern ergoß sich über die Flüchtenden, von denen nicht wenige stürzten.

Die Mörder schienen in Panik auszubrechen, daß man sie nun packen und verhaften könnte, denn sie begannen, mit ihren Schwertern wild auf jeden einzuschlagen, der sich ihnen näherte. Blut, Wein und Soßen flossen ineinander und wurden von der Menge in den Staub getrampelt. Inmitten des Chaos kroch Amnon weiter, schreiend, blutend, sterbend, doch niemand kümmerte sich um ihn. Jonadab hatte sich bereits in Sicherheit gebracht, und Davids andere Söhne wurden von ihren Begleitern vom Ort des Geschehens weggeschoben.

Auch Absalom verschwand einfach, als ihm das Ausmaß seiner Tat klar wurde. Zuerst wußte ich nicht, wo er hingegangen sein könnte. Doch als ich mich endlich soweit gefaßt hatte, um Miriam und Maacah in Sicherheit zu bringen, wie ich es versprochen hatte, und das Gemisch aus Grauen und Bewunderung auf Maacahs Gesicht sah, da begriff ich.

Es konnte nur einen einzigen Grund dafür geben, daß Absalom ein Anwesen so weit im Nordosten Israels gekauft hatte...

9

Absalom war fort, und es war, als wäre das Licht selbst aus unserem Leben verschwunden. Ja, er war ein Verbrecher, der den Tod seines eigenen Halbbruders verschuldet hatte, wenn auch niemand bestreiten konnte, daß Amnon seinerseits Tamar auf dem Gewissen hatte. Und wie Absalom vermutlich gehofft hatte, war er nicht der einzige, der Amnons Tat als viel verwerflicher einstufte. Es gab sogar einige, die Absalom als Werkzeug der gerechten Rache Adonais sahen.

Und ganz sicher konnte niemand die Tatsache leugnen, daß Absalom Mut und Entschlossenheit bewiesen hatte; den Mut, den sein Vater hätte zeigen sollen und den er einst auch gezeigt hätte, in einer Zeit, in der er Riesen getötet und eine ganze Garnison der Philister praktisch im Alleingang vertrieben hatte. Nun war David alt und schwach und schwankend, ein lebender Kontrast zu seinem aufstrebenden Sohn, der jung, stark und männlich war. Doch der hoffnungsvolle Held war geflohen.

Es gab natürlich auch Stimmen, die Amnons Ermordung einfach als verbrecherische Tat eines skrupellosen Emporkömmlings sahen, oder schlimmer noch, als ersten Schritt eines Ränkeschmieds, der über Leichen ging, um an die Krone zu gelangen.

Ich persönlich bezweifelte das. Natürlich war Absalom nicht so dumm, die Tatsache zu übersehen, daß er durch diesen Mord seinen Erzrivalen aus dem Weg geschafft hatte. Doch das war keineswegs sein Hauptmotiv gewesen; da war ich ganz sicher. Leidenschaftlich wie er war, war er immer schon eher seinem Herzen als seinem Kopf gefolgt. Und in seinem Herzen hatte der Tod seiner Schwester und die Schande, die die ganze Angelegenheit über seine Familie gebracht hatte, tiefe Wunden bei ihm hinterlassen.

Es dauerte einige Monate, bis wir sicher wußten, wo der flüchtige Prinz sich aufhielt. Ohne Zweifel hatte er Schwierigkeiten gehabt, einen verläßlichen Boten zu finden, der uns die Nachricht überbringen konnte. Es überraschte uns keineswegs zu hören, daß er sich in Geschur aufhielt.

In der Zwischenzeit schien es mit Israel unaufhaltsam bergab zu gehen, obwohl die Hungersnot längst vorbei war. Schon immer hatten Feinde das Land bedroht, doch nun schien es von innen her zu verfallen. Ein hinfälliger König regierte die Nation, und alles, was er berührte, begann ebenfalls zu verfaulen. Nirgendwo wurde das deutlicher sichtbar als am Hof selbst. Nur wenige Wochen nach Absaloms Verschwinden starb Shepatiah, der vierte von Davids Söhnen, an einer auszehrenden Krankheit. Ithream, der fünfte Sohn, überlebte ihn nur um drei Wochen. Eines Morgens wurde sein zerschlagener Körper vor den Toren des Palastes gefunden, bereits steif und stinkend. Es wurde gemunkelt, daß er einer Horde von Bauern zum Opfer gefallen sei, deren Söhne bei der Hungersnot umgekommen waren. Sie gaben David die Schuld dafür, und nun sollte er selbst spüren, wie man sich fühlte, wenn ein Sohn starb.

Von den in Hebron geborenen Prinzen war jetzt nur noch Adonia übrig.

Der König selbst war seit Amnons Ermordung nicht mehr in der Öffentlichkeit gesehen worden. Während er also in seiner Abgeschiedenheit trauerte, kümmerten sich Ahitophel und sein Gehilfe Huschai um die Staatsangelegenheiten, während die Armee von

Abischai beaufsichtigt wurde. Für die täglichen Bittgesuche und rechtlichen Angelegenheiten schien sich niemand zu interessieren. Die Starken nutzten die Schwachen aus, und langsam begannen verschiedene Minderheiten den abwesenden Absalom als ihren Hoffnungsschimmer zu sehen. Und so wurde langsam der halb-syrische, im Exil lebende Mörder Absalom zum Inbegriff dessen, was gut und richtig war und zum einzigen Hoffnungsträger für Israel.

Von Zeit zu Zeit erreichten mich Gerüchte, daß David mich sehen wollte, doch ich hörte nichts Offizielles, und so blieb ich, wo ich war. Seit zwei Jahren lebten Maacah, Miriam und ich jetzt schon im Haus von Shimeis Verwandten. Wir gingen nie vor die Tür und sprachen mit niemandem außer unserem Gastgeber und seinen Angestellten. Ich nahm diese freiwillige Gefangenschaft nicht schwer, so wie die meisten Schwierigkeiten in meinem Leben. Ich hatte schon weit Schlimmeres erlebt. Wir hatten alles, was wir brauchten, und zumindest gab es hier keinen Ziba.

Einmal sah ich Ziba jedoch ganz überraschend wieder. Ich war gerade auf dem Dach und beobachtete das Treiben in den Straßen. Es war Passahfest, und Jerusalem war überflutet von Pilgern. Fahrende Händler schoben sich mit ihren Eseln durch die Gassen voller Verkaufsstände und priesen ihre Waren an, Kinder schrien, Hunde bellten, und die ganze Stadt summte und schwirrte wie ein Bienenstock. Plötzlich erscholl eine Trompete über dem Tumult, und sieben kräftige Sklaven bahnten der wichtigen Person, der sie dienten, einen Weg durch die Menge, jeden unsanft beiseite schiebend, der ihnen in die Quere kam.

Es war Ziba, der in einer Sänfte getragen wurde. Die Vorhänge waren zum Teil zugezogen, doch nur so weit, daß die Leute noch sehen konnten, welch wichtige Persönlichkeit da durch die Straßen getragen wurde. Er war fett geworden, und seine Wurstfinger blitzten von vielen Ringen. Ich kämpfte mit einem aufsteigenden Brechreiz. War es nicht merkwürdig, daß solch ein Kerl wie er, der selbst nur ein Sklave gewesen war, es zu solchem Reichtum und Ansehen hatte bringen können? Hatte es etwas mit mir und meinem Vater zu tun? Eine seltsame Melancholie mischte sich in meinen bitteren Haß auf Ziba. Ich hatte meinen Vater seit fünf Jahren nicht mehr gesehen.

Die nächsten drei Wochen danach hatte ich nachts wieder schlimme Träume. Darin war ich wieder ein halbverhungerter kleiner Junge, stumm und wehrlos, der sich in einer Ecke krümmte, wenn Ziba hereinkam, um ihn zu holen. Ich konnte seine schmierigen Hände an meinem Körper spüren, sein keuchendes Atmen hören und die Dämonen in seinen Augen tanzen sehen. Ich glaube, daß in dieser Zeit der Wunsch in mir wuchs, mich eines Tages grausam an ihm zu rächen, wie Absalom sich an Amnon gerächt hatte. Die Zeit würde kommen, und ich würde bereit sein.

Etwa zweieinhalb Jahre, nachdem Absalom uns verlassen hatte, tauchte eines Tages Ahitophel höchstpersönlich vor der Tür unserer Zuflucht auf. Ich weiß nicht, wie er uns gefunden hatte; vielleicht hatte er auch die ganze Zeit gewußt, wo wir waren, und es hatte ihm – und Bathseba – gefallen, uns aus dem Weg zu haben. Vielleicht hatte ihm auch Nathan unseren Aufenthaltsort verraten, den er sicherlich ebenso kannte wie alle anderen Geheimnisse. Auf jeden Fall wurde ich angewiesen, sofort vor dem König zu erscheinen.

Ich war verwirrt. Wir alle waren es. Hatte David herausgefunden, daß ich wußte, wo Absalom war, und wollte es nun mit Gewalt aus mir herauspressen?

Ich wurde nicht zum Thronsaal gebracht. David lag in seinen eigenen Gemächern im Bett, und es ging ihm ganz offensichtlich nicht gut. Sein Haar war erschreckend dünn geworden, seine Wangen eingesunken, die Lippen blutleer und aufgeplatzt. Ich dachte, er liege im Sterben, und ich glaube, seine Höflinge dachten genauso. Unschlüssig mit den Fingern spielend stand ich vor seinem Bett. Ich war mit ihm allein, denn Ahitophel hatte sich sofort wieder entfernt.

„Zohar", sagte David, obwohl seine Augen noch immer geschlossen waren. „Komm näher. Nimm meine Hand."

Ich schluckte hart und gehorchte. Seine Finger waren knochig und kalt. Ich bemühte mich, nicht zurückzuschaudern, als er schließlich doch noch seine Augen auf mich richtete. Die Iris seiner Augen war blaß geworden, und die roten Äderchen traten stärker hervor.

„Es tut mir leid, daß ich dich auf diese Weise rufen lassen mußte", sagte er und hob sich mühsam ein wenig weiter aus den Kissen. „Ich hätte dich lieber als Freund gebeten zu kommen. Doch ich habe bezweifelt, daß du kommen würdest."

Ich wußte nicht, was ich ihm darauf erwidern sollte.

„Es ist so . . . ich habe dich vermißt, Zohar. Ich hätte schon längst nach dir geschickt, wenn es mir nicht so schlecht gegangen wäre. Ich weiß noch, wie es dich damals erschreckt hat, als ich vor dir geweint habe. Aber unsere Gespräche und die Musikstunden haben mir gefehlt."

Ich wollte seine Hand loslassen, doch er hatte noch immer einen eisernen Griff.

„Armer Zohar! So viele schlimme Erinnerungen ... Doch du schienst immer glücklich zu sein, wenn du die Harfe spielen konntest. Wir waren Freunde, nicht wahr? Ich habe so wenige Freunde. Es ist seltsam, so viele Menschen um mich herum zu haben und so wenige, denen ich vertrauen kann. Es sind so viele fort, die mir etwas bedeutet haben: Saul und Jonathan. Tamar. Maacahs kleine Jungen. Und Amnon, Shepatiah, Ithream ... fünf meiner Söhne tot in drei Jahren, und dazu meine einzige Tochter. Und so vieles davon ist meine Schuld!“ Er sah aus, als wollte er noch mehr sagen, dann verlor er den Faden. Seine Augen wanderten an mir vorbei in die Ecke, wo die Harfe in ihr Tuch eingehüllt stand. „Bitte spiel für mich, Zohar. Es ist so lange her.“

Mein Mund wurde trocken, und meine Hände zitterten. „Eure Majestät, ich kann nicht. Ich habe vergessen, wie man spielt. Meine Technik –“

„Vergiß deine Technik. Das war nie deine Stärke. Spiel aus deinem Herzen, aus deinem Geist, Zohar! Das konntest du schon immer am besten. Und das vergißt man nicht.“

Wie konnte ich ihm sagen, daß ich Adonai zurückgewiesen hatte? Er ließ meine Hand los, und ich ging widerstrebend in die Ecke zu der Harfe, wickelte sie aus und nahm sie mit beiden Händen hoch. Erst da bemerkte ich, daß es nicht Davids Harfe war, sondern meine. Irgend etwas in meinem Inneren krümmte sich zusammen, so wie jedesmal, wenn er mich Zohar nannte. Nervös ließ ich meine Finger über die Saiten gleiten. Die Akkorde und Griffe fielen mir langsam wieder ein, doch ich war nicht in der Lage, etwas anderes zu spielen als mechanische Fingerübungen und Läufe, die ich ganz zu Anfang des Musikunterrichts gelernt hatte. Es schien ihm nichts auszumachen.

„Weißt du, als ich in deinem Alter war, habe ich stundenlang für Saul gespielt. Ich hätte mir nie träumen lassen, daß auch ich einmal ein trauriger, kranker König sein würde, der nicht mehr länger fähig ist, dem Gott zu dienen, den er liebt. Ich habe davon geträumt, Adonai einen Tempel zu bauen. Ich habe schon alle Baupläne fertig; es schien mir einfach nicht richtig, daß ich in einem Palast wohne, während die Bundeslade noch immer in einem Zelt steht. Aber Nathan sagt, daß ich den Tempel nicht bauen darf, weil ich zu viele Kriege geführt habe. Ich muß diesen Traum loslassen, und ein anderer Mann wird ihn zu Ende träumen. Was gibt es noch für mich zu tun, Zohar? Werde ich einfach langsam verrückt werden, so wie es mit Saul passiert ist? Ist das das Schicksal, das jeden König von Israel erwartet?“

Ich konnte nicht mehr weiterspielen.

„Zohar, es tut mir leid. Aber ich habe niemanden sonst, mit dem ich reden könnte, niemanden, der mich verstehen würde. Nathan ist der einzige hier, der Adonai kennt, und noch nicht einmal er versteht, was ich fühle. Als Saul krank war, war ich nicht älter als du, doch ich verstand ihn.“

Unsere Augen trafen sich, und er schien zu begreifen, daß ich das verloren hatte, was er damals schon besessen hatte. Er preßte sich die Handrücken gegen die Augen und murmelte: „Was habe ich dir angetan, Zohar? Nicht einmal du bleibst von dem Fluch verschont, den ich über meine eigene Familie gebracht habe! Es ist meine Schuld, daß Tamar gestorben ist. Ich hätte Amnon nie trauen dürfen . . . aber dennoch war er mein Sohn. Und Bathseba hat mich gewarnt, daß ich Absalom nicht vertrauen solle. Absalom hat den Mord geplant, das konnte man ihm ansehen. Hatte er recht, Zohar? Ich habe ihn seit Tamars Tod kaum gesehen. Ich habe ihn vernachlässigt. Ich habe alle meine Söhne vernachlässigt. Und jetzt ist es zu spät.“

Er verstummte, und ich murmelte unsicher: „Adonai ist doch ein Gott der Vergebung, Herr. Kann er dir all das nicht vergeben?“

„Das ist es ja gerade, Zohar. Er hat es mir schon vergeben . . . das und Schlimmeres. Viel Schlimmeres. Ich weiß, daß er mir vergeben hat, und auch Nathan sagt es. Aber ich habe seine Vergebung nicht verdient! Ich bin es nicht wert, daß er mir vergibt, wo ich doch viel schlimmere Verbrechen begangen habe als Saul. Ich bin viel sündiger als Saul, und doch hat Adonai sich von ihm abgewendet und seine Linie unterbrochen. Und ich bin noch immer hier, und Nathan sagt, daß einer meiner Söhne den Thron nach mir besteigen wird. Und dabei habe ich ein Geheimnis, das mich langsam in den Wahnsinn treibt. Ich glaube nicht, daß ich es noch länger ertragen kann.“

Während ich stumm dasaß und die Harfe an meine Brust preßte, begann er wieder davon zu reden, daß mein Gesicht ihn an jemanden erinnerte und daß es ihn nachts bis in seine Träume verfolge. Ich murmelte: „Ich sollte nicht hier sein“ und stand auf, um zu gehen. Doch er bat mich zu bleiben, denn ich sei alles, was ihm noch geblieben wäre. Am Ende brach er zusammen und gab zu, daß er Absalom schrecklich vermißte.

Ich sagte: „Aber Absalom ist nicht tot. Du könntest herausfinden, wo er ist, ihn begnadigen und ihn wieder zu Hause willkommenheißen."

„Nach dem, was er getan hat? Nein, Zohar. Das könnte ich nicht. Außerdem – was habe ich ihm im Vergleich zu seinem Großvater schon zu bieten? Oh ja, ich weiß natürlich, daß er dort ist. Ahitophel mag ein arroganter Mensch sein, aber er leistet mir gute Dienste. Armer Absalom . . . ich habe mir so sehr gewünscht, daß er mein Nachfolger sein würde. Er ist stark, schön und mutig, und das Volk hat ihn schon immer geliebt. Doch jetzt ist jede Chance darauf vertan. Nicht nach dem, was er Amnon angetan hat."

„Du könntest ihm deine Liebe bieten", schlug ich vor. „Das ist das einzige, was er je wirklich gewollt hat."

Ich erschrak über meinen eigenen Mut, als ich das ausgesprochen hatte, und noch mehr, als ich die neue Welle des Schmerzes auf Davids Zügen sah. Ich flüsterte: „Ist das das Geheimnis? Du liebst Absalom noch immer am meisten, obwohl er das alles getan hat?"

„Oh, wenn das alles wäre!" Er schloß die Augen. „Ich wünschte, ich könnte es dir sagen. Doch so viele Wünsche wurden nicht erfüllt, und die Zukunft liegt nicht in meiner Hand . . . Adonai hat seine Wahl getroffen, und heute habe ich erfahren, auf wen sie gefallen ist. Deshalb wollte ich mit jemandem reden."

Mein Blut gefror in meinen Adern. „Du weißt, wer nach dir König werden wird?"

„Ja, Zohar, das weiß ich."

„Wer? Wer ist es? Adonia?"

„Nein, nicht Adonia. Es ist Salomo."

Salomo! Ich sagte nichts, doch mein Gesicht muß Bände gesprochen haben.

„Zohar, ich mußte es ihr versprechen. Bathseba . . . ich hatte keine Wahl. Und dann hat Nathan mir bestätigt, daß es der Wille Adonais ist. Kannst du dir das vorstellen? Ein Junge von noch nicht einmal fünf Jahren, den niemand je gesehen hat . . . nicht einmal ich! Angenommen, ich sterbe morgen. Was dann? Werden die Stämme ein Kind als König akzeptieren? Wer wird sein Stellvertreter sein? Ich weiß nicht einmal, ob das Kind überhaupt gesund ist. Es könnte entstellt sein, idiotisch, aussätzig – alles wäre möglich. Am Ende ist er wie sie! Oh Adonai, was für ein Alptraum!" Als er bemerkte, daß ich ihn fassungslos anstarrte, fügte er hinzu: „Du hast gedacht, daß ich Bathseba liebe, mehr als Maacah und mehr noch als Absalom? Mein lieber, ahnungsloser Zohar, wenn du wüßtest!"

Was auch immer mich bis zu diesem Punkt an seinem Bett gehalten hatte, jetzt hatte ich genug, und zum zweiten Mal floh ich aus der Gegenwart des Königs, ohne um Erlaubnis zu bitten, und ich dachte: *Ja, er verdient es, bestraft zu werden. Er hat sich diese Grube selbst gegraben. Bathseba bestimmt über ihn, und nun wird ihr elender Bastard von einem Sohn Israel regieren! Sogar Nathan hat sie bestochen, der doch eigentlich Davids Beichtvater sein sollte, nicht ich. Ich kann das nicht ...*

Doch diesmal kam ich nicht so einfach davon. In der Woche darauf kam Ahitophel wieder und dann wieder und wieder. Er behauptete, daß meine Besuche dem König gut täten, obwohl ich nicht sehen konnte warum. Seit dem Tag, an dem er mir gesagt hatte, daß Salomo der Thronfolger sein würde, hatte ich kein Wort mehr mit ihm gesprochen. Ich hatte Harfe gespielt und ihn reden lassen, doch ich hatte nicht einmal zugehört. Schließlich hatte ich viel Übung darin, undurchdringliche Mauern um mich zu bauen.

Die einzige positive Folge meiner erneuerten Bekanntschaft mit dem König war die Tatsache, daß Maacah, Miriam und ich nun nicht mehr wie gesuchte Verbrecher leben mußten, wenn auch keiner von uns besondere Eile hatte, in den Palast zurückzukehren. Bathsebas verlassene Gemächer erinnerten uns zu sehr daran, wie sich unser Schicksal zum Negativen gewendet hatte.

Davids Zustand verschlechterte sich immer mehr, obwohl die Ärzte nichts finden konnten. Ahitophel, Huschai, Joab und Abischai, und sogar Jehosaphat waren zutiefst beunruhigt – man hätte ihre Sorge um den König direkt rührend finden können, wenn nicht klar gewesen wäre, daß sie sich im Grunde um sich selbst Gedanken machten. Dabei hatte zumindest Ahitophel keinen Grund zur Besorgnis; schließlich würde er seinen eigenen Urenkel auf dem Thron sehen.

Eines Tages, als ich gerade bei David war, ließ Jehosaphat eine alte Vettel herein. Ich war überrascht, denn seit langer Zeit hatte niemand außer den engsten Mitarbeitern des Königs Zugang zu ihm gehabt, und diese Frau hatte ich noch nie gesehen. Sie war kein schöner Anblick; ihr wirres, weißes Haar war unbedeckt und das dunkle Gewand zerrissen. Sie wälzte sich im Staub vor Davids Bett und jammerte: „Hilf mir, Herr! Du bist meine letzte Hoffnung!"

David war viel zu weit weg, um sich für seinen Zustand zu schämen oder wütend zu sein, daß Jehosaphat diese bedauernswerte

Kreatur hereingelassen hatte. In früheren Zeiten hatte er wahrscheinlich jeden Tag hunderte solcher Bittsteller empfangen. Doch in der jüngsten Vergangenheit waren ihre Klagen und Bitten unerhört geblieben.

David richtete seine Augen mühsam auf die Frau und fragte sie, was er für sie tun könne.

Sie antwortete noch immer am Boden liegend, ohne auch nur den Kopf zu heben: „Eure Majestät, ich bin eine arme Witwe. Ich hatte zwei Söhne, beide wild und starrsinnig, und seit mein Ehemann tot ist, konnte ich allein sie nicht bändigen. Doch ich liebte sie beide sehr, Herr, das tat ich wirklich. Eines Tages gerieten sie draußen auf dem Feld in Streit, und der Jüngere tötete den Älteren. Nun haben sich alle meine Verwandten von mir abgewendet und verlangen, daß ich ihnen den überlebenden Sohn aushändige, damit er für den Mord an seinem Bruder büße. Dann wäre ich kinderlos, niemand würde für mich sorgen, und der Name meines Mannes wird nicht weitergetragen werden."

Es war nicht schwer zu erraten, daß ihre Rede David bewegt hatte. Er sagte weich. „Steh auf und laß mich dich ansehen."

Die Frau erhob sich mit einigen Schwierigkeiten; sie schien weit über siebzig zu sein. Die Augen hielt sie noch immer gesenkt, was ich als Zeichen von Demut wertete.

„Geh nach Hause", sagte David müde. „Laß deine Sorge in meiner Obhut; ich werde mich darum kümmern, sobald es mir besser geht."

Doch sie bewegte sich nicht. „Majestät – es muß gleich etwas geschehen. Sie könnten ihn bereits verhaftet haben, während ich hier stehe. Mein Herr, du kennst Adonai – kannst du nicht für mich und meine Familie beten? Ich –"

Ich fand, daß sie nun zu weit ging, und packte sie bei den Schultern, um sie hinauszuschieben. Doch sie entwand sich mir und rief: „Ich muß dich noch eines fragen, Herr: Warum tust du deinem Volk das an? Warum beraubst du es seiner einzigen Hoffnung?"

Plötzlich riß David die Augen so weit auf, daß ich dachte, sein Herz hätte aufgehört zu schlagen. Wieder versuchte ich, die Frau von ihm wegzuzerren, doch wieder gelang es ihr, sich zu befreien. Ich sah aus der Nähe, daß die Linien und Falten in ihrem Gesicht nur aufgemalt waren und daß das Weiß ihrer Haare Mehl war. Mit roher Gewalt schob ich sie zur Tür, als hinter uns Davids gebrochene Stimme rief: „Warte!"

Ich drehte mich um und sah, daß er auf der Kante seines Bettes saß. „Komm her!“ sagte er mit solch unerwarteter Autorität, daß ich meine Gefangene losließ und sie unsicher auf ihn zuging. Im Stillen schalt ich mich selbst, weil ich David schon aufgegeben hatte.

Mit aschfahlem Gesicht sagte David: „Weib, ich werde dir jetzt zwei Fragen stellen, und du mußt mir die Wahrheit sagen.“

„Ja, Majestät“, sagte sie, und sie schien jetzt ebensoviel Angst zu haben wie er.

„Diese Geschichte mit deinen Söhnen war erfunden, nicht wahr?“

Die Frau rang die Hände und gab es schließlich zu.

„Irgend jemand hat dich doch geschickt. Ich muß wissen, wer das war.“

Doch sie hielt den Mund. David fragte sie ein zweites und drittes Mal, doch noch immer schwieg sie. Plötzlich schien David einen Geistesblitz zu haben, und er flüsterte: „Es war Joab, habe ich recht? Antworte mir!“

Sie nickte, und David fiel in sich zusammen wie ein kaputter Weinschlauch. Während die Frau sich langsam hinausschlich, bat David mich, sofort Jehosaphat nach Joab zu schicken.

Ich sagte: „Bitte, Herr, ruh dich erst ein wenig aus!“

„Sofort, Zohar. Tu, was ich dir gesagt habe.“ Er rang nach Atem, doch seine Gesten waren so bestimmt, daß ich wußte, es hatte keinen Sinn.

Verwirrt stolperte ich los, um meinen Auftrag zu erfüllen. Ich hatte die ganze Zeit gedacht, daß der König Absalom längst rehabilitiert hätte, wenn es nicht soviel Widerstand im Volk gegeben hätte. Doch vielleicht gab es diesen Widerstand nur in seinem Kopf ... oder er kam aus derselben Wurzel, aus der auch Salomo entsprungen war. Mir war auch unklar, wieso David eben sofort auf Joab als Urheber des kleinen Schauspiels gekommen war. Kunstvolle Betrügereien schienen mir so gar nicht zu Joab zu passen, und auch der Gebrauch von Parabeln war nicht seine Art. Das roch viel mehr nach Nathan, obwohl ich sicher war, daß Nathan Absaloms Rückkehr nicht vorantreiben würde. Irgend etwas anderes mußte hinter dieser Sache stecken.

Als Joab ankam, war David ein Nervenbündel. Er hatte zornig und beeindruckend wirken wollen, nehme ich an, doch er zitterte am ganzen Körper, und sobald sein General durch die Tür trat, rief er: „Wieviel weißt du? Was hat Nathan dir erzählt?“

Joab war ganz offensichtlich genauso befremdet wie ich. Mit dieser Art von Frage hatte er nicht gerechnet. Er murmelte: „Was meinst du, mein Herr?"

„Die Uriah-Affäre. Was hat er dir erzählt?"

Joab starrte ihn eine Weile einfach nur an und schien abschätzen zu wollen, wieviel er preisgeben mußte. Doch schließlich verlor David vollkommen die Geduld und brüllte ihn an: „Ich mag alt und krank sein, aber ich bin kein Idiot, Joab! Du weißt doch genausogut wie ich, daß du dir eine solche Scharade niemals selbst ausgedacht hast! Er hat hinter meinem Rücken mit dir über die Uriah-Affäre gesprochen, nicht wahr? Gib es zu, oder ich entlasse dich sofort aus meinen Diensten!"

Die Uriah-Affäre . . . vage Erinnerungen stiegen in mir auf. Joab mußte zu dem Schluß gekommen sein, daß Leugnen keinen Sinn hatte. Er straffte seine Schultern und sagte zackig: „Ja, mein Herr. Aber um ehrlich zu sein, ich habe ihm keine andere Wahl gelassen."

David keuchte: „Was hast du mit ihm angestellt?"

„Du brauchst dir keine Sorgen zu machen, Herr. Es geht ihm gut. Es würde wenig Sinn ergeben, diesen Mann in die Folter zu nehmen. Doch um seine Tochter hatte er die größte Angst. Ich mußte ihn nur ein klein wenig überreden."

Jetzt stöhnte David und sah aus, als würde er jeden Augenblick in Ohnmacht fallen. Joab blickte starr auf die Wand hinter dem König, und nur die Art, wie er sein Gewicht ganz leise von einem auf den anderen Fuß verlagerte, zeigte sein Unbehagen. Schließlich sagte David mit einer ganz kleinen Stimme: „Warum? Wie bist du darauf gekommen, ihn zu befragen?"

Wieder eine Frage, mit der Joab nicht gerechnet hatte. Wieder versuchte er, sich zu entziehen, doch David ließ nicht locker, und schließlich verlor Joab die Fassung; ein seltenes Ereignis, und ein segensreiches dazu.

„Um Himmels willen, David, ich habe mich wegen dir fast zu Tode gesorgt! Und ich hatte guten Grund dazu, findest du nicht? Sieh dich doch nur an! Du warst einmal der größte Krieger und Heerführer auf der ganzen Welt, verdammt! Ich habe mit Ahitophel und Huschai und einem Dutzend anderer Schwachsinniger aus deinem verfluchten Stab gesprochen; ich habe Ärzte und Priester und sogar dieses Heidenvolk von Astrologen befragt, und keine dieser lausigen Kreaturen hat auch nur den Schimmer einer Ahnung, was mit dir los ist! Ich habe einfach gedacht, vielleicht wüßte Nathan, was dir fehlt. Das war alles."

„Und . . . wußte er es?“

„Nein, der Scheol soll ihn verschlingen! Er sagt, du hättest gesündigt, doch dir sei vergeben. Er glaubt, daß deine Beziehung zu Adonai wieder in Ordnung gebracht ist . . . was auch immer das bedeuten soll. Also, warum siehst du immer noch so aus, als würdest du morgen sterben? Herr im Himmel, was ist los mit dir, David?“

Der König bedeckte sein Gesicht mit den Händen, seine Schultern sackten zusammen, und er flüsterte: „Du hast mir noch immer nicht gesagt, wieviel er dir erzählt hat.“

Joab hatte in der Versuchung gestanden, noch ein wenig mehr herumzufluchen, doch es mußte ihm aufgefallen sein, daß das nichts nutzte. Er schnaubte also nur und sagte: „Mein Herr – er hat mir alles erzählt.“

„Alles?“

Ich wußte, daß dieses Gespräch nicht für meine Ohren bestimmt war; also räusperte ich mich, und Joab wurde sich meiner Gegenwart bewußt. Er hatte den Mund bereits geöffnet, um loszulegen, doch nun überlegte er es sich noch einmal anders und begann deutlich vorsichtiger: „Nun, er sagte, daß er schon seit einiger Zeit von deiner . . . Indiskretion gewußt hat, obwohl du versucht hast, die Spuren zu verwischen. Und . . . er hat mir auch den Trick verraten, den er angewendet hat, um dich zum Gestehen zu bringen.“ Wieder warf er mir einen Blick zu und beschloß, daß er schon genug preisgegeben hatte. „Wie ich sagte, mein Herr. Er hat mir alles erzählt.“

„Also weißt du auch, wieso Uriah . . . wieso ich dir gesagt habe . . . “

„Ja, mein Herr.“ Als er sah, daß David weinte, fügte er hinzu: „Und wenn es dir eine Hilfe ist, Herr – ich weiß das schon seit langer Zeit.“

Ganz offensichtlich war es ihm keine Hilfe. David brach in unkontrolliertes Schluchzen aus, während Joab peinlich berührt und nach Worten ringend danebenstand. Er war ganz sicher nicht der Mann, David in die Arme zu nehmen, also murmelte er nur: „Du hast wirklich nichts zu befürchten, Herr. Ich wußte das alles schon, bevor Absalom ins Exil gegangen ist.“ Bei der Erwähnung seines geliebten Sohnes hob David den Kopf, und Joab griff das Thema sofort auf. „David, ich bitte dich, hol ihn zurück! Nur eine Handvoll Moralisten lastet ihm Amnons Tod noch an, und die sind wahrscheinlich auch nur neidisch auf ihn. Jeder sonst in Israel will ihn wieder hier haben. Und du willst das auch; das ist mehr als offensichtlich! Vielleicht schafft er es ja, deine Lebensgeister wieder zu wecken.

Ich hoffe es sehr, David, denn es scheint mir die letzte Möglichkeit zu sein."

Der König versuchte zu antworten, doch es dauerte eine ganze Weile, bis ich auch nur halbwegs verstand, was er zwischen den abgrundtiefen Schluchzern, die ihn regelrecht schüttelten, hervorstieß: „Ja, hol ihn zurück, Joab! Oh Gott, wie ich ihn vermisse!"

Joab grinste, schlug die Hacken zusammen und eilte mit großen Schritten davon.

10

Wie es zu erwarten gewesen war, hatte Absaloms Rückkehr nichts von Stille oder Heimlichkeit an sich. Er fuhr auf dem Höhepunkt einer sommerlichen Hitzewelle in die Stadt ein, mit allem Pomp eines orientalischen Herrschers, der siegreich aus einer großen Schlacht nach Hause kommt. Man hätte es einem Unbeteiligten leicht verzeihen können, wenn er angenommen hätte, Absalom sei bereits zum König gekrönt worden.

Maacah, Miriam und ich rannten auf das Palastdach, um einen ersten Blick auf ihn zu erhaschen. Die Menschenmengen in den Straßen schienen ebenso zahlreich und begeistert zu sein wie die, die sich einst versammelt hatten, um die Rückkehr seines Vaters nach dem Triumph über Ammon zu feiern. Ich sah nichts als winkende Arme und ekstatische Gesichter, und es war so laut, daß ich mich selbst kaum noch denken hören konnte.

Schließlich kam die Welle der Erregung immer näher und ließ darauf schließen, daß wir den begnadigten Prinzen gleich zu Gesicht bekommen würden. Obwohl ich diesem Moment seit Wochen entgegenfieberte und mir oft vorgestellt hatte, wie er wohl aussehen mochte, war ich doch schockiert.

Er war barhäuptig und fuhr mit entblößtem Oberkörper in einem zierlich wirkenden, eindeutig syrischen Kampfwagen, hinter ihm eine ansehnliche Armee aus muskelbepackten Kriegern, kastrierten Sklavenjungen und vollbepackten Eseln. Er fuhr den Wagen selbst, und davor gespannt waren zwei reinweiße Pferde mit goldbesetztem

Geschirr, die Mähnen mit purpurroten Schleifen geschmückt. Absaloms eigenes Haar reichte ihm fast bis zu den Kniekehlen und war in hunderte von kleinen Zöpfen geflochten. Von seinem Rücken hing ein knöchellanger Umhang aus kostbarem tyrischem Purpur. Obwohl er nun einundzwanzig Jahre alt war, waren seine Wangen glatt, und sein schönes Gesicht war geradezu schamlos bemalt. Er trug schwere goldene Armreifen und Ohrringe, und um die Schulter hatte er sich an einem Lederriemen ein zeremonielles Messer mit Elfenbeingriff geschlungen. Um seinen Hals hing eine Kette mit einem Anhänger, der eine Sonne und eine Mondsichel zeigte. Ich war nicht sicher, welche Bedeutung diese hatten, doch ich wußte, daß Nathan sie vermutlich in den nächsten Fluß geworfen hätte.

Und als ob all das noch nicht genug gewesen wäre, stand an Absaloms linker Seite ein hellbrauner Hund, der halb so groß war wie er selbst. Israels Favorit war als aufgeputzter Fremdling zurückgekehrt, als ein lebendiger Widerspruch zu allem, was richtig und angemessen und gesetzmäßig war ... und niemanden kümmerte es im geringsten.

Ich hatte angenommen, daß die Prozession sich zuerst zum Palast bewegen würde; aus Respekt vor dem König und auch, weil Absalom sicherlich darauf brannte, endlich wieder mit seinem Vater vereint zu sein. Tatsächlich lenkte er den Wagen in diese Richtung. Doch dann eilte ein Mann durch die Menge auf den Wagen zu und sprach mit Joab, der rechts neben Absalom im Wagen stand. Joab verzog das Gesicht, während Absalom von alledem nichts mitbekommen hatte. Er war vollkommen überwältigt von dem Empfang, der ihm bereitet wurde, und er badete in den Jubelrufen der Menge. Trotz des übermäßigen Vertrauens, das er stets in seine eigene Popularität gehabt hatte, schien er nicht mit einem solchen Triumphzug gerechnet zu haben. Joab mußte ihm schließlich ganz unzeremoniell einen Ellenbogen in die Rippen rammen, um ihn wieder in die Wirklichkeit zurückzuholen.

Nach einem kurzen, aber offensichtlich hitzigen Austausch änderte Absalom die Fahrtrichtung und fuhr mit einem leicht verstimmten Gesichtsausdruck auf unser Haus zu.

Maacah und Miriam bemerkten das im selben Moment wie ich, und zusammen eilten wir die Treppen hinunter, um ihn zu empfangen. Die Sklaven unseres Gastgebers öffneten die Tore, und die Prozession strömte in den Hof. Es kostete die muskelbepackten Leibwächter einige Mühe, die Menge daran zu hindern, ebenfalls in den Hof zu branden. Endlich gelang es ihnen, die Tore wieder zu schließen. Während sich sein Gefolge im Hof ordentlich formierte und sogar Joab mit seiner Disziplin beeindruckte, sprang Absalom vom Wagen und eilte in die Arme seiner Mutter.

Wie vorauszusehen gewesen war, fand Maacah, daß er wundervoll aussah. Sie überschüttete ihn mit Küssen und beteuerte, wie sehr sie ihn vermißt hatte. Absalom lachte glücklich und sagte, daß sein Großvater, König Talmai, darauf bestanden hätte, ihm all diese Sklaven und Soldaten mitzugeben, und dazu noch große Mengen von Gold und Silber und viele syrische Schätze mehr. Schließlich könne sein Enkelsohn, ein Prinz von Geschur, nicht wie ein Bettler reisen.

„Übrigens", fügte Absalom hinzu, „diese drei hübschen Eunuchen sind für dich, Mutter. Zoheleth ist längst zu alt, um dir noch zu dienen; er ist ja bereits im Stimmbruch! Ich werde ihn als meinen Waffenträger ausbilden. Du erinnerst dich doch?"

Er schnippte mit den Fingern, und die drei kastrierten Jungen traten vor. Sie hatten unglaublich helle Haut und Haar wie aus Gold gesponnen.

„Es sind Akhaier", erklärte Absalom. „Sie können ein wenig aramäisch, aber kein Wort hebräisch. Sie werden also noch weniger Gerüchte verbreiten als Zohel hier." Er blinzelte mir zu. Unter seiner phantastischen Verkleidung verbarg sich noch derselbe junge Mann wie früher. „Sie haben jede wache Stunde der letzten drei Jahre damit verbracht, die hohe Kunst des Haarefrisierens zu erlernen. Sie sind wirklich gut darin, das verspreche ich dir. Und du hast ja auch noch die bezaubernde Miriam, um ihnen die Feinheiten beizubringen!"

Miriam lief dunkelrot an; Absalom verbeugte sich schwungvoll vor ihr und küßte ihr die Hand. Dann wandte er seine Aufmerksamkeit mir zu, legte seine Hände auf meine Schultern und sah mir in die Augen, wobei er zufrieden nickte. Mein Herz schwoll mir in der Brust; ich konnte nichts dagegen tun. Ich dachte, daß es da draußen in der Menge bestimmt viele gab, die ihre rechte Hand dafür gegeben hätten, jetzt an meiner Stelle zu sein. Und ich beschloß, Absalom zu dienen, zu ihm zu gehören und zum ersten Mal in meinem Leben jemand zu sein.

„Nun, du bist ganz ohne Frage erwachsen geworden, kleine Schlange!" sagte Absalom. „Bald wirst du so groß sein wie ich. Und fast so gutaussehend!" Er lachte wieder, und ich spürte, wie ich noch tiefer errötete als Miriam. „Also, wenn du dann demnächst mein ständiger Begleiter sein wirst, stelle ich dich wohl besser meiner neuesten weiblichen Errungenschaft vor!"

Wieder schnippte er mit den Fingern, und zu meinem nackten Entsetzen sprang der monströse hellbraune Hund vom Wagen, wo er ebenso gehorsam gewartet hatte wie Absaloms sonstiges Gefolge. Das riesige Tier eilte an Absaloms Seite, leckte an seiner Hand und schwenkte dabei seinen Schwanz beunruhigend schnell von einer Seite auf die andere. Instinktiv machte ich einen Schritt rückwärts.

„Aber, aber, Zoheleth", zog Absalom mich mit offensichtlichem Vergnügen auf. „Ihr beide müßt euch vertragen, ihr werdet viel miteinander zu tun haben. Am besten werdet ihr Freunde. Komm, sie wird dir nichts tun; sie ist absolut gehorsam. Schau!" Er flüsterte dem Hund etwas auf aramäisch zu, und er sank auf die Hinterläufe; etwas anderes, und er legte sich flach auf den Bauch. „Nur meine Feinde müssen sie fürchten. Sie ist wunderschön, findest du nicht? Ich kann nicht verstehen, warum ihr Hebräer eine so verzerrte Sicht von Adonais edelster Kreatur habt. Diese Dame hier hat blaueres Blut als ich! Sie stammt aus einer lange Linie der besten Jagdhunde auf der ganzen Welt, und jeder von ihnen hat einem König gedient."

Jetzt waren wir also „ihr Hebräer". Doch laut sagte ich nur zweifelnd. „Sie hat also einen Namen?"

„Aber ganz bestimmt!" grinste Absalom. „Sie heißt Atargatis. So nennt unser blonder Freund hier die Göttin Astarte." Ich zuckte zusammen und fragte mich, ob sich in Geschur niemand daran störte, wenn der Name einer Göttin für ein so abstoßendes Tier mißbraucht wurde. Anscheinend wurden Hunde dort tatsächlich sehr hoch geschätzt. „Aber sie hört auf ‚Gatis'", informierte mich Absalom. „Ruf sie doch mal."

Doch dazu konnte ich mich beim besten Willen nicht überwinden. Wie die meisten Menschen in Israel war ich mit der Überzeugung aufgewachsen, daß Hunde in die Gosse gehörten, um Aas und Abfälle zu fressen, bevor sie Krankheiten verbreiteten.

Dann gingen wir ins Haus, und nachdem Absalom seine Mutter mit ganzen Körben voller Parfum, edler Stoffe und Juwelen beschenkt hatte, warf er sich auf ein Sofa, den Hund vor den Füßen, trank Wein und ließ sich so begeistert über Geschur aus, daß ich mich zu fragen begann, warum er überhaupt zurückgekommen war. Shimei und Sheba tauchten mit einer Handvoll anderer junger Männer auf und begannen Absalom gnadenlos aufzuziehen; das war wohl die einzige Art, die sie kannten, um ihm zu zeigen, daß sie sich über seine Rückkehr freuten. Sie fragten, wieviele Herzen er in Syrien gebrochen hatte, worauf er vage mit „höchstens ein oder zwei" antwortete. Er befahl dem Hund, ihnen die Hände zu lecken, worauf sie noch angewiderter reagierten als ich. Absalom gab abgrundtiefe Enttäuschung über unsere Ignoranz vor und war ganz und gar in seinem Element.

Schließlich schlug er vor, daß Joab ihn zum Palast begleiten solle, damit er nicht respektlos erschien – was zweifellos ein schlechter Anfang gewesen wäre. Vielleicht hatte das Leben am hochentwickelten syrischen Hof ihn tatsächlich Manieren gelehrt, oder zumindest einen gewissen Sinn für Diplomatie. Doch Joab wurde es bei diesem Vorschlag deutlich unbehaglich, und er begann jede Art von Ausflüchten zu suchen. David sei es in letzter Zeit nicht gut gegangen, und es sei besser, bis zum Abend zu warten, weil er nachmittags immer schliefe. Außerdem sollten sie doch erst einmal hier ein kleines Willkommensfest feiern, wo doch schon so viele von Absaloms Freunden hier wären. Schließlich könne man sie nicht einfach so alleinlassen. Das gefiel natürlich Sheba und Shimei ausgezeichnet, besonders als Joab auf eigene Kosten Unmengen von Wein und Essen herbeischaffen ließ. Absalom war allerdings genauso mißtrauisch wie ich, obwohl wir beide nicht recht verstanden, was Joab vorhatte. Absalom hatte zudem vorhin bei seinem Einzug den Mann nicht an den Wagen herantreten und mit Joab flüstern sehen.

Als das Fest begann, zogen sich Maacah und Miriam zurück, und Joab machte sich mit ungewöhnlicher Zielstrebigkeit daran, Absalom so schnell wie möglich so viel Alkohol wie möglich zuzuführen. Nicht, daß das ein Problem gewesen wäre; Absalom konnte dem Trinken nur wiederstehen, wenn sein Sinn auf höhere Ziele gerichtet war, wie etwa den Mord an seinem Bruder zu planen. Joabs Ansinnen wurde von Sheba und Shimei mit der ihnen eigenen Versiertheit unterstützt, und schließlich gelang es ihm, Absalom vollkommen von seinen Plänen bezüglich seines Besuchs beim König abzulenken.

Mit einem Ausdruck grimmiger Zufriedenheit nippte Joab an seinem verdünnten Wein, und je toller Absaloms betrunkene Eskapaden wurden, desto besser schienen sie ihm zu gefallen, was vollkommen gegen seine militärisch strenge Natur war. Eben war Absalom dabei, eine reichlich anstößige Darbietung irgendeines syrischen Fruchtbarkeitstanzes zu geben, einen Fuß auf dem Tisch, den anderen auf der Rückenlehne der Couch, wobei er nur noch seinen Lendenschurz trug. Als Sheba ihm ein Bein stellte, fiel er schwer auf die Couch und begann sofort laut zu schnarchen. Joab erhob sich. Seine Mission war für heute erfolgreich beendet.

Ich hatte nicht oft Gelegenheit, so viel Wein zu trinken. Ich fand mich schließlich zusammengerollt neben Gatis auf dem Boden wieder, was zeigt, wie betrunken ich gewesen sein muß.

Ein wildes Schütteln und einige Ohrfeigen von Joab brachten mich wieder zur Besinnung. Es war dämmrig, und ich brauchte eine Weile, bis ich begriff, daß das nicht die Abenddämmerung, sondern das Morgengrauen des neuen Tages war. Joab zischte: „Ich muß vor Sonnenaufgang beim König sein. Ich bin zurück, sobald es geht. Laß Absalom bis dahin nicht aus den Augen!“

„Was?“ krächzte ich und preßte die Handflächen gegen meine pochenden Schläfen.

„Ich habe gestern eine Nachricht aus dem Palast erhalten. Absalom darf dort nicht auftauchen, bevor ich den König gesprochen habe. Also sorg dafür, daß er das Haus nicht verläßt, bis ich zurückkomme. Los, Junge! Reiß dich zusammen!“

„Aber wie ... wie soll ich ihn aufhalten, wenn er gehen will?“

„Das ist mir vollkommen egal. Doch ich denke, du wirst noch eine ganze Weile Ruhe vor ihm haben.“ Er nickte mit dem Kopf in Absaloms Richtung, der immer noch in derselben Haltung auf dem Sofa lag wie gestern, und bevor ich noch irgendeine Frage stellen konnte, war Joab fort.

Ich lag eine Weile still da und wartete, bis sich mein Kopf wieder etwas normaler anfühlte. Innerlich beschloß ich, nie mehr in meinem ganzen Leben einen Tropfen Wein zu trinken. Langsam erwachten die Gäste aus ihrem Rausch, sammelten stöhnend ihre Sachen ein und schlurften nach Hause. Absalom rührte sich nicht, noch nicht einmal, als Gatis ihm das Gesicht leckte.

Auch als alle Gäste fort waren und die Sklaven mit dem Aufräumen begannen, wachte Absalom nicht auf, und mir dämmerte es, daß Joab ihm vermutlich ein Schlafmittel in den Wein getan hatte.

Es war fast Mittag, als Joab zurückkehrte, und man konnte ihm ansehen, daß die Dinge alles andere als gut standen. Joab schien ein wenig überrascht zu sein, daß Absalom immer noch nicht wach war, gab aber keinen Kommentar ab. Gerade, als Maacah einen Arzt holen wollte, erwachte Absalom, streckte sich und wollte wissen, wie spät es war.

Nachdem er eine ganze Platte voll Gerstenplätzchen hinuntergeschlungen hatte, wirkte er recht erfrischt und fragte Joab, ob sie jetzt zum Palast gehen könnten. Joab räusperte sich. „Mein Herr, es gibt da ein Problem. Ich fürchte, du wirst nicht in den Palast gehen.“

„Was? Warum denn nicht?"

„Dein Vater, der König, will dich nicht sehen."

Absalom starrte ihn ungläubig an. „Aber er hat mich doch zurückholen lassen! Das hast du mir doch selbst gesagt! Stimmt das etwa nicht?" Jetzt lag Angst in seinen Augen, und ich wußte, daß er Joab verdächtigte, ihn getäuscht zu haben. Er war sich sehr wohl bewußt, daß der Sohn Zeruiahs ihn nie gemocht hatte. Vielleicht würde er ihn nun des Mordes an Amnon überführen und hinrichten lassen.

Doch Joab beeilte sich zu versichern: „Mein Herr, ich schwöre, daß ich nichts gegen dich im Schilde führe. Ich verstehe dies genausowenig wie du selbst, das schwöre ich im Namen Adonais!"

Danach saßen sie sich eine ganze Weile gegenüber und starrten sich schweigend ins Gesicht. Plötzlich riß Absalom erkennend die Augen auf und rief: „Bathseba!"

Joab sagte nichts.

„Das ist ihr Werk, nicht wahr? Sie will nicht, daß ich Vater sehe. Sie hat bis gestern nichts von meiner Rückkehr gewußt, und jetzt will sie verhindern, daß wir uns wieder versöhnen!"

Joab grunzte nur, und Absalom deutete das als Zustimmung.

„Das dachte ich mir. Sie ist der einzige Mensch auf der Welt, der ihn dazu bringen kann, sein Wort zu brechen." Absalom ballte die Hände zu Fäusten, und Gatis winselte mitleidig. Ich wunderte mich, daß ein Tier so sensibel für menschliche Gefühle sein konnte. „Aber warum?" murmelte Absalom mehr zu sich selbst. „Warum will sie uns voneinander fernhalten? Sie hat doch alles, was sie will. Er hat sie als seine Hauptfrau anerkannt, sie hat die schönsten Gemächer und unbegrenzten Zugang zu ihm und vermutlich auch zu seinem Geld. Von mir hat sie doch nichts zu befürchten."

Erst da dämmerte mir, daß ich der einzige Mensch außerhalb der Palastmauern war, der wußte, wer nach David den Thron besteigen würde. Kein Wunder, daß Absalom mit all dem Pomp in Jerusalem einmarschiert war! Kein Wunder, daß er sich entschlossen hatte, den Reichtum Geschurs hinter sich zu lassen. Adonai sei uns gnädig . . . ich würde ihm die Wahrheit sagen müssen.

Absalom mußte bemerkt haben, wie alle Farbe aus meinem Gesicht wich. Er fragte, was los sei, und ich stammelte, ich müsse ihn allein sprechen. Er sah finster drein, doch schließlich schickte er Joab und die Sklaven hinaus. Ich wollte es schnell hinter mich bringen und plapperte sofort los: „Dein Vater hat Bathsebas Sohn Salomo den Thron zugesprochen. Sie befürchtet sicher, daß er seine Meinung ändert, wenn er dich wiedersieht." Dann kauerte ich mich in Erwartung eines Zornausbruchs zusammen, und ich behielt recht.

Absalom begann zu toben wie ein verwundeter Löwe. Er warf Platten und Becher gegen die Wände, bis er am Ende seiner Kräfte war und vor dem Tisch zusammenbrach, den Kopf auf die Arme gesunken. Gatis jaulte und stupste ihn mit der Schnauze an. „Er muß den Verstand verloren haben, Zohel!" stöhnte Absalom. „Ich kann es einfach nicht fassen. Der Junge kann doch kaum entwöhnt sein!"

„Ich weiß, Herr. Aber Nathan hat ihm bestätigt, daß es der Wille Adonais ist."

Absalom lachte bitter. „Wie kann ein heiliger Mann den Sohn einer Hure unterstützen?"

Ich zuckte die Achseln, doch er sah durch mich hindurch. Ich wünschte, wir hätten vernünftig über die Sache reden können, doch es war nicht Absaloms Art, in einer solchen Angelegenheit vernünftig zu reagieren. Ich murmelte: „Propheten können in die Zukunft sehen, Absalom. Vielleicht hat Nathan diese Sonne und den Mond um deinen Hals gesehen."

Natürlich hätte ich das niemals sagen dürfen. Zuerst dachte ich, er würde mir den Kopf abreißen. Zum Glück hörte Joab den Lärm und die Obszönitäten, die er mir an den Kopf warf, und stürmte in den Raum. Man konnte kaum glauben, daß dies derselbe Absalom war, der mich einmal vor den Schlägen seines Bruders bewahrt hatte.

Endlich gelang es dem erfahrenen Soldaten, uns zu trennen. Als Absalom wieder zu Atem gekommen war, keuchte er: „Und was erwartet er jetzt von mir? Wo soll ich hingehen? Wieder zurück nach Geschur?"

„Er hat ein Haus für dich besorgt, mein Herr. Es ist ein sehr schönes Anwesen in der Nähe des Palastes. Es gibt Ställe für deine Pferde und genug Platz für dich und dein Gefolge. Ich soll dich jetzt gleich dorthin bringen." Joab machte eine Pause, abwartend, wie Absalom reagieren würde.

Auch Absalom schwieg eine Weile, dann fragte er unsicher: „Stehe ich unter Arrest?"

„Nein, Herr. Du kannst kommen und gehen, wie es dir beliebt."

„Solange ich nicht versuche, den Palast zu betreten!"

„Ja, Herr."

II

Absaloms Verdacht wurde bestätigt, als sich herausstellte, daß das für ihn vorgesehene Haus das von Bathsebas ehemaligem Ehemann war, wo Absalom und sie früher ihre heimlichen Treffen abgehalten hatten. Jemand hatte viel Zeit und Geld investiert, um das Haus neu einzurichten, und zwar in einem Stil, der genau Absaloms Geschmack entsprach. Doch Absalom fluchte und murmelte vor sich hin, daß er in Geschur hätte bleiben sollen und daß er am besten schleunigst dorthin zurückginge. Joab machte ein paar halbherzige Versuche, ihn davon abzubringen, und zuerst dachte ich, daß er Order hatte, Absalom nicht allzu offensichtlich zum Weggehen zu ermutigen. Doch später erfuhr ich, daß Bathseba ihn zwar dem Palast fernhalten, ihn aber durchaus in Jerusalem behalten wollte, wo sie ihn weit besser unter Beobachtung halten konnte als in Geschur. Hier konnte er wohl kaum eine Armee um sich sammeln, um Salomos Thronbesteigung zu verhindern. Absaloms Rückkehr war für die Mutter des unsichtbaren Kronprinzen keineswegs überraschend gekommen; sie hatte sich seit Wochen darauf vorbereitet.

Joabs eigene Gründe, Absalom hierhalten zu wollen, hatten wahrscheinlich einen ähnlichen Ursprung, wobei er sich vermutlich eher um David selbst – und damit um seine Stellung als Befehlshaber von Davids Armee – sorgte als um den Thronfolger. Ich fragte mich, ob diese Sorgen wohl begründet waren. Ich hatte keine Ahnung, was Absalom in all den Jahren bei Talmai ausgebrütet hatte. Doch Joab, Ahitophel und sogar Nathan hatten ihre Informanten. Und unsere Nachbarn im Norden wären vermutlich hocherfreut gewesen, einen König mit aramäischem Blut auf Sauls Thron zu sehen – selbst wenn dieses Blut mit dem von David verwässert war.

Als Joab fort war und die Sklaven und Soldaten ihre Quartiere zugewiesen bekommen hatten, sagte ich zu Absalom: „Vielleicht wärst du in Geschur tatsächlich besser aufgehoben."

Er tat beleidigt. „Ich dachte, du hättest mich vermißt! Willst du mich so schnell wieder loswerden?" Dann schien ihm wieder einzufallen, wo mein blaues Auge herkam, und einen Moment lang sah er beinahe reumütig aus. Doch seine „Entschuldigung" war keine. „Es müssen die Nachwirkungen des Weins gewesen sein – oder von dem, was immer dieser Bastard hineingemischt hat." Für ihn war die Angelegenheit damit erledigt, doch bei mir blieb ein bitterer Nachgeschmack im Mund zurück. „Du und ich, wir werden noch Großes zusammen erreichen, kleine Schlange", sagte er voller Begeisterung. „Ich werde nicht nach Geschur zurückkehren!"

Als ich ihn nur schweigend anblickte, schien er sich mir gegenüber zu vollkommener Offenheit zu entschließen. „Oh, es war nicht schlecht dort. Es kann auch nicht schaden, wenn alle im Palast glauben, daß ich lieber heute als morgen zurückgehen würde. Mein Großvater war sehr freundlich zu mir, und Mutter hatte recht: Im Vergleich zu seinem Hof ist unser Palast hier tatsächlich ein Schafstall! Doch ich werde seinen Thron ebensowenig erben wie diesen hier. Und Israel ist meine Heimat, Zohel. Ich habe diese Hügel, diese Straßen, meine Freunde und meinen Vater vermißt." Zögernd fügte er hinzu: „Klingt das in deinen Ohren zu rührselig?"

„Nein." Ich fand es bezeichnend, daß er David offenbar weit mehr vermißt hatte als Maacah. Schämte er sich nun etwa nicht mehr, Davids Sohn zu sein?

„Was ist los mit dir, Zohel?" unterbrach er mich mit anklagendem Tonfall. „Du wirkst nicht gerade so, als ob du auf meine Gegenwart besonderen Wert legen würdest. Ich dachte, du wärst auf meiner Seite!"

Ich schaute ihn aus schmalen Augen an. „Ich bin ein freier Mann, Absalom. Ich lebe für niemanden als für mich selbst."

„Und du läßt keine Gelegenheit aus, mich daran zu erinnern, nicht wahr? Nun, irgendwie ist das erfrischend. Viel zu viele Leute machen mir den Eindruck, daß sie für mich sterben würden. Mach dir keine Sorgen, mein kleiner Freund. Du kannst gehen, wann immer du willst. Wenn du nicht mein Waffenträger sein willst, bitte. Du bist ein freierer Mann als ich, das steht fest."

„Ich weiß nicht, was du damit meinst."

„Sie würden mich nicht nach Geschur zurückkehren lassen, selbst wenn ich es wollte, das wissen wir doch beide. Hier kann man mich viel besser beobachten. Vermutlich spionieren sie mir jetzt im Moment auch nach. Von hier aus kann man den Palast ziemlich gut sehen, nicht wahr? Ich frage mich, wie die Sicht wohl vom Dach aus ist."

Wir stiegen hinauf, Absalom immer zwei Stufen auf einmal nehmend. Der Palast war tatsächlich nur einen Steinwurf weit entfernt, und man konnte fast direkt in die Gemächer des Königs schauen.

Absalom starrte zum Palast hinauf und fragte: „Besuchst du ihn immer noch?"

„Wen?"

„Den König."

„Ach, deswegen soll ich dir weiter dienen, nicht wahr? Jetzt, wo du all die Sklaven und Leibwächter hast, mußte es ja einen anderen Grund geben, warum du mich auch noch um dich haben wolltest. Was wäre, wenn ich ihn nicht mehr besuche?"

Er sah auf einmal sehr verletzlich aus, und ich begriff, daß dies das Geheimnis war, mit dem er alle Leute dazu brachte, ihn zu lieben. Er öffnete sich gerade weit genug, um einen glauben zu machen, daß er ihm wichtig war, daß er ihn brauchte . . . aber nur, soweit es für ihn sicher war. Selten riskierte er wirklich etwas. Er sah mir in die Augen und fragte, ob wir nicht einfach Freunde sein könnten, und ich erwiderte: „Das ist genau das, was dein Vater immer sagt. Ihr seid euch wirklich ähnlich. Beide braucht ihr mich, weil ich euch nicht brauche, anders als die armseligen Kreaturen, die sich um eure Aufmerksamkeit reißen, weil ihr seid, was ihr seid. Ihr könnt es nicht ertragen, daß jemand auch nur existiert, der euch nicht willenlos ergeben ist oder euch wenigstens leidenschaftlich haßt."

Absalom nickte nur lächelnd, und Mitleid machte seine Züge weich, was mich noch wütender machte, als ich ohnehin schon war. Ich wußte, er sah wieder das verletzte Kind in mir, das er gerettet hatte, und ich konnte nichts dagegen tun, daß er mit einem einzigen Blick alle Erinnerungen zurückbrachte. Ich haßte ihn dafür, und doch war er so schön, so wild und so leidenschaftlich, daß ich ihn gleichzeitig bewundern mußte. In meinem Herzen wußte ich bereits, daß ich bleiben und ihm dienen würde, einfach, weil er immer im Zentrum des Geschehens stand. Ganz davon abgesehen hatte ich nicht viele Möglichkeiten. Ich konnte anstandshalber nicht länger bei Maacah bleiben, und zu David wollte ich nicht gehen. Ein Leben in Armut erwartete mich, und mit Absalom konnte ich zumindest sicher sein, daß ich Ansehen, Abenteuer und ein Dach über dem Kopf haben würde.

Er sagte: „Nun? Du hast meine Frage noch nicht beantwortet, kleine Schlange."

„Welche Frage?"

„Ob du den König noch besuchst."

„Ja, Ich habe keine andere Wahl."

„Vertraut er dir?"

„Ja, obwohl ich wünschte, er täte es nicht. Aus irgendeinem Grund hat er einen Narren an mir gefressen."

Absalom sah mich an. „Vielleicht kannst du ihn ja dazu bringen, mich zu empfangen."

„Vielleicht. Aber ich hatte wenig Hoffnung."

Absalom kam nicht mehr auf die Möglichkeit zurück, wieder nach Geschur zu gehen. Er richtete sich in dem Haus ein, und ich begann zu verstehen, warum er so viele Packtiere gebraucht hatte, um all das nach Jerusalem zu schaffen, was sein Großvater ihm geschenkt hatte. Da gab es Tische und Sofas mit Elfenbeineinlagen und ein ägyptisches Bett, das mit Blattgold überzogen war und Löwenfüße hatte, unzählige Alabasterkrüge und akhaische Amphoren mit kostbarem Wein, Truhen voller unbezahlbarer Seidenstoffe, Parfums und Gewürze aus fernen Ländern im Osten.

„Du könntest Miriam wenigstens ein Fläschchen Parfum schenken", schlug ich vor. „Es würde sie sehr freuen."

„Ach, du hast also doch ein Herz in der Brust? Nein, das könnte sie mißverstehen. Aber wenn du ihr eins schenken willst – bitte, bedien' dich." Er wußte sehr gut, was ich vorhatte. „Doch das wird nichts ändern. Nur billige Mädchen kann man mit so etwas kaufen."

Er hatte natürlich recht; nur billige Mädchen kann man überhaupt kaufen.

Obwohl Absalom eigentlich vorgehabt hatte, mich zu seinem Waffenträger zu machen, kam ich mir eher vor wie sein persönlicher Leibdiener. Bald war ich dafür verantwortlich, die Sklaven zur Ordnung zu rufen, Gäste zu bewirten und Absaloms sonstige Bedürfnisse zu stillen. Außerdem war ich indirekt für Maacah und Miriam verantwortlich, denn als in unserem Haushalt eine gewisse Routine eingekehrt war, zogen sie ebenfalls bei uns ein. Sie bekamen eigene Gemächer und Zugang zum Dach, wo Maacah unbedingt ihre Statue der Göttin Aschera aufstellen wollte, obwohl man das Dach von Davids Fenstern aus sehr gut sehen konnte – oder vielleicht gerade deshalb.

Zum Glück hatte ich wenigstens mit der Versorgung des Monsters Gatis nichts zu tun. Das tat Absalom selbst. Er badete sie, führte sie aus, teilte seine Mahlzeiten mit ihr und ließ sie sogar in seinem Bett schlafen. Als Dank verjagte sie Joab, als er einmal vorbeikam, um „nach dem Rechten zu sehen".

Zwei Wochen nach Absaloms Heimkehr tauchte ein Fremder vor der Tür auf und bat um eine Audienz mit dem Prinzen. Absalom hatte gerade nichts zu tun, also ließ ich den Kerl herein. Er war einfach, aber nicht schäbig gekleidet, und als ich ihn nach seinem Anliegen fragte, hielt er eine lange, umständliche Rede von seinem einzigen Stück Vieh, einer alten Kuh. Das Tier war anscheinend von einer Gruppe betrunkener Jugendlicher nachts losgebunden worden und hatte sich auf dem Grund und Boden seines Nachbarn verlaufen, der es prompt behalten und zu seinem Eigentum erklärt hatte. Der Ortsrichter war bestochen worden und hatte so dem Nachbarn die Kuh zugesprochen. Unser Besucher hatte bereits versucht, in der Sache beim König vorzusprechen, doch man hatte ihm mitgeteilt, daß Seine Majestät im Moment nicht für Bittsteller zu sprechen war und er auf eine Warteliste gesetzt werden würde; vielleicht könne man den Fall in sechs Monaten noch einmal aufgreifen. In der Zwischenzeit würde die Familie des armen Mannes ohne Milch auskommen müssen.

Absalom hatte ganz offensichtlich keine Ahnung, wie er mit der Angelegenheit umgehen sollte. Einerseits störte ihn der Eindringling, andererseits schmeichelte ihm dieser weitere Beweis für seine Gunst im Volk. Zunächst befahl er seinen Dienern, den Mann hinauszuführen und ihn fürstlich zu bewirten, damit er Zeit zum Nachdenken gewann.

„Ich begreife das einfach nicht, Zohel“, sagte er zu mir, als der Mann draußen war. „Früher hat Vater jeden persönlich angehört, der mit einem solchen Anliegen zu ihm kam. Und jetzt scheint er noch nicht einmal mehr in der Lage zu sein, einen Stellvertreter für diese Dinge zu berufen!“

Ich meinte: „Vielleicht scheint es ihm heuchlerisch, wenn er sich in die Schwierigkeiten anderer Leute einmischt, während in seinem eigenen Haus die Dinge so im Argen liegen.“

Absalom hob die Augenbrauen. „Du bist ihm gegenüber sehr viel bitterer, als ich angenommen hatte.“

„Du etwa nicht? Gibst du ihm denn nicht mehr die Schuld an Tamars Tod?“

Seit Absalom zurückgekehrt war, hatte ich darauf gebrannt, ihm diese Frage zu stellen; jetzt wünschte ich, ich hätte es nicht getan. Er wurde sehr still. Nach einer langen Pause sagte er: „Ich weiß nicht. Ich weiß es einfach nicht. Aber ich kann die Zeit nicht vergessen, wo wahre Liebe zwischen uns geherrscht hat. Das Leben war süß in diesen Jahren, Zohel. Ich will nur, daß es wieder so wird.“

Am nächsten Tag schickte Absalom zwei seiner bulligen Leibwächter in das Dorf des Bittstellers mit dem Auftrag, den Widersacher sowie zwei Dorfbewohner mitzubringen, die dafür bürgen konnten, daß die Kuh dem armen Mann gehörte. Die Angelegenheit war im Handumdrehen geklärt. Absalom hatte einen neuen Freund gewonnen – aber auch einen neuen Feind.

Die Sache wurde bekannt, und bald ging ein stetiger Strom von Menschen bei uns ein und aus, die mit den unterschiedlichsten Anliegen zu Absalom kamen. Er tat, was er konnte, und weil die meisten Probleme relativ einfach zu regeln waren, gingen fast alle befriedigt nach Hause. Keiner von ihnen hatte für sich irgendeine Bedeutung; doch alle zusammen wuchsen langsam zu einer beachtlichen Gruppe an und verbreiteten die Kunde, daß der verlorene Prinz als Engel der Gnade zurückgekehrt sei.

Absalom hatte bald keine Langeweile mehr, und seine Abende waren erfüllt von unseren Fragen über das Leben in Geschur. Bald stellte sich heraus, daß sein Großvater Talmai keine Gelegenheit ausgelassen hatte, den jungen Prinzen gegen alles Hebräische zu beeinflussen. Er regte sich furchtbar über die Demütigung auf, die seine Tochter erfahren hatte, und beschwerte sich über die hohen Tributzahlungen, die er David jedes Jahr leisten mußte. Wenn Absalom an Davids Stelle auf dem Thron säße, könnte all das besser werden, hatte Talmai erklärt; auch könnten dann in Kanaan die wahren Götter wieder angebetet werden, und die Beziehungen zwischen Israel und Syrien würden bald wieder so eng und gut sein wie früher.

„Er hat natürlich recht", sagte Maacah. „Und er hätte alles getan, um dich zu unterstützen, wenn du nach seiner Pfeife getanzt hättest."

„Wenn ich bereit gewesen wäre, den Mann abzusetzen und vermutlich auch umzubringen, der mir das Leben und unvergleichliche Freude geschenkt hat", war Absaloms schneidender Kommentar dazu. „Außerdem – du glaubst doch nicht, daß das Volk Israel einen Führer akzeptieren würde, der ihren erwählten König vom Thron gestoßen hat und zudem noch syrischer Abstammung ist . . . selbst wenn ich es wäre."

Dennoch sagte mir die Häufigkeit, mit der Absalom das Thema zur Sprache brachte, daß Talmais Worte ihn durchaus in Versuchung gebracht hatten. Mit einer eigenen Armee nach Jerusalem einzumarschieren, den alten, schwachen König zu stürzen und sich selbst die Krone aufzusetzen . . . natürlich hatte diese Vorstellung ihre Reize. Doch ich denke, ihm war klar, daß er als Talmais Marionette enden würde, von dessen gutem Willen es abhing, ob Absalom den Platz halten konnte, den er mit Talmais Hilfe eingenommen hatte.

Als die vierte Woche ohne ein Wort aus dem Palast verging, meinte Absalom zu mir: „Das ist eindeutig Bathsebas Werk. Entweder hat sie ihn überredet, dich nicht mehr rufen zu lassen, oder sie fängt alle Aufträge ab, die er sendet. Du mußt jetzt einfach gehen, auch ohne seine ausdrückliche Aufforderung."

Ich protestierte: „Aber sie hat überall ihre Augen! Sie wird wissen, warum ich komme!"

„Wir werden dich verkleiden. Du hast noch keinen Bartwuchs, und du bist hübsch genug, daß wir dich mit ein bißchen Schminke und den richtigen Kleidern zu einem Mädchen machen können."

„Das ist doch idiotisch! Was für ein Mädchen würde schon allein in den Palast kommen, um den König zu sprechen?"

„Es könnte die Tochter einer seiner Konkubinen sein, die ihre Mutter zum Geburtstag besuchen möchte."

„Ja, und es könnte auch ein fliegendes Schwein sein! Absalom, das ist kein Plan, das ist Wahnsinn. Im besten Fall wird man mich in den Harem stecken und nie wieder herauslassen!"

„Du Glücklicher! Ich kann mir weit schlimmere Schicksale vorstellen. Manche Leute wissen einfach nicht, wie man sich amüsiert . . . Aber gut, vergessen wir das. Wir rasieren dir den Kopf und kleiden dich in diesen ganzen ägyptischen Kram von meinem Großvater, und dann geben wir dich als Botschafter des Pharao aus."

„Dann müßte ich schon deine gesamte Leibwache mitnehmen, um überzeugend zu wirken. Außerdem werde ich nicht zulassen, daß man mir den Kopf rasiert."

„Zohel, du bist ja fast so eitel wie ich! Hast du denn eine bessere Idee?"

Am Ende einigten wir uns darauf, daß ich mich als beduinischer Harfespieler ausgeben würde. Schließlich konnte ich tatsächlich die Harfe spielen. Absalom hüllte meinen Kopf in ein riesiges kariertes Tuch, trieb irgendwo ein Gewand aus grober Wolle auf und steckte mir ein silbernes Kästchen als Geschenk für den König zu.

Ich war sicher, daß es nicht klappen würde, und ich behielt recht. Es stellte sich heraus, daß eigentlich niemand zum König vorgelassen wurde, der nicht persönlich von ihm eingeladen worden war; David war zu krank, um Besuch zu empfangen.

Also blieb uns wieder nichts anderes übrig, als zu warten. Weitere Wochen vergingen, dann Monate; der Winter kam und zwang uns, im Haus zu bleiben, und Maacah ging nicht einmal mehr aufs Dach zu ihrem Altar. Als der Frühling anbrach und sie auch dann nicht wieder hinging, wußte ich, daß sie aufgegeben hatte. Sie wurde sichtlich älter; die vielen Jahre, die sie damit verbracht hatte, David zu lieben und zu hassen und Adonai und Aschera gegeneinander auszuspielen, forderten ihren Tribut. Maacah verlor zusehends an Lebenskraft und wurde immer teilnahmsloser.

Dieselben inneren Konflikte trieben Absalom zu fiebriger Unruhe. Einmal ging er ganz offen und allein in den Palast, um zu sehen, was passieren würde. Wie vorherzusehen gewesen war, wurde er einfach abgewiesen. Er versuchte es ein zweites Mal in Begleitung seiner bewaffneten Leibwache, doch einer der Torhüter, der ihn schon von klein auf kannte, nahm Absalom zur Seite und warnte ihn, daß er sich besser zurückzog, bevor ihm diese Aktion als Putschversuch ausgelegt wurde. Und jeder wußte, was für eine Strafe auf diese Anklage stand.

Gut ein Jahr nach Absaloms Rückkehr beschlossen wir, daß ich ganz offen in den Palast gehen mußte. Als Davids ehemaliger Schüler war es durchaus nicht ungewöhnlich, daß ich ihn besuchen wollte. Wir räumten zwar diesem Versuch nicht viel mehr Erfolgschancen ein als allen vorigen; doch uns fiel einfach nichts besseres mehr ein. Die Wachen am äußeren Tor ließen mich aus alter Gewohnheit durch, obwohl sie wußten, daß sie deshalb Schwierigkeiten bekommen konnten. Ich schaffte es, bis zu Jehosaphat durchzukommen, und dieser sagte, daß es ihm unmöglich sei, mich ohne Bathsebas ausdrückliche Erlaubnis zum König zu lassen.

Ich starrte ihn offenen Mundes an. Daß Bathseba alle Besucher kontrollierte, war mir klar, doch ich hätte nicht gedacht, daß Jehosaphat das jemandem wie mir gegenüber so offen zugeben würde. Dann fügte er noch hinzu: „Ich kann jemanden schicken, um ihre Erlaubnis einzuholen, wenn du willst.“

Ich war überrascht, daß er das offenbar für sinnvoll hielt, vor allem, wenn man bedachte, wer ich war. Doch ich hatte ja nichts zu verlieren; und so sandte Jehosaphat einen Sklaven, der bald darauf mit der Nachricht zurückkam, daß es mir nicht gestattet sei, den König zu besuchen, ich aber jederzeit der Königin willkommen sei.

Der Königin! Ich fragte mich, ob David wußte, daß sie diesen Titel führte, doch ich hatte keine Zeit, lange darüber nachzudenken, denn man brachte mich sofort zu ihren Gemächern.

Sie ließ sich eine ganze Weile nicht blicken. Wahrscheinlich ließ sie mich mit Absicht warten, damit ich die Veränderungen in

Maacahs ehemaligen Gemächern auch sicher bemerkte. In der Tat waren sie kaum wiederzuerkennen. Alles schien in einem Meer von safranfarbiger Seide zu schwimmen; seidene Vorhänge verdeckten die Wände vom Boden bis zur Decke und bewegten sich leicht in der warmen Herbstbrise. Seidene Überwürfe bedeckten die Sofas, und überall saßen in seidene Gewänder gehüllte Mädchen herum.

Plötzlich hörte ich Bathsebas laszive Stimme dicht an meinem Ohr: „Zoheleth! Was für ein gutaussehender junger Mann du geworden bist! Ich hätte dich beinahe nicht erkannt."

Ich drehte mich mit pochendem Herzen um. Sie war so lautlos hereingekommen wie ein Traum und hatte sich auf einer Couch kaum eine Speerlänge von mir entfernt drapiert. Sie war schlank und biegsam wie eh und je; man hätte nie vermutet, daß sie schon zwei Kinder geboren hatte. Von Salomo war nichts zu sehen. Mir schoß der Gedanke durch den Kopf, daß er vielleicht gar nicht existierte.

Sie glättete mit ihren manikürten Fingern die Falten des Seidenüberwurfs neben sich und bedeutete mir, mich hinzusetzen. Es war zweifellos nicht sehr klug von mir, ihr zu gehorchen, denn sobald ich die Wärme ihres Körpers neben meinem spürte und den Schimmer ihrer Haut und die sanfte Rundung ihrer Brust bemerkte, wurde mir bewußt, daß ich erwachsen geworden war. Ich glaube, sie fand meine Verwirrung amüsant.

„Ich höre, daß du im Dienst von Prinz Absalom stehst. Und ich habe auch gehört, daß du ein Treffen zwischen ihm und seinem Vater arrangieren sollst. Meinst du, daß ich das gestatten sollte?"

„Ich . . . "

Was erwartete sie von mir? Was sollte ich darauf antworten? Ich starrte hilflos zur Tür, doch sie tat nichts, um es mir leichter zu machen.

„Siehst du", schnurrte sie und strich nun auch über den Stoff meiner Tunika, als ob ich eines ihrer Möbelstücke wäre, „wenn du mich überzeugen kannst, daß der Prinz lediglich . . . ein paar Knoten in seinen Familienbanden knüpfen möchte, könnte ich mich eventuell dazu hinreißen lassen, über die Erlaubnis zu einem solchen Treffen nachzudenken. Ich wünschte, ich wäre nicht so schrecklich mißtrauisch, aber in Zeiten wie dieser . . . Nun, denkst du, du könntest mich überzeugen?"

Ihre Hand lag noch immer auf meinem Bein, und meine Knie waren butterweich. Ich schüttelte schwach den Kopf. Sie fuhr fort: „Ich glaube, Absalom würde es nur zu gern selbst versuchen. Sag – ist er so umwerfend schön wie früher, oder haben ihm die drei Jahre in Syrien etwas von seinem Glanz genommen?"

Wieder konnte ich nichts sagen. Sie lächelte, doch ihre Augen blieben kalt. „Ich muß mich entschuldigen, Zoheleth. Das war eine unfaire Frage. Aber man sagte mir, daß du nicht mehr stumm seist; oder war das nur eine weitere Lüge, die man mir aufgetischt hat? Nun schau doch nicht so verletzt! Ich werde dich etwas ganz Einfaches fragen, und du mußt nur mit Ja oder Nein antworten. Meinst du, daß Prinz Absalom mich gern sehen würde?"

Natürlich verschlug mir das erst recht die Sprache. Absalom hatte geschworen, daß er mit Bathseba fertig war, ein für alle Mal. Doch die drei Jahre in Syrien hatten seine Gefühle für seinen Vater verändert; niemand konnte wissen, wie er auf ein solches Angebot von Bathseba reagieren würde. Ich zuckte unbehaglich mit den Schultern. Schließlich erhob sich Bathseba.

„Nun, Zoheleth, solltest du deine Stimme wiederfinden, dann sei doch so freundlich und richte deinem Wohltäter aus, daß er nach mir fragen soll, wenn er den Palast besuchen möchte", sagte sie und verschwand so lautlos, wie sie gekommen war.

Ich ging zu Absalom zurück und überlegte die ganze Zeit, was ich tun sollte. Sollte ich ihm Bathsebas Angebot unterbreiten? Wenn ich es nicht tat, würde es ihn auf anderem Weg erreichen, das war mir klar. Sie hatte sich in den Kopf gesetzt, ihn zu sehen, und es würde ihr gelingen. Und dann würde ich von beiden gehörigen Ärger bekommen. Doch ich wußte, daß Absalom ihr niemals vertrauen durfte. Es war bestimmt nicht reine Lust, die sie bewogen hatte, die Tür zu Davids Sohn wieder aufzustoßen. Sie liebte ihn nicht; vermutlich hatte sie nie jemanden geliebt. Und sie war in machtpolitischen Angelegenheiten mindestens ebenso bewandert und skrupellos wie ihr Großvater Ahitophel.

Am Ende richtete ich Absalom aus, was sie gesagt hatte, obwohl ich kaum begeisterter geklungen hätte, wenn ich sein Todesurteil hätte verkünden müssen. Und nun stand er vor einem Dilemma, gegen das meines sich geradezu lächerlich ausnahm.

„Was soll ich tun, Zoheleth?" stöhnte er und rannte auf und ab wie ein gefangener Löwe. „Wie kann ich eine Chance ablehnen, nach all der Zeit endlich in den Palast zu gelangen? Vielleicht kann ich sie ja tatsächlich überzeugen, mich zu ihm zu lassen!"

Aber zu welchem Preis? dachte ich. Doch ich sagte nichts; es war unnötig.

„Vielleicht will sie ja auch gar nichts von mir. Vielleicht möchte sie mich nur wiedersehen. Sie hat mich ja schon früher attraktiv gefunden . . . " sagte er und meinte es vollkommen ernst.

„Ich denke, das wäre vorbei?" erinnerte ich ihn. „Kannst du deinen Stolz so leicht hinunterschlucken?"

„Vielleicht muß ich mich daran gewöhnen, bevor ich meinen Vater sehen kann."

„Falls das jemals geschieht! Oh Absalom, sei vorsichtig! Du weißt nicht, was für ein Spiel sie spielt!"

„Ich kenne Bathseba, Zohel. Sie ist jung, schön und sehr sinnlich. Ist es ein Wunder, wenn mein Vater sie nicht befriedigen kann? Sie muß so hungrig nach Liebe sein wie Potiphars Weib in der alten Geschichte!"

„Und sieh, was mit Joseph geschehen ist! Was, wenn sie dich ebenso verleumden will? Ihre Räume liegen gleich neben denen des Königs. Und sie hätte bestimmt keine Hemmungen zu schreien!"

Doch je länger wir herumstritten, und je mehr Gründe ich ihm lieferte, vorsichtig zu sein, desto mehr schien es ihn zu reizen, diese Begegnung zu riskieren. Ich hatte vergessen, wie stur und leichtsinnig er sein konnte.

Zumindest ging er nicht sofort zu ihr. Doch es war keine Vorsicht, die ihn davon abhielt; er wollte sie nur ein wenig im unklaren lassen. Jeden Abend ging er hinauf aufs Dach und beobachtete sie dabei, wie sie ihn beobachtete. Ich sah ungläubig zu und fragte mich, wie er nur so dumm sein konnte. Seine Eitelkeit würde ihm früher oder später noch zum Verhängnis werden.

Am siebten Abend dieses gefährlichen Rituals warf Bathseba ihm eine Kußhand zu, und er beschloß, daß er sie nun besuchen könne. Auf dem Weg zur Tür zerzauste er mein Haar und sagte: „Wünsch mir Glück, kleine Schlange. Und mach dir keine Sorgen. Wenn mein Vater uns auf frischer Tat ertappt, muß er wenigstens mit mir reden!"

Als er am nächsten Morgen zurückkam, war er sehr erschöpft und ging sofort zu Bett. Nein, er hatte David nicht gesehen und würde das auch nicht so bald tun. Doch Bathseba arbeitete daran, versicherte er mir, und zweifellos würde sie bald die richtigen Fäden für ihn ziehen.

Ich machte keinen Hehl aus meiner Mißbilligung. Was dachte er eigentlich, wer ihm dabei im Wege stand? Bathseba wollte eindeutig nur ihre Affäre noch ein Weilchen hinauszögern, bevor sie ihn denunzierte. Doch Absalom war so trunken von Lust, daß er alles vergaß, was er je über Bathseba und ihre Übeltaten gesagt hatte.

Die Liebschaft zwischen Absalom und Bathseba hielt bereits vier Monate an, als zu mir durchsickerte, daß sie bereits von David schwanger gewesen war, bevor sie sich mit Absalom eingelassen hatte. Wie Absalom schon einmal gesagt hatte, war das der einfachste Weg für sie, sicherzustellen, daß keine Pannen passierten. Doch bald war ihr Bauch so dick, daß sie das Interesse am Ehebruch zu verlieren schien. Auch war ihr oft übel, hieß es, und anscheinend wurde das im Verlauf der Schwangerschaft eher schlimmer als besser. Ich war nicht sicher, ob das stimmte; aber auch bei ihren bisherigen Schwangerschaften hatte sie Schwierigkeiten gehabt.

Absalom schien während der Affäre vergessen zu haben, wie dringend er David zu sehen gewünscht hatte. Jetzt fiel es ihm allerdings mit neuer Dringlichkeit wieder ein, und er sandte Botschaft auf Botschaft in den Palast, immer voller Überzeugung, daß Bathseba der Sache nicht länger im Weg stehen würde. Doch ihre Wachhunde waren gut abgerichtet und blieben auf ihren Posten.

Etwa einen Monat, bevor das Baby kommen sollte, kam die Nachricht aus dem Palast, daß Bathseba bis zur Entbindung das Bett hüten müsse.

„Das ist die Gelegenheit, Zohel!" sagte Absalom. „Wenn wir sie jetzt nicht überlisten können ... Komm, wir müssen Joab holen lassen. Er kann Bathsebas Gefolgsleute einschüchtern, wenn sie nicht persönlich anwesend ist. Und er kann meinen Vater dazu bringen, uns zuzuhören. Er wird ihm begreiflich machen, wie verzweifelt ich bin!"

Doch Joab kam nicht. Wir schickten ihm mehrere Botschaften, erhielten aber keine Antwort. Damit war Absalom nun wieder mit seiner Weisheit am Ende. Es war Frühsommer, das Korn stand kurz vor der Ernte, als er zu mir sagte: „Zohel, nimm dir zwei Jungen und legte Feuer in Joabs Gerstenfeld. Das wird seine Aufmerksamkeit schon erregen."

Ich war entsetzt. „Das meinst du doch nicht im Ernst! Joab ist der Letzte, der einen solchen Anschlag einfach so hinnimmt. Er wird es dich auf die eine oder andere Weise büßen lassen, selbst wenn es ihn das Leben kostet."

Doch ich verschwendete meinen Atem; wie so oft. Also schlich ich mich in der nächsten mondlosen Nacht mit zweien der Eunuchen hinaus, die brennenden Fackeln unter umgedrehten Krügen versteckt. Wir bestachen die Wachen an der Stadtmauer und führten unseren Befehl aus. Das Getreide war so trocken, daß es sofort wie Zunder brannte. Dann rannten wir zurück und schrien: „Feuer!

Feuer!", bis die ganze Stadt auf den Beinen war und die Straßen von rennenden Füßen widerhallten.

Joabs Diener und Soldaten und die Hälfte der männlichen Einwohner Jerusalems kämpften den Rest der Nacht damit, das Feuer einzudämmen. Im Morgengrauen erwachte ich von Gatis' Gebell, und da stand Joab, von oben bis unten mit Ruß beschmiert, und verlangte Absalom zu sprechen.

Absalom war bereit für ihn. Er war gar nicht erst zu Bett gegangen, und als Joab ihn mit einer wüsten Schimpfkanonade überfallen wollte, sagte er nur ruhig: „Natürlich übernehme ich die Verantwortung dafür. Was sollte es für einen Sinn haben, dich durch eine heimliche Tat herausfordern zu wollen? Du sagst jetzt meinem Vater, daß ich ihn sehen möchte, oder ich mache mit deinem Haus und deiner Familie weiter."

Joab wäre auf Absalom losgegangen, wenn dieser nicht Gatis' Halsband losgelassen hätte. Sie sprang los, worauf Joab ein Messer zog. Absalom rief den Hund zurück, und Joab murmelte: „Du hast ja keine Ahnung, was du da verlangst! Vielleicht ist er nicht einmal mehr bereit, dir zu verzeihen. Vielleicht kann er nicht anders, als das Blut an deinen Händen zu sehen."

„Hör auf mit den Ausreden, Joab. Du weißt so gut wie ich, daß er es nicht über sich bringen würde, mir etwas anzutun. Falls er überhaupt jemals dazu in der Lage gewesen wäre, ist er es jetzt sicher nicht mehr. Er hat mich vermißt, mehr als er Amnon je vermissen wird. Frag Zoheleth."

„Wie dem auch sei, ich kann dich nicht zu ihm bringen. Das steht nicht in meiner Macht."

„Ach ja? Und in wessen Macht steht es dann? Bathsebas? Sie ist bettlägerig, wie ich höre; was hast du von ihr noch zu befürchten?"

„Es ist nicht sie, vor der ich mich fürchte. Es ist das, was sie deinem Vater antun wird, was mir Sorgen macht."

„Nach allem, was ich höre, geht es mit ihm ohnehin unaufhaltsam bergab. Diese unmenschlichen Lebensumstände bringen ihn um, Joab! Wie kann sie noch mehr Schaden anrichten, als sie schon angerichtet hat? Mir steht das Warten bis hier!" Er fuhr sich mit dem Handrücken über den Hals. „Du tust, was ich sage, oder ich bringe dich um!"

Joab war Absalom bisher nur mit Geringschätzung begegnet. Jetzt sah er den jüngeren Mann zum ersten Mal mit so etwas wie Respekt an, und zum ersten Mal schien es ihm wert, ihn zu hassen. Das konnte ich in seinen Augen lesen, als die beiden Männer sich wutentbrannt anstarrten. Heute hatte sich Absalom auf jeden Fall einen gefährlichen neuen Feind geschaffen.

„Also gut." Joab sah auf sein Messer hinunter und wischte es dann leichthin an der Lehne eines von Talmais sündhaft teuren Sofas ab. „Ich werde dafür sorgen, daß du den König sehen kannst. Aber gib mir nicht die Schuld an dem, was dabei herauskommt."

Weniger als zwei Wochen danach setzten bei Bathseba die Wehen ein, und am selben Tag stand Ahitophel vor unserer Tür, doch diesmal nicht, um mich in den Palast zu holen, sondern Absalom.

12

Absalom war den ganzen Tag fort. Die Atmosphäre in unserem Haus war zum Schneiden dick, und ich verspürte ein scheußliches Schwindelgefühl in mir. Ich versuchte mich selbst davon zu überzeugen, daß es mir egal sein konnte, ob David und Absalom sich versöhnten.

Doch natürlich war es das nicht, und der Versuch machte mich nur noch kranker. Ich war grob zu den Sklaven, ebenso zu Maacah und sogar Miriam, bis ich mich schließlich in Absaloms Zimmer einschloß, um nicht noch mehr Schaden anzurichten. Dort erwartete mich die winselnde Gatis, die ich ebenfalls anschrie, was sie nur noch lauter winseln ließ. Mir wurde klar, daß sie noch nie so lange von ihrem Herrn getrennt gewesen war, und daß sie wohl tatsächlich die Fähigkeit besaß, so etwas wie Liebe ihrem Herrn gegenüber zu empfinden. Diese Erkenntnis beschämte mich.

Ich stand lange am Fenster, Gatis neben mir, und zusammen sahen wir zu, wie die Sonne hinter den Dächern der Stadt versank. Als das letzte Zipfelchen von Rot vergangen war, bekam ich es mit der Angst zu tun. Was auch immer bei der Begegnung mit David herausgekommen war, inzwischen sollte Absalom längst zurück sein. Sicher, er war ein unberechenbarer und impulsiver Mensch, doch normalerweise teilte er seine Sorgen und Freuden nur zu gern mit uns. Doch noch immer gab es kein Zeichen von ihm, und ich spürte die Last der Sorge immer schwerer auf mir.

Ein Knurren von Gatis weckte mich. Ich rannte zum Fenster und erkannte im Zwielicht eine Gestalt über den Hof kommen, die einen Gang hatte wie Absalom, doch ein Tuch um den Kopf trug und in einen langen Mantel gehüllt war. Wenn es Absalom war, dann wollte er nicht erkannt werden. Und er ging nicht zurTür, sondern hinüber zu den Ställen.

Gatis bellte jetzt laut und sprang vor dem Fenster auf und ab. Anscheinend wußte sie, daß der Mann Absalom war, und ich glaubte ihr. Doch was hatte er vor? Ich überwand meine Abscheu und streichelte Gatis, um sie zu beruhigen.

Ich weiß nicht, was mich bewog, Absalom zu folgen. Ich eilte in die Ställe und sah, daß Absalom ein Maultier genommen und bereits durch den Hinterausgang fortgeritten war. Natürlich hätte ihn alle Welt sofort erkannt, wenn er auf einem Pferd geritten wäre; nicht viele Menschen taten das dieser Tage. Doch so konnte ich ihn einholen, wenn ich ein Pferd nahm. Und ich würde Gatis mitnehmen müssen, die Absaloms Worten zufolge eine Bohne in einem Haufen Knoblauch riechen konnte.

Ich konnte nun zwischen all den edlen Rennpferden wählen, die Absalom gehörten; ich hatte sie alle schon geritten, doch nie ohne seine Aufsicht, und nun waren die Tiere durch die nächtliche Störung aufgeschreckt und nervös. Am Ende nahm ich das kleinste von ihnen, eine schneeweiße Stute, die gut eingeritten war. Erst nach einigem Hin und Her gelang es mir, ihr ein Halfter überzustreifen und sie in den Hof hinauszuführen. Mir schoß kurz die Frage durch den Kopf, was Absalom wohl mit dem Knecht angestellt hatte, der normalerweise nachts über die Lieblinge des Prinzen wachte.

Dann schwang ich mich mit beträchtlicher Mühe aufs Pferd und umklammerte die Flanken der Stute so fest mit meinen Beinen, daß sie lostrabte. Wie ich gehofft hatte, begriff Gatis sofort; sie schien den Weg genau zu kennen. Wir schlängelten uns durch winklige Gäßchen und dann zu den Stadttoren hinaus nach Norden. Sicher hatte Absalom doch nicht vor, ganz allein zurück nach Geschur zu reiten? Ich begann zu zittern, obwohl die Nacht lau war.

Meine vierbeinigen Begleiter schienen unermüdlich zu sein, und wir kamen weit schneller voran, als ich angenommen hatte; manchmal sogar schneller, als mir lieb war. Doch inzwischen hatte ich aufgehört, meine Beine so stark um die Stute zu klammern, ich saß locker und entspannt auf ihrem Rücken und fühlte mich immer sicherer. Bald hatten wir die Strecke hinter uns gebracht, die ein Mann zu Fuß an einem Tag zurücklegen kann; doch von Absalom keine Spur.

Endlich gelangten wir zu einem winzigen Dorf – nicht viel mehr als ein Häufchen eilig aus Lehm zusammengebauter Hüttchen –, und auf dem kleinen freien Platz zwischen den Gebäuden stand Absaloms Maultier; doch sein Reiter war nirgends zu sehen.

Ich stieg mit weichen Knien und wundem Hinterteil vom Pferd; es war spät, doch ich konnte zwei alte Weiber ausmachen, die sich im Eingang einer Hütte herumdrückten, offenbar von Gatis' Anblick daran gehindert, mir Gastfreundschaft zu erweisen. Der Hund stupste mich mit der Nase an und schien der Meinung zu sein, daß ich keine Pause brauchte und er genau wußte, wo es hinging. Ich band die Stute neben Absaloms Maultier an und folgte Gatis. Sie führte mich zu einem Hüttchen, daß genauso aussah wie die anderen: flach, einstöckig und mit einem einzigen halbblinden Fenster. Zögernd klopfte ich an die Tür. Eine schäbig aussehende Frau mittleren Alters öffnete und ließ mich ein, während Gatis draußen warten mußte.

Ich fand mich in einem vollgestopften Raum wieder, in dem außer vier Kindern auch noch einige Ziegen schliefen. In der Ecke flackerte schwach eine verrußte Öllampe. An solch einem Ort war ich noch nie gewesen, und dies hier überzeugte mich einmal mehr, bei Absalom zu bleiben.

Die Frau bückte sich und wusch mir die Füße in einer gesprungenen Schüssel mit einer schmutzigen Brühe, dann brachte sie mir etwas zu essen. Doch immer noch nicht wußte ich, wo ich war. Meine Gastgeberin fragte auch nicht, was ich wünschte oder warum ich mitten in der Nacht an ihrer Tür klopfte; das wäre sehr unhöflich gewesen. Ich war also gezwungen, sie direkt zu fragen, ob mein Herr hier aufgetaucht war. Ich beschrieb ihr seine Kleidung, sagte aber nicht seinen Namen.

„Ja", sagte sie. „Er ist hier. Aber es gibt einen weiteren Raum. Er hat gesagt, er wäre sehr müde und wolle allein sein."

„Ich muß ihn sprechen. Er ist sehr wichtig. Er wird nichts dagegen haben, wenn ich ihn aufwecke." Ich kämpfte mich zwischen schlafenden Kindern und Ziegen zu einer groben Holztür vor, die in der finstersten Ecke des Raumes verborgen war.

Absalom hatte sich zitternd auf dem Reisighaufen zusammengekauert, der als Matratze diente; sein Gesicht war tränenüberströmt, und er hielt ein Messer in der Hand, von der helles Blut hinunterströmte und sich über seine Kleidung und seine Beine ergoß.

„Absalom!“ Ich eilte auf ihn zu und schlug ihm das Messer aus der Hand. Er versuchte mich abzuwehren, doch er war bereits zu geschwächt, und seine Augen verdrehten sich. Ich riß ihm das Tuch vom Kopf und wickelte es um sein aufgeschnittenes Handgelenk, was nicht einfach war, da er sich hin und her wand und seine Haare sich überall verfingen. Dazu murmelte er die ganze Zeit, ich solle ihn in Ruhe lassen und verschwinden, doch natürlich nahm ich keine Notiz davon. Am Ende war auch ich über und über mit Blut besudelt. Doch obwohl es schlimm aussah, hatte er sich nicht so schwer verletzt, wie es vermutlich seine Absicht gewesen war.

Bald war die Blutung gestoppt, und meine Erleichterung machte sich in einem Wutausbruch Luft. „Was hast du dir dabei gedacht, du Idiot? Was in Adonais Namen ist in dich gefahren?“

Er versuchte zu antworten, doch er konnte sich kaum artikulieren. Ich schüttelte ihn und schlug ihm ins Gesicht; hinter der Tür bewegte sich etwas, und die Frau fragte, ob alles in Ordnung war. Ich biß mir auf die Lippe und sagte ja, und ich konnte hören, wie sie im Weggehen mißbilligend vor sich hinbrummte. Dann zischte ich: „Absalom, was auch immer er zu dir gesagt hat, erzähl es mir!“

„Es ist alles vorbei“, murmelte er, jetzt etwas besser verständlich. „Ich habe alles verloren. Es ist vorbei.“

„Was ist vorbei? Verdammt, rede endlich!“

„Ich will nicht darüber sprechen, Zohel. Geh weg. Laß mich in Frieden.“

„Frieden? Du weißt doch gar nicht, was Frieden ist! Ich rühre mich nicht von der Stelle, bis du mir gesagt hast, was passiert ist!“

„Ich werde niemals König sein, und mein Vater wird nie wieder mit mir sprechen. Und ich kann nichts tun, außer . . .“ Er begann mit zitternden Fingern nach dem Messer zu tasten, doch ich erwischte es vor ihm und warf es fort.

„Und was soll das deiner Meinung nach bringen? Du gibst Bathseba das, was sie will, und überläßt den Thron ihrer Brut, ohne auch nur darum zu kämpfen?“

Mühsam gelang es ihm, seinen Blick auf mich zu richten. „Warum? Warum sollte ich? Und warum sollte dich das interessieren? Niemand schert sich um mich; nicht wirklich. Mein Vater zumindest nicht, das weiß ich jetzt. Und du auch nicht. Du hast mir selbst immer gesagt, daß du mich nicht brauchst!“

„Nun, dann habe ich meine Meinung eben geändert.“

Er starrte mich glasig an. Dann wurde er plötzlich grün und

erbrach sich, und das beruhigte mich, denn ich hatte mich schon gefragt, ob er vielleicht auch Gift genommen hatte, um ganz sicherzugehen. Er fiel in einen unruhigen Schlaf, und ich bat die Frau um etwas Wasser, um sauberzumachen. Sie gehorchte, hatte aber offensichtlich Angst, daß ihre Gastfreundschaft mit der Einschleppung einer Krankheit belohnt werden würde. Ich versicherte ihr, daß es nichts Ansteckendes sei, obwohl ihr durchaus Schlimmeres gedroht hätte als die Pest, wenn der Sohn des Königs mit aufgeschlitzten Pulsadern in ihrer Kammer gefunden worden wäre.

In der Zwischenzeit war Absalom wieder halbwegs aufgewacht und begann mir sein Herz auszuschütten. David hatte ihn im Thronsaal empfangen; er war in voller Staatstracht erschienen und sah nicht im mindesten so geschwächt aus, wie man Absalom glauben gemacht hatte. Ganz im Gegenteil hatte er geradezu gestrahlt, und als er seinen Sohn erblickte, war er geschmeidig wie ein junger Mann von seinem Thron gestiegen und ihm entgegengeeilt. Beide hatten geweint und sich in die Arme gschlossen; schließlich war es auch fast fünf Jahre her, daß sie sich das letzte Mal miteinander unterhalten hatten. Dann kam heraus, daß Bathseba David die ganze Zeit weisgemacht hatte, daß Absalom äußerst ungehalten über seine Rückberufung aus Geschur gewesen sei, daß er lieber bei Talmai geblieben wäre und nicht den Wunsch hegte, David zu sehen. Joab habe ihn mit Waffengewalt nach Jerusalem holen müssen, hatte Bathseba behauptet, und das sei auch der Grund, weshalb Absalom Joabs Feld angezündet hatte.

„Aber warum hast du ihr geglaubt?“ hatte Absalom gefragt. „Sie hat dich doch schon tausendmal angelogen. Warum begreifst du das nicht?“

„Ich habe in den vergangenen zehn Jahren so viel Trauriges erlebt, daß ich nur allzu schnell bereit bin, schlechte Nachrichten zu glauben, mein Sohn. Ich habe es nicht anders erwartet. Mir geschehen keine guten Dinge mehr.“

„Aber das kann wieder anders werden, Vater! Es muß! Wir können es von heute an anders machen. Ist denn dies hier, unsere Begegnung, nicht gut? Bist du nicht froh, daß ich da bin?“

„Ich bin glücklicher, als Worte es ausdrücken können. Ich kann noch immer nicht glauben, daß du endlich gekommen bist. Komm, halt mich fest und überzeuge mich davon, daß ich nicht träume!“

Absalom weinte, als er mir die Szene ausmalte. Der König hatte Essen und Wein bringen lassen, und sie hatten zusammen gespeist. Nur langsam hatte David wirklich zu glauben begonnen, daß sein geliebter Sohn tatsächlich zu ihm zurückgekehrt war und doch noch alles gut werden konnte. Zehn lange Jahre hatte er für seine Sünden gebüßt; vielleicht hatte Adonai beschlossen, daß es nun genug war, daß die Schuld beglichen war. Vielleicht würden jetzt zehn fette Jahre folgen, in denen Davids Träume sich doch noch erfüllten.

Doch dann hatte Absalom das Thema der Thronfolge angeführt. Bathseba war eine Betrügerin und sollte bestraft werden, so hatte er gesagt, und ihr wertloser Nachkomme am besten gleich mit ihr.

„Nein, Absalom", hatte David gesagt. „Ich habe mein Wort gegeben."

„Aber du bist der König! Widerrufe! Warum solltest du gegenüber einer Lügnerin wie ihr Wort halten?"

„Weil ich es nicht nur ihr gegeben habe, sondern auch Adonai."

„Adonai? Was hat Adonai denn damit zu tun?"

„Wie oft habe ich es dir schon gesagt, mein Sohn? Die Wahl des Königs ist das alleinige Vorrecht Adonais. Und er hat Salomo erwählt, egal, wie wir dazu stehen."

„Aber sieh doch, wie Adonai dich behandelt hat! Du hast zehn schlimme Jahre aus seiner Hand bekommen, das hast du selbst gesagt. Warum fühlst du dich ihm noch immer verpflichtet?"

„Ich habe diese zehn schlechten Jahre selbst verschuldet, Absalom ... bitte, laß uns diesen Augenblick nicht verderben. Ich habe dich so schrecklich vermißt, mein Sohn ... ich liebe dich doch."

„Nein, das tust du nicht; oder jedenfalls verhältst du dich nicht so! Wenn du mich lieben würdest, würdest du mir den Thron versprechen! Du verschwendest deine Liebe an eine lügnerische Hure; du bist ihr ja geradezu hörig!"

„Absalom, bitte beruhige dich doch! Ich weiß, daß du das Gefühl hast, ungerecht behandelt zu werden, und ich weiß auch, daß ich dir nicht der Vater gewesen bin, den du gebraucht hättest. Doch es tut mir wirklich sehr leid, und ich wünsche mir von Herzen, daß wir noch einmal von vorne beginnen können!"

„Ja, aber nur zu deinen Bedingungen, nicht wahr? Du wirst Bathseba nicht aus den Gemächern werfen, die meiner Mutter gehören, oder? Du wirst sie nicht daran hindern, Gerüchte über Maacah zu verbreiten. Und du hättest auch mich nicht aus Syrien zurückholen lassen, wenn das Volk es nicht verlangt hätte. Dein eigener Haushalt ist ein Ort des Unrechts, und das Gift verbreitet sich jetzt über ganz Israel als Zeugnis deiner Schwäche. Nur zu, gib deine Herrschaft an einen bettnässenden Wicht weiter, der noch am Daumen lutscht! Ich glaube kaum, daß das Volk einen Unterschied bemerken würde. Israel hat schon lange keinen König mehr, der diesen Namen verdient!"

David hatte geflüstert: „Es tut mir so leid, Absalom. Aber es gibt so vieles, von dem du nichts weißt . . . von dem niemand etwas weiß. Vielleicht ist die Zeit reif, es dir zu erzählen, was auch immer die Folgen sein werden . . . Ich wollte so sehr, daß du es verstehst, du am allermeisten von allen –"

„Dann stell mich doch auf die Probe!" hatte Absalom zurückgegeben. Siedendheiß wurde ihm klar, daß sein Vater soeben etwas entscheidend Wichtiges hatte sagen wollen und daß er ihm ins Wort gefallen war. Statt sein verwundetes Herz auszuschütten, hatte David nur leise erwidert: „Vielleicht hat Bathseba recht, und du bist wirklich zu hitzköpfig, um König zu werden, Absalom. Du bist kaum richtig bei mir, da brichst du schon einen Streit vom Zaun; du hast ein Feuer gelegt, das ganz Jerusalem hätte zerstören können. Du hast deinen Bruder getötet und scheinst es nicht einmal zu bereuen –"

Jetzt konnte Absalom es nicht mehr ertragen. „Aber er hatte Tamar auf dem Gewissen! Tamar, die so unschuldig war, so schön und rein . . . er hat sie in den Tod getrieben, und du hast nichts dagegen unternommen!"

„Und das gab dir das Recht, das Gesetz selbst in die Hand zu nehmen? Die Rache ist mein, sagt Adonai!"

„Und warum hat er sie dann nicht gerächt? Ich verabscheue Adonai!"

„Absalom!" David hatte nach Absaloms Arm gegriffen, und dabei war der Anhänger mit Sonne und Mond aus Absaloms Gewand geglitten. David hatte nur einen Blick darauf geworfen und gesagt: „Hinaus mit dir!"

Absalom war in seine alten Gemächer zurückgekrochen und hatte stundenlang geweint. Dann, unfähig, seiner Mutter in nüchternem Zustand vor die Augen zu treten, war er bis zum Morgengrauen ziellos durch die Stadt geirrt. Er hatte sich Wein besorgt und sich allein betrunken; dabei war er auf den verrückten Gedanken gekommen, mitten in der Nacht zu seinem Gut nach Baal-Hazor aufzubrechen, wo er weit weg von Jerusalem war. Dabei hatte er sich verirrt und war in diesem gottvergessenen Dorf gelandet, wo er beschlossen hatte, seinen Qualen ein Ende zu machen.

„Du hättest es mich zu Ende bringen lassen sollen", sagte er zu mir. „Es würde allen besser gehen, wenn ich nicht mehr da wäre. Oh, sicher, mein Vater würde um mich trauern, doch er würde schon darüber hinwegkommen. Ich habe alles kaputt gemacht."

Ich sagte: „Es ist nicht allein deine Schuld, daß alles so gekommen ist."

„Ach, wessen denn dann? Ich bin derjenige, der durchgedreht ist!"

„Was spielt es jetzt noch für eine Rolle, wessen Schuld es war? Hauptsache, du bist am Leben. Wenn David dir den Thron versprochen hätte, wäre das vielleicht anders. Dann hätte Bathseba dich längst töten lassen."

Daran hatte er noch nicht gedacht. Endlich öffnete er richtig die Augen, und ich war erleichtert, etwas anderes darin zu sehen als nackte Verzweiflung. Ich sagte leise: „Wie ich schon sagte, Absalom: Warum solltest du ihnen geben, was sie haben wollen? Dein Volk braucht dich!"

13

Am folgenden Tag ließ sich Absalom von mir zur Heimkehr überreden, allerdings nur unter der Bedingung, daß ich niemandem erzählte, was er zu tun versucht hatte. Niemand stellte Fragen bezüglich des schweren bronzenen Armreifs, den er lange Zeit trug. Er sagte auch niemandem, was zwischen ihm und David vorgefallen war, doch das war auch kaum notwendig. Er wandelte abwesend durch die Räume und hüllte sich in Schweigen; außer Shimei und Sheba gegenüber, die aber ohnehin nie über Wesentliches sprachen.

Ich wußte, daß er darüber brütete, was er als nächstes tun sollte, und ich hatte ein Auge auf ihn, um sicherzustellen, daß es nichts Dummes war. Bis heute habe ich keine Ahnung, was er getan hätte, wenn nicht am nächsten Morgen Ahitophel vor unserer Tür gestanden hätte. Er informierte mich in steifem Ton davon, daß er meinem Herrn zu seiner gelungenen Wiedervereinigung mit seinem Vater gratulieren wolle.

Ich konnte nicht fassen, daß dieser gerissene Mann mit all seiner Erfahrung es nicht besser wissen sollte. Ich glaube es noch immer nicht. Doch er verriet sich keinen Augenblick, nicht einmal, als Absalom ihn entgeistert anstarrte und ihm sagte, daß er im Irrtum war.

„Irrtum?“ wiederholte Ahitophel und ließ sich würdevoll auf dem Sofa nieder, das ich ihm herangeschoben hatte. „Ich habe dich doch selbst zu ihm gebracht, und ich sah, wie er dich umarmte, bevor ich euch beide allein ließ.“

„Ja, doch dann ... ist etwas vorgefallen“, stotterte Absalom. „Das hat alles zwischen uns geändert.“

„Nun, ich muß zugeben, daß ich das nicht wußte. Ich bedauere das unendlich.“

Absalom gab zurück: „Ich hatte angenommen, daß du äußerst erfreut sein würdest, Herr. Schließlich ist es das Werk deiner Enkelin, daß mein Vater und ich uns so entfremdet haben und so lange voneinander ferngehalten wurden.“

Ahitophel lachte leise in sich hinein und ließ seine Augen kühl über die Anwesenden schweifen: Shimei und Sheba, Maacah und Miriam, Absalom und mich. Dann neigte er seinen Kopf Absalom zu, mit einem Ausdruck, der deutlich sagte: „Du hast noch viel zu lernen!“ und fragte laut: „Sind wir hier unter Freunden?“

Absalom zuckte die Achseln. „Sicher.“

„Dann laßt mich euch ein Geheimnis anvertrauen. Es muß natürlich unter uns Sieben hier und zwischen diesen Wänden bleiben.“ Er machte eine Pause, um unsere Reaktion abzuwarten, dann sagte er noch immer lächelnd: „Die Dame Bathseba und ich sehen uns nicht immer von Angesicht zu Angesicht, wißt ihr.“

Absalom hob die Augenbrauen, und wir anderen starrten Ahitophel nur verständnislos an. Ahitophel fuhr fort: „Vielleicht tröstet dich das ein wenig im Hinblick auf das, was zwischen dir und dem König geschehen ist. Ihr beide seid euch einfach zu ähnlich.“ Sein Lächeln wurde breiter, aber keineswegs fröhlicher. „Bei meiner Enkeltochter und mir ist es genauso. Ich fürchte, sie hat all meine ... weniger erfreulichen Eigenschaften geerbt.“

Wieder hielt er inne. Worauf wollte er hinaus? Ganz sicher war Ahitophel nicht gekommen, um Nettigkeiten mit Absalom auszutauschen, und ganz bestimmt auch nicht, um ihm seelischen Beistand zu leisten. Ich war auch vollkommen überzeugt davon, daß er keine Geheimnisse von irgendeiner Bedeutung in einem Raum voller Leute aussprechen würde, denen er nicht vollkommen vertrauen konnte. Doch er schien es ebensosehr zu genießen, der Mittelpunkt des Interesses zu sein, wie das sonst Absalom tat.

„Ihre Eltern hatten auf einen Sohn gehofft, und ich habe mir oft gesagt, daß es für alle Beteiligten besser gewesen wäre, wenn ihnen dieser Wunsch gewährt worden wäre. Bathseba wäre eine großartige Politikerin geworden. Doch eine Frau mit ihren Eigenschaften bedeutet selten etwas anderes als Ärger."

Absalom grinste grimmig. Ahitophel ging nicht darauf ein. „Mein Sohn und seine Frau haben es ihr in ihrer Kindheit nicht leicht gemacht, soweit ich das beurteilen kann. Als sie sie erst einmal mit Uriah verheiratet hatten, verloren sie gänzlich das Interesse an ihr und konzentrierten ihre Aufmerksamkeit und ihr Geld ganz auf Bathsebas Brüder. Doch sie hat nicht lange gebraucht, um herauszufinden, daß eine Frau durchaus Macht und Autorität erlangen kann!"

Absalom sagte: „Und ich würde sagen, daß sie diese Tatsache sehr genießt!"

Ahitophels Lächeln wurde noch härter. „Ja, ich bin sicher, daß es Männer gibt, die froh darüber sind, daß Bathseba als Frau zur Welt gekommen ist. Doch ich bezweifle, daß David zu ihnen gehört."

Absaloms Grinsen verschwand vollkommen. Er hatte begriffen, was diese Bemerkung eben bedeutete. Als Ahitophel sich zurücklehnte, um einen Schluck Wein zu nehmen, sagte Absalom mürrisch: „Nun, sie hat ihm immerhin einen bemerkenswerten Sohn geschenkt."

„Sie hat ihm mehr als einen bemerkenswerten Sohn geschenkt", verkündete Ahitophel ruhig. „Heute morgen hat sie einen gesunden Jungen zur Welt gebracht. Zwei Tage haben die Wehen gedauert, und sie soll dem Tode nahe gewesen sein, so sagte man mir. Doch trotzdem ist das Kind stark genug, um den halben Palast aufzuwecken, ganz anders als ihr Erstgeborener, er ruhe in Frieden. Eine seltsame Geschichte ..."

„Die Frühgeburt, die gar nicht danach aussah?"

Dieser Einwurf war von Maacah gekommen. Sie öffnete kaum je den Mund in Gesellschaft; eigentlich zeigte sie generell nur noch wenig Interesse am Leben. Doch nun lag eine Intensität in ihrem Gesichtsausdruck, die ich dort schon lange nicht mehr gesehen hatte.

Ahitophel erwiderte: „Ja, so sagt man", und ein seltsamer Funke des Verstehens schien zwischen ihnen überzuspringen, obwohl ich mir das sicher nur einbildete. Maacah hatte Ahitophel nie über den Weg getraut, und sie hatte keinen Grund, das jetzt zu tun. Er fügte gedankenverloren hinzu: „Wir haben nie so recht herausgefunden, was damals eigentlich geschehen ist. Ihr plötzliches Auftauchen im Palast; ihre sofortige Schwangerschaft, wo sie doch vorher ganz offensichtlich unfruchtbar gewesen ist. Ich hatte nichts mit ihrem Kommen zu tun. Ich weiß, die wenigsten Leute glauben das, aber es stimmt. Ich war sogar ziemlich unglücklich, sie im Palast zu wissen." Er brach ab und räusperte sich, als ob er mehr verraten hätte, als er eigentlich vorgehabt hatte, doch ich glaubte nicht daran. Er hatte in seinem ganzen Leben noch nichts unbeabsichtigt getan. Plötzlich sah er Absalom an und fragte: „Können wir unter vier Augen sprechen?"

Absalom zögerte. „Wenn du das wirklich willst."

„Sagen wir, es wäre mir lieber."

Absalom sagte, daß ich dableiben würde, und die anderen gingen widerstrebend hinaus. Ich wußte, daß er mich dabeihaben wollte, weil ich sehr schnell die Reden anderer enträtseln konnte, obwohl er das natürlich nie zugegeben hätte.

Auch in der folgenden Abgeschiedenheit sagte Ahitophel nicht viel Vertraulicheres als vorher. Er deutete an, machte bedeutungsschwangere Pausen und wich allen Fragen Absaloms aus. Das einzig Interessante war, daß er sein Mißtrauen gegenüber Bathseba zum Ausdruck brachte und sich laut fragte, was wohl geschehen würde, falls der König sterben sollte.

„Ist das denn in näherer Zukunft zu befürchten?" fragte Absalom und klang erschreckter, als er vermutlich beabsichtigt hatte.

„Ich wundere mich, daß du so besorgt bist, nach dem, was du mir vorhin erzählt hast", bemerkte Ahitophel.

Sie schwiegen sich eine Weile an und versuchten, in den Augen des anderen zu lesen. Ich hatte noch immer keine Ahnung, was eigentlich vorging, und Absalom war eindeutig noch verwirrter als ich. Endlich brach Ahitophel die Spannung.

„Sieh, Absalom, ich habe vernommen, daß du dir ebensoviele Gedanken wie ich um die Frage machst, was geschieht, wenn David stirbt – ganz egal, ob das nun wahrscheinlich ist oder nicht. Doch da du danach gefragt hast: Ja, ich denke, das ist in näherer Zukunft zu befürchten! Er ist sehr krank, obwohl die besten Ärzte die Ursache nicht herausfinden und ihn daher auch nicht behandeln können. Doch selbst wenn er bei bester Gesundheit wäre . . . Unfälle können immer passieren, nicht wahr? Und der Sohn, den er zu seinem Nachfolger bestimmt hat, ist noch keine sieben Jahre alt."

„Wenn er überhaupt existiert! Hast du ihn schon einmal gesehen?"

„Persönlich? Nicht seit . . . nun, ungefähr fünf Jahren; sie läßt es nicht zu. Sie fürchtet mich so sehr wie jeden anderen Menschen. Er wird von einer der Konkubinen im Harem aufgezogen, so daß niemand weiß, welcher der kleinen Jungen er eigentlich ist. Doch er existiert, da kannst du sicher sein."

Unvermittelt fragte Absalom: „Und hat sie recht damit, dich zu fürchten?"

Ahitophel lachte leise in sich hinein. Mit dieser direkten Konfrontation hatte er nicht gerechnet, aber es schien ihm zu gefallen. Vielleicht dachte er, daß doch noch Hoffnung für Maacahs selbstsüchtigen Sohn bestand.

„Ich bin nicht sicher, wie ich darauf antworten soll, mein cleverer junger Freund. Sagen wir, ich bin interessiert daran . . . nun, Alternativen für die Zukunft Israels aufzutun. Damit hätten wir beide dann wohl etwas gemeinsam, nicht wahr?"

„Ich weiß nicht, was du meinst", sagte Absalom, und ich denke, das entsprach der Wahrheit. Ich für meinen Teil begann langsam zu verstehen, doch erstaunte es mich, solche Dinge aus Ahitophels Mund zu hören.

„Komm, komm, Absalom! Du hast dein ganzes Leben am Hof verbracht; du hast überall deine Ohren, und du weißt so gut wie ich, was die Leute über David sagen . . . und über dich. Israel braucht wieder einen starken König, einen, der die Moral wiederherstellt, die Fraktionen und Stämme eint und unserem Volk wieder zu Reichtum und Land verhilft. Eine Pflanze, die nicht mehr wächst, verwelkt bald, und genauso ist es auch mit Königreichen."

„Willst du damit andeuten?"

„Nicht so voreilig, mein Prinz! Leg mir keine Worte in den Mund, die ich nicht gesagt habe. Ich will damit nur sagen . . . daß du dich in Zukunft etwas . . . unauffälliger kleiden und deinen heidnischen Anhänger und vielleicht auch diese Ohrringe ablegen solltest. Und ganz sicher solltest du diesen Hund zu Hause lassen."

„Was?"

„Du hast mich sehr gut verstanden."

„Aber niemand hat sich daran gestört, wie ich aussah, als ich nach Jerusalem zurückkam! Sie haben sich alle gefreut, mich zu sehen!"

„Das stimmt. Doch es kommt ganz darauf an, in welcher Eigenschaft sie dich sehen sollen."

Während Absalom ihn noch mit offenem Mund anstarrte, erhob sich Ahitophel. „Nun, ich bedaure, daß ich nicht den ganzen Tag bleiben und die Köstlichkeiten aus deinem Weinkeller genießen kann, Prinz Absalom. Nimm dir deinen kleinen Disput mit deinem Vater nicht zu sehr zu Herzen. Vielleicht sollte ich dich in ein oder zwei Wochen wieder besuchen, um mich zu überzeugen, daß du nicht allzu schwermütig wirst."

Ich brachte ihn zur Tür, und die anderen kamen sofort wieder hinein und wollten wissen, was dieser Besuch zu bedeuten habe.

Doch Absalom schien plötzlich sehr weit weg zu sein. Er sagte nur knapp: „Ich weiß es nicht."

„Du weißt es nicht?" äffte Shimei ihn nach, die kleinen Augen zusammengekniffen. „Was wollte er hier? Diese Schlange vergeudet doch nicht kostbare Zeit mit geselligen Nachmittagen!"

„Hör auf, Shimei", fuhr Sheba ihn an. „Es ist doch wohl offensichtlich, was er wollte. Er möchte, daß Absalom David und Salomo ebenso beiseite räumt, wie er es mit Amnon gemacht hat, und die Macht an sich reißt. Es steht ihm ins Gesicht geschrieben – er hätte gar nichts sagen müssen. Er ist sich nur noch nicht sicher, ob Absalom das Zeug dazu hat, das auch zu Ende zu bringen. Habe ich recht, Absalom?"

Absalom war sprachlos. Er umklammerte die Couchlehne so fest, daß seine Fingerknöchel weiß hervortraten; dann sprang er auf und eilte hinaus, wobei er die Tür so fest hinter sich zuknallte, daß sie wieder aufsprang. Besorgt wollte ich ihm nacheilen, doch Sheba und Shimei verstellten mir wie auf geheime Absprache hin den Weg. Sheba hielt mir seine häßliche Visage direkt vor die Nase, keuchte mir seinen ekelerregenden Knoblauchatem entgegen und zischte: „Was hat der alte Knabe gesagt, Zoheleth?"

Ich biß die Zähne zusammen, entschlossen, nichts zu sagen. Sheba ergriff mein Gewand, doch es war unwahrscheinlich, daß er mich in Gegenwart von Frauen ernsthaft verprügeln würde, besonders wenn eine von ihnen Maacah war. Sie mochte nicht mehr so hinreißend sein wie früher, doch Sheba hatte ein gutes Gedächtnis.

Maacah legte mir eine Hand auf den Arm und sagte: „Zohel, sorg dafür, daß Absalom Ahitophel nicht über den Weg traut. Ich würde diesem Mann alles zutrauen!"

Ich knurrte: „Ich weiß wirklich nicht, was er vorhat!"

„Nein, aber nehmen wir einmal an, daß Sheba recht hat. Was könnten Ahitophels Motive sein? Er wird Absalom ohne Skrupel für seine Ziele benutzen. Und was, wenn er ihm nur eine Falle stellen will? Was, wenn er ihn zum Hochverrat anstiftet und dann an David ausliefert? Er könnte trotzallem für Bathseba arbeiten. Vielleicht hat er deshalb so betont, daß er ihr nicht traut."

Dann sagte eine Stimme von der Tür her: „Oder vielleicht weiß er, daß Salomos Regierung den Untergang Israels bedeuten wird, und er möchte nicht mit dieser Sache in Verbindung gebracht werden." Absalom lehnte im Türrahmen und sah so zerbrechlich aus wie ein Schilfrohr im Wind. Seine Mutter streckte die Arme nach ihm aus, und gehorsam ging er hin und umarmte sie. Doch über Maacahs Schulter konnte ich sehen, daß er mit seinen Gedanken sehr weit fort war.

Ahitophel ließ sich fast einen Monat lang nicht mehr blicken. Doch in der Zwischenzeit schwoll der Strom der Bittsteller, die zu Absalom kamen, um Gerechtigkeit zu erhalten, zu einem reißenden Fluß an, und ich hatte keinen Zweifel, wer diese Fluten zu uns leitete. Nach kurzer Zeit kamen die Leute sogar direkt zu uns, ohne vorher im Palast gewesen zu sein. Wenn wir sie befragten, beteuerten sie, jeder wisse, daß Absalom ein gerechterer und engagierterer Richter sei, als sein Vater es jemals gewesen war.

Ahitophel kannte Absaloms Schwächen ebensogut wie seine Stärken und wußte nur zu gut, wie sie am wirkungsvollsten einzusetzen waren. Und als von seinem Vater zurückgewiesener und von seiner Mutter verwöhnter junger Mann war Absalom nur allzu empfänglich für Schmeicheleien.

Dann, kurz nach der Olivenernte, stattete Ahitophel uns seinen zweiten Besuch ab. Noch immer rückte er nicht mit irgendwelchen konkreten Absichten heraus, wenn er auch wiederholt auf die zunehmenden Unruhen hinwies, die sich in verschiedenen Teilen des Landes zusammenbrauten. „Nimm zum Beispiel die nördlichen Stämme", sagte er. „Sie haben Davids Autorität nie ganz anerkannt. Sie waren sofort bereit, lieber Sauls Sohn Ischboscheth zu folgen, bis er so verräterisch ermordet wurde. Sie haben immer vermutet, daß das Davids Werk war, und wer könnte es ihnen verübeln? Und bedenke, daß es zehn Stämme gibt, die sich als Nordmänner bezeichnen, während es nur zwei im Süden sind."

Absalom gab mißmutig zurück: „Das ist doch Verleumdung, Ahitophel. Mein Vater hatte nichts mit Ischboscheths Ermordung zu tun, und das weißt du sehr gut. Ich dachte, du stündest auf seiner Seite!"

„Bedauerlicherweise gibt es in der Welt der Politik wenig Raum für persönliche Sympathien, mein junger Prinz. Wir sprechen über das Schicksal einer ganzen Nation! Es ist nicht richtig, all das wegen der Gefühle einiger weniger aufs Spiel zu setzen. Nehmen wir einmal an, daß die nördlichen Stämme sich geschlossen gegen die Herrschaft deines Vaters auflehnen und einen Gegenkönig erwählen würden.

Wo würde die Loyalität unserer Armee liegen? Es ist zu bedenken, daß zehn von zwölf Soldaten aus dem Norden kommen! Und es ist nicht nur Davids Popularität, die im Schwinden begriffen ist. Auch Joab und Abischai haben nicht mehr die Autorität, die sie einmal hatten. Früher sind die Männer ihrem etwas ungehobelten Führungsstil gefolgt, weil sie Resultate sehen konnten. Sie haben glorreiche Siege errungen und reiche Beute gemacht. Warum sehen wir davon nichts mehr? Warum dehnen wir die Grenzen unseres Reiches nicht mehr aus? Noch ist Ägypten schwach und Assyrien ebenso, doch wer weiß, wie lange das noch so ist? Warum nutzen wir nicht die Gelegenheit, bevor sie vorbei ist? Ich sage dir warum, Absalom: Weil unsere Truppen vom Nichtstun faul und fett geworden sind. Selbst Joab paßt nicht mehr in seine Rüstung."

Absalom murmelte noch bedrückter: „So schlecht kann es nicht aussehen, sonst hätte es schon längst eine Revolte bei einem der Völker gegeben, die wir überwältigt haben. Was ist mit den Ammonitern und den Moabitern? Sie würden nicht schweigend unser Joch tragen, wenn sie Hoffnung hätten, es abschütteln zu können. Ganz zu schweigen von Syrien!"

Die letzten fünf Worte hatte Absalom geradezu hinausgespien, und Ahitophel regte sich unbehaglich. „Ich verstehe, was du meinst, Absalom. Tatsächlich hat es keine Revolten gegeben ... bisher. Doch es ist nur noch eine Frage der Zeit, und wenn der Stein einmal ins Rollen gekommen ist, kann es schnell zu einer ganzen Lawine führen, die niemand mehr aufhalten kann. Ganz davon abgesehen –"

„Ich bin müde, Ahitophel. Ich möchte nicht mehr über diese Dinge reden. Es deprimiert mich, und du hast selbst gesagt, daß du das verhindern willst."

Als Ahitophel gegangen war, sagte ich: „Vielleicht steht er in den Diensten deines Großvaters, Absalom. Er muß Kontakte nach Syrien haben, sonst hätte er dich nicht so schnell dort gefunden."

„Aber warum sagt er nicht endlich, was er genau von mir will? Ich verabscheue seinen bloßen Anblick, Zohel!"

„Vermutlich hatte Sheba zur Abwechslung einmal recht, und Ahitophel ist sich in seiner Einschätzung von dir nicht sicher. Er versucht Zeit zu schinden und herauszufinden, was du wirklich willst, bevor er mit seinen Plänen herausrückt und sich der Gefahr aussetzt, von dir verraten zu werden. Und ich nehme an, daß er abzuschätzen versucht, mit wieviel Unterstützung er von seiten der Armee und des Volkes rechnen kann, wenn er irgendeine Art von Aufstand provoziert."

Absalom schüttelte den Kopf und warf mir unerwartet ein entwaffnendes Lächeln zu. „Du beeindruckst mich manchmal wirklich, weißt du? Langsam denkst du selbst schon wie ein Politiker. Vielleicht könntest du eines Tages mein offizieller Ratgeber werden. Wie machst du das bloß?"

Ich zuckte die Achseln. „Vielleicht habe ich von klein auf zuviel Zeit damit verbracht, über die Motive schlechter Menschen nachzudenken."

„Du hast mir nie etwas über deine Kindheit erzählt, Zohel."

„Es gibt nichts, was ich gern erzählen würde."

Er spürte die eiserne Wand meiner Ablehnung und fragte statt dessen. „Denkst du, daß Ahitophel ein schlechter Mensch ist?"

„Das weiß ich nicht. Deine Mutter hat mich vor ihm gewarnt."

„Sie hat auch mich hundertmal vor ihm gewarnt. Ich habe genug davon, daß Leute mich vor allem und jedem warnen. Ich wünschte, es würde endlich mal jemand kommen, der mir sagt, was ich *tun* soll!"

In den folgenden Tagen erhielten wir immer mehr Nachrichten von Zwischenfällen und Unruhen im Land. Es war kein Zufall, daß uns diese Dinge zugetragen wurden, und ich fragte mich, ob der ehrenwerte Ahitophel vielleicht nicht nur an der Verbreitung, sondern auch an der Entstehung dieser Neuigkeiten seinen Anteil hatte.

Zum Beispiel brach im Gebiet von Dan – dem nördlichsten der Stämme –, ein Aufstand aus, bei dem zwanzig Menschen ums Leben kamen. Es begann damit, daß eine Bande von enteigneten Bauern das Anwesen des Mannes überfielen, der ihren Besitz an sich gerissen hatte. Sie quälten den Mann, seine Frau und seine Kinder grausam mit ihren Hacken und Schaufeln zu Tode, bevor sie selbst von dessen Angestellten überwältigt und getötet wurden.

In einem anderen Ort wurde ein Tempel entweiht, in dem ein Mob fünf unbewaffnete Priester ermordete und die heiligen Gefäße stahl. Das Ganze beruhte auf den Nachwirkungen der nun schon drei Jahre zurückliegenden Hungersnot, in deren Verlauf viele kleine Bauern ihr Land, ihr Vieh und in einigen Fällen sogar ihre Kinder hatten verkaufen müssen. Diese Leute hatten nicht die geringste Chance, sich wieder aufzurappeln, und ihr Schicksal wurde noch durch die fortschreitende Korruption des Rechtssystems verschlimmert.

Manche der Geschichten, die uns zugetragen wurden, klangen zu abenteuerlich, um wahr zu sein, doch ich sah mit eigenen Augen, wie ein gut gekleideter Händler in den Straßen Jerusalems von Räubern überfallen und tödlich verwundet wurde, kaum einen Steinwurf vom Palast entfernt, und niemand machte Anstalten, ihm zu helfen. Ich kann natürlich nicht vorgeben, mich weniger schuldig gemacht zu haben als alle anderen, die einfach dabeistanden und zusahen; doch ich war einfach zu verblüfft, um zu reagieren.

Am Tag nach diesem Vorfall stand Ahitophel erneut vor unserer Tür, und diesmal sprach er geradeheraus. „Diese Zustände dürfen nicht länger geduldet werden, Absalom. Unsere gegenwärtige Regierung ist nicht in der Lage dazu, dies zu unterbinden, weil der König hoffnungslos unfähig ist und die Arbeit seiner eigenen Minister noch behindert. Zu seinem eigenen Besten und zum Wohl seines Volkes muß er . . . entfernt werden."

„Zu seinem eigenen Besten?" wiederholte Absalom. „Was für ein Unsinn soll denn das sein? Du beabsichtigst doch wohl, ihn zu töten!"

„Nicht unbedingt; solche extremen Ausmaße könnten jetzt noch vermieden werden. Niemand hat es eilig damit, den Erwählten Adonais zu töten."

„Und seit wann bedeutet dir Religion oder Vorherbestimmung auch nur das Geringste?"

„Wann immer sie die Waffengewalt auf ihrer Seite haben, Absalom. Es gibt viele Menschen in Israel, die David gern abgesetzt sähen – aber niemals ermordet! Wir sollten vorsichtig sein; wir müssen vorsichtig sein! Doch wir müssen auch handeln. Und zwar sofort."

„Und was schlägst du vor?"

„Ich schlage vor, daß wir offen miteinander sprechen; von Mann zu Mann, Auge in Auge, ohne weiter um den heißen Brei zu reden."

„Du hast doch mit dieser Taktik angefangen. Jetzt tu nicht so, als sei ich daran schuld!"

„Absalom, dies ist nicht die Zeit für kindische Schuldzuweisungen! Wir müssen zur Tat schreiten, bevor es zu spät ist."

„Und wenn ich mich weigere? Wenn ich dir nicht helfen will?"

„Dann werde ich mir jemand anderen suchen, der nicht so dumm ist. Doch sollte das wirklich deine Absicht sein, dann brauchst du dir keine Gedanken mehr um deine Altersversorgung zu machen."

Absalom schluckte sichtbar. „Verdammt nochmal, Ahitophel! Das ist Erpressung!"

„Das liegt bei uns in der Familie, mein Prinz. Also, was sagst du?"

„Ich . . . ich weiß es nicht! Ich brauche mehr Zeit. Du kannst nicht einfach so hier hereinkommen und erwarten, daß ich auf der Stelle entscheide, ob ich mich gegen meinen eigenen Vater wenden und meinen Hals in dieser Sache riskieren soll! Wie kann ich eine solche Entscheidung einfach so treffen?"

„Denkst du vielleicht, daß ich sie mir leicht gemacht habe? Meinst du, mir gefällt der Gedanke, einen Mann zu betrügen, dem ich schon gedient habe, als du noch nicht einmal geboren warst? Wenn es irgendeinen anderen Weg gäbe, hätte ich diesen gewählt. Ich habe alles versucht, um deinen Vater aufzurütteln, damit er sieht, was er sich und seinem Volk antut, das kannst du mir glauben! Doch es hat nichts genützt; nichts scheint ihn zu berühren. Ich bin am Ende meiner Weisheit und meiner Geduld."

Ich glaube, das war der Moment, in dem Absalom zu glauben begann, daß Ahitophel es ehrlich meinte. Die Maske der eiskalten Entschlossenheit auf dem Gesicht des älteren Mannes war nur ein wenig ins Wanken geraten, doch wir beide hatten die Angst gesehen, die dahinter lag. Natürlich änderte das nichts an Absaloms Qualen. Ahitophel war sich sehr wohl bewußt, daß seine Botschaft ihr Ziel getroffen hatte. Er wartete auf die Antwort, die ihm jetzt unumgänglich schien.

Doch er hatte die Gewalt des Sturms unterschätzt, der in Absaloms Innerem tobte. Einen Mann, dessen Verstand von seinen Gefühlen beherrscht wurde, konnte auch die Macht von Ahitophels Argumenten nicht überzeugen. Nachdem eine halbe Ewigkeit vergangen war, sah Absalom ihn hohläugig an und sagte: „Komm morgen wieder, ich bitte ich. Ich brauche die Zeit. Ein einziger Tag mehr kann doch nun auch nicht mehr viel ausmachen."

Ahitophel sah ihn scharf an. Dann sagte er: „Also gut, wenn du darauf bestehst. Dann also bis morgen früh. Bemüh' dich nicht, Zoheleth, ich finde selbst hinaus."

Ich wußte, daß das keine Rücksichtnahme war; draußen vor der Tür warteten wahrscheinlich seine Männer, um Absalom zu schnappen, falls er in Richtung auf den Palast losging und alles auszuplappern drohte. Absalom warf sich auf die Couch und rief: „Hilf mir, Zohel!"

Ich schenkte ihm einen Becher Wein ein und setzte mich neben ihn, doch das war nicht, was er wollte. Er murmelte in die Polster: „Sag mir, wer ich bin! Ich weiß es nicht mehr. Sechzehn Jahre lang war ich ein hebräischer Prinz; zivilisiert, beschnitten, ein Sohn der Torah. Ich hatte den wundervollsten Vater der Welt, er liebte mich, meine Mutter liebte mich – jeder liebte mich! Ich war glücklich. Was ist nur passiert?"

„Ich weiß es nicht, Absalom. Für mich ist alles ab dem Moment schiefgegangen, in dem ich zur Welt kam. Aber ich habe eine Lektion daraus gelernt, die es wert ist, weitergesagt zu werden: Es ist das beste, wenn man seine Vergangenheit einfach vergißt. Es tut nur weh, und du kannst sowieso nichts mehr daran ändern. Aber deine Zukunft, die kannst du beeinflussen!"

„Was habe ich denn schon für eine Zukunft vor mir? Und wie kann ich sie beeinflussen, wenn ich noch nicht einmal weiß, was ich will? Ich habe drei Jahre in Geschur damit verbracht, so ziemlich jedes von Adonais Geboten zu brechen. Ich habe Schweinefleisch gegessen, bis es mir zum Hals heraushing, ich habe den Sabbat mißachtet, und ich habe der Göttin Astarte Opfer gebracht und unter den Sternen Fruchtbarkeitsriten mit ihren Priesterinnen gefeiert! Ich habe gedacht, daß ich das Paradies gefunden hätte, Zohel, doch dann wurde es mir sauer. Ich habe meine Heimat und mein Volk vermißt und alles, mit dem ich aufgewachsen bin. Ich habe sogar die endlosen Feste, die Fastenzeiten und die gräßliche Musik im Tabernakel vermißt! Weißt du, die Melodien der Psalmen meines Vaters gingen mir einfach nicht aus dem Kopf; auch die Worte nicht. Und dennoch habe ich nie gedacht, daß das irgendeine Bedeutung hätte. Ich dachte, Adonai wäre unwichtig . . . Dann habe ich zugestimmt, nach Hause zu kommen, und ich habe gedacht, alles würde in Ordnung kommen. Und jetzt sieh dir die Mühlsteine an, zwischen die ich geraten bin! Ich habe versucht, zu Adonai zu beten, aber er hat mir genausowenig geantwortet wie die taubstummen Götter Syriens. Vielleicht gibt es einfach überhaupt keine Götter, Zohel. Sie sind vermutlich nur das Produkt unserer Vorstellungskraft, unserer eigenen Wünsche."

Etwas in mir wünschte sich verzweifelt, daß er recht hätte. Doch eine andere innere Stimme erinnerte mich daran, wie ich vor dem weinenden König geflohen war. Trotzdem stieß es mich aus irgendeinem Grund ab, solche Gedanken laut ausgesprochen zu hören. Plötzlich kam mir die Welt so groß vor, so leer und ohne Sinn . . . ich stellte mir vor, wie das Gewicht des Himmels über mir zusammenstürzte, weil es keine Hand gab, die ihn zurückhielt.

Absaloms düstere Stimme ließ mich aufschrecken. „Warum sagst du es nicht einfach, Zohel? Ahitophel hat recht, wir müssen es auf seine Weise machen. Es gibt keine andere Möglichkeit . . . "

„Absalom, das ist so gefährlich. Ich fürchte –"

„Du hast mir doch gesagt, daß ich den Thron nicht kampflos aufgeben soll!"

„Nein, ich –"

„Doch, das hast du. Weißt du nicht mehr?" Er ließ seinen breiten Armreif zurückgleiten, so daß ich die Narbe sehen konnte, die seine glatte Haut am Handgelenk verunstaltete.

„Ach, Absalom, ich konnte doch nicht zulassen, daß du dich umbringst. Ich hätte alles gesagt, um dich davon abzubringen!"

„Aber ich muß dir vertrauen können! Du sollst nicht einfach so daherreden! Ich will, daß du mir sagst, was du wirklich denkst."

„Es ist nicht meine Aufgabe, dir zu sagen, was du tun sollst! Das kann ich nicht!"

„Aber jetzt sind wir ja wieder da, wo wir angefangen haben! Wessen Aufgabe ist es denn? Wer kann mir denn sagen, was ich tun soll?"

Ich hatte noch immer den Becher mit Wein in der Hand gehalten, und die Bitterkeit in seiner Stimme ließ mich so zusammenfahren, daß ich mir die Flüssigkeit über meine Tunika goß. Bevor ich mich noch umdrehen konnte, war Miriam schon an meiner Seite und reinigte meine Kleidung. Ich hatte sie nicht hereinkommen hören. Wieviel hatte sie von unserem Gespräch mitangehört? Mein Herz klopfte laut, als ich mir ihrer Nähe bewußt wurde. Da blickte sie Absalom an und sagte:

„Mein Herr, die Tür, durch die du einst gegangen bist, steht noch immer offen!"

Er sah sie nicht einmal an. Er hatte den Kopf in den Kissen vergraben, und sein Haar fiel ihm wie die schwarzen Blätter eines verwelkten Farns über die Schultern. Er flüsterte heiser: „Ich weiß nicht, wovon du sprichst, Frau. Das hier geht dich nichts an!"

„Mein Herr . . ." Ich konnte die Liebe und das Mitleid in ihren Augen sehen, die ihre Angst und Ehrfurcht vor ihm überdeckten. „. . . mein Herr, Nathan könnte für dich mit Adonai sprechen. Vielleicht könnte er dir sogar helfen, ihn selbst zu finden und seine Antwort zu hören."

Absalom setzte sich abrupt auf, riß ihr den Becher aus der Hand und schmetterte ihn mit aller Kraft an die Wand. Schweißtropfen standen ihm auf der Stirn, als er sagte: „Raus hier, bevor ich noch etwas tue, das ich nachher bereue!"

Miriam verneigte sich und zog sich dann eilig zurück. Als sie den Raum verließ, hätte ich schwören können, daß ich das Zuklappen einer Tür hörte, obwohl es dort gar keine Tür gab, sondern nur einen Vorhang.

Absalom zitterte am ganzen Körper. Ich hatte ihn schon oft aufgebracht gesehen, aber nicht so, nicht einmal Amnon gegenüber. Wie ein nahender Wirbelsturm schien er im Begriff, alles um sich herum zu zerstören, wenn ihn nicht jemand aufhielt. Doch ich war klug genug, ihn nicht in diesem Zustand anzusprechen und womöglich diesen Zorn auf mich zu lenken.

Es war nicht Miriam, auf die er so wütend war; es war Nathan, den er haßte. Er mußte diesen Haß schon seit langem aus seinen eigenen Qualen genährt haben, vielleicht schon seit ihrer schicksalhaften Begegnung vor sieben Jahren. Vielleicht war er jetzt von neuem aufgeflackert, weil er sehr gut wußte, daß Nathan der Mann war, der den Ausweg aus Absaloms aussichtsloser Lage kannte, und Absalom wußte ebensogut, daß er nie aus eigenem Antrieb zu ihm gehen würde. Warum hatte ich eigentlich nicht schon früher an Nathan gedacht? Den langsamen Verfall Israels und seines Königs mitansehen zu müssen, mußte für den Propheten noch schmerzhafter gewesen sein als für jeden anderen. Er hatte die goldenen Tage miterlebt, in denen der junge, gottgefällige Schafhirte aus den Bergen zum König aufgestiegen war und Adonais Volk über alle anderen Nationen erhoben hatte, damit alle Welt die Macht und Größe des einen Gottes sehen und bewundern könne.

Nathans Herz mußte brechen, wenn er mitansehen mußte, wie das Königreich von innen her verfiel. Bald würde das Leben wieder so sein, wie es in der Zeit der Richter, vor Saul, ausgesehen hatte. Damals hatte jeder getan, was in seinen Augen richtig erschien. Nathan lag sicher seit Jahren auf den Knien und flehte Adonai mit jeder Faser seines Seins um Veränderung an; wenn auch um eine ganz andere Art von Veränderung, als sie Ahitophel im Sinn hatte. Es mußte einen dritten Weg geben, und vielleicht wußte Nathan bereits, wohin er führte.

Wenn Absalom bloß nicht so dumm und kurzsichtig gewesen wäre, sich mit Bathseba einzulassen! Das hatte er sogar vor kurzem schon zum zweiten Mal getan! Er war immer so leicht zu beeinflussen, obwohl er stets betonte, daß er der einzige von Davids Söhnen war, der Initiative zeigte. Soweit ich das beurteilen konnte, konnte man ihn mit fast allem in Versuchung bringen – eine Andeutung, eine Beleidigung, eine Möglichkeit, sich zur Schau zu stellen . . . Bathseba hatte ihn dazu gebracht, sein eigenes Fleisch zu beschmutzen und seine Unschuld in den Dreck zu treten. Und nun würde Ahitophel ihn dazu bringen, sein Leben zu riskieren.

Als Absalom gesagt hatte, daß er Gott um Rat gebeten und keine Antwort erhalten hätte, hatte er gelogen. Er wußte nur zu gut, was

Adonais Wille war, und er würde ihn nicht erfüllen. Er hätte eher Nathans Hals durchgeschnitten, als ihm ins Gesicht zu sehen. Doch ich war nicht in der Position, ihn zu verurteilen. Ich hatte mich selbst ebenso von Adonai entfernt wie Absalom. *Warum eigentlich?* fragte ich mich zum ersten Mal seit Jahren ehrlich. *War es wirklich wegen David und dem, was aus ihm geworden ist? Habe ich mich deshalb bewußt von der Liebe eines Vaters abgewendet, der mächtiger und liebevoller ist als der, dessen Verlust Absalom noch immer betrauerte?*

Dann wurde mir klar, daß ich ebensowenig wie Absalom wollte, daß Adonai die finsteren Winkel meiner Seele beleuchtete. Ich hatte bei David gesehen, wie die Kraft dieses Lichtes einen Mann zerbrechen konnte. Und obwohl eine Stimme in meinem Inneren mir sagte, daß Adonai nur das zerbrach, was ohnehin gesprungen und unbrauchbar war, um etwas Starkes und Heiles daraus zu machen, war ich zu erschüttert, um ihn an mich heranzulassen. Die Narben auf meiner Seele waren furchtbar, aber zumindest bluteten sie nicht, und mir graute davor, sie wieder aufzureißen.

Außerdem war mir klar, daß ich dann meinen Haß auf Ziba loslassen mußte, meinen Beschluß, mich an ihm zu rächen, wenn sich eine Gelegenheit dazu ergab. „Die Rache ist mein, spricht der Herr", hatte David gesagt. Doch anscheinend wollte dieser Gott dieses Vorrecht nicht in Anspruch nehmen.

Ich war so in meine eigenen Gedanken versunken gewesen, daß ich nicht bemerkte, wie Absalom den weggeschleuderten Weinbecher aufhob und bis zum Rand füllte. Er schüttete den Inhalt in einem einzigen Zug hinunter. Jetzt zitterte er nicht mehr.

„Zohel", sagte er resigniert. „Ich habe mich entschieden."

Ich wußte bereits, was er sagen würde, doch das änderte nichts daran, daß mir das Herz pochte. Ich betrachtete sein schönes erschöpftes Gesicht, die dunklen Ringe unter seinen Raubkatzenaugen, und unwillkürlich kam mir der Gedanke: *Absalom, der strahlende Held, der Liebling der Frauen, der Retter der Unterdrückten, der jeden, der seinen Weg kreuzt, dazu bringen kann, ihn zu lieben – dieser Absalom gibt sich selbst auf und läßt sich von dem besten, bösartigsten Betrüger mißbrauchen, dem ich je das Pech hatte zu begegnen!*

Ich wußte, daß er die falsche Entscheidung getroffen hatte, und er wußte es auch. Doch keiner von uns beiden hatte den Willen oder den Mut, das zu ändern.

„Geh und suche Ahitophel", sagte er. „Es hat keinen Sinn, bis zum Morgen zu warten. Sag ihm, daß ich bereit bin."

14

Ich nahm nicht an dem Gespräch teil, denn Ahitophel hatte es rundweg abgelehnt, mich dabei zu haben. Sicherlich hatte er keinen Zweifel daran, daß es Absalom an Erfahrung fehlte und er selbst der beste Berater für ihn sein würde.

Doch als Ahitophel wieder fort war, bestand Absalom darauf, mir den Inhalt ihres Gesprächs weiterzugeben, bis mir der Schädel brummte. Wir unterhielten uns in seinem Zimmer, während er sich umzog. Seit heute morgen schienen ihm die syrischen Gewänder plötzlich ein Greuel geworden zu sein. Wieder ein schlechtes Zeichen, dachte ich, während ich die Sachen wegräumte. Ahitophel konnte vermutlich einen hungrigen Wolf dazu bringen, eine Herde Lämmer zu hüten. Zuletzt legte Absalom auch den Anhänger mit der Sonne und dem Halbmond ab, nachdem er ihn eine Weile gedankenverloren an der Kette baumeln ließ, bevor er ihn in eine Schatulle legte.

„Mach nicht so ein Drama darum“, zog ich ihn auf, während ich ihm in ein schlichtes Leinengewand half. „Diese Dinge bedeuten dir doch nicht wirklich etwas. Warum wirfst du sie nicht einfach weg?“

Doch er antwortete mir nicht. Er saß auf der Kante seines ägyptischen Bettes, steckte sein Haar zusammen und band es unter ein Tuch. Das hatte er noch nie getan, selbst früher nicht, bevor er nach Geschur gegangen war. Die einzige Kopfbedeckung – wenn man es so nennen kann –, die er je getragen hatte, war ein halbherzig über seine glänzende Mähne geworfenes Stoffetzchen gewesen. Schließlich meinte er: „Ich muß mich von nun an zumindest einmal am Tag im Tabernakel sehen lassen, Zohel. Du wirst mich daran erinnern müssen.“

Ich lächelte grimmig. „Das ist ja ein ganz erstaunlicher Rat von einem Mann, der in Talmais Diensten steht!“

Er berührte ganz leicht meine Hand. „Hör auf damit, bitte. Das hier ist schon schlimm genug für mich. Wenn ich König bin, muß ich die Hälfte der Rituale leiten, nicht nur anwesend sein. Ich werde der Führer von Adonais Anbetern sein, ob es mir gefällt oder nicht.“

„Zumindest für eine kleine Weile.“ Ich konnte mir diesen Satz nicht verkneifen; vor meinem inneren Auge sah ich schon, wie die

Bundeslade durch eine Statue der Göttin Astarte ersetzt wurde. Doch er verstand mich falsch.

„Was meinst du damit? Wenn unser Plan gelingt, wird er von Dauer sein. Es gibt kein Zurück!" Dann grinste er entschuldigend. „Tut mir leid. Vermutlich habe ich genausoviel Angst wie du. Doch du darfst mich jetzt nicht mehr aufziehen. Es ist wichtiger denn je, daß ich dir vertrauen kann. Auch Ahitophel sagt, daß das das Wichtigste ist, was wir tun müssen."

„Aha! Und wer ist ‚wir'?"

„Ahitophel und ich. Wir müssen eine Gruppe von Männern um uns scharen, auf die wir uns blind verlassen können, und sie in unsere Pläne einweihen. Auf diese Weise können wir die Arbeit verteilen, und sie werden reich belohnt werden, wenn wir erst die Macht erlangt haben. Und dich brauche ich am allermeisten."

Ich ließ mich schwer auf das Bett fallen. Mir war nicht ganz klar gewesen, daß auch ich eine Entscheidung treffen mußte. Doch natürlich hatte er recht. Sein Handlanger oder Teil einer Verschwörung zu sein, waren zwei grundverschiedene Dinge. Die Tatsache, daß er mich dazu brauchte, erfüllte mich mit Stolz. Dennoch sagte ich: „Ich wünschte nur, ich hätte bei der Sache ein etwas besseres Gefühl. Irgendwie macht mir das Magenschmerzen."

„Zohel", sagte Absalom und legte einen Arm um mich. „Wenn du nein sagst, wird dir das mehr als nur Magenschmerzen bereiten. Denk doch nur daran, wieviel du bereits weißt! Du bist mindestens so anfällig für Erpressungen wie ich."

Ich hob den Kopf. „Müßte ich nur Ahitophel fürchten oder auch dich?"

„Von nun an wird es da keinen Unterschied mehr geben. Ahitophel und ich müssen wie eine Person handeln. Ich schätze dich sehr, Zohel; das habe ich schon immer getan. Aber ich könnte dich nicht schützen, wenn du jetzt noch versuchst auszusteigen."

Ich sah ihm ins Gesicht, und aus irgendeinem Grund fiel mir plötzlich ein, was Tamar einmal über ihn gesagt hatte: daß alle Liebe, die man Absalom gab, verschwendet war und daß er nichts als Ärger und Herzeleid brachte. Vielleicht hatte ihm nie etwas an mir gelegen; vielleicht hatte er sich nur um mich gekümmert, um Amnon eins auszuwischen. Doch ich wußte auch, daß Tamar selbst Absalom sehr geliebt hatte. Und ich wußte, daß er mich jetzt zum ersten Mal in seinem Leben wirklich brauchte. Er brauchte jemanden, auf den er sich stützen konnte, der immer da war, was auch geschah. Was hatte ich für eine Wahl? Langsam entgegnete ich: „Also gut, Absalom. Du kannst mir vertrauen."

„Und sagst du das aus freien Stücken?"

„Oh Absalom, jetzt mach die Sache nicht noch komplizierter! Ahitophel hat dir Druck gemacht, und nun machst du mir Druck. Was soll das? Ich habe dir mein Wort gegeben. Ist dir das nicht genug?"

Er drückte meine Schulter, dann ließ er mich los. „Für mich ist es mehr als genug. Ich weiß nur nicht, ob es Ahitophel reicht."

Ich wollte nicht länger darüber reden. Statt dessen versuchte ich, das Tuch zu einer Art Turban um seinen Kopf zu wickeln. Doch es wollte mir nicht recht gelingen, und ich mußte mehrmals von vorn beginnen. Er saß die ganze Zeit schweigend da, bis ich schließlich fragte: „Wen willst du sonst noch miteinbeziehen?"

„Shimei und Sheba auf jeden Fall; sie würden es sowieso herausfinden."

„Deine Mutter hält wenig mehr von ihnen als von Ahitophel selbst", erinnerte ich ihn. „Bist du sicher, daß sie solch einer Sache gewachsen sind?"

Er seufzte resigniert. „Ahitophel bezweifelt das auch. Aber sie haben mich bisher noch nie im Stich gelassen." Er lachte bitter. „Und sie haben schon eine ganze Menge finsterer Geheimnisse bewahrt."

„Ja, aber bisher hat es sie auch noch nichts gekostet, nicht wahr? Du kannst Kinderstreiche wohl kaum mit Hochverrat vergleichen! Nehmen wir einmal an, sie werden gefaßt und gefoltert . . . "

„Jetzt gehst du aber zu weit, Zohel. Woher willst du denn wissen, ob ich der Folter standhalten würde? Oder du selbst?"

Ein Blick in meine Augen sagte ihm, daß ich es könnte.

„Also gut, du würdest es ertragen. Obwohl ich nicht weiß, was dich dazu befähigt, da du mir ja nichts von deiner Vergangenheit erzählen willst. Doch ich bete, daß wir gar nicht erst in die Lage kommen, deine Standhaftigkeit auf die Probe zu stellen. Eigentlich hoffe ich, daß wir uns den Überraschungseffekt zunutze machen und die ganze Sache über Nacht hinter uns bringen können."

Ich sagte: „Ich hoffe, du hast recht. Aber ich denke trotzdem, daß wir auf alles vorbereitet sein sollten. Ich meine . . . Sheba und Shimei könnten sich wohl kaum noch weniger um Staatsangelegenheiten scheren als bisher. Ihr einziges Anliegen ist es doch, unbegrenzten Zugang zu den königlichen Weinkellern zu bekommen. Wäre es nicht wichtig, daß sie völlig hinter dem stehen, was du vorhast?"

„Was wir vorhaben, Zohel."

Ich blickte zu Boden. „Ja. Was wir vorhaben."

„Ehrlich gesagt, denke ich nicht, daß ihre Sicht der Dinge wichtig ist, solange ich davon ausgehen kann, daß sie mir gegenüber loyal sind. Sie werden tun, was ich von ihnen verlange. Doch ich glaube eigentlich schon, daß sie hinter der Sache stehen werden. Sie sind beide Benjaminiter, weißt du, und aus Sauls Familie. Die Sauliden halten David noch immer für einen Emporkömmling. Du hast doch selbst schon gehört, was Shimei über ihn sagt."

Das stimmte. Natürlich war Absaloms Beweisführung trotzdem unsinnig, denn als Davids Sohn hatte er nach dieser Sichtweise auch nicht mehr Anrecht auf den Thron als sein Vater.

„Das mag sein", sagte er kühl. „Aber Sheba und Shimei sind meine Freunde."

Er schien vergessen zu haben, was Ahitophel über die geringe Bedeutung persönlicher Sympathien in der Politik gesagt hatte, doch es hatte wohl keinen Zweck, ihn darauf hinzuweisen. Also erwiderte ich: „Na gut. Und wer sonst noch?"

„Von meiner Seite niemand. Doch Ahitophel hat seine Verbündeten. Er wird einige Männer zu unserem nächsten Treffen mitbringen, damit wir die ersten Schritte besprechen können."

„Und wie werden die aussehen?"

„Zunächst müssen wir uns der Unterstützung der Leute sicher sein, die wirklich zählen."

„Und welche sind das? Die wenigen Reichen oder die arme Masse? Ich sehe nicht, wie du beide auf deine Seite ziehen kannst."

„Ich werde alle auf meine Seite ziehen, die unter der bisherigen Regierung in irgendeiner Weise gelitten haben." Unerwartet straffte er die Schultern und ballte die Hände zu Fäusten. „Jeder Mann, der fälschlich beschuldigt wurde; jeder Mann, der entehrt und enteignet wurde . . . es gibt Tausende von Gründen, und ich stehe für sie alle ein. Ich werde für sie kämpfen. Die meisten von ihnen mögen arm sein, doch es wird auch genügend Reiche geben."

Noch immer wünschte ich, daß ich mich so sicher fühlte, wie er jetzt klang. Ich steckte den letzten Rest des Turbantuches fest und verbiß mir eine negative Bemerkung. Doch Absalom und ich kannten uns schon sehr lange, und er hatte genauso gelernt, meine unausgesprochenen Gedanken zu lesen wie ich die seinen. Er ergriff meine Hände. „Zohel, willst du wohl aufhören, dir Sorgen zu machen? Die Entscheidung ist gefallen, das Schlimmste ist jetzt geschafft!"

Das glaubte er wirklich. Bis zu diesem Moment war sein Inneres in Aufruhr gewesen, der Konflikt hatte ihn beinahe entzweigerissen. Doch nun hatte er sich für eine Marschrichtung entschieden; er hatte einen klaren Weg vor sich, er hatte meinen Treueschwur, und er war fast schon wieder er selbst.

Das nächste Treffen der Verschwörer – das erste, bei dem die neuen Mitglieder dabei sein sollten – fand zwei Tage später nachts in unserem Haus statt. Es war mitten im Sommer, und die Nacht war bedrückend schwül, doch Ahitophel bestand darauf, im Haus zu bleiben. Er hatte zwei Männer mitgebracht; ich war schockiert, als ich herausfand, wer sie waren: Der eine war niemand anderes als Seraja, der offizielle Hofschreiber, und der andere ein gewisser Amasa, einer des höchstrangigen Offiziere in Davids ständiger Armee. Seraja war ein älterer Mann mit wässrigen Augen und einem schulmeisterlichen Zug um den Mund. Amasa war noch jung, vielleicht Mitte bis Ende Zwanzig; er hatte scharfe, edle Gesichtszüge und ein festes, entschlossenes Kinn. Später erfuhr ich, daß er wie Joab ein Neffe Davids war.

Wir drängten uns in eine nicht benutzte Vorratskammer, die keine Fenster hatte und nur durch die Küche erreicht werden konnte. Da es keine Sitzgelegenheiten gab, hockten wir uns auf den Fußboden, und die einzige Lichtquelle waren ein paar rußige Öllampen, die ich mitgebracht hatte. Von unten her beleuchtet schienen die Fehler und Unregelmäßigkeiten jedes Gesichtes noch hervorgehoben zu werden. Shimei und Sheba sahen unbeteiligt drein, Amasas Augen brannten fanatisch, und Seraja wirkte vollkommen in sich zurückgezogen. Ahitophel selbst ließ keine Regung erkennen. Ich dachte, daß dies wohl die am wenigsten vielversprechende Runde war, die man sich für ein solches Vorhaben nur vorstellen konnte. Lediglich Absalom ließ ein wenig Zuversicht in mir aufkeimen, denn er wirkte nun seltsam begeistert, fast strahlend. Ich fragte mich, was die anderen wohl von mir dachten.

Obwohl es bei der ganzen Sache darum ging, daß Absalom Davids Platz einnehmen sollte, war doch von Anfang an klar, daß Ahitophel die Oberherrschaft hatte. Er war derjenige, der die Strategie festlegte, die offenen Fragen klärte und die Einwände beschwichtigte. Irgendwie gelang es ihm, diesen bunt zusammengewürfelten Haufen zu einer eingeschworenen Bruderschaft zu machen, deren Mitglieder sich am Ende dieses ersten Treffens darüber im klaren waren, daß sie unter Umständen füreinander sterben müßten und die sich dazu fähig befanden.

Ich mußte zugeben, daß er sehr geschickt war. Wir konnten jetzt keine weitere Schilderung der Misere Israels brauchen; was wir hören wollten, war etwas Erfreuliches, etwas Kraftvolles, eine Stimme, die uns anspornte, das Heft in die Hand zu nehmen. Und genau das gab uns Ahitophel. Ich mußte meine Skepsis hinunterschlucken, als er sich in Lobreden über Absaloms großartige Eignung zum König erging und behauptete, daß die Sympathien aller wichtigen Leute bei Absalom lägen; alles, was wir zu tun hätten, sei das Ordnen und Klären der Einzelheiten. Soweit ich sehen konnte, bestand die ganze Verschwörung bisher nur in Ahitophels Kopf, doch er redete, als müßten wir nur noch letzte Hand anlegen. Da die anderen beifällig nickten, glaubte ich, daß ich den Aufwand wohl unterschätzt haben mußte, den Ahitophel in dieser Sache bereits betrieben hatte. So, wie es sich anhörte, war Absaloms eigene Beteiligung an der Verschwörung nicht etwa der erste Schritt, sondern einer der letzten.

„Aber was tun wir denn jetzt?" wollte Shimei schließlich voller jugendlicher Begeisterung wissen. „Wann fangen wir an?"

„Zwei äußerst wichtige Fragen, Shimei ben Gera, und ich werde die zweite zuerst beantworten, weil die Antwort darauf so einfach ist. Wie ich schon deutlich gemacht zu haben glaubte, haben wir bereits angefangen. Ich habe im ganzen Land Spione, die sich schon seit geraumer Zeit mit der Meinung und den Gedanken der einzelnen Stammesführer und Stadtältesten beschäftigt haben. Es ist nicht übertrieben, wenn ich sage, daß zumindest ein Drittel von ihnen ganz in unserem Sinne denkt. Amasa hat eine ähnliche Untersuchung unter den Offizieren der Armee durchgeführt – mit ähnlichen Ergebnissen. Was wir als nächstes tun müssen, ist auf dieser ihrer Arbeit aufzubauen. Jeder einzelne von uns wird einen bestimmten Verantwortungsbereich übernehmen, damit wir unsere Bemühungen auf die Bevölkerungsgruppe konzentrieren können, mit der wir jeweils den stärksten Kontakt haben."

„Und was genau werden wir dann tun?" beharrte Sheba. „Schnappen wir uns die Hälfte der Armee und marschieren in Jerusalem ein?"

Ahitophel schüttelte ungeduldig den Kopf. „Natürlich nicht; wir wollen doch unsere Schuhe nicht mit einem Blutbad beschmutzen. Wie unhygienisch! Nein, wir werden Absalom einfach als König ausrufen. Wenn irgend jemand das anfechten will . . . nun, soll er es versuchen! Doch dann wird das Blut, das vergossen wird, über seinen eigenen Kopf kommen. Und ich persönlich glaube nicht, daß ein solcher Mann sehr weit kommen würde."

Absaloms Augen glitzerten vor Furcht und Erregung. „Du meinst, du willst mich einfach gleich hier in Jerusalem zum König krönen? Wie denn? Wo denn? Im Tabernakel? In voller Sicht des Palastes? Wie wollen wir David absetzen und aus dem Palast werfen?“

„Ach Absalom, was soll dieses Gerede von absetzen und hinauswerfen? Wir wollten doch jede Art von Konfrontation vermeiden, erinnerst du dich? Wir werden ganz einfach das Zentrum der Macht . . . verlagern. Wir werden dich an einem Ort krönen, der für die Errichtung dieser Machtzentrale geeigneter ist als Jerusalem. Vielleicht sollten wir eine Stadt im Norden auswählen, Shechem oder Samaria. Dort scheinen die meisten unserer Fürsprecher sich zu konzentrieren. Die nördlichen Stämme haben es gründlich satt, wie Aussätzige behandelt zu werden, und sie werden jede wie auch immer geartete Bewegung unterstützen, die Davids Sturz zur Folge hat. David kann zunächst in seinem kostbaren Palast bleiben. Wir werden ihm lediglich den machtpolitischen Boden unter den Füßen wegziehen. Ganz langsam wird er merken, daß das Volk dir treu ergeben ist und dich auf dem Thron sehen will.“

„Aber was ist mit Joab und Abischai?“ fiel Sheba ein. „Werden sie nicht mit Waffengewalt gegen uns vorgehen, egal, wo wir uns niederlassen?“

„Von wessen Waffengewalt genau sprichst du?“ erwiderte Ahitophel sanft. „Joab und Abischai, die Ärmsten, werden genau in derselben Lage sein wie David selbst. Ihre Armee wird ihnen schlicht und einfach nicht mehr zur Verfügung stehen; dafür wird Amasa sorgen. Doch wir sollten uns nicht versuchen lassen, die Dinge zu überstürzen, mein Freund. Wie ich schon sagte, müssen noch ein paar Kanten geglättet werden, bevor wir es wagen können, in die Öffentlichkeit zu gehen. Serajah muß erst noch die Stimmung in Davids Ratsversammlung herauskriegen. Shimei und Sheba, ihr müßt alle Reste von Sauls Familie zusammentrommeln. Absalom wird herausfinden, welche von seinen Halbbrüdern auf unsere Seite gebracht werden können. Schließlich wollen wir ja nicht, daß sie sich aus purem Neid gegen ihn verschwören. Aussortieren und erobern, das muß unsere Vorgehensweise sein!“

Absalom sagte: „Ich würde nicht mit Adonia an einem Strang ziehen, und wenn er der letzte Mensch auf Erden wäre. Dieser Weichling! Er ist über zwanzig Jahre alt und hängt noch immer an den Rockzipfeln seiner Mutter.“

Ahitophel krümmte sich ein wenig. „Nun gut, mein Herr. Hin

und wieder muß man dir wohl solche persönlichen Abneigungen durchgehen lassen, wenn du König werden sollst. Doch David hat noch andere Söhne."

„Keinen von Bedeutung."

Shimei schnarrte: „Du meinst wohl keinen, mit dem du jemals sprichst!"

„Das genügt, Shimei", warnte Ahitophel. „Vielleicht hat Prinz Absalom in dieser Angelegenheit recht. Adonia ist zu willensschwach, um eine ernstzunehmende Bedrohung darzustellen. Es würde vermutlich mehr Ärger als Nutzen bringen, wenn er unser Verbündeter wäre. Und die anderen Söhne des Königs sind noch sehr jung. Nein, Absalom wird genug damit zu tun haben, die öffentlichen Schenkungen zu überwachen."

„Öffentliche Schenkungen?" stieß Absalom hervor und starrte Ahitophel an wie ein Götzenbild, das plötzlich wundersame Tränen vergoß.

„Aber sicher", fuhr Ahitophel fort und tat so, als sei er erstaunt über Absaloms Verwunderung. „Das Volk leidet, und besonders die Leute hier in Jerusalem. Viele sind nur in der Stadt, weil sie ihr Land verloren haben und nicht wissen, was sie tun sollen. Wir dürfen nicht zulassen, daß sie noch länger Mangel leiden. Absalom wird die Menschen aus seiner eigenen Tasche mit Korn versorgen; und zwar aus reiner Herzensgüte, ihr versteht, nicht etwa aus politischen Interessen ..."

Jetzt konnte ich mir nicht länger auf die Lippe beißen und sagte: „Aber Herr, das klingt in meinen Ohren unglaublich gefährlich! Ist das wirklich notwendig? Wird es nicht unnötig Verdacht erregen?"

„Aha, ein vorsichtiger Zeitgenosse", bemerkte Ahitophel. „Vielleicht wirst du dich doch noch als nützlicher Begleiter Absaloms erweisen. Doch ich glaube nicht, daß du diesen Fall richtig beurteilen kannst. Im Volk ist bereits Verdacht erregt; genau das habe ich erreichen wollen. Absaloms öffentliches Ansehen muß so langsam und stetig steigen, daß die Leute es schließlich als ganz natürlich ansehen werden, wenn wir ihn auf den Thron setzen. Wir wollen allerdings Davids Verdacht keine Nahrung geben, das ist wahr, und auch nicht dem seiner loyalen Untertanen . . . wie zum Beispiel meines Freundes Huschai. Leider sind sie bereits mißtrauisch, spätestens seit Absaloms und Davids mißglücktem Versöhnungsversuch. Absaloms Stillschweigen in dieser Sache macht ihnen mehr Sorgen als alles andere. Ihr dürft eins nicht vergessen, Freunde: Selbst jetzt noch stehe ich in den Ratsversammlungen an der rechten Seite des Königs. Ich kenne seine Gedanken und die seiner Günstlinge von ferne. Bei allem Respekt" – er nickte in Absaloms Richtung – viele von ihnen sehen unseren edlen Prinz hier als harmlosen Protzer. Ein bißchen gut plazierte Mildtätigkeit von Absaloms Seite wird sie beruhigen, denn sie werden annehmen, der eitle Prinz wolle nach der Niederlage mit David lediglich sein Ansehen im Volk ein wenig aufpolieren. Sie werden denken, daß er wie früher mit ein wenig Ruhm und Dankbarkeit zufrieden sein wird. Und ich werde sicherstellen, daß David die Handlungen seines Sohnes im richtigen Licht sieht."

Absalom fragte mit leiser Stimme: „Und woher soll ich die Mittel nehmen, um diese Schenkungen an das Volk zu finanzieren?"

Ahitophel lächelte ihn kurz an. „Ah, du brauchst dir keine Gedanken um dein hübsches kleines Anwesen in Baal-Hazor zu machen. Du hast einen sehr reichen Großvater, weißt du noch? Dennoch muß die Quelle deiner Spenden streng geheimgehalten werden. Laß die Leute denken, daß du Zugang zu den Reichtümern gewonnen hast, die David in den vergangenen Jahren gehortet hat. Und David . . . nun, es wird ihm nichts schaden, wenn er sich Gedanken macht."

Amasa hüstelte, fuhr sich mit der Hand durch sein ordentlich geschnittenes Haar und sagte zögernd: „Ich bin nicht sicher . . . der Junge – Zoheleth, glaube ich? – hat vielleicht recht. Diese Sache mit den öffentlichen Spenden ist zu riskant. Angenommen, es bricht ein Aufstand aus?"

„Dann werden Joab und Abischai ihn zerschlagen, zweifellos mit fehlloser Effizienz", versicherte ihm Ahitophel. „Wir müssen nur sicherstellen, daß die ganze Sache dann auf David zurückfällt."

„Aber wenn Absalom selbst verhaftet wird?"

„Weil er Nahrungsmittel verschenkt hat? Wohl kaum, es sei denn, er gibt etwas außergewöhnlich Dummes von sich, während er es tut. Und selbst wenn man ihn eine Weile einsperren sollte – ein bißchen Märtyrertum kann unserer Sache doch nur dienlich sein!"

Irgendwie wurde ich das Gefühl nicht los, daß es Ahitophel gar nicht so unrecht gewesen wäre, wenn Absalom ins Gefängnis gesteckt wurde; auf diese Weise hätte er weniger Gelegenheit, die ganze Sache zu vermasseln.

Dann meldete sich Sheba zu Wort: „Warum fragen wir nicht Joab und Abischai, ob sie sich uns anschließen wollen? Joab muß doch genauso unzufrieden sein wie Amasa hier."

Ahitophel sagte: „Joab würde David nicht verlassen, selbst wenn man ihm sein eigenes Gewicht in Gold anbieten würde."

Absalom zischte: „Ich würde Joab nicht in meiner Gruppe haben wollen, selbst wenn er auf den Knien angekrochen käme und mir meine Sandalen mit der Zunge zubinden würde!"

Ich sah an Amasas Blick, daß er sich nicht sicher war, was er von Absalom als Mann halten sollte. Und wer hätte ihm deshalb einen Vorwurf machen können?

15

Die öffentliche Kornvergabe sollte gleichzeitig mit dem Tabernakel-Fest stattfinden, wenn Jerusalem voller Pilger war. Wir konnten damit rechnen, daß sie alle die Nachrichten von Absaloms Mildtätigkeit mit nach Hause nehmen und verbreiten würden. Bis dahin ließ Absalom weiterhin jeden Bittsteller zu sich kommen und hörte ihm geduldig zu, selbst wenn er nichts ausrichten konnte.

Doch er tat das nicht länger in unserem Haus, sondern auf einem Richterstuhl, den er am Stadttor aufbauen lassen hatte. Er machte eine große Schau daraus, jeden Bittsteller zu begrüßen und zu umarmen, als sei er sein bester Freund, und schmuddelige Kinder auf seinem Schoß zu herzen. Ich war erstaunt, daß er damit unbehelligt durchkam, doch offenbar hatte Ahitophel recht, und David sah diese Auftritte als harmlos an. Natürlich war es ganz Absaloms Art, öffentliches Aufsehen zu erregen; dazu kam, daß Absaloms bisher einziges schwerwiegendes Verbrechen auf eine Zeit der Zurückgezogenheit gefolgt war.

Meine Hauptaufgabe in dieser Zeit war es, hinter Absalom zu stehen und einen Palmwedel zum Schutz gegen die Sonne über ihn zu halten. Irgendwie genoß ich diese Tage, in denen ich im Widerschein von Absaloms Ruhm badete. Immer noch war es sehr wichtig für mich, das Gefühl zu haben, daß ich jemand war.

Während wir also damit beschäftigt waren, so oft und so deutlich wie möglich gesehen zu werden, arbeiteten unsere Mitverschwörer im geheimen. Shimei und Sheba überraschten mich mit ihren Erfolgen unter den Sauliden; wieder einmal war ich erstaunt, daß sich offenbar niemand daran stieß, daß Absalom selbst keinen Tropfen saulidisches Blut hatte.

Ahitophel und Amasa sponnen ihre Intrigen in Volk und Armee erfolgreich weiter. Seraja reiste persönlich nach Geschur, um die finanzielle Rückendeckung zu sichern. Ich weiß nicht, wie er am Hof seine Abwesenheit erklärt hatte, doch niemand schien Verdacht zu schöpfen. In der ganzen Zeit passierte keine einzige Panne. Niemand verriet uns, niemand verplapperte sich. Nicht einmal Maacah hatte eine genaue Idee, was vorging; auch Miriam nicht. Das weiß ich so genau, weil ich jede freie Minute mit ihr verbrachte, wenn sie mich ließ. Jeden Tag erschien sie mir schöner, während Maacah zusehends alterte.

Schließlich ließ die glühende Hitze des Sommers nach. Das Tabernakel-Fest rückte mit Riesenschritten näher, und überall in der Stadt tauchten auf den Dächern und in den Höfen die typischen kleinen Hütten mit dem Schmuck aus Früchten und Blumen auf. Jeder Haushalt baute um diese Zeit des Jahres eine solche Hütte als Zeichen der dankbaren Erinnerung an Adonais Schutz während des Auszugs aus Ägypten und der Besiedelung Kanaans, wo solche Hütten als provisorischer Schutz gedient hatten.

Jedes Jahr kamen Tausende von Pilgern nach Jerusalem, um den Segen Adonais zu empfangen, und jedes Jahr wurden dieselben Lieder und Gebete voller Dankbarkeit gesungen, selbst von Leuten, die nichts zu essen und ihre Kinder in die Sklaverei verkauft hatten. Ich weiß nicht, ob das ein Zeugnis für den unerschütterlichen Glauben Israels war oder für seine blinde Dummheit. Doch die Ironie dieses ganzen Szenarios schien niemandem aufzufallen, bis Absalom auszog, um sie offenzulegen.

Ich fuhr an seiner Seite durch die überfüllten Straßen, und wir beide sonnten uns in den Begeisterungsschreien, die ihm spontan aus der Menge entgegenschallten, genau wie am Tag seiner triumphalen Rückkehr aus Geschur. Damit endete allerdings auch die Ähnlichkeit. Diesmal fuhr er in einer anständigen, vierrädrigen Kutsche, die Pferde trugen ein schlichtes Ledergeschirr, und Gatis war im Haus zurückgeblieben. Absalom selbst war gekleidet wie ein vornehmer Botschafter. Er trug keine Ringe an den Händen oder in den Ohren, und sein Gesicht war ungeschminkt. Das war auch gar nicht nötig; er sah auch so großartig aus. Sein Gesicht strahlte vor Erregung, und seine Augen funkelten wie schwarze Jettperlen.

Vor uns marschierte eine ansehnliche Eskorte, doch auch Talmais Soldaten trugen unauffällige wollene Tunikas und einfache lederne Schwertgurte statt der protzigen Bronzescheiden, die sie früher bevorzugt hatten.

Hinter uns folgten die Sklaven mit riesigen Tongefäßen voller Korn, die im Austausch gegen syrisches Gold aus Ägypten gebracht worden waren.

Unsere Prozession hielt kurz vor dem Tabernakel an, wo die Pilger ein- und ausströmten. Wir hatten bereits eine beachtliche Gruppe von Neugierigen um uns geschart, als ich vom Wagen stieg. Absalom blieb oben und begann mit seiner Rede an die ständig wachsende Zuhörermenge.

„Bürger von Israel!" rief er und breitete die Arme in einer Geste des Willkommens aus. „Männer und Frauen des erwählten Volkes, Söhne und Töchter des lebendigen Gottes! Ist es richtig, daß die Heiden mit ansehen, wie ihr hungert? Ist es richtig, daß ich, der Sohn des Königs, zulasse, daß ihr Not leidet, wenn es in meiner Macht steht, euch zu helfen? Ist dies hier nicht das Verheißene Land, in dem Milch und Honig fließen? Brüder und Schwestern, ihr habt lange genug gelitten! Es ist angebracht, daß wir in dieser besonderen Zeit des Jahres neue Stärkung von unserem Schöpfer erhalten!"

Trotz meiner Bemühungen bestand keine Hoffnung, irgendeine Art von Ordnung aufrechtzuerhalten. Sobald klar war, auf was diese Sache hinauslaufen würde, drängte sich die Menge unaufhaltsam vorwärts. Den syrischen Wachen gelang es nur mit Mühe, Absalom selbst vor dem Ansturm zu schützen. Die Leute schrien, weinten und streckten Körbe, Wassergefäße oder Kleidungsfetzen aus – alles, was man mit Getreide füllen konnte.

„Es gibt keinen Grund zur Panik!" rief Absalom. „Es ist genug für alle da!" Sein Gesicht war jetzt noch roter, und je aufgeregter der Mob wurde, desto mehr steigerte er sich in seinen Auftritt hinein. „Empfangt das Manna vom Himmel!" schrie er und erhob die Faust. „Euer Gott wird euren Hunger stillen; er wird den Tisch vor euch decken im Angesicht eurer Feinde, er wird eure Häupter mit Öl salben und eure Becher füllen, bis sie überfließen! Viel zu lange habt ihr gehungert. Hat euer Gott euch etwa geschaffen, damit ihr euer Leben im Elend verbringt? Nein! Adonai kann für euch sorgen, und er wird für euch sorgen!"

Ich bezweifle, daß ihn mehr als eine Handvoll Leute überhaupt hören konnten, doch ich erinnere mich an jedes Wort, denn ich versuchte verzweifelt, den Überblick über die Mengen des bereits ausgeteilten und noch vorhandenen Getreides zu behalten, und die ganze Zeit dachte ich: *Sei um Gottes willen vorsichtig, Absalom! Laß dein Herz nicht wieder vor deinem Verstand hinreißen, dieses eine Mal nicht!* Und doch klang er so überzeugend – fast hätte ich selbst geglaubt, daß er all das wirklich meinte, was er da von sich gab. Vielleicht taten ihm die verzweifelten Menschen ja wirklich leid; schließlich hatte er mich damals auch aus Mitleid gerettet. Es war echte, selbstlose Liebe gewesen, die er mir entgegengebracht hatte, auch wenn er vielleicht zunächst Amnon hatte strafen wollen.

Ich werde wohl nie erfahren, wie es möglich war, daß alles gut ging. Durch irgendein Wunder wurde niemand totgetrampelt, niemand ernstlich verletzt, und es brach auch kein Tumult aus. Es war wirklich genug Korn für alle da, und Absalom hatte es irgendwie geschafft, eine direkte Beleidigung Davids zu vermeiden. Und unglaublicherweise hatte das Ereignis auch keine Folgen. Noch Tage nachher wachte ich jeden Morgen mit der Überzeugung auf, daß Absalom an diesem Tag gefangengenommen und ins Gefängnis gesteckt werden würde. Doch nichts dergleichen geschah. Ich hatte vergessen, daß Bathseba krank war und Ahitophel noch immer den Oberbefehl über Davids Geheimdienst hatte.

Als ich endlich aufgehört hatte, mir Sorgen zu machen, wurde uns die Aufforderung überbracht, in den Palast zu kommen. Doch sie galt nicht Absalom, sondern mir.

„Was soll ich tun?“ flehte ich Absalom an und spürte, wie ein kalter Schauder mich wie ein Hieb mit einer eisigen Klinge durchfuhr.

„Du mußt gehen“, sagte er und packte meine Schultern. „Paß nur auf, was du sagst! Und halte die Ohren offen. Wer weiß, was du so alles aufschnappen kannst.“

„Aber warum jetzt? Warum will er mich jetzt plötzlich nach all der Zeit sehen? Meinst du, daß er etwas ahnt? Was, wenn er mich befragt? Oder foltern läßt?“

„Das wird er nicht tun. Du bist sein kostbarer Zohar, erinnerst du dich? Einer der Erleuchteten. Spiel ihm etwas auf der Harfe vor!“

Also ging ich zitternd vor Furcht zum Palast in Begleitung des Boten, der mir die Nachricht überbracht hatte. Ich wurde in die privaten Gemächer des Königs geführt und mit ihm alleingelassen.

David sah so schlecht aus wie nie zuvor. Er lag in Decken gewickelt auf einem Sofa und hatte so hohle Wangen und eingesunkene Augen wie eine Mumie. Ich folgte Absaloms Anweisungen aufs Wort, ergriff die Harfe, die noch immer in ihrer Ecke stand, und setzte mich auf den Boden, um sie zu stimmen.

Sobald ich mit steifen, ungeübten Fingern zu spielen begann, bewegte der König die Lippen. Doch diesmal betete er nicht; es klang, als würde er im Delirium sprechen. Aufmerksam lauschte ich seinen Worten, um nur ja nichts Bedeutendes zu verpassen, doch es war nur ein wirres Gemisch aus Selbstvorwürfen und Klagen: „Bathseba stirbt ... alles meine Schuld ... Absalom, mein Sohn, wo bist du ... Ich liebe dich ... Zohar, bist du das? Salomo wird König werden ... Nathan, alles was du vorhergesagt hast ... Adonai, ich will nicht mehr leben. Warum holst du mich nicht zu dir? Zohar ..." Plötzlich klärte sich sein Blick, und er sagte überraschend deutlich: „Zohar! Du bist gekommen! Komm her, laß dich begrüßen!"

Er streckte einen schwachen Arm aus und ergriff meine Hand; ich zwang mich, sie nicht zurückzuziehen. „Sie stirbt, Zohar", sagte er. „Das erzählen sie mir jedenfalls. Ich habe sie so lange nicht gesehen ... aber Nathan sagt, daß Salomo dennoch nach mir den Thron besteigen muß. Er sagt, es ist Adonais Wille. Selbst wenn Bathseba tot ist, habe ich keine andere Wahl, Zohar. Ich bin so unglücklich. Wie konnte ich Absalom nur fortschicken? Es kümmert mich nicht, was er zu mir gesagt hat; es interessiert mich nicht einmal mehr, was er glaubt. Ich würde alles dafür geben, ihn wieder in meinen Armen halten zu dürfen ..."

„Alles?" hakte ich nach. „Selbst das Versprechen, ihm den Thron zu geben?"

„Du weißt, daß ich das tun würde, wenn es in meiner Macht stünde. Eine Weile habe ich mir sogar gestattet zu glauben, daß das der Fall sei, wenn sie erst aus dem Weg ist. Ich dachte, ich könnte Nathan überzeugen und sogar Adonai selbst. Er hat seine Pläne schon mehr als einmal geändert, wenn Menschen ihn inständig darum gebeten haben. Doch sag mir, ist das alles, worum es Absalom noch geht? König zu sein? Hat er keine Liebe mehr für mich in seinem Herzen?" Ich schwieg hilflos, und er fuhr fort: „Huschai sagt, daß ich zu vertrauensselig bin. Er hat den Verdacht, daß Absalom eine Verschwörung gegen mich plant. Aber ich kann das nicht glauben. Darum habe ich dich hergebeten, Zohar. Du kennst Absalom besser als irgend jemand sonst; glaubst du, daß er mich tot sehen will?"

„Nein", konnte ich ehrlich antworten. „Das will er ganz sicher nicht."

David lächelte und drückte meine Hand fester. „Du weißt ja

nicht, wie glücklich mich das macht! Ich wußte, daß Huschai sich täuschen muß! Ganz egal, wie sehr ein Mann Adonai liebt, er kann sich trotzdem irren – und gerade ich weiß das nur zu genau! Absalom liebt mich noch, das weiß ich einfach. Eines Tages wird er erkennen, daß es mehr im Leben gibt als Ehrgeiz, und alles wird sich zwischen uns zum Guten wenden."

Wie betäubt ging ich nach Hause. Ich hatte ihn nicht belogen, aber dennoch getäuscht. David wollte noch immer mit aller Macht das Beste von seinem geliebten Sohn annehmen, gegen allen Anschein. Doch sollte ich vor Absalom alles wiederholen, was David gesagt hatte? Würde ihn das nicht in Verwirrung stürzen? Aber war ich nicht verpflichtet, ihm zu sagen, wie sehr sein Vater ihn immer noch liebte?

Am Ende erzählte ich ihm alles. Irgendwie gelang es mir immer schlechter, Dinge vor ihm geheimzuhalten, selbst wenn ich es wollte. Doch Ahitophel war auch dabei, und er sagte: „Behalte einen kühlen Kopf, Absalom. Nichts hat sich geändert. Dein Vater hat immer behauptet, dich zu lieben; er sagt es mir selbst praktisch jeden Tag, doch er tut heute ebensowenig wie früher, was es beweisen würde! Nun ja, zumindest wissen wir jetzt sicher, daß noch nicht einmal Huschais Verdächtigungen ihn dazu bringen werden, Schritte gegen uns zu unternehmen. Aber Huschai muß schon ein ziemlich genaues Bild von unseren Plänen haben, sonst hätte er dem König nichts davon gesagt. Schließlich weiß er auch, wie David über dich denkt."

Ich fragte alarmiert: „Wie kann er davon wissen? Wer kann es ihm gesagt haben?"

Ahitophel zupfte an seinem sorgfältig getrimmten Bart. „Er ist wie Nathan. Diese Menschen haben ganz bestimmte Quellen."

Ich grunzte: „Dann wird Huschai früher oder später zu David durchdringen! Er wird doch nicht zulassen, daß David sich in Sicherheit wiegt, wenn er von der Verschwörung weiß!"

„Oh, ich glaube nicht, daß er so genau Bescheid weiß. Doch ich fürchte, daß das nur noch eine Frage der Zeit ist. Darum müssen wir auch darauf vorbereitet sein, die nächste Stufe unseres Plans einzuleiten, bevor er alles ruiniert."

„Die nächste Stufe?" wiederholte Absalom. „Du meinst die Proklamation zum König? Wir haben doch noch nicht einmal entschieden, wo –"

Doch ich hörte nicht mehr zu. Ich studierte Ahitophels Gesicht und erkannte die Gefühle hinter der stählernen Maske der Selbstbeherrschung. Er war besorgt, entschied ich, und er war verbittert. Er fürchtete und verabscheute Huschai ebenso, wie er es in bezug auf Bathseba behauptete. Wenn Huschai wirklich Adonai kannte, dann würde sein Einfluß am Hof immer größer werden, bis er schließlich Ahitophels eigene Rolle als oberster Berater in Zweifel ziehen würde. Dies war vermutlich auch der eigentliche Grund, warum Ahitophel diese Verschwörung ins Leben gerufen hatte. Er war alt genug, um mein Urgroßvater zu sein; er war einer der meist geachteten Männer in ganz Israel – und trotzdem war er wie jeder andere ein Opfer des niederträchtigsten aller Gefühle: Neid. Und er hatte Angst.

Sobald der Festmonat vorüber war, trafen sich die Mitglieder unseres exklusiven Zirkels wieder. Es war früh am Morgen; die Sklaven waren noch nicht einmal aufgestanden, und Ahitophel kam direkt auf den Punkt, indem er verkündete, daß die Zeit nun reif sei, Absalom zum König zu krönen.

„Wir können es uns nicht leisten, noch länger zu warten", sagte er. „Und es gibt auch keinen Grund, das zu tun. Die Ältesten jeder einzelnen Stadt im Norden stehen hinter uns, und sie alle wissen genau, was wir vorhaben. Sie alle haben vertrauenswürdige Männer, denen sie jeden örtlichen Widerstand überlassen können, und sie alle können Truppen mobilisieren, falls das notwendig werden sollte. Wir können außerdem auf die Unterstützung jedes einzelnen Offiziers in Davids Armee vertrauen, mit Ausnahme von Joab und Abischai und deren direkten Untergebenen natürlich. Nur die Lage im Süden gibt Anlaß zur Sorge. Dort sind noch immer viele Stimmen für David laut."

„Aber die südlichen Stämme sind in der Minderheit, wie du so oft selbst betont hast", bemerkte Amasa. „Mit denen werden wir schon fertig, wenn unsere Basis im Norden erst auf festen Beinen steht. Wo werden wir sie errichten?"

Ahitophel machte eine kunstvolle Pause, bevor er antwortete: „In Hebron."

Einen Moment lang waren wir alle zu verblüfft, um etwas zu sagen. Dann ergriff Absalom den Arm des alten Ratgebers. „Hebron? Bist du vollkommen verrückt geworden? Hebron liegt doch gar nicht im Norden! Es ist im tiefsten Süden . . . und darüber hinaus ist es der Ort, an dem mein Vater sich zum König krönen ließ!"

„Ein Grund mehr, diesen Ort auszuwählen, findest du nicht? Schließlich hatte David selbst wesentlich weniger Anrecht auf den

Thron als du. Ischboscheth war Sauls rechtmäßiger Thronerbe. Hebron ist meiner Meinung nach der passendste Ort für unsere Pläne."

„Aber mein Vater hatte Adonais Unterstützung! Ischboscheth war doch nur ein Betrüger!"

„Der legitime Nachkomme des Königs und ein Betrüger? Er war der älteste lebende Sohn des rechtmäßigen Königs von Israel, Absalom, genau wie du es bist."

„Aber Hebron ist die Wiege des Königreichs, das mein Vater aufgebaut hat! Es war sieben Jahre lang seine Hauptstadt. Er kennt die Hälfte der Einwohner Hebrons mit Namen!"

„Die jetzigen Ältesten kennt er nicht", sagte Ahitophel. „Es ist gut zehn Jahre her, daß er das letzte Mal dort war. Aber ich kenne sie, Absalom. Und die jüngeren Mitglieder des Rats sind glühende Bewunderer von dir!"

„Bei allem Respekt, mein Herr, das mögen sie zwar sein", unterbrach Amasa, sichtlich darum bemüht, die Ruhe zu behalten. „Aber ich glaube doch, daß wir uns einer sehr großen und völlig unnötigen Gefahr aussetzen, wenn wir nach Hebron gehen. Das wäre genauso, als würden wir ein verfeindetes Land stürmen. Ich dachte, du wolltest unnötiges Blutvergießen vermeiden?"

„Das will ich in der Tat", gab Ahitophel zurück. „Und genau aus diesem Grund schlage ich Hebron als Stützpunkt vor. Nehmen wir einmal an, wir würden Shechem oder Beth Schan oder eine noch nördlicher gelegene Stadt auswählen. Damit würden wir den südlichen Stämmen doch erst recht eine Gelegenheit bieten, sich geschlossen hinter David zu stellen, und schon hätten wir den übelsten Bürgerkrieg, der wer weiß wie viele Jahre dauern könnte, ohne daß irgend jemand weiß, was dabei herauskommen würde! Nein, wenn wir den Mut haben, zu unseren Überzeugungen zu stehen und nach Hebron zu gehen, ist uns der Erfolg so gut wie sicher. Wir können jeden Versuch, sich gegen uns zu stellen, im Keim ersticken. Und wenn erst im Land bekannt ist, daß Hebron uns mit offenen Armen empfangen hat, werden auch die letzten Zögerer nachziehen. Und nicht zuletzt wird es David den Todesstoß versetzen, wenn er weiß, daß er von dort keine Hilfe zu erwarten hat und auch nicht nach Hebron fliehen kann, wenn es ihm in Jerusalem zu gefährlich wird."

Amasa schüttelte den Kopf. Seine Stirn war angestrengt gerunzelt, aber offenbar konnte er keine schlagenden Argumente dagegen vorbringen.

Shimei schlug plötzlich mit der Faust auf seinen Sessel. „Ich weiß nicht, was all diese Aufregung soll! Warum ist es denn so wichtig, wo wir Absalom krönen? Es ist doch bloß eine Zeremonie. Und hast du nicht gehört, was Zoheleth über David gesagt hat? Er liegt doch anscheinend in den letzten Zügen. Wie soll ein kranker Greis wie er einen ernstzunehmenden Widerstand gegen uns organisieren? Hören wir endlich auf, kostbare Zeit zu verschwenden, und fangen wir an!"

„Man sollte seine Gegner niemals unterschätzen", sagte Ahitophel eisig. „Das ist die allererste Regel im Kampf, oder? Also: Hat sonst noch jemand etwas zu sagen?"

Shimei schmollte sichtlich über diese Zurechtweisung. Sheba zuckte unbestimmt die Achseln und sah zu Boden. Seraja schien wie immer tief in Gedanken versunken, und ich wartete, wie Absalom reagieren würde. Er sah Ahitophel nur an und sagte: „Was immer du für richtig hältst, Herr."

„Gut." Ahitophel ließ seine Augen über die Anwesenden schweifen, um sicherzugehen, daß er unsere volle Aufmerksamkeit hatte. „Jetzt hört zu. Wir können nicht einfach wie eine Handvoll wehrloser Landstreicher nach Hebron schlendern und annehmen, daß die Ältesten sich auf dem Marktplatz versammeln und vor den Augen der treuen Anhänger Davids eine Krone auf das Haupt unseres kostbaren Prinzen setzen werden. Auch können wir noch nicht auf Unterstützung aus den Reihen der Armee rechnen – nicht, bis die ganze Sache offiziell ist und Amasa uns offen helfen kann. Was wir tun müssen, ist also eine möglichst große Gruppe von Anhängern aus dem Volk zu sammeln und mit uns nach Hebron zu nehmen. Wenn wir eine ganze Truppe dabeihaben, die . . . nun, den Chorus voller klingen läßt, wenn die Proklamation stattfindet, werden sich die örtlichen Führer zweimal überlegen, ob sie gegen uns vorgehen sollen. Und dann wird es auch sehr schnell zu spät sein, um noch etwas auszurichten. Nun, Absalom? Klingt das gut in deinen Ohren?"

Absalom war offensichtlich zu überwältigt, um etwas zu sagen, also fragte ich: „Und wie werden wir diese wilden Horden nach Hebron transportieren, ohne daß es jemandem auffällt?"

„Es wird wohl unvermeidbar sein, daß so etwas auffällt, da stimme ich dir zu. Es ist aber recht unwichtig, ob unsere Begleiter auffallen oder nicht, wenn wir eine einleuchtende Erklärung für ihre Anwesenheit haben. Zudem hatte ich nicht vor, eine Herde Bauern um uns zu sammeln. Wir werden wesentlich mehr Eindruck machen, wenn wir von dem gesamten Hochadel Jerusalems begleitet werden."

Mit dieser Aussage gelang es Ahitophel erstmals, einen sichtbaren

Widerspruch von Seraja zu erregen. Zwar hob er nur eine Augenbraue, doch sein alter Kollege wußte nur zu genau, welch mächtige Zweifel diese Geste ausdrückte.

„Mir ist bewußt, daß die meisten Angehörigen des Jerusalemer Adels noch nichts von unseren Plänen wissen, und das ist auch gut so. Doch ich sage es noch einmal: Alles steht und fällt mit der Frage, warum sie nach Hebron eingeladen werden." Ahitophel konnte sich ein verschlagenes Grinsen nicht verkneifen. „Absalom, ich meine mich zu erinnern, daß du einmal gesagt hast, daß du Adonai ein gewaltiges Opfer darbringen wolltest, wenn du aus Geschur nach Jerusalem zurückkämst und nicht wegen dem Mord an Amnon vor Gericht gestellt würdest ... in Hebron, in Anwesenheit aller Leute von Stand ..."

„Was?" fragte Absalom verständnislos.

„Komm schon, mein verträumter Prinz, du mußt dich doch noch daran erinnern! Es ist doch in deinem Exil kein Tag vergangen, an dem du nicht gebetet hast, David möge dich zurückrufen lassen. Hast du mir das nicht selbst erzählt? Oder habe ich es von Zoheleth gehört?"

Absalom sah nun nicht mehr so benommen aus. „Vielleicht habe ich einmal gesagt, daß ich Adonai anbeten würde, wenn er mich nach Hause brächte. Das mag sein."

„Nun, deine Zeit ist gekommen! Und ganz sicher hättest du viel genauer gesagt, wo das Ganze stattfinden sollte, wenn du nicht krank vor Heimweh gewesen wärst ..."

Absalom wurde sarkastisch. „Ich kann mich auch erinnern, daß ich dem Baal von Geschur dasselbe versprochen habe. Was meinst du, welcher Gott mich wohl erhört hat?"

Doch Ahitophel war nicht in der Stimmung zu scherzen. Er durchbohrte Absalom mit seinen Blicken, und der räusperte sich sofort verlegen.

„Tut mir leid. Aber jeder weiß doch, wie lange ich schon wieder hier bin. Warum sollte ich so lange gewartet haben, wenn es mir mit diesem Versprechen so ernst wäre?"

„Jeder weiß doch hier um deinen flatterhaften Geist, Absalom", sagte Ahitophel in einem noch eisigeren Tonfall als sonst. „Es ist dir eben einfach jetzt wieder eingefallen, nur so. Wir werden also Zoheleth zum König schicken, um seine Erlaubnis für die Zeremonie einzuholen. Der Junge wird wahrscheinlich am ehesten zu David vorgelassen, und ich selbst möchte mich nicht unnötig verdächtig machen. Dann laden wir zweihundert ahnungslose und nicht besonders intelligente

Würdenträger ein, uns zu begleiten, wobei wir sicherstellen werden, daß ihre Zahl von unseren bewaffneten – und eingeweihten! – Unterstützern aus dem Norden weit übertroffen wird. Und dann machen wir uns so bald wie möglich auf den Weg nach Hebron.

In der Zwischenzeit werden die Nordstämme informiert, auf unser Signal zu warten und dann sofort ihr Einverständnis mit dem neuen König bekanntzugeben. Im ganzen Land werden Leuchtfeuer angezündet werden, und eine Kette von Trompetern wird das Signal weiterleiten. Gleichzeitig wird Amasa die Übernahme des größten Teils der Armee in die Wege leiten. Das wiederum wird für genügend Verwirrung im Palast sorgen, um von uns abzulenken."

„Und wenn es dennoch zu Aufständen kommt?" fragte Amasa gereizt.

„Wo genau? In Jerusalem? Ich denke, das kannst du doch wohl unterbinden, oder?"

„Ich meinte eher in den Städten, die du so selbstverständlich zu den unsrigen zählst. Was, wenn die Ältesten ihre Bürger nicht mitziehen lassen?"

„Wie ich schon sagte, Amasa, ich glaube nicht, daß irgendwelche Aufstände ein echtes Problem darstellen werden. Doch wo du das Thema schon angeschnitten hast – vielleicht sollten wir selbst ein paar Aufstände anzetteln, die wir dann als Zeichen unserer Schlagkraft sofort im Keim ersticken . . . Wir könnten auf diese Weise sogar auch noch unsere Mildtätigkeit demonstrieren, indem wir die Rädelsführer offiziell begnadigen – was uns nicht besonders schwerfällt, weil es ja unsere eigenen Verbündeten sind!"

Amasa fuhr sich mit beiden Händen durch sein kurzgeschnittenes Haar und nickte; sein Respekt vor Ahitophels strategischem Denken wuchs offensichtlich.

Mit dünner Stimme fragte ich: „Wann soll ich zum König gehen?"

Ahitophel dachte kurz über diese Frage nach und sagte dann: „Gleich morgen früh, wenn er dich dann schon empfängt. Wenn nicht, dann übermorgen. Ich werde noch heute mit Jehosaphat darüber sprechen. Die Opferung wird drei Tage nach dem Termin stattfinden, an dem du vor den König trittst. Wir werden heute schon Einladungen vorbereiten und Nachrichten an unsere Unterstützer senden, damit sie sich auf das vorbereiten können, was vor uns liegt. Wir müssen uns außerdem sehr genau überlegen, was du zu David sagen sollst, Zoheleth, und was du antworten wirst, wenn er dir irgendwelche Fragen stellt."

Nachdem das Treffen beendet war, lief Absalom wie betrunken durch das Haus, mal euphorisch, dann wieder völlig verzweifelt. „Ich werde also doch noch König!“ sagte er atemlos. „In weniger als einer Woche werde ich alles haben, was ich mir jemals erträumt habe!“ Dann plötzlich schlug er mit der Faust gegen die Wand und rief: „Was wird nur aus meinem Vater, Zohel? Was, wenn sie ihn töten? Er wollte damals auch nicht, daß Ischboscheth starb, doch der arme Tropf wurde dennoch geköpft!“

So blieb es mir überlassen, unsere Abreise zu organisieren und Maacah und Miriam, die noch immer ahnungslos waren, in Sicherheit zu bringen. Diesmal konnten wir sie nicht bei Shimeis Verwandtem unterbringen, und auch sonst war es in Jerusalem nirgends sicher für sie. Also wurden sie mit einer Eskorte nach Baal-Hazor geschickt. Absalom kannte dort jeden Mann von Bedeutung – wahrscheinlich war Baal-Hazor in der nächsten Zeit der sicherste Ort in ganz Israel.

Am selben Abend noch luden sich Shimei und Sheba zum Abendessen ein, und sie brachten genug Wein mit, um eine halbe Armee betrunken zu machen.

„Ich trinke nichts“, sagte Absalom und bedeckte seinen Becher mit der Hand, als Sheba ihm einschenken wollte. „Mir geht zu vieles durch den Kopf.“

„Ein Grund mehr, sich ein wenig zu betäuben“, befand Sheba. „Komm schon, entspann dich ein wenig. Du wirst auf deine alten Tage ja ganz fürchterlich ernsthaft. Gar nicht wie der Absalom, den wir alle kannten und liebten. Wir brechen ohnehin erst frühestens übermorgen nach Hebron auf. Wen kümmert’s, wenn du bis dahin im Bett liegst?“

„Sheba, ich habe seit Monaten nicht mehr getrunken. Es wird mir sofort in den Kopf steigen.“

„Du Glücklicher! Ich muß inzwischen schon mindestens sechs Becher hinunterkippen, bevor das Zeug irgendeine Wirkung zeigt!“ grölte Sheba, schob Absaloms Hand beiseite und füllte ihm den Becher. „Nur einen, um der alten Zeiten willen! Bald wirst du deinen königlichen Hintern vermutlich sowieso nicht mehr mit solchen Gestalten wie uns an einen Tisch setzen.“

„Also gut, wenn du darauf bestehst. Aber nur einen.“ Absalom nahm einen vorsichtigen Schluck und grinste dann breit. „Ah, das tut gut! Vom Weinberg deines Vaters, nehme ich an, Shimei? Ich hatte schon vergessen, wie fruchtig der schmeckt!“

„Auf Seine Majestät König Absalom!“ rief Shimei voll gespielter

Demut und erhob sich halb. „Sitz nicht einfach so da, Absalom. Und warum schaust du so zweifelnd drein, kleine Schlange? Du hattest doch bisher nie etwas gegen eine kleine Erfrischung einzuwenden."

„Ich . . . mir geht es nicht gut", entschuldigte ich mich lahm. Der Anblick von Absalom, der seinen Becher in einem Schluck leerte und dann grinste, als Sheba ihn wieder füllte, machte mich wirklich krank. Doch konnte man es ihm verübeln, daß er sich noch ein letztes Mal vergnügen wollte? Ahitophel hätte es unterbunden, da war ich sicher. Doch Ahitophel war nicht hier, und so pickte ich in meinem Essen herum, während meine drei Tischgenossen den Wein wie Wasser tranken, sich gegenseitig schmutzige Witze erzählten und sich grölend vor Lachen mit Feigen und Nüssen bewarfen. Absalom hatte sich seinen Turban abgenommen, und Sheba begoß ihn über und über mit Olivenöl, um „schon mal für die Salbung zum König zu üben", als mich plötzlich einer unserer akhaischen Eunuchen am Ärmel zupfte und mir mitteilte, daß wir einen Besucher aus dem Palast hätten.

Es war einer von Ahitophels Sklaven, der eine versiegelte Tontafel für Absalom dabei hatte. Als ich sie Absalom brachte, schlang er seine öligen Arme um mich und sagte selig lächelnd: „Ach, Zohel, mein Schatz, was täte ich nur ohne dich? Mach das Ding doch selbst auf und sag mir morgen, was drinsteht!" Ich biß die Zähne zusammen, schob Absalom von mir und brach das Siegel.

Ahitophel von Giloh, oberster Berater seiner Majestät des Königs David – möge er regieren auf immer und ewig! – an den Prinzen Absalom ben David. Grüße!
Unvorhergesehene Schwierigkeiten sind eingetreten. Mein einziger Bruder in Giloh hatte einen schweren Jagdunfall und liegt im Sterben. Er hat nach mir schicken lassen; ich muß zu ihm gehen, oder es gibt Gerede. Ich bleibe heute Nacht hier im Palast und breche im Morgengrauen auf. Am dritten Tag werde ich zurückkommen, was auch immer geschehen möge. Halte alles bis dahin auf. Ich habe die nötigen Vorkehrungen für Zoheleth getroffen, und er sollte den Termin morgen wahrnehmen, da es sich als schwierig erweisen könnte, einen neuen zu bekommen. Er muß sich nicht auf eine genaue Zeit festlegen. S. und A. sind von dieser Entwicklung informiert und werden abwarten, bis sie neue Informationen erhalten. Der Frieden Adonais sei mit dir.

Ich versuchte alles, um Absalom die Sache begreiflich zu machen, doch er äffte nur zu Shebas und Shimeis grenzenlosem Vergnügen Ahitophels blasierten Tonfall nach und schien nichts von dem Inhalt des Schreibens wahrzunehmen.

„Absalom, du verdammter Idiot!" schrie ich ihn an. „Das könnte alles gefährden! Wir werden zwei ganze Tage auf uns allein gestellt sein. Nimm nur einmal an, ich sage etwas Falsches, wenn ich vor David stehe! Oder Huschai bekommt heraus, daß diese Opferungsgeschichte nur ein Trick ist! Wir können unmöglich nach Hebron aufbrechen!"

„Halleluja!" rief Absalom heiter. „Mehr Wein, Sheba! Das bedeutet dann ja wohl, daß ich meinen Rausch ausschlafen kann, so lange ich will!"

Sprachlos vor Wut warf ich die Tontafel gegen die Wand und floh in den Hof hinaus. Die kühle Abendluft beruhigte mich, und ich legte mich auf den Rücken, sah zu den Sternen hinauf und versuchte, meinen Herzschlag ruhiger werden zu lassen. *Kein Grund, in Panik auszubrechen,* beschwor ich mich selbst. *Das ist nicht das Ende der Welt. Warum sollten nach all den Wochen und Monaten jetzt noch zwei Tage zählen?*

Aber das funktionierte nicht. Je länger ich darüber nachdachte, desto schrecklicher fühlte ich mich. Die ganze Verschwörung war zum Scheitern verurteilt; das war schon von Anfang an so gewesen. Absalom war ein verantwortungsloser Heißsporn, der in all den Jahren, die ich ihn nun schon kannte, keinen Schekel an Reife dazugewonnen hatte. Auch Ahitophel konnte nicht so clever sein, wie er selbst dachte, sonst hätte er sich niemals mit Absalom eingelassen. Und was hatte der alte Ränkeschmied jetzt wieder vor? Warum konnte er seinen Angehörigen nicht einfach eine Nachricht senden, daß er aufgehalten würde und nicht kommen könne? Familienbindungen bedeuteten ihm doch nicht mehr als ein Bündel Stroh! Vielleicht war das Ganze ja ein Trick. Vielleicht arbeitete Ahitophel doch mit Bathseba zusammen, und diese ganze Angelegenheit war die aufwendigste Falle, die Israel je gesehen hatte! Oder vielleicht hatte der alte Mann einfach genug und machte sich auf Nimmerwiedersehen davon. Oh Adonai! Alles war möglich, und nichts schien mehr verläßlich zu sein.

Ich lag noch immer dort und versuchte sogar zu beten, als ich Türenknallen hörte und das Scheppern von zerbrechenden Tongefäßen. Ich erkannte die Stimme von Shimei, der wilde Flüche ausstieß und Absalom beschuldigte, jetzt schon seine Freunde wie Dreck zu behandeln. „Du bist es nicht wert, auf Sauls Thron zu sitzen! Es würde dir recht geschehen, wenn wir dich hier sitzen ließen und direkt in den Palast gingen!“ schrie er. „Du verdienst es, daß wir dem König alles erzählen, und –“

Dann ein Klatschen und ein gedämpfter Schrei, und Sheba sagte: „Sprich leise, du verdammter Idiot! Was stört es uns, wenn er nicht mitkommt? Er ist sowieso zu betrunken, um seinen Spaß mit einer Frau haben zu können. Wir werden auch ohne ihn ein paar Mädchen finden!“

Ihre Schritte entfernten sich, und dann hörte ich, wie das Tor hinter ihnen zuschlug. Absalom war ganz sicher nicht bei ihnen gewesen; wahrscheinlich lag er schnarchend in irgendeiner Ecke, und ich verspürte kein Verlangen, ihn so zu sehen.

Also blieb ich, wo ich war. Ich muß wohl eingeschlafen sein, denn es war schon fast Morgen, als einer der Eunuchen mir ins Ohr flüsterte: „Mein Herr Zoheleth, wach auf! Es ist jemand hier. Ich denke, es ist die Königin Bathseba.“

16

„Bathseba?“ Ich schrak hoch und rieb mir die Augen. „Wo ist sie? Am Tor?“

„Nein, Herr. Bei Prinz Absalom.“

„Was?“ Ich rappelte mich hoch und eilte auf das Haus zu.

„In seinem Zimmer, Herr. Ein anderer Sklave hat sie hineingelassen; sie hat ihn mit Silber bestochen. Auch war sie wie ein Mann gekleidet, und er wußte nicht, wer sie war. Sie hat ihm gesagt, sie sei ein Bote von Ahitophel.“

„Herr im Himmel!“ Ich war wie vor den Kopf geschlagen. „Und woher weißt du, wer sie ist?“

Der Junge ließ den Blick sinken; seine hellen Wimpern legten sich in Halbmonden auf seine rosigen, bartlosen Wangen wie die eines Mädchens. „Ich . . . ich habe sie beobachtet, Herr. Bitte vergib mir.“

„Du hast sie beobachtet? Von wo aus?“

Er wand sich ein wenig mehr. „Vom Dach aus, Herr. Da ist ein Platz . . . da kann man durch ein kleines Fenster auf das Bett von Prinz Absalom schauen."

Ich befahl kurz: „Bring mich hin."

Er fand seinen Weg auf dem dunklen Dach so sicher wie auf einer hell erleuchteten Straße. Ahitophel hatte also recht damit gehabt, unsere Treffen in dem stickigen, kleinen Vorratsraum abzuhalten. Zum ersten Mal fragte ich mich, was wohl trotzdem an fremde Ohren gedrungen war. Unsere Syrier und Akhaier hatten mehr als genug Zeit gehabt, Hebräisch zu lernen.

Im nächsten Augenblick fand ich mich auf den Knien neben dem Eunuchen wieder und spähte in Absaloms Schlafgemach hinunter.

„Mein liebster Absalom!" schnurrte Bathseba. „Es gibt wirklich keinen Grund, so zugeknöpft zu sein. Wir haben uns doch immer alles sagen können! Siehst du, ich weiß doch ohnehin schon, was in dir vorgeht, also kann es nichts schaden, darüber zu reden! Ich könnte die Last mit dir teilen! Du mußt dich ja schrecklich fühlen."

Absalom sagte überraschend fest: „Ich habe mich ganz wunderbar gefühlt, bevor du gekommen bist!" Sein Gesicht war gerötet, aber seine Augen blickten klar. Bathsebas plötzliches Auftauchen mußte ihn blitzartig nüchtern gemacht haben.

„Unsinn, mein armer, unverstandener Held!" Ihre Stimme war glatt und süß wie Honig. „Ich weiß doch, daß es dir nicht gut geht. Du hast mit Shimei gestritten."

„Das war doch nichts", grunzte Absalom. „Er war betrunken ... Aber woher weißt du das?"

Bathseba ließ sich den schweren Mantel von den Schultern gleiten und löste ihr Haar, das sie aufgesteckt getragen hatte. Dann sagte sie leichthin: „Ich habe ihn auf dem Weg hierher getroffen. Ihn und Sheba."

„Mein Gott! Was haben sie dir gesagt?"

„Absalom, beruhige dich doch. Du zitterst ja! Du machst dich noch krank." Sie streckte eine schlanke Hand aus, doch er zog sich vor ihr zurück und umklammerte seine Decke. Sie sagte: „Sie konnten mir nichts erzählen, was ich nicht schon wußte. Ich habe meine Beziehungen, wie du weißt."

„Aber Ahitophel haßt dich! Er würde dir nicht einmal seine ausgetretenen Sandalen anvertrauen."

„Du und er, ihr seid euch in letzter Zeit recht nahe gekommen, nicht wahr?"

„Ich –"

„Du mußt nicht jedes Wort, das über seine Lippen kommt, als die reine Wahrheit ansehen, weißt du? Er hat dir also erzählt, daß wir nicht gut miteinander auskommen. Nun, ich denke, er wird wohl seine Gründe haben. Wahrscheinlich ist er zu dem Schluß gekommen, daß du nicht mitspielen würdest, wenn du gewußt hättest, daß ich auch zur Mannschaft gehöre."

„Ich weiß nicht, was du da redest! Und außerdem – ich dachte, du wärst todkrank! Angeblich wird doch schon an deinem Grab gearbeitet."

„Oh, ich war auch krank, mein Lieber, das war ich wirklich. Wenigstens darin hat er die Wahrheit gesagt. Doch es ist erstaunlich, wie schnell sich ein Mensch erholen kann, wenn er dazu gezwungen ist! Ich wußte, wenn ich dir helfen wollte, mußte es schnell geschehen."

„Du kannst mir nicht helfen! Es gibt nichts, was du tun könntest."

„Ach, nichts?" Sie glitt näher an ihn heran und schaffte es, ihre Hand auf seine zu legen. „Die Nacht ist noch jung, Absalom. Wir haben noch viel Zeit zum Reden . . . später. Laß uns zusammen einen Becher Wein trinken und unsere . . . Bekanntschaft auffrischen."

„Bathseba . . . Ich weiß nicht, was du von mir willst, aber ich bin müde, und ich will, daß du mein Haus verläßt. Ich bin so –"

„So verwirrt? Was meinst du denn, wie es mir geht? Ich nehme das Risiko auf mich, hierherzukommen, um dir zu helfen, dir meine Freundschaft anzubieten . . . oder auch Gold und Juwelen – alles, was ich habe, damit du deinen Traum verwirklichen kannst, und alles, was ich dafür bekomme, ist kalte Zurückweisung? Ist es nicht offensichtlich, was ich von dir will? Oder bist du blind? Ich liebe dich, Absalom! Bei allen Göttern, du bist der schönste Mann, den ich je gesehen habe!"

Ich konnte nicht glauben, was ich da hörte. Auf jeden Fall glaubte ich ihr kein Wort und Absalom auch nicht, zumindest anfangs. Doch er war in der Tat der schönste Mann weit und breit, und er wußte es. Und nachdem Bathseba ihm lange durchdringend in die Augen geblickt hatte, zerbrach sein Widerstand. *Der Himmel sei uns gnädig!* dachte ich nur.

Wohlwissend, daß sie nichts überstürzen durfte, schlang sie vorsichtig und erstaunlich zärtlich die Arme um ihn. Sie streichelte sein berühmtes blauschwarzes Haar und küßte ihn zart auf den Nasenrücken. Absalom schloß die Augen, dann öffnete er sie wieder und sah ihr forschend ins Gesicht.

„Bathseba . . . was hast du eben gemeint?"

„Als ich sagte, daß ich dich liebe?“

„Nein, nicht das. Du sagtest, du wolltest mir helfen. Das verstehe ich nicht. Salomo –“

„Du denkst also, ich will Salomo auf dem Thron sehen? Wie leichtgläubig du doch manchmal bist, Absalom. Vielleicht finde ich dich deswegen so unwiderstehlich. Du bist so . . . unschuldig.“ Sie küßte ihn wieder und strich die Falten auf seiner Stirn glatt. „Mach nicht so ein finsteres Gesicht; es verdirbt deine Schönheit. Ich fürchte, du hast den Lügen deines Vaters ebenso Glauben geschenkt wie denen Ahitophels. Nicht ich habe Salomo als Thronfolger vorgeschlagen. Es war die Wahl deines Vaters, von Anfang an. Jedenfalls seit Nathan ihm eingeredet hat, Salomo sei der Erwählte Adonais. Doch David will, daß du denkst, ich sei die Schuldige. Verstehst du denn nicht? Er will uns auseinanderbringen! Aber du kennst ihn zu gut, um auf so eine plumpe Lüge hereinzufallen, nicht wahr? Salomo ist doch noch ein Kind! In seinem zarten Alter kann er noch nicht mit dieser Verantwortung belastet werden. Du bist der Mann, den Israel jetzt braucht, Absalom! David ist nicht länger in der Lage, das Land zu regieren, und Salomo braucht noch viele Jahre. Und du weißt doch, daß das so ist, sonst hättest du nicht so viel Zeit mit meinem Großvater verbracht! Natürlich weiß ich, was ihr beiden da ausbrütet. Du mußt mir nur sagen, was ich tun kann, um euch zu unterstützen.“

Selbst wenn ich in diesem Moment durch das Fenster gesprungen und direkt vor Absaloms Füßen gelandet wäre, wäre es zu spät gewesen, um ihn zum Schweigen zu bringen. Wahrscheinlich hätte er mich umgebracht, bevor er auch nur dazu gekommen wäre, sich bewußt zu machen, was er da tat. Also blieb ich, wo ich war, und mußte mitanhören, wie Absalom ihr alles verriet.

Bathseba sagte nichts, bis er verkündete: „Vor dem nächsten Sabbat brechen wir nach Hebron auf.“

„Wir?“

„Dein Großvater und ich mit den anderen Mitgliedern des Geheimbundes, mit Ausnahme von Amasa . . .“

„Aber dein kluger junger Freund Zoheleth wird mitkommen, und sicherlich auch Sheba und Shimei –“

„Und Seraja. Zoheleth hat morgen eine Audienz bei meinem Vater, um seine Erlaubnis für eine öffentliche Opferfeier in Hebron einzuholen. Es ist sehr wichtig, daß er das für den Anlaß unserer Reise hält. Vielleicht könntest du ja deinen Einfluß spielen lassen . . .“

„... zweifellos um deine Ausrufung zum König zu unterstützen, nicht wahr?"

Er zog sich ein wenig vor ihr zurück; einen Moment lang mußte sich der alkoholisierte Nebel in seinem Gehirn genug gelichtet haben, daß er begriff, was er angerichtet hatte. Schon griff Bathseba wieder nach ihm, und diesmal konnte ich nicht mehr tatenlos zusehen. Außerdem hatte ich Angst bekommen. Ich scheuchte meinen Begleiter vor mir her zu den Stufen. Natürlich hätte ich ihn sofort fortschicken sollen, nachdem er mir das Fenster gezeigt hatte. Doch ich war zu angeekelt gewesen, um denken zu können. Aber jetzt zerrte ich ihn hinter eine Tür und packte ihn unsanft am Kragen.

„Ein Wort von dem hier zu einer Menschenseele, und du wirst dir keine Gedanken mehr um deine verlorene Männlichkeit machen müssen. Hast du mich verstanden?"

Er nickte, und im Mondlicht waren seine Augen weit aufgerissen vor Schrecken. Ich ließ ihn los, und er stolperte davon, während ich mit einem kränklichen Gefühl im Magen zurückblieb. Aufgrund meiner eigenen Geschichte hatte ich mich den Eunuchen und Sklaven immer irgendwie verbunden gefühlt und sie stets fair behandelt. Sie hatten mir vertraut. Ein Dutzend Herzschläge stand ich im Türrahmen und kämpfte mit meinem Gewissen. Dann eilte ich zu Absaloms Zimmer, wobei ich laut seinen Namen rief, als ob es einen Notfall gebe. Das gab mir einen Vorwand, um ohne anzuklopfen ins Zimmer zu stürmen. Mit offenem Mund blieb ich vor dem Bett stehen und täuschte maßlose Überraschung vor. Die beiden starrten mich entsetzt an und schienen keine Worte zu finden.

„Absalom!" keuchte ich. „Bist du des Wahnsinns? Was in Adonais Namen tust du hier?"

Bathseba erholte sich schneller als er und zischte mich an: „Raus hier, Zoheleth! Du stehst schon dein halbes Leben im Dienst eines Prinzen und hast noch immer keinen Respekt gelernt!"

„Verzeihung, Herrin, aber ich bin kein Diener. Ich arbeite aus freien Stücken für Absalom, und zwar eben weil ich ihn respektiere! Zumindest habe ich das bis zu diesem Augenblick getan!"

Ich sah Absalom direkt in die Augen, und er schien vor der Hitze meines Zorns dahinzuschmelzen. Bathseba schnaubte: „Absalom, sag diesem unverschämten Kerl, daß er jetzt endlich verschwinden soll! Anscheinend gehorcht er ja nicht einmal einer Königin!" Sie sah eine Seite an mir, mit der sie offensichtlich nicht gerechnet hatte.

Absalom krächzte: „Zohel, bitte. Wir haben nichts Verwerfliches getan."

„So, findest du? Da möchte ich aber widersprechen!"

„Absalom, das muß ich mir doch nicht bieten lassen!" Jetzt versprühte Bathseba Gift aus jeder Pore. „Sorg dafür, daß diese Kreatur sofort das Zimmer verläßt. Laß ihn am besten steinigen!"

Noch immer hielt ich Absalom mit meinem Blick fest. Er muß die Verzweiflung darin erkannt haben, ohne daß ich noch etwas tun oder sagen mußte. Halb erwartete ich, daß er mich schlug, doch statt dessen ließ er schuldbewußt den Kopf hängen und wich meinem Blick aus.

„Bathseba wird uns helfen, Zohel. Und sie hat sowieso schon alles gewußt, bevor ich es ihr gesagt habe."

„Das hat sie nicht, Absalom! Sie hat dich hinters Licht geführt! Genau wie sie alle glauben gemacht hat, sie liege im Sterben, damit sie testen konnte, ob David und Nathan auch dann noch ihr Versprechen aufrechterhalten würden, daß Salomo der Thronfolger wird. Natürlich will sie ihren Sprößling auf dem Thron sehen, und wenn er schon morgen zum König gekrönt werden würde, um so besser! Denn dann könnte sie an seiner Statt regieren!"

„Warum sollte sie dann hergekommen sein? Woher wußte sie, daß ich einsam und verwirrt war? Sie liebt mich!" Er zog Bathseba mit verzweifelter Inbrunst an sich, und sie ließ es schweigend geschehen. Offenbar wollte sie erst einmal abwarten, wie sich diese bizarre kleine Szene noch entwickeln würde.

„Absalom, wie kannst du nur so dumm sein?" wollte ich wissen. „Sie liebt dich nicht; das hat sie nie getan. Sie liebt niemanden außer sich selbst! Und du warst nicht einsam und verwirrt, du warst stockbetrunken! Alles, was sie gewußt hat, haben ihre Spitzel ihr erzählt."

„Warum sollte sie Spitzel brauchen, wo sie doch Ahitophel hat?"

„Meine Güte, glaubst du ihr denn wirklich alles? Ahitophel würde vor ihr doch kein Sterbenswort über seine Lippen kommen lassen! Warum ist sie noch nie mit ihm hergekommen, wenn sie eingeweiht war? Warum ist sie erst jetzt hier aufgekreuzt, wo er nicht da ist? Und sag jetzt nicht, sie hätte das nicht gewußt, sein sterbender Bruder ist auch ihr Verwandter, und sie wird genauso von seinem Unfall erfahren haben wie Ahitophel selbst. Sie wollte, daß du alles zugibst, und nun wird sie es sofort an David weitergeben."

Absalom klammerte sich noch fester an Bathseba, und sie wiegte ihn sanft wie eine Mutter ein verängstigtes Kind. „Laß dich von dieser kleinen Ratte nicht verunsichern, Liebster", säuselte sie. „Er ist doch nur neidisch. Dabei habe ich es gar nicht eilig damit, in den Palast zurückzukehren." Sie knabberte ihm neckisch mit ihren strahlend weißen Zähnen am Ohrläppchen. „Ich würde sogar freiwillig als deine Geisel hierbleiben. Ich werde nicht den kleinsten Fluchtversuch unternehmen, solange du es mir nicht ausdrücklich befiehlst, mein schöner Prinz."

„Siehst du?" sagte Absalom prompt. „Sie liebt mich. Sicher würde sie mich sogar nach Hebron begleiten."

Bathseba wirkte einen Moment lang verunsichert; dann schnurrte sie: „Mein Engel, die Leute würden sich die Mäuler zerreißen. Es würde deinem Anliegen schaden, wenn zu viele Menschen wüßten, daß die Hauptfrau des Königs deine Geliebte ist. Außerdem ist da noch das Baby." Doch als Absalom starr wurde, küßte sie ihn sanft und sagte: „Doch natürlich würde ich trotzdem mitkommen, wenn du es nicht ertragen kannst, so lange von mir getrennt zu sein."

Ich fühlte mich jetzt noch viel verzweifelter als vorher; ich konnte einfach nicht fassen, daß Absalom so verdammt naiv war und ihr sogar jetzt noch glaubte. Bathseba war das natürlich hochwillkommen. Warum sollte sie sich lange den Kopf zerbrechen, wenn es die simple Verführungstaktik auch tat?

Ich versuchte es ein letztes Mal. „Um Gottes willen, wach endlich auf, Absalom! Vielleicht kommt sie mit nach Hebron; vielleicht gibt sie dir auch Gold – aber doch nur, um ihre eigenen Ziele zu verfolgen und dich in ihren Netzen zu verstricken, bis du dich hoffnungslos verfangen hast! Sie will deinen Tod, Absalom, begreif das doch endlich! Und was könnte angenehmer sein, als wenn du dich selbst umbringst? Sie wird dich anfeuern, bis es kein Zurück mehr gibt, und dann wird sie die Sache auffliegen lassen. Und du wirst mit deinen Träumen untergehen!"

„Ach was!" gab Absalom zurück, immer erregter von Bathsebas Liebkosungen und dem Wein in seinem Blut. „Und wie soll sie das anstellen, hm? Wenn ich erst einmal gekrönt bin, kann mich niemand mehr zu Fall bringen!"

„Was weiß denn ich?" Ich rang frustriert die Hände. „Ich weiß nicht, wie sie denkt. Doch ich weiß, was sie will, das kannst du mir glauben!" Einen Lidschlag lang begegneten sich Bathsebas und meine Blicke, und der Ausdruck in ihren Augen bestätigte mir, daß ich recht hatte.

„Wie dem auch sei", sagte ich, als mir plötzlich einfiel, daß ich noch einen Pfeil in meinem Köcher hatte, „wir müssen uns nicht nur um Bathsebas Stillschweigen Sorgen machen. Noch jemand hat mitgehört, wie du alles hinausposaunt hast!"

„Was? Wer?"

Ich ließ meine Augen zu dem kleinen Fenster hinaufschweifen. „Einer der Eunuchen."

Absalom ließ einen erstickten Laut hören und starrte mich besorgt an. Doch Bathseba lehnte sich mit einem Ausdruck tiefster Befriedigung in die Kissen zurück und ließ Absalom los. „So so, dann bist wohl am Ende doch du der Dumme, nicht wahr, kleine Schlange? Du bist doch nicht so gerissen, wie es dein Name vermuten läßt." Ich schwieg und spürte, wie der Zorn in mir brodelte, als sie fortfuhr: „Ich werde außerhalb dieser vier Wände nichts von dem aussprechen, was Prinz Absalom mir anvertraut hat. Was euren hübschen kleinen Freund aus Akhaien angeht . . . nun, das ist eine andere Angelegenheit. Von ihm könnt ihr wohl kaum ein solches Versprechen erwarten."

Natürlich gab es nichts, was ich darauf antworten konnte. Soweit ich wußte, war der Knabe nur zu mir gekommen, weil er David gegenüber loyaler war als die meisten Israeliten. Es wäre nicht die erste Ironie des Schicksals. Im stillen verfluchte ich mich selbst, und Absalom sagte: „Er muß sterben, Zoheleth."

Ich murmelte: „Zu spät. Er könnte es schon den anderen erzählt haben."

„Dann müssen sie alle sterben."

„Alle? Wie denn, ohne daß es jemand merkt? Wo sollten wir denn die Leichen verstecken? Dann könnten wir auch gleich vor die Tür gehen und der ganzen Welt erzählen, was wir vorhaben."

„Was für ein Pech, daß du nicht früher an all das gedacht hast!" bemerkte Bathseba.

Das war zu viel. Blinde Wut überfiel mich, und ich schrie: „Ich bin nicht derjenige, der alles verraten hat! Ich bin nicht derjenige, der seine Zunge nicht beherrschen kann . . . oder ein anderes Glied seines Körpers, Absalom ben David!"

Im nächsten Augenblick hatte Absalom mich gepackt, hielt mich mit seinen Knien auf meinen Schultern am Boden fest und schlug mich ins Gesicht, bis meine Nase zu bluten begann und ich nur noch aus einem Auge sehen konnte. Ich wand mich und hustete und würgte und schmeckte Blut, und endlich gelang es mir, ihn aus dem Gleichgewicht zu bringen. Als er nach vorn kippte, tat ich etwas, was ich schon sehr lange nicht mehr getan hatte: Ich versenkte meine Zähne in sein Fleisch.

Er schrie auf und ließ mich los. Er blutete heftig aus einer tiefen Wunde über dem Schlüsselbein, und erst, als er mich fluchend ansah, bemerkte er, wie er mein Gesicht zugerichtet hatte. Er warf sich hin und trommelte verzweifelt mit den Fäusten auf den Boden. Eben noch wäre ich am liebsten fortgerannt, doch jetzt wurde ich von einer Welle des Mitgefühls übermannt. Ich stammelte: „Oh Absalom, es tut mir leid!" und half ihm auf die Beine. Bathseba war vergessen, während wir uns ansahen und die Anspannung sich in einem hilflosen Gelächter Luft machte.

Schließlich fragte Absalom mutlos: „Zohel, was sollen wir nur tun?"

Ich versuchte verzweifelt nachzudenken, doch es dauerte einige Zeit, bis ich meine Gedanken geordnet hatte, und noch länger, bis ich sie in Worte fassen konnte. Dann antwortete ich: „Ich ... ich denke, zuerst sollten wir eine Wache am Tor aufstellen, jemanden, dem wir trauen. Wir sollten ihm aber zur Sicherheit auch irgendeine gräßliche Strafe androhen. Er muß verhindern, daß einer der Sklaven das Haus verläßt oder daß jemand hineinkommt. Das gibt uns ein bißchen Zeit, uns den nächsten Schritt zu überlegen."

„Vorausgesetzt natürlich, ihr schließt nicht die Stalltür, nachdem das Pferd bereits davongelaufen ist", fügte Bathseba trocken hinzu. Sie lag ausgestreckt auf dem Bett und verfolgte das Geschehen scheinbar völlig unbeteiligt.

„Das werden wir ja sehen", sagte Absalom und warf sich eine Tunika über. Dann eilte er hinaus, nach dem obersten seiner Leibwächter rufend. Ich starrte auf den Boden und wünschte, er würde mich nicht länger in Bathsebas Gegenwart alleinlassen, als ich es ertragen konnte. Er kam fast sofort zurück, und ich atmete erleichtert auf.

Absalom ließ sich auf das Bett fallen und sagte mit dünner Stimme: „Und was jetzt?"

Wieder ließ ich mir einen Moment Zeit, bevor ich antwortete: „Wahrscheinlich sollten wir so bald wie möglich nach Hebron aufbrechen. Je mehr Zeit wir verstreichen lassen, desto eher wird unser Plan an die Öffentlichkeit dringen. Einer der Sklaven wird entwischen und sich verplappern, oder Sheba oder Shimei lassen etwas durchsickern, um dich zu bestrafen. Oder diese Hexe hier wird dir in den Rücken fallen."

Bathseba schien es nicht für nötig zu erachten, darauf zu reagieren. Absalom murmelte: „Shimei wird nicht reden. Wenn er seinen Rausch ausgeschlafen hat, wird er hier auftauchen und sich entschuldigen. Ich kenne ihn. Aber du meinst also, wir sollten nicht auf

Ahitophels Rückkehr warten? Sollen wir wirklich ohne ihn aufbrechen?"

„Warum nicht? Er hat ja auch schon meine Audienz bei deinem Vater anberaumt. Seraja als Hofschreiber ist ohnehin derjenige, der die Einladungen zu der Opferung abfassen müßte. Amasas Offiziere haben ihre Befehle und warten nur auf deine Ausrufung. Wir können es uns einfach nicht leisten, auf Ahitophel zu warten! Nimm nur einmal an, er wird aufgehalten!" Ich fügte absichtlich nicht hinzu, was ich noch dachte: *Und nimm einmal an, er kommt überhaupt nicht zurück* ... Noch immer befürchtete ich, er hätte vielleicht kalte Füße bekommen.

Absalom sagte: „Er müßte noch im Palast sein; er sagte, er würde im Morgengrauen aufbrechen. Wir könnten jemanden hinschicken und ihn zu überreden versuchen, daß er nicht nach Giloh geht."

„Und wen sollten wir schicken? Ich denke, wir wollten alle Diener hier im Haus behalten?"

„Einer von uns beiden muß gehen – und ich werde es nicht sein. Sie würden mich niemals hineinlassen. Also wirst du es wohl tun müssen."

„Da gibt es noch eine dritte Möglichkeit", sagte Bathseba mit einem katzenhaften Lächeln.

Absaloms Augen blitzten auf, doch ich krächzte: „Auf keinen Fall! Sie bleibt hier, bis wir nach Hebron aufbrechen. Warum sollten wir zusätzlich Aufmerksamkeit auf uns lenken, indem wir Ahitophel aufsuchen? Er wird früh genug hören, daß wir Jerusalem verlassen haben und kann dann direkt von Giloh aus zu uns stoßen. Ich werde heute zu David gehen. Seraja kann am Nachmittag den Adel informieren, und dann können wir morgen schon aufbrechen."

Absalom lachte bitter auf. „Du glaubst also, die wichtigsten Männer Jerusalems könnten einfach so dazu gebracht werden, alles stehen und liegen zu lassen und innerhalb eines Tages in die Wüste aufzubrechen, ohne daß Ahitophel es ihnen sagt? Was, wenn sie nicht mitkommen?"

„Sie werden kommen. Diese Opferung wird unter dem Schutz Seiner Majestät des Königs stattfinden. Kein Adliger, der auch nur einen Funken Selbstachtung und Gefühl für seinen Status hat, wird diese Einladung mißachten. Es wäre eine Beleidigung des Königs. Außerdem können wir ihnen ja erzählen, daß Adonai dir geboten hat, dein Versprechen sofort einzulösen, als Zeichen deines Gehorsams ihm gegenüber."

Absaloms Stirn blieb gerunzelt. „Ich denke immer noch, daß wir Ahitophel informieren sollten."

„Also gut", sagte ich widerstrebend. „Ich werde versuchen, zu ihm vorzudringen."

Ich weiß nicht, was ich Ahitophel überhaupt gesagt hätte, wenn sich die Gelegenheit dazu geboten hätte – außer vielleicht die Frage zu stellen, ob er den derzeitigen Aufenthaltsort seiner Enkelin kannte. Doch die Wachen an den Palasttoren waren durchaus nicht bereit, mich einzulassen. Es war mitten in der Nacht, erinnerten sie mich, und der oberste Ratgeber Seiner Majestät würde über eine Störung nicht erfreut sein. Alle Überzeugungsversuche meinserseits stießen auf taube Ohren.

Also kehrte ich unverrichteter Dinge wieder nach Hause zurück. Absalom hatte etwas Schweres von innen vor seine Tür geschoben, so daß ich nicht hinein konnte. „Absalom? Absalom!" rief ich besorgt. „Absalom, du elender Kanaaniter! Laß mich hinein!" Abgesehen davon, daß ich mir doch nicht mehr so sicher war, ob wir ohne Ahitophel weitermachen sollten, begann ich zu fürchten, daß Bathseba die Gelegenheit beim Schopf gepackt und Absalom höchstpersönlich ermordet hatte.

Doch schließlich hörte ich, wie drinnen etwas beiseite geschoben wurde, und dann erschien Absalom in der Tür, zerknittert und blaß. Ich erzählte ihm, was geschehen war, und er fluchte leise. „Dann geh jetzt einfach schlafen, Zohel. Ich bin vollkommen erschöpft, und du sicher auch. Wir werden morgen alles Weitere besprechen."

Doch ich konnte keine Ruhe finden. Meine Gedanken drehten sich knirschend wie ein Mühlstein im Kreis, und mein Herz schlug so laut wie ein Hammer. Schließlich beschloß ich, noch einen Versuch zu machen, Ahitophel vor seinem Aufbruch zu sprechen. Natürlich schlief ich kurz darauf doch ein. Als ich aufwachte, war es bereits hell.

Ich zog mich an und machte mich ohne Frühstück auf den Weg zum Palast. Die Wachen hatten gewechselt, doch sie sagten mir, daß Ahitophel den Palast bereits verlassen hatte.

Ich ließ mich erschöpft in den Staub der Straße sinken und verwünschte mich selbst dafür, daß ich nicht einfach am Tor auf ihn gewartet hatte. Und ich konnte Absalom unmöglich davon erzählen. Wenn das Ausmaß der Probleme, die er heraufbeschworen hatte, erst einmal in seinen weindurchtränkten Schädel gedrungen war, konnte es leicht sein, daß er die ganze Sache einfach aufgab. Und das konnte ich unmöglich zulassen. Jetzt, wo Bathseba alles wußte, konnten wir wohl davon ausgehen, daß binnen einer Woche ganz Jerusalem über unsere Pläne Bescheid wußte. Ich raffte mich nach einer ganzen Weile auf und wanderte ziellos durch die Straßen. Das war nicht ungefährlich, doch wahrscheinlich hätte mich sowieso niemand erkannt, denn mein Auge war zugeschwollen und meine Nase und meine Lippen krustig von geronnenem Blut.

Als die Sonne über den Häuserdächern auftauchte, ging ich wieder zum Palast hinüber. Zum Glück hatte inzwischen wieder ein Wachwechsel stattgefunden; ich sagte, daß ich eine Audienz beim König hätte, und die Wache sandte einen Boten mit meinem Namen hinein, um das zu überprüfen. Dann wurde ich zu Davids Gemächern gebracht.

Er lag wie immer reglos auf dem Sofa in einem Zustand zwischen Bewußtlosigkeit und Apathie, und er erkannte mich erst, als ich zu reden begann. Da erhellte sich plötzlich sein Gesicht, und er lächelte so glücklich, daß ich ein schlechtes Gewissen bekam. Ich versuchte, seinem Blick auszuweichen, während ich ihm Absaloms Opferungslüge unterbreitete. Zum Glück war er zu schläfrig, um es zu bemerken; ihm fiel nicht einmal der Zustand meines Gesichtes auf. Er schien auch nicht richtig zu verstehen, was ich sagte, und auch dafür war ich dankbar, denn auf diese Weise stellte er wenigstens keine kniffligen Fragen. Es schien ihn weder zu wundern noch zu freuen, daß sein rebellischer Sohn Adonai ein Opfer darbringen wollte. Er nickte nur vage und sagte: „Absalom . . . ein Opfer. Nun, geh in Frieden, mein Sohn.“ Ich fragte mich, ob er überhaupt realisiert hatte, wer ich war. Vielleicht dachte er auch, es wäre Absalom selbst gewesen, der da vor ihm gestanden hatte.

Ich verließ hastig seine Gemächer und informierte Jehosaphat davon, daß eine große Gruppe von Reisenden morgen nach Hebron aufbrechen werde, auf Befehl des Königs, um einem öffentlichen Opferungsakt beizuwohnen, den Prinz Absalom zur Ehre Adonais abhalten wolle.

„Und aus welchen Personen wird diese . . . Gruppe bestehen, Herr Zoheleth?“

„Der Prinz hat 200 der höchsten Würdenträger Jerusalems eingeladen. Er bedauert natürlich sehr, daß Seine Majestät selbst nicht mitkommen kann.“

Jehosaphat sah mich an, und einen Augenblick lang konnte ich seine brennende Sorge um David fast körperlich spüren. Doch er sagte nur: „Ich geleite dich hinaus, mein Herr Zoheleth."

„Das ist nicht nötig", sagte ich lächelnd. „Ich muß den Herrn Seraja wegen der Einladungen sprechen. Wenn du die Güte hättest, mir die Richtung zu seinen Gemächern zu weisen . . . "

Jehosaphat zögerte einen Augenblick lang, dann sagte er: „Serajas Räumlichkeiten liegen auf demselben Gang wie Prinz Absaloms ehemalige Gemächer, nur ein Stück weiter."

Ich dankte ihm höflich und machte mich auf den Weg, wobei ich mir die Einzelheiten meiner kleinen Rede zusammenbaute. Zuerst mußte ich sicherstellen, daß Seraja Amasa in Alarmbereitschaft versetzte, damit die Armee sofort bereitstand, wenn Absalom zum König erklärt worden war. Außerdem wäre es natürlich eine große Hilfe, wenn ein Teil der Truppen mit uns nach Hebron kommen würde. Eigentlich sollte das kein Problem darstellen; es war vollkommen unverdächtig und normal, daß eine solche Gruppe von bedeutenden und wohlhabenden Bürgern auf einer Reise von einer bewaffneten Eskorte begleitet wurde. Wir mußten lediglich sicherstellen, daß die Soldaten von Amasa und nicht von Joab ausgewählt wurden.

Als nächstes mußte er die Einladungen fertigstellen. Obwohl die Zeit knapp war, mußten wir dafür sorgen, daß kein Mann von Bedeutung vergessen wurde. Seraja würde da besser Bescheid wissen als ich, und zweifellos hatte er schon eine Liste mit den entsprechenden Namen vorbereitet. Darüber hinaus fiel mir nichts ein, was noch sofortiger Erledigung bedurft hätte; soweit ich wußte, hatte Ahitophel alles bereits bis ins Detail vorbereitet. Alles wartete nur noch auf den Funken, der das Feuerholz unserer sorgfältig geplanten Verschwörung entzünden würde.

Ich fand Absaloms ehemalige Gemächer ohne Schwierigkeiten, und ein Sklave erklärte mir den Weg zu Serajas Zimmer. Doch entweder hatte er sich geirrt, oder ich hatte in meiner Aufregung eine falsche Richtung eingeschlagen, denn plötzlich stand ich im hellen Sonnenlicht auf einer Art großem Balkon, von dem aus man über terrassenförmig angelegte kleine Gärten hinweg in das weite Tal sah.

Ich blinzelte verwirrt und nahm dann in dem kleinen Garten direkt unter mir eine Bewegung wahr. Ohne nachzudenken sah ich hinab – und wich gleich darauf schuldbewußt zurück, innerlich hoffend, daß man mich nicht bemerkt hatte. Es dauerte eine Weile, bis mir ins Bewußtsein drang, was ich da gesehen hatte. Langsam und wie im Traum ließ ich mich auf die Knie sinken und kroch wieder zu der Steinbrüstung, die den Balkon umschloß. Ich streckte meinen Kopf zwischen den Pfeilern hindurch und sah hinab. Noch immer konnte ich nicht fassen, was ich da sah.

Inmitten blühender Blumen auf einem bequemen Sessel saß mein Vater, umschwirrt von Schmetterlingen. Er zuckte nicht, er summte nicht vor sich hin, und kein Speichel lief von seinem Kinn. Sein Haar und sein Bart waren sorgfältig geschnitten und gekämmt, und auf seinem Schoß lag ein ganzer Haufen bunte Blüten. Offensichtlich war er dabei, einen Kranz aus ihnen zu flechten.

Und er war nicht allein. Ihm gegenüber in einem ähnlichen Sessel saß die zusammengesunkene Gestalt einer alten Frau, die über ihrer Näharbeit eingeschlafen war. Während ich wie verzaubert zusah, wand mein Vater die beiden Enden seiner Blumenkette ineinander und stand aus seinem Sessel auf. Er hinkte noch immer stark, doch er konnte ohne Hilfe zu seiner alternden Gefährtin hinübergehen. Vorsichtig streifte er ihr die Girlande über den Kopf und humpelte dann zu seinem Sitz zurück.

Ich konnte mich nicht länger beherrschen. Mein Hände zitterten, und mein Mund war trocken wie der Wüstenstaub. Jeder Gedanke an Absalom, Ahitophel und die Verschwörung war aus meinem Kopf verbannt, als ich meiner Vergangenheit gegenüberstand und der dünne Umhang der Normalität weggerissen wurde, unter dem ich mich sonst so gern versteckte.

Ohne nachzudenken ließ ich mich über die Brüstung in den Garten hinuntergleiten. Noch immer hatte ich das Gefühl zu träumen. Ich hörte eine Stimme „Vater? Vater!“ rufen, doch sie war viel zu rauh und viel zu weit weg, um meine eigene zu sein. Er stand auf und kam auf mich zu, doch ich konnte ihn kaum sehen, denn meine Augen standen voller Tränen. Dann spürte ich, wie ich wild umarmt wurde, und ich vernahm die Stimme, die ich noch nie etwas Zusammenhängendes hatte sagen hören, wieder und wieder rufen: „Micha! Mein kleiner Micha! Wo bist du nur all die Zeit gewesen? Oh, Adonai sei gepriesen, du bist es wirklich!“

Ich weiß nicht, wie lange wir so engumschlungen dagestanden haben. Es kam mir vor wie eine Ewigkeit und gleichzeitig wie ein einziger Augenblick. Doch schließlich trat mein Vater einen Schritt zurück und sah mich von oben bis unten an. Er schien die blauen Flecken und das geschwollene Auge nicht einmal zu bemerken. Alles, was er sah, war sein Sohn, den er so lange verloren geglaubt hatte.

Und als es mir endlich gelang, den Tränenschleier wegzublinzeln, sah ich, daß seine Augen noch immer die eines Kindes waren. Doch sie blickten klar und überwältigend glücklich.

Ich krächzte: „Vater ... ich – ich kann es nicht fassen! Du siehst so anders aus, so ... so gesund!" Doch er stammelte nur immer wieder: „Micha! Micha!" Dann schien ihm etwas einzufallen, und er deutete mit einer Hand auf die schlafende alte Frau und legte dann einen Finger an die Lippen.

„Sie ist schön, nicht wahr? Das ist meine Tante Michal", flüsterte er. „Sie ist so gut zu mir gewesen. So wunderbar. Und der König auch. Weißt du, als es ihm noch nicht so schlecht ging, hat er mich zweimal täglich besucht. Er hat mich auch zu sich zum Essen eingeladen. Ich könnte immer noch hingehen. Aber jetzt ist es nicht mehr so schön dort." Er ließ sich wieder in den Sessel sinken und flüsterte: „Ich habe gedacht, du wärst tot."

„Und ich dachte, du wärst tot!" Noch immer klang meine Stimme rauh wie eine Felswand, und ich fühlte mich unfähig, richtige Sätze zu formulieren. „Aber ich habe nicht gewußt ... ich meine, ich ... ich dachte, du hättest mich nie richtig wahrgenommen. All die Jahre ... du hast nie meinen Namen ausgesprochen, weißt du? Wie sagtest du eben? Micha? Ist das mein Name, Micha?"

„Micha, ja", strahlte er. „Natürlich."

„Das habe ich nicht gewußt." Ich starrte ihn an und sah doch nichts.

Er packte mich bei den Schultern und fragte: „Micha, warum weinst du? Bitte, weine doch nicht. Jetzt ist ja alles gut. Wir sind endlich wieder zusammen. Du kannst hierbleiben, und wir werden nie mehr traurig sein!"

Sonderbarerweise brachte diese Zukunftsmusik mich wieder auf den Boden der Tatsachen zurück. „Nein", murmelte ich. „Ich kann jetzt nicht hierbleiben. Noch nicht. Ich muß jemanden suchen. Einen wichtigen Mann." Doch während ich es aussprach, konnte ich mich nur mühsam erinnern, wen ich aufsuchen wollte und warum.

Einen Moment lang fürchtete ich, mein Vater würde wieder in seinen alten Zustand zurückfallen. Er flehte mich an: „Bitte geh nicht fort, Micha! Verlaß mich nicht wieder. Bitte sag, daß du hierbleibst!"

„Ich komme wieder", versicherte ich ihm. „Ich verspreche es. Wenn ich den Mann gefunden habe, komme ich zurück zu dir."

Er sagte nichts mehr, und ich beschloß zu gehen, solange ich noch die Willenskraft dazu aufbrachte. Also schwang ich mich wieder auf den Balkon, weil mir dies als die schnellste Möglichkeit erschien.

Erst als ich durch die Korridore des Palastes irrte, traf mich die volle Bedeutung des eben Erlebten. Mein halbes Leben lang hatte ich immer wieder den Namen Mephiboschet gehört, doch ich hatte nicht die leiseste Ahnung gehabt, wer das sein könnte. Ich wußte nur, daß Michal Sauls Tochter war, und Mephiboschet war der Sohn Jonathans . . . der Enkel Sauls.

Und dann durchzuckte es mich wie ein Blitzschlag: Mein Vater Merib und Mephiboschet waren ein und dieselbe Person! Genau wie ich hatte mein Vater wahrscheinlich nie seinen eigenen Namen erfahren, denn seine Identität sollte genau wie meine geheim bleiben. Doch er war niemand anderes als der Enkelsohn Sauls – und das bedeutete, daß ich, Zoheleth die Schlange, Mamzer, der Bastard, Parhosh der Floh . . .

Ich war nicht mehr in der Lage, das alles zu verarbeiten. Ich brach vor der Türschwelle von Serajas Gemächern ohnmächtig zusammen.

17

Seraja selbst brachte mich wieder in die Realität zurück. Doch die Verschwörung war mir jetzt vollkommen egal; ich sah nichts anderes vor mir als Zibas verhaßtes Gesicht, und eine alles beherrschende Wut erfüllte mich.

Vermutlich war Seraja ziemlich erstaunt, mich wie ein Häufchen Elend vor seiner Türschwelle vorzufinden, doch sobald ich wieder auf den Beinen war, eilte ich davon, ohne auch nur ein Wort zu ihm zu sagen. Zweifellos ging er daraufhin sofort zu Absalom, da er annehmen mußte, etwas sei schiefgegangen.

Doch für mich spielte das keine Rolle mehr. Alles war für mich ganz anders geworden; wieder war ich ein kleiner Junge, und mein mißhandelter Körper und meine gequälte Seele hatten das Sagen über mich. Politische Angelegenheiten gehörten in eine andere Welt. Sollten sie doch nach Hebron gehen . . . aber ohne mich.

Ich wollte nur eines: Ziba finden und ihn zwingen, sich mit mir auseinanderzusetzen. Ich war jetzt noch zorniger auf das, was er mir angetan hatte, denn nun wußte ich ja, daß er nicht nur irgendeinen wertlosen kleinen Niemand mißbraucht hatte. Mein Blut war mindestens so königlich wie das von Absalom, denn ich war der Urgroßenkel Sauls. Kein Wunder, daß mich Tamars Geschichten und das Leid der Unterwerfung so angesprochen hatten. Und jetzt, wo ich das wußte, wollte ich auch auf einmal alles andere wissen. Wie hatte ein gewöhnlicher Sklave es angestellt, jahrelang einen Enkelsohn des Königs zu quälen und nicht aufzufliegen? Warum hatte man mir nie meinen wahren Namen gesagt? Warum waren mein Vater und ich dann hierher gebracht worden, und wie konnte es sein, daß Ziba dabei auch noch das große Geld gemacht hatte?

Ich würde Ziba suchen, bis ich ihn gefunden hatte. Und dann würde er mir alles erzählen. Und später, wenn sich die Gelegenheit bot, würde er dafür bezahlen.

Ich hatte keine Ahnung, wie ich all das bewerkstelligen sollte. Doch mein Wille war stärker als meine Zweifel. Als erstes ging ich auf den Markt und tauschte einen meiner silbernen Armreifen gegen einen Dolch ein. Ich hatte einfach das Gefühl, daß ich eine solche Waffe brauchen würde. Ich verbarg den Dolch in den Falten meines Umhangs und fragte dann aufs Geratewohl die Umstehenden, ob sie wüßten, wo ein Mann namens Ziba lebte.

Doch da ich nicht einmal den Namen seines Vaters kannte und auch nicht sagen konnte, ob er ein eigenes Haus besaß, konnte mir niemand weiterhelfen; nicht einmal die Wachen an den Stadttoren. Ich bezweifle ohnehin, daß sie mir etwas gesagt hätten, denn zu diesem Zeitpunkt war ich bereits völlig außer mir.

Am Ende gab mir ein blinder, einbeiniger Bettler eine vage Richtung an, nachdem ich ihm eine Münze gegeben hatte, und weil ich keine andere Möglichkeit sah, folgte ich seinem Rat. Es stellte sich heraus, daß der Blinde mich nicht betrogen hatte, denn als ich erst einmal in der richtigen Gegend war, wußte plötzlich jeder über Ziba Bescheid.

„Er ist ein Freund des Königs“, sagte ein stolzgeschwellter Nachbar. „Er hat fünfzehn Söhne und zwanzig Sklaven und das schönste Haus der ganzen Gegend. Geh einfach weiter bis ans Ende der Straße. Du kannst es nicht übersehen.“

Ein Freund des Königs, murmelte ich mit knirschenden Zähnen, und Davids Ansehen sank bei mir.

Der Nachbar hatte recht. Zibas Haus war nicht zu übersehen. Zwei steinerne Löwen flankierten den Torbogen im assyrischen Stil, der wiederum von ägyptischen Säulen getragen wurde. Allem Anschein nach war Zibas verbesserter Status nicht mit einer Verfeinerung seines Geschmacks einhergegangen. Die Wache am Tor war noch protziger gekleidet als Absaloms Leibwächter, doch er ließ mich ohne Einwände passieren.

Auch der Rest des Anwesens war ein geschmackloses Gemisch aus den verschiedensten Stilrichtungen. Kretische Schlangengottheiten bissen sich mit ägyptischen Sphinxen, akhaischen Amphoren und kanaanäischen Kerzenhaltern, und überall standen Sklaven herum, die offenbar nichts zu tun hatten.

Nach einer ganzen Weile tauchte ein verbraucht aussehender junger Mann auf und fragte nach meinem Namen. Ohne nachzudenken sagte ich „Zoheleth", und erst da fiel mir ein, daß ich besser gleich „Micha" gesagt hätte. Dann wäre Ziba vorgewarnt gewesen, daß ich Bescheid wußte und ihm keineswegs nur einen Höflichkeitsbesuch abstatten wollte. Ich fluchte leise. Noch immer war ich unglaublich zornig, doch ich hatte noch immer nichts gegessen, und plötzlich merkte ich, wie hungrig ich war. Außerdem hatte ich furchtbare Angst, wie mir jetzt klar wurde. Schnell setzte ich mich auf eine Mauer, weil ich auf einmal befürchtete, daß ich in Zibas Gegenwart so stumm und wehrlos sein würde, wie er mich in Erinnerung hatte.

Doch ich hätte mir keine Gedanken machen müssen. Als Ziba in seinen Festtagskleidern und von oben bis unten parfümiert erschien, war mir sofort klar, daß er schon von Zoheleth, dem persönlichen Gefährten von Prinz Absalom, gehört hatte und einen guten Eindruck auf ihn machen wollte. Da ich meinen Spitznamen erst aufgeschnappt hatte, nachdem ich aus seinen Klauen entwischt war, konnte er nicht wissen, wer ich war, und geschminkt und in edlen Gewändern an Absaloms Seite hatte er mich ganz sicher nicht erkannt.

Doch jetzt erkannte er mich sehr gut. Als er mir ins Gesicht sah, wurde er kalkweiß vor Schreck. Ich konnte den Anblick nicht lange genießen, denn er schrie sofort in höchster Panik nach seinen Sklaven. Doch ich war zu schnell für sie. Bevor sie auch nur auf Speereslänge herangekommen waren, hatte ich Ziba schon um den Hals gepackt und ihm meinen neuen Dolch an die Kehle gepreßt. Die Sklaven hielten inne, ein Blick in meine flackernden Augen ließ sie auf Abstand gehen.

„Was willst du von mir?" brachte Ziba mühsam hervor. Ich merkte, daß sein Fleisch schwach und wabbelig geworden war, während ich in der Blüte meiner Kraft stand. Jede Spur von Angst vor ihm war verblaßt, und statt dessen pulsierte ein wunderbares Gefühl der puren Angriffslust durch meine Adern. Ich drückte das Messer fester an seine Kehle und beobachtete voller Genugtuung, wie sich das Fleisch um die Messerspitze unter dem Druck weiß färbte, bevor ein purpurroter Tropfen erschien.

Ich sagte: „Schick deine Sklaven weg", und lächelte bei dem Gedanken, daß dies die ersten Worte waren, die Ziba aus meinem Mund hörte. Ich hätte in diesem Moment nichts lieber getan, als das Messer in seinen Hals zu stoßen und zuzusehen, wie das Leben aus seinem wertlosen Körper strömte. Doch es war seine Sünde, die mich zu dem gemacht hatte, was ich jetzt war, die dieses Gift in mein Leben gebracht hatte.

„Nein! Oh nein!" stammelte er. „Das ist nicht notwendig. Sie werden dir nichts tun!"

Aber vielleicht werde ich dir etwas tun! , dachte ich und brauchte es nicht auszusprechen, denn mein Dolch sprach eine deutliche Sprache. Er winkte mit seinen fetten, juwelenbehängten Händen, und die Sklaven entfernten sich unsicher. Dann begann er mich wieder um Gnade anzuwinseln. Die Versuchung, ihm dieselben Schmerzen zuzufügen, die er mir angetan hatte, war fast übermächtig, und ich hatte nicht bedacht, wie stark mich das mitnehmen würde. Ich schluckte hart und erinnerte mich selbst daran, daß ich hergekommen war, um Gerechtigkeit zu üben, nicht Vergeltung. Das mußte warten, bis ich die Gelegenheit hatte, mich an ihm zu rächen, ohne mein eigenes Leben zu riskieren.

Ich ließ ihn los, weil ich nicht wußte, wie lange ich mich noch zurückhalten konnte. Er stand da, massierte seinen Hals und starrte mich an. Wahrscheinlich war er noch nie in seinem Leben so gedemütigt worden. Endlich stammelte er: „Du hast mir noch immer nicht gesagt, was du von mir willst."

Ich säuberte langsam die Klinge von seinem Blut. „Und du hast mich noch immer nicht willkommengeheißen."

„W-was?"

„Für einen Mann deines Standes scheinst du erstaunlich wenig darüber Bescheid zu wissen, wie man einen Besucher empfängt, schon gar nicht einen von königlichem Blut." Ahitophel war mir ein guter Lehrer gewesen, doch ich wünschte, daß ich mich ebenso kühl fühlen würde, wie ich mich anhörte. Die Wut war mir wie Wein in den Kopf gestiegen.

Ziba wurde noch blasser, dann bedeutete er mir, auf einem Stuhl an der Wand Platz zu nehmen. Er setzte sich mir gegenüber und knetete nervös seine Hände im Schoß. Als ich sagte: „Nun, was denkst du denn, was ich von dir will, Ziba?", öffnete er den Mund und schloß ihn dann wieder.

„Ich kenne jetzt meinen wahren Namen, und ich weiß auch, wer mein Vater ist und wo er sich aufhält. Ich möchte von dir wissen, warum du mir das nie gesagt hast."

Zu meinem Entsetzen schwankte meine Stimme. Die Gefühle, die ich so gut im Griff zu haben meinte, stiegen an die Oberfläche meines Bewußtseins; Abscheu, Angst, Schuld und Verzweiflung ... alle Empfindungen, die Zibas Gegenwart als Kind in mir ausgelöst hatte, drohten jeden Moment die kühle Oberfläche zu durchbrechen. Doch Ziba schien es nicht zu bemerken. Er stieß hervor: „Es war zu deinem eigenen Besten. Wirklich, das war es!"

Die glatte Oberfläche zerbarst wie eine Melonenschale. „Zu meinem eigenen Besten? Du verdammter heuchlerischer –"

Er krümmte sich, als fühle er schon mein Messer zwischen den Rippen, und schrie: „Ich sage die Wahrheit! Ich schwöre es! Du warst ... sehr jung, und es war zu gefährlich, es dir anzuvertrauen. Du hättest es vielleicht weitererzählt!"

„Wem denn? Ich habe doch nie eine Menschenseele außer dir und meinem Vater zu Gesicht bekommen! Und ich konnte ohnehin noch nicht einmal sprechen!"

„Es war kurz nach dem Tod von Saul und seinen Söhnen. Wenn die Philister gewußt hätten, daß ein möglicher Erbe seines Throns am Leben war, hätten sie ihn sofort abgeschlachtet und seinen Leichnam an die Stadtmauern von Beth Shan genagelt, wie sie es mit dem König und seinen Söhnen getan haben!" Er redete sehr schnell, als ahnte er, daß ihm nur wenig Zeit blieb.

„Ischboscheth hat auch überlebt, und er war Sauls Sohn! Er mußte anscheinend nicht versteckt werden!" zischte ich.

„Was denkst du wohl, warum er in der Einöde von Mahanaim zum König gekrönt worden ist? Und er war ein erwachsener Mann, um Himmels willen! Dein Vater war keine fünf Jahre alt, und in Gibeah war niemand mehr am Leben, der ihn hätte beschützen können. Denkst du wirklich, daß ich ein Interesse daran hatte, den Kopf eines Kleinkindes abgehackt an einer philistinischen Stadtmauer zu sehen?"

„Ich hatte angenommen, daß dir das ein Genuß gewesen wäre, so, wie du ihn behandelt hast!" Ich war aufgesprungen und hatte ihm das Messer wieder an die Kehle gepreßt, doch sein flackernder Blick sagte mir, daß ich mich besser zurückhielt, wenn ich die ganze Wahrheit hören wollte. Widerstrebend senkte ich das Messer.

„Als die Nachricht von Sauls Niederlage Gibeah erreichte, brach eine Panik aus. Jeder wußte, daß die Philister sehr bald in Sauls Stadt auftauchen und plündern, brandschatzen und jeden töten oder vergewaltigen würden, der ihnen in die Hände fiel. Deine Großmutter Sarah, Jonathans Frau, nahm sich das Leben . . . doch nicht ehe sie nicht Mebunnai, den Zwillingsbruder deines Vaters, getötet hatte; und deinen Vater beinahe ebenfalls. Einer Amme gelang es, deinen Vater zu retten, doch in ihrer Panik ließ sie ihn auf der Treppe fallen. Er brach sich beide Beine mehrfach und war noch immer bewußtlos, als sie eine Woche später bei meinem Herrn in Lo-Dabar ankamen. Zu diesem Zeitpunkt waren seine Knochen bereits schief zusammengewachsen. Es gab niemanden, der das hätte richten können, und bald wurde klar, daß auch sein Verstand Schaden genommen hatte."

Er hielt inne, doch ich schwieg. Während er immer ruhiger wurde, zerbrach ich innerlich in tausend Stücke. Doch es war zu spät, um jetzt noch einen Rückzieher zu machen. Ich fühlte mich schwach wie ein alter Mann und konnte nur hoffen, daß Ziba es nicht bemerkte. Aller Kampfgeist war in mir erloschen und hatte einen schwarzen Abgrund hinterlassen, in den meine Seele hinabzustürzen drohte. Mit einer unübersehbar zitternden Hand bedeutete ich Ziba weiterzusprechen.

„Mein Herr Machir war ein entfernter Verwandter von Saul, und die Amme kannte niemanden sonst, an den sie sich hätte wenden können. Zuerst dachten wir, daß dein Vater nun der Thronerbe sein würde, und wir wußten nicht, was wir tun sollten. Als sich dann herausstellte, daß Ischboscheth überlebt hatte und zum König ausgerufen wurde, war es erst recht notwendig, die Identität deines Vaters geheimzuhalten. Wir wollten keinen Bürgerkrieg riskieren, und es gab viele, die der Meinung waren, dein Vater hätte mehr Anspruch auf den Thron als Ischboscheth, da er der erstgeborene Sohn des erstgeborenen Sohns des Königs war. Mit einem Bürgerkrieg hätten wir den Philistern direkt in die Hände gespielt. Und dann geschah trotzdem genau das – allerdings wegen der Fehde zwischen Ischboscheth und David."

„Aber David war nicht einmal mit Saul verwandt."

„Nein, aber Samuel hatte ihn als Erwählten Adonais verkündet, und es stellte sich heraus, daß die südlichen Stämme David unterstützten, während die nördlichen hinter Ischboscheth standen. Bis Ischboscheth ermordet wurde. Danach hatte David den unangefochtenen Anspruch auf denThron."

„Doch da war immer noch mein Vater."

„Ja. Aber er war nur ein zurückgebliebenes, verkrüppeltes Kind, während David der strahlendste Kriegsheld und der klügste Staatsmann war, den Israel je hervorgebracht hatte. Keine Macht der Welt hätte Mephiboschet statt seiner auf den Thron heben können, ganz gleich, wieviel Unterstützung er von den Sauliden erfuhr. Und es bestand die Gefahr, daß David seinen Rivalen ausmerzen würde, so wie es viele vor ihm getan haben. Also“, Ziba kreuzte die Arme vor der Brust und grinste unangenehm, „hatte Machir allen Grund, die Identität deines Vaters geheimzuhalten, nicht wahr? Wir haben dem armen Trottel erzählt, daß wir ihn in den Bergen gefunden hätten, und wir haben ihm einen falschen Namen gegeben.“

„Merib.“

„Das war die Kurzform. Eigentlich hieß er Meribbaal, weil natürlich nie in tausend Jahren ein möglicher Führer Israels einen solchen Namen erhalten hätte.“

Einen Moment lang stellte ich mir vor, wie mein Vater gewesen sein könnte; gesund an Leib und Seele und auf dem Thron von Israel, mit mir als seinem Erben an der Seite. Doch das Bild verschwand, und ich starrte wieder in Zibas verhaßtes Gesicht. Er schien meine offensichtliche Verwirrung zu genießen. Ich murmelte: „Aber später ... du hättest es ihm doch später sagen können, als er es für sich behalten konnte.“

„Ach ja? Er konnte ja noch nicht einmal sein eigenes Wasser halten, von einem Geheimnis ganz zu schweigen!“ Eine Welle der Scham drohte mich zu überfluten; doch ich hielt meine Augen fest auf Ziba gerichtet. „Schließlich wurde seiner Amme klar, daß er ein verkrüppelter Idiot war und es auch für den Rest seines Lebens bleiben würde, und daß alles ihre Schuld war. Sie lief weg, und ich bekam die Betreuung deines Vaters übertragen.“

„Betreuung“, sagte ich bitter. „So nennst du das also?“

„Meinst du, ich hätte mich um die Aufgabe gerissen? Denkst du, daß mir der Gedanke gefallen hat, an einen inkontinenten, sabbernden Krüppel gekettet zu sein? Ich war sehr ungehalten darüber, daß ich das tun mußte. Doch ich war ein Sklave und hatte keine Rechte. Machir ließ sogar die Papiere ändern, so daß ich offiziell als Meribbaals Sklave geführt wurde!“ Er senkte die Stimme. „Ich habe aus der Situation das Beste für mich gemacht.“

„Und ich? Was ist mit mir?“ wollte ich wissen, während sich Zorn und ein überwältigendes Gefühl der Trauer in mir einen wilden Zweikampf lieferten.

„Du?“ sagte Ziba, als wüßte er nicht, was ich meinte.

„Ja, ich! Meine Güte, ich muß ja doch auch eine Mutter gehabt haben, nicht wahr? Wer war sie?“

Ziba zuckte die Achseln, und ich merkte, wie er all das hier genoß. Unmerklich hatten sich unsere Rollen vertauscht, und nun war er in der Angreiferposition ... und ich das Opfer, wie früher. Eine weitere Schutzmauer gegen die Trauer fiel in sich zusammen.

„Dein Vater war in jeder Hinsicht so zurückgeblieben, daß es mich wirklich gewundert hat ... nun, es gab in Lo-Dabar ein paar Huren, und eine von ihnen hat deinen Vater besucht. Und neun Monate später hat sie dich dann vor unsere Türschwelle gelegt.“ Er grinste jetzt offen, voller Genuß daran, mich zu demütigen. „Wenn es nach mir gegangen wäre, hätte ich dich deinem Schicksal überlassen, doch Machir bestand darauf, daß du von königlichem Blut wärst, egal wie schmutzig der Bauch war, der dich geboren hat. Er hat sogar einen guten saulidischen Namen an dich verschwendet. Doch bald stellte sich heraus, daß du genauso verblödet warst wie dein Vater. Du hast nie ein Wort gesprochen oder auch nur verstanden. Ich denke, daß sogar Machir sich manchmal gefragt hat, ob er das Richtige getan hatte.“

In meinem Inneren war längst alles zu Eis gefroren, doch ich zwang mich dazu, einigermaßen ruhig zu fragen: „Warum hast du uns dann in den Palast gebracht? Das diente doch wohl kaum der Geheimhaltung unserer Identität, nicht wahr?“

Zibas ekelerregendes Grinsen wurde noch breiter; offenbar gedachte er jetzt den Todesstoß auszuführen. „Nun ja, als uns die Nachricht erreichte, daß König David die überlebenden Nachkommen Sauls suchte, habe ich mir überlegt, daß er sie entweder töten oder aus sentimentalen Gründen bei sich im Palast haben wollte. Und im letzteren Fall würdet ihr eine ständige Betreuung brauchen, für die nur ich geeignet war ...“

„Du hast uns bis zuletzt benutzt!“ schrie ich und hätte Gebrauch von dem Messer gemacht, wenn ich nicht halb blind vor Tränen gewesen wäre. „Es war dir nicht genug, uns zu belügen und zu mißhandeln! Du hast dir auch noch mit uns eine goldene Nase verdient!“

„Das ist nicht ganz richtig. Deinen Vater habe ich benutzt, ja. Aber dich nicht.“

„Was?“

„Ich habe dem König nie etwas von dir gesagt.“ Er zuckte wieder die Achseln. „Es wußte ja niemand von deiner Existenz, und ich hatte schon die Sorge für den Krüppel am Hals.“

„Aber du hast dich doch gar nicht um ihn gekümmert. Michal hat ihn zu sich genommen."

„Michal hat sich um den Krüppel selbst gekümmert, aber nicht um seine Güter. Die mußten ja verwaltet werden. Und diese Aufgabe fiel auf mich. Ich bekam dieses Haus, meine Freiheit und eine annehmbare Summe für meine Dienste. Obwohl ich im Rückblick mehr hätte verlangen sollen."

„Güter?" wiederholte ich und sah, wie Ziba blaß wurde. Er hatte einen Fehler gemacht. „Was für Güter?"

Er versuchte alles, um eine Antwort zu vermeiden, doch am Ende erzählte er mir, daß David meinem Vater alles übertragen hatte, was einst Saul gehört hatte: Seine Herden, seine Felder und Weinberge und sogar die halb verfallene Festung in Gibeah.

„Aber der König weiß noch immer nichts von dir", beeilte sich Ziba zu sagen. „Das Testament deines Vaters ist bereits verschlossen und versiegelt. Nach seinem Tod geht sein gesamter Besitz an mich über, als Dank für meine treuen Dienste."

„Mein Vater hätte ein solches Dokument nie unterschrieben!"

„Ach komm, Micha! Seit wann ist dein Vater denn in der Lage, auch nur einen Buchstaben zu lesen oder zu schreiben? Und wer hätte besser an seiner Statt entscheiden können als ich ..."

„Du verdammter Dieb! Du verlogener Bastard! Der König wird sehr bald von meiner Existenz erfahren. Ich werde es ihm selbst erzählen."

„Und du meinst, daß er dir glauben wird? Wahrscheinlich kreuzen jeden Tag zwei Dutzend junge Männer bei ihm auf und behaupten, seine Neffen oder Großenkel Sauls zu sein."

„Er wird mir glauben, darauf kannst du dich verlassen!"

18

Ich weiß nicht mehr, wie ich den Weg zurück nach Hause gefunden habe. Bei Anbruch der Abenddämmerung erreichte ich das Haus. Wie der Rest des Tages vergangen ist, kann ich nicht sagen. Ich weiß nur noch, daß ich abwechselnd rasend vor Rachegelüsten und dann wieder völlig verzweifelt war.

Ich hatte mir nicht mehr viele Gedanken um meine eigentliche Mission gemacht, doch irgendwie hatte ich angenommen, daß Absalom und unsere Mitverschwörer ohne mich aufgebrochen sein würden. Deshalb war ich erstaunt und erschrocken, sie alle noch im Haus vorzufinden, abgesehen von Amasa. Sie hatten auf meine Rückkehr gewartet. Wenn weder Ahitophel noch ich da waren, um seine Hand zu halten, schien Absalom völlig verloren zu sein. Er hatte wieder getrunken und lief im Zimmer auf und ab wie ein Löwe im Käfig. Shimei und Sheba flüsterten besorgt miteinander, und Seraja versuchte vergeblich, auf seine vernünftige Art Absalom zu Verstand zu bringen. Auf einer Couch lag Bathseba und färbte sich die Nägel mit Henna.

Sobald Absalom mich bemerkte, eilte er zu mir hinüber und zerrte mich ins Zimmer. „Bei allen Göttern, Zohel! Wo hast du gesteckt? Was ist passiert? Hat er die Erlaubnis verweigert?"

„Wer? Welche Erlaubnis?" Ich ließ mich direkt neben Bathseba auf die Couch sinken; das allein hätte Absalom schon stutzig machen müssen.

„Zohel!" rief Absalom in ungläubiger Verzweiflung. „Hast du –"

„Getrunken? Nein. Aber du offensichtlich." Ich hob mit größter Anstrengung den Kopf, um ihn anzusehen. „Kein Sorge, Absalom, David hat die Opferung gestattet. Ihr könnt nach Hebron aufbrechen."

„Siehst du, mein Liebling?" fiel Bathseba ein und blies dann auf ihren frisch eingefärbten Nagel. „Ich habe dir doch gesagt, daß er nichts dagegen haben würde. Er ist schon viel zu weit weg, um sich noch über irgendetwas Gedanken zu machen. Du mußt sofort handeln, bevor du deinen Vorteil verlierst."

Seraja sagte: „Mein Herr, wirst du mich jetzt endlich die Einladungen verschicken lassen? Wir könnten immer noch morgen aufbrechen. Es ist besser, wenn wir Amasas Anordnungen nicht noch einmal abändern."

Doch Absalom hörte überhaupt nicht zu. Er kniete vor meiner Couch, packte mich bei den Schultern und sah mir eindringlich in die Augen. Es war, als wäre er wieder sechzehn und ich der stumme achtjährige Junge von früher, der Amnons Gürtelabdrücke auf den Beinen trug. „Zohel", sagte er. „Bei der Liebe Adonais, was ist mit dir geschehen?"

„Absalom", seufzte ich, „laß mich einfach in Ruhe. Es hat nichts mit dir zu tun. Bitte ... macht euch bereit, nach Hebron aufzubrechen. Ich komme schon allein zurecht."

„Allein? Wovon um alles in der Welt redest du da bloß?"

„Ich kann nicht mit euch gehen, das ist alles. Es wird keinen großen Unterschied machen; ihr braucht mich ja nicht mehr unbedingt. Ich habe die Sache mit David klar gemacht und meinen Teil erfüllt ..." Ich hatte Mühe, bei der Sache zu bleiben.

„Und du glaubst, daß ich dich hier allein zurücklasse? Du wirst doch in dem Moment umgebracht, in dem die Proklamation ausgesprochen ist! Und warum zur Hölle willst du hierbleiben? Bist du krank? Wie oft muß ich dich noch fragen, was passiert ist?"

„Du würdest es nicht wirklich wissen wollen."

„Das würde ich sogar ganz sicher!"

„Glaub mir, das würdest du nicht."

Er ließ mich los, und ich sank kraftlos in die Kissen zurück; ich hatte seit zwei Tagen nicht mehr geschlafen, und ich hörte teilnahmslos, wie die anderen über mich sprachen, als sei ich jemand Fremdes. Bathseba fand, daß ich schon immer launisch und unberechenbar gewesen sei; Sheba meinte, es könnte sogar besser aussehen, wenn ich dablieb.

„Das könnte stimmen", sagte auch Seraja. „Niemand wird vermuten, daß Prinz Absalom beabsichtigt, längere Zeit in Hebron zu bleiben, wenn er ohne Zoheleth geht. Jeder weiß, daß sie praktisch unzertrennliche Gefährten sind."

Shimei sagte: „Ahitophel wird das nicht gefallen. Er würde sagen, daß es zu gefährlich ist. Wer weiß, was der Junge vorhat? Kann irgend jemand von uns mit Sicherheit sagen, was in seinem klugen Kopf vorgeht? Ich kann es nicht. Er ist irgendwie seltsam. Wir sollten ihn nicht allein hierlassen ... es sei denn, er hat ein Messer im Rücken stecken."

Ich setzte mich auf und sagte völlig zusammenhanglos zu Absalom: „Ich bin ein Urenkel von Saul."

Absalom lachte verkrampft. „Ja, und ich bin Tut-ench-Amuns Cousine!"

„Nein, ich meine es ernst. Ich bin Micha, Sohn des Mephiboschet, Sohn des Jonathan, Sohn des Saul."

Absalom warf einen nervösen Blick in die Runde; jeder einzelne Mann im Raum starrte mich an. Er sagte mit mühsam beherrschter Stimme: „Jetzt ist nicht die Zeit für solche Spielchen, Zohel."

„Ich spiele keine Spielchen."

„Dann mußt du wirklich krank sein."

„Ich habe dir ja gesagt, daß du es nicht wirklich wissen willst. Aber mein Vater, Merib, der Krüppel, ist tatsächlich Mephiboschet, der Enkel Sauls."

„Ich wußte nicht einmal, daß du überhaupt einen Vater hast! Du hast doch gesagt, du wärst ein Waise."

„Das habe ich nie behauptet."

Absalom preßte sich die Hände auf die Schläfen, als ob er Angst hätte, sein Kopf könnte platzen. Im Hintergrund hatten die anderen heftig zu murmeln begonnen, und plötzlich konnte ich es nicht mehr ertragen, ihnen zuzuhören. Reichlich verwirrt und überstürzt erzählte ich Absalom die ganze Geschichte. Das einzige, was ich ihm nicht sagen konnte, war das, was Ziba mir in den Nächten meiner Kindheit angetan hatte. Als ich fertig war, hätte man ein Papyrusblatt fallen hören können, so still war es.

Absalom stöhnte: „Warum ausgerechnet jetzt, Zohel?"

Ich keuchte: „Nun, weil ich eben ausgerechnet jetzt die ganze Wahrheit erfahren habe. Glaubst du mir etwa nicht?"

Er sah mir fest in die Augen. „Doch."

Bathseba sagte: „Wir haben jetzt keine andere Wahl mehr, Absalom. Wir müssen ihn loswerden."

„Ihn loswerden?" schrie Shimei und sprang auf. „Dieser Junge sollte auf dem Thron von Israel sitzen!"

„Also, das ist ja der schnellste Sinneswandel, den ich je miterlebt habe!" spuckte Sheba, obwohl ihn das eigentlich nicht hätte überraschen sollen. Wenn es etwas gab, worauf man sich bei Shimei verlassen konnte, dann war das seine Unzuverlässigkeit. Doch dann sah ich Bathsebas Augen, und es war, als würde sie mir ein Messer in die Eingeweide rammen. Ich dachte: *Adonai sei mir gnädig, ich bin so gut wie tot. Ich bin ein weiterer Rivale für Salomo!*

„Nein, denk doch mal nach, Mann!" rief Shimei aufgeregt. „Sein Vater ist nicht in der Lage zu regieren, das wissen wir alle. Aber er ist es! Seht ihn euch doch an! Er ist jung, sehr intelligent, stark und gutaussehend. Er hat alles, was Absalom hat. Und er stammt in direkter Linie von dem einzigen rechtmäßig gewählten Führer ab, den Israel je hatte; nicht von einem Emporkömmling wie David. Bevor David an die Macht kam, war er nichts als ein kleiner Bandit, der eine Horde von Verbrechern anführte und sogar mit den Philistern zusammenarbeitete! Saul dagegen wurde öffentlich von Samuel selbst gekrönt, vor den versammelten Stämmen. Dieser Junge hier ist der rechtmäßige Thronerbe."

Einen Moment lang stand er unschlüssig mit bebenden Schultern vor mir. Dann sank er vor mir auf die Knie und küßte meine Füße. Ich schaute abwesend zu ihm hinunter, und Sheba stieß hörbar die Luft zwischen den Zähnen hervor. „Die Reise nach Hebron muß auf jeden Fall aufgeschoben werden. Zuviel ist schon schiefgegangen. Wir müssen die ganze Sache noch einmal durchdenken und die Fakten sammeln. Vielleicht hat uns Zoheleth ja wirklich nicht die Wahrheit gesagt. Oder vielleicht hat man ihn auch selbst belogen."

„Es ist die Wahrheit", flüsterte ich schwach. „Mein Vater ist nicht der Idiot, für den alle ihn gehalten haben."

Shimei unterbrach die Küsserei für einen Moment. „Willst du damit sagen, mein Herr, daß er König werden sollte? Mephiboschet, der Krüppel?"

„Nein. Ich weiß nicht, was ich damit sagen will." Ich war von der ganzen Situation völlig überfordert. Natürlich war Shimeis Reaktion auf die Enthüllung meiner Identität absolut vorhersehbar gewesen, doch ich war nicht im Traum darauf gekommen, daß jemand ernsthaft erwägen könnte, mich zum König zu machen. Das war meine letzte Sorge gewesen. Doch plötzlich schien es die allerdringlichste Sorge aller Anwesenden zu sein.

Seraja sagte bedächtig wie immer: „Sheba hat recht, wir müssen diese Sache in aller Ruhe durchdenken – und zwar meiner Meinung nach in Anwesenheit von Ahitophel und Amasa. Für eine ganze Menge Menschen wird diese Enthüllung die Lage gewaltig verändern."

„Es gibt keinen Grund, auch nur ein Wort davon an die Öffentlichkeit zu bringen", befand Bathseba. „Außerhalb dieser vier Wände weiß niemand davon außer Mephiboschet, und es ist unwahrscheinlich, daß ihm jemand Glauben schenkt."

„Ziba weiß es ebenfalls", schnappte ich.

Bathseba ließ ein schrilles Lachen hören. „Nun, nach allem, was du über ihn gesagt hast, würde er dir keine Träne nachweinen. Absalom? Du bist ja plötzlich so still."

Absalom schüttelte hilflos den Kopf. „Ich kann das einfach nicht glauben. Ein Waisenjunge, den ich selbst aus den Krallen meines Bruders gerettet habe, erweist sich als mein schärfster Rivale, und im nächsten Augenblick sind meine beiden besten Freunde und einer der klügsten Intellektuellen Israels bereit, mich zu seinen Gunsten hängenzulassen, während die Frau, die ich liebe, ihn kaltblütig ermorden möchte. Ich habe dir vertraut, Bathseba. Und euch, Shimei, Sheba und Seraja. Und dir, Zohel!"

Sheba wand sich unbehaglich. „Tut mir leid, Absalom, doch wir sind in erster Linie Verwandte Sauls. Das waren wir schon, bevor wir deine Freunde wurden. Wir haben auch nie ein Geheimnis daraus gemacht, oder? Findest du nicht auch, daß man die Fakten nicht einfach ignorieren kann? Stell dir nur mal vor, wir würden dich krönen, und danach kommt diese ganze Sache mit Zoheleth heraus. Dann hätten wir gleich die nächste Revolte, kaum daß du auf dem Thron sitzt."

„Aber das hier ist *Israel,* Sheba, verdammt nochmal!" Absalom fuhr mit fliegenden Haaren zu ihm herum, und ich konnte die kalte Wut in seinem Blick sehen. „Hier gibt es nun einmal kein erbliches Königtum."

Shimei sprang auf. „Wie wahr. Adonai ist es, der den Thronerben bestimmt. So läuft das in Israel. Und woher leitest du dann deinen Anspruch auf den Thron ab, Absalom? Du wirst doch nicht ernsthaft annehmen wollen, daß Adonais Wahl auf dich fallen würde! Nicht bei deiner Mutter und deinem Lebenswandel!"

Absalom zitterte von Kopf bis Fuß. Er brüllte: „Wie würdest du mich denn bezeichnen? Als Heiden? Als Götzendiener? Siehst du in diesem Haus irgendeinen Hinweis darauf? Na? Und meine Mutter ist offensichtlich der einzige Mensch, der mein Vertrauen verdient hat! Sie hatte recht, und Ahitophel hatte recht. Ich hätte dich niemals in meine Pläne einbeziehen dürfen, Shimei."

Sheba gelang es, die beiden zu trennen, bevor sie sich ernsthaft verletzten. Shimei fluchte und rief. „Das war's, ben David! Ich bin fertig mit dir und deiner erbärmlichen kleinen Verschwörung, hörst du mich? Du kannst mich von deiner Liste streichen!" Und damit rannte er hinaus und knallte scheppernd die Tür hinter sich zu.

„Ihm nach", zischte Bathseba Absalom zu. „Halt ihn auf, bevor er zu David rennt!"

„Das wird er nicht tun", sagte Sheba und ließ sich auf einen Stuhl fallen. „Er haßt David mehr als jeden anderen Menschen, seit er diese sieben Sauliden an die Gibeoniter ausgeliefert hat."

„Wir sind ohne ihn sowieso besser dran", schnarrte Absalom. „Mit seinen Launen ist er ohnehin nur ein Risikofaktor. Wenn er tatsächlich die Seiten wechseln sollte, dann schadet er unseren Gegnern vermutlich mehr, als er ihnen nützt."

Ich dachte an Absaloms eigene Launen, doch dann fragte er traurig: „Was ist mit dir, Sheba? Du hast doch vorhin angedeutet, daß du ebenfalls zu Zohel überlaufen würdest, wenn er die Wahrheit gesagt hat."

„Ich weiß nicht mehr, was ich denken soll – wenn ich es überhaupt je wußte", gab Sheba zu und sah mich mit einer seltsamen Mischung aus Ablehnung und mißbilligender Bewunderung an. „Ich fange an mir zu wünschen, daß ich mich gar nicht erst auf dieses ganze Fiasko eingelassen hätte. Warum mußte Ahitophel uns auch ausgerechnet jetzt im Stich lassen? Ich wünschte, er wäre hier!"

„Das tun wir alle", murmelte Absalom.

Bathseba war mit ihren Nägeln fertig. Jetzt verschloß sie ihre Tiegelchen, ging zu Absalom hinüber und legte von hinten die Arme um ihn. Er bedeckte ihre Hände mit seinen und drückte sie, mehr, um sich selbst zu beruhigen als sie, falls sie es überhaupt nötig hatte. Sie flüsterte ihm etwas ins Ohr, das wir aber gut verstehen konnten.

„Es scheint mir, daß ihr alle ein wenig zu hart zu euch selbst und auch zu Absalom seid. Denkt doch nur einmal an die vielen Monate, ja sogar Jahre, die ihr investiert habt, um Absaloms Ansehen im Volk zu erhöhen. Der größte Teil des Volkes steht jetzt hinter ihm und würde für ihn kämpfen und vermutlich sogar sterben, wenn es notwendig sein sollte. Aber wer würde seinen Hals für Zoheleth riskieren? Er ist wenig mehr als ein Leibdiener, ganz egal, wie seine Abstammung sein mag. Werft doch nicht die Früchte eurer Arbeit fort, wo die Ernte so nah ist! Gebt euch eine Chance. Geht nach Hebron und setzt Absalom als König ein, wie ihr es geplant hattet. Wenn erstmal jeder Widerstand gebrochen ist, kann er immer noch entscheiden, zugunsten Zoheleths abzudanken, wenn sich das als das Beste erweist. Ich werde dich jedenfalls nicht verlassen, mein Liebster. Die Liebe einer Frau ist stärker als jede politische Treue."

Stark wie die Hölle ist sie, dachte ich, *besonders, wenn sie von dir kommt.* Doch Absalom sonnte sich in ihrer Heuchelei, denn er brauchte jetzt noch verzweifelter als sonst Zuneigung. So merkte er nicht, daß sie ihn wie eine Spinne ganz langsam heranlockte, bis er sich unrettbar in ihren Fäden verstrickt hatte.

Seraja sagte ruhig: „Das Argument klingt gut, Absalom. Du mußt zu deinen Überzeugungen stehen. Erlaube mir, die Einladungen abzuschicken, solange noch Zeit dafür ist."

Absalom erwiderte schwach: „Ja", und mit diesem einen Wort trat er die letzte Gerüstplanke von dem schwankenden Gebilde, das wir aufgebaut hatten. Seraja verbeugte sich leicht und ging. Jetzt gab es kein Zurück mehr.

Bathseba küßte Absalom zärtlich auf beide Wangen. „Auch ich muß jetzt gehen", sagte sie. „Außerdem kann ich nicht gleich nach

Hebron kommen; das mußt du leider akzeptieren. Was, wenn meine Abwesenheit vor deiner Krönung entdeckt werden würde? Zu deiner eigenen Sicherheit muß hier alles möglichst normal erscheinen. Ich bin ohnehin schon viel zu lange hier, obwohl ich dich nur ungern verlasse. Aber wir sollten unser Glück nicht herausfordern, mein Liebling."

Absalom hielt sie fest umklammert und sagte leise: „Du hast versprochen, daß du mit mir kommen würdest. Du hast es versprochen!"

„Und das werde ich auch tun! Aber mach es dir selbst doch nicht so schwer. Wenn ich noch ein paar Tage in Jerusalem bleibe, können wir danach für immer zusammen sein! Warum sollten wir zu den unvermeidbaren Risiken noch ein unnötiges hinzufügen? Wenn du mich liebst, dann mußt du zugeben, daß ich recht habe."

„Dann bleib wenigstens heute nacht hier. Mein Bett ist so kalt ohne dich. Ich –"

Sie legte ihm einen Finger an die Lippen. „Mach dich nicht zum Sklaven deiner Gefühle. Je länger ich bliebe, desto schwerer wird die Trennung. Du bist dir selbst der schlimmste Feind, Absalom."

Das waren vermutlich die wahrsten Worte, die sie je gesprochen hatte. Sie hüllte sich wieder in ihren Umhang und verschwand. Sheba verkündete: „Ich suche meine Sachen zusammen und komme beim ersten Tageslicht wieder."

Dann ging auch er, und Absalom und ich waren allein.

Er hatte offensichtlich keine Ahnung, was er zu mir sagen sollte, obwohl deutlich war, daß er gern geredet hätte. Und ich wußte ebensowenig, wie ich das Eis zwischen uns brechen sollte. Schließlich ging er langsam zu seinem Zimmer hinüber, wo Gatis ihn schwanzwedelnd erwartete. Absalom bückte sich und vergrub sein Gesicht in ihrem Fell.

Ich ging ins Bett, aber trotz meiner Müdigkeit fand ich keinen Schlaf. Immer wieder erlebte ich die Begegnung mit Ziba, und jedesmal tat es ein bißchen mehr weh. Als es mir endlich gelang, diese Gedanken aus meinem Gehirn zu verdrängen, wurden sie durch noch schlimmere ersetzt. Denn plötzlich sah ich mich selbst auf Davids Thron sitzen. Doch der Thron und die weißen Steinlöwen waren viel größer, als ich sie in Erinnerung hatte, und ich saß zusammengekauert in einer Ecke des riesigen Sitzes, nackt bis auf die Krone und eine purpurne Robe mit goldenen Säumen. Die Krone war so schwer, daß ich kaum den Kopf heben konnte, und mit den Füßen kam ich nicht auf den Boden.

Dann sah ich Absalom mit einem Schwert in der Hand auf mich zustürmen. Unfähig, mich zu bewegen, wartete ich einfach ab, daß er mich durchbohrte, doch dann warf er das Schwert zur Seite, und ich dachte schon, er würde mich umarmen. Doch auch das tat er nicht; er stand einfach nur da und starrte mich an, und dann drehte er sich um und ging weg.

Es gelang mir nicht, Absaloms Gesicht vor meinem inneren Auge zu verbannen. Ich beschimpfte mich selbst und sagte mir, daß ich Absalom nichts schuldig war, daß er sich schließlich auch nicht um meine Wünsche und Rechte scherte, und daß er mich sogar schon mehrmals geschlagen hatte wie Ziba. *Paß auf dich selbst auf, so wie du es schon immer getan hast, denn niemand wird das für dich übernehmen,* sagte ich mir.

Doch keins meiner Argumente konnte mich überzeugen, und als ich es schließlich aufgab und mich wieder erhob, stellte ich fest, daß Absalom mich wirklich beobachtet hatte. Er stand im Türrahmen, das Haar wirr und die Augen eingesunken wie die einer Leiche. Das diffuse Licht warf unheimliche Schatten auf sein Gesicht, und er sagte mit verzweifelter Inbrunst: „Komm morgen mit mir, Zohel!"

„Micha."

„Micha. Bitte, komm mit mir."

„Warum? Du kannst mir vertrauen, wenn ich hierbleibe. Ich werde dir keinen Ärger machen. Noch nicht."

„Aber Zo-, nein, Micha, ich –"

„Mach dir keine Sorgen. Ich werde nicht mit dir um den Thron ringen. Jedenfalls nicht in absehbarer Zeit. Ich muß über viel zuviel nachdenken."

„Glaubst du wirklich, daß es das ist, was mir Sorgen macht?"

„Vielleicht. Ich kann deine Hände nicht sehen. Vielleicht hast du ja ein Messer hinter deinem Rücken."

Er stieß einen erstickten Laut irgendwo zwischen einem Schluchzen und einem Fluch aus. „Wenn ich eines hätte, würde ich es eher für mich selbst benutzen als für dich!"

„Aber warum denn? Alle deine Träume werden sich bald erfüllen. Reiß dich zusammen, Absalom! Du hast ein paar Rückschläge erlebt, na gut, aber bisher ist nichts passiert, was man nicht wieder in Ordnung bringen könnte. Geh nach Hebron, und laß nach Ahitophel schicken. Entführe ihn, wenn er nicht sofort kommen will. Du kannst ihn später so reich belohnen, daß er darüber leicht hinwegsehen wird. Und wenn du erst einmal gekrönt bist, hat auch Bathseba keine Macht mehr über dich – besonders wenn sie merkt, wie mächtig deine Unterstützer sind."

Wieder sagte er: „Und du meinst wirklich, daß ich darum hier stehe? Natürlich werde ich gehen; ich habe gar keine andere Wahl. Ich bin schon viel zu weit gegangen."

„Was willst du denn dann? Ich bin müde, und in mir herrscht das reinste Chaos."

„Ich will hören, daß du mich nicht haßt."

„Was?"

„Himmel nochmal, Zohel . . . ich meine, Micha! Ich kenne dich jetzt schon seit fast zehn Jahren; fast zehn Jahre lang bist du der einzige Mensch gewesen, bei dem ich mich darauf verlassen konnte, daß er ehrlich zu mir ist. Mein ganzes Leben lang bin ich von servilen Schleichern umgeben gewesen, denen mein Aussehen oder der Geruch der Macht um mich her gefallen hat. Ich habe gedacht, daß das bei dir anders wäre. Daß du Interesse an mir hättest. Daß dir etwas an mir liegt!"

Ich schloß die Augen. Das konnte ich jetzt wahrhaftig nicht gebrauchen! „Natürlich hasse ich dich nicht, Absalom. Warum um alles in der Welt sollte ich?"

Er hob hilflos die Schultern; allem Anschein nach fand er den Grund zu offensichtlich, um ihn in Worte zu fassen.

Ich seufzte. „Ich habe dir doch gesagt, daß ich kein Interesse daran habe, mit dir in Konkurrenz zu treten. Und sieht es so aus, als ob ich dich hassen würde? Klinge ich so?"

„Ich weiß nur, daß du kein Wort mit mir gesprochen hast, seit du mir das mit deinem Vater erzählt hast."

„Du warst ja auch zu beschäftigt damit, mit Bathseba zu turteln. Ich dachte, ihr würde etwas an dir liegen?"

Er ließ beide Fäuste gegen die Wand krachen und ging dann fort. Die Wucht seines Hiebes hatte die Lampe zum Wackeln gebracht, und nun saß ich inmitten von zerrissenen Schatten da, die sprangen und sich drehten wie betrunkene Dämonen. Lag mir nach all der Zeit noch etwas an Absalom? Und wenn ja, was? Wollte ich überhaupt, daß ich etwas für ihn empfand? Wußte ich, was das bedeutete – Zuneigung, Liebe? Vielleicht waren er und ich uns zu ähnlich. Doch vielleicht liebten wir uns selbst auch gar nicht, und das war die Wurzel allen Übels.

Am Ende ging ich gegen meine innere Überzeugung mit nach Hebron. Doch Sheba hatte gesagt, wenn ich nicht ging, würde er auch in Jerusalem bleiben, und er hätte nicht wie Shimei Hemmungen, Absalom an David zu verraten.

Absalom und ich waren zutiefst erschrocken über die Wandlung, die seit der vergangenen Nacht mit Sheba vorgegangen war. Er hatte uns besorgt und unentschlossen verlassen; jetzt war er brutal zielstrebig, und Absalom konnte es sich nicht leisten, noch ein Mitglied des Kreises zu verlieren. Ich war wütend und verwirrt, aber ich fühlte mich zu erschöpft, um Schwierigkeiten zu machen oder weitreichende Entscheidungen zu treffen. Ich ließ den Dingen einfach ihren Lauf.

Ich hatte keine Ahung, warum Sheba meine Anwesenheit plötzlich als so wichtig empfand. Doch für mich war ich zu dem Schluß gelangt, daß mir genug an Absalom lag, daß ich nicht die Schuld an seinem Tod tragen wollte. Ziba würde mir nicht weglaufen, nahm ich an. Und wer wußte, ob ich dann nicht der engste Vertraute eines Königs und damit in einer weit besseren Position für meine Rache sein würde.

19

Unsere Prozession verließ Jerusalem kurz vor Mittag; mit uns zogen mehr oder weniger alle wichtigen Gäste: die Oberhäupter der ältesten Familien und des Geldadels, Kriegshelden und hohe Beamte. Manche wußten, um was es ging, andere hatten keine Ahnung, in was sie sich bereits verstrickt hatten.

Eine ganze Abteilung von Priestern begleitete uns; vordergründig sollten sie natürlich bei der Opferungszeremonie helfen, doch die meisten von ihnen waren voll in unsere Pläne eingeweiht. Sie führten einen fehlerlosen, schneeweißen jungen Bullen mit sich, der von Absaloms Gut in Baal-Hazor stammte. Sein Halfter war mit Blumen geschmückt. Amasa war es gelungen, uns mit einer bewaffneten Eskorte auszustatten – ohne Zweifel hatte Bathsebas Gold einige Zungen zum Schweigen gebracht und einige Taschen gepolstert. Zusätzlich gab es noch jede Menge Tänzerinnen und Musiker, die im Grunde niemand eingeladen hatte mitzukommen; doch sie waren sofort zur Stelle, wann immer der schöne Prinz Absalom seine wohlgeformte Nase aus seinem Haus streckte.

Ich fuhr mit Absalom in seiner eindrucksvollen vierrädrigen Kutsche. Seine syrische Leibwache war dezent gekleidet, und sogar die akhaischen Eunuchen hatten ihre Köpfe bedeckt. Ahitophel wäre sicherlich mit unserem Anblick sehr zufrieden gewesen – abgesehen vielleicht von der Anwesenheit von Gatis, die ja schlecht allein einer ungewissen Zukunft in Jerusalem überlassen werden konnte. Doch sogar im Hinblick auf sie bewies Absalom einen ganz uncharakteristischen Sinn für Diskretion: Gatis reiste versteckt in einem geschlossenen Gepäckwagen.

Ein gesunder Mann ohne Gepäck kann von Jerusalem aus Hebron in einem guten halben Tag erreichen. Als unsere Gesellschaft ankam, war es jedoch bereits dunkel. Für einen Außenstehenden hätte es verdächtig sein können, daß die Unterbringung einer so großen Gruppe so schnell und problemlos vonstatten ging, wo die Reisenden selbst noch am Morgen nichts von der ganzen Sache gewußt hatten. Doch Ahitophels administrative Fähigkeiten kannten keine Grenzen; seine Kontaktmänner in Hebron erwarteten uns bereits und hatten alles organisiert. Auch Seraja hatte ganze Arbeit geleistet. Er hatte uns Läufer vorausgeschickt, um unsere Ankunft anzukündigen, zwei weitere nach Giloh, um Ahitophel zu holen, und andere zu unseren Unterstützern im ganzen Land, die ihre Truppen bereithalten und zu Absaloms Krönung herbeieilen mußten, sobald sie das vereinbarte Signal erhielten.

Die Mehrzahl unsere Gastgeber in Hebron wußte nichts von der Verschwörung. Das war auch nicht notwendig. Absalom und ich wurden mit dem Rest unseres Haushalts im Haus des ehrwürdigsten Mitglieds des Stadtrats einquartiert. Anders als seine jüngeren Kollegen war er so ahnungslos von unseren wahren Absichten wie unser heiliges Opfertier von seiner morgigen Bestimmung. Er behandelte Absalom mit der gleichen Ehrerbietung, die er auch seinem Vater hätte angedeihen lassen. Absalom bekam ein mit Vorhängen versehenes Bett in einem eigenen Zimmer, und als ich ihm half, sich den Staub von den Kleidern zu klopfen, konnte ich im Zwielicht die Silhouette eines erhöhten Turms über den eng aneinandergekauerten Dächern der Stadt ausmachen. Absalom starrte auch mit einem seltsam sehnsüchtigen Gesichtsausdruck auf diese Zitadelle, und schließlich begriff ich, daß dies wohl Davids ehemaliger Palast sein mußte; Absaloms Zuhause. Ich konnte die Erinnerungen, die dieser

Anblick in ihm wachrief, hinter seinen Augen vorbeiziehen sehen wie Wolken, die der Wind vor sich hertrieb.

Nur noch ein halbes Dutzend Sklaven lebten jetzt dort und hielten den Palast instand, für den Fall, daß Seine Majestät der König Geschäfte im Süden zu tätigen hatte. David hatte vielleicht früher solche Besuche gemacht; inzwischen mußten seine treuen Haushalter über ihrer Aufgabe alt und grau geworden sein und hatten vermutlich vergessen, wie ihr Herr aussah. Nun, vielleicht dienten sie ab morgen seinem Sohn.

Absalom entließ mich mit einer vagen Handbewegung. Das Schweigen zwischen uns war jetzt so tief wie die Bresche, durch die Mose das Volk Israel durchs Rote Meer geführt hatte. Absalom hatte in den letzten Tagen noch weniger geschlafen als ich, doch das Fieber der Erwartung trieb ihn vorwärts. Er stand am Fenster, das Kinn in der Handfläche, und einen Moment lang erinnerte er mich schmerzhaft stark an seinen Vater, als ich ihn das erste Mal gesehen hatte.

Mit der Morgendämmerung kam eine Flut hektischer Aktivitäten. Ich half Absalom, sich in weißes Leinen zu kleiden und versteckte seine glänzende Mähne unter einem fließenden Tuch, auf das später der goldene Reif gesetzt werden konnte. Dieser war eine exakte Kopie von Davids Krone und war von demselben Kunstschmied hergestellt worden – dem der Zweck dieses Auftrags sehr wohl bewußt gewesen war. Er befand sich nun in der Obhut der Priester, ebenso wie der goldgesäumte Purpurumhang und die Phiole mit dem Öl, das bei der Salbung über Absaloms Stirn gegossen werden würde.

Als ich gerade die letzten Falten von Absaloms Gewand richtete und zurücktrat, um mein Werk zu begutachten, stürmte Ahitophel herein, der soeben in einem Nachtritt aus Giloh gekommen war. Er wirkte nicht nur müde und erschöpft von der Reise, sondern auch irgendwie gealtert.

Einen Moment lang standen sich die beiden Männer gegenüber und sahen sich an. Dann machte Absalom einen Schritt nach vorn und umarmte den älteren Mann, meine ganze Arbeit mit seinem Gewand zunichte machend. Dabei sagte er immer und immer wieder, wie froh er sei, Ahitophel zu sehen. Ahitophel hüstelte peinlich berührt, aber auch geschmeichelt, und hielt seinen Schützling auf Armeslänge von sich.

„Nun, mein Sohn“, sagte er, „wie es aussieht, hast du klug gehandelt. Hier scheint alles in Ordnung zu sein. Möglicherweise hast du doch das Zeug zum Königtum.“ Nie zuvor hatte ich gehört, daß er

Absalom „mein Sohn" nannte. Allem Anschein nach hatte ihm niemand gesagt, warum der Prinz es so eilig gehabt hatte, in die letzte Phase unseres Plans einzutreten.

Nach einem hastig hinuntergeschlungenen Frühstück formierte sich unsere Prozession erneut, und wir machten uns auf den Weg zu einer nahegelegenen Anhöhe, wo die Opferung abgehalten werden sollte. Die gesamte Bevölkerung Hebrons säumte die Straßen, rufend, winkend und Blumen werfend. Alle fühlten sich geehrt daß der Sohn des Mannes, den sie selbst zum König gemacht hatten, hierher gekommen war, um sein Versprechen gegenüber Adonai einzulösen.

Absalom, der barfuß und mit zusammengepreßten Lippen vor den singenden Priestern herging, war blaß wie Marmor. Ich fragte mich, ob es ihm leichter gefallen wäre, den Gottheiten Baal und Aschera, denen an diesem Platz früher gehuldigt worden war, ein Opfer zu bringen, als Adonai. Wenn es wirklich einen Gott im Himmel gab, der alles sah, dann würde ihm sicher nicht gefallen, was wir vorhatten.

Außer einer kleinen Fläche vor dem Altar und einem von Priestern gesäumten Pfad, auf dem das Opfertier herbeigeführt werden würde, war die Anhöhe voller Menschen. Ob sie Freund oder Feind waren, würden wir bald herausfinden. Alle waren so bemüht, eine gute Sicht auf den Schauplatz des Geschehens zu erhaschen, daß sich niemand um die bewaffneten Truppen kümmerte, die sich langsam, aber stetig um die Anhöhe herum versammelten.

Zuerst verlief die Opferungsfeier ganz ordnungsgemäß. Psalmen wurden gesungen und Gebete gesprochen, erst von den Priestern, dann von Absalom selbst. Ich war erstaunt, daß die Umstehenden bei dem Zittern in seiner Stimme keinen Verdacht schöpften, doch vielleicht nahmen sie an, er sei vor Dankbarkeit gegenüber Adonai so bewegt, daß ihm die Stimme brach. Selbst der schneeweiße Bulle verhielt sich bis zum Ende mustergültig still.

Während sein Blut über den Altar floß und sein Fleisch von den Flammen verschlungen wurde, wurde eine ganze ansehnliche Herde von weiteren Opfertieren herbeigeführt; Rinder, Ziegen, Lämmer, alles großzügige Gaben der Bürger von Hebron, deren Fleisch dazu dienen würde, die Feiernden zu ernähren, wenn die dafür vorgesehenen Teile Adonai geopfert worden waren. Nur Absaloms Bulle wurde ganz den Flammen überlassen; ein Brandopfer als Zeichen von Absaloms völliger Hingabe an Adonai, so erklärte jedenfalls Ahitophel, als er sich erhob, um das Wort zu ergreifen.

Mein Magen krampfte sich bei diesen Worten zusammen, und ich hatte das Gefühl, daß ich mich jeden Moment übergeben mußte. Denn ich wußte, daß jedes Wort, das aus seinem Mund kam, eine Lüge war. Und nicht nur das: Es war Gotteslästerung. Es war lange her, daß ich einen Gedanken an Adonai verschwendet hatte, doch das hier war eine so offene Perversion von allem, was Israel heilig war, daß ich es plötzlich nicht mehr ertragen konnte. Ich sah mich verzweifelt nach Unterstützung aus dem Kreise der anderen um. Sie mußten doch ebenso empfinden, oder nicht? Doch ich sah Sheba, die Arme vor der Brust verschränkt und die Kiefer entschlossen zusammengepreßt; und Seraja, der zustimmend nickte.

Ich preßte mir die Hände auf die Ohren, nicht nur, um Ahitophels Worte auszusperren, sondern auch, weil die Priester im Hintergrund einen von Davids Psalmen angestimmt hatten – einen, den ich früher auf meiner eigenen Harfe geübt hatte, während der Komponist neben mir saß.

Als ich wieder wagte hinzuhören, war Ahitophel gerade dabei, seine eigenen Worte meisterhaft zu verdrehen und ganz allmählich die Richtung seines Monologs weg von der eigentlichen Opferung hin zu der Hingabe des Prinzen an Adonai, an sein Vaterland, an die Gerechtigkeit und die Erhaltung von Recht und Ordnung zu lenken. Er erinnerte die Einwohner Hebrons daran, daß sie schon einmal mutig und verantwortungsbewußt genug gewesen waren, einen Mann zu krönen, der alle Voraussetzungen zum Königtum glanzvoll erfüllte, auch wenn er im Hinblick auf seine Abstammung vielleicht nicht ganz dem Ideal entsprach . . . und der sich lange Zeit als die richtige Wahl erwiesen hatte. Nun war dieser Mann alt, seine Zeit war vorüber, und wieder seien die Bürger von Hebron berufen, der ganzen Nation den Weg nach vorn zu weisen, indem sie seinen unvergleichlichen Thronfolger zum König bestimmten.

Als er zu reden aufhörte, herrschte Stille. Es war eine schwere, erwartungsvolle Stille, in die sich Ungläubigkeit mischte. Dann hoben die eingeweihten Priester ihre Schofars und bliesen sie, bis die Luft erzitterte, und auf dieses Signal hin erhob sich aus vielen Kehlen ein Schrei:

„Absalom ist König!“

Amasas Männer, die Rebellentruppen, Ahitophel, sogar Seraja schrien es, als hinge ihr Leben davon ab, immer wieder, und plötzlich schien es, als hätten sich die Pforten des Scheol geöffnet, und das Chaos, das darin herrschte, sei herausgebrandet. Männer brüllten, klatschten, stampften mit den Füßen; hier und da entstanden kleine Handgemenge. Unsere zweihundert Würdenträger aus Jerusalem drängten sich zusammen wie verschreckte Schafe vor ihrem Scherer und wußten nicht, wie ihnen geschah.

Wieder und wieder bellten die Schofars, und als sie endlich schwiegen, schienen die Töne noch in der Luft nachzuhallen. Ich brauchte einen Moment, um zu begreifen, daß das keine Sinnestäuschung, sondern die Weitergabe des vereinbarten Signals war. Von Dorf zu Dorf, von Berg zu Berg verbreitete es sich über das Land wie die Kreise eines Steins, den man ins Wasser geworfen hat, bis kein Mann, keine Frau und kein Kind zwischen dem Großen Meer im Westen und den Bergen im Osten hinter dem Jordan, zwischen Ägypten im Süden und den nördlichen Städten Syriens mehr behaupten konnte, nicht gehört zu haben, daß das erwählte Volk einen neuen König hatte.

Ich kann nicht sagen, ob ich mitgeschrien habe oder nicht. Das ganze Szenario war so überwältigend, daß ich halb überzeugt war, jeden Moment würde uns der Himmel auf den Kopf fallen als Strafe für das, was wir getan hatten. Ich denke, daß Absalom zuerst dasselbe dachte. Er kniete im Staub vor dem noch immer rauchenden Altar, beide Hände an dem königlichen Reif, als ob er fürchtete, er könne sonst verschwinden, die Augen wie gebannt auf die sich über ihm zusammenbrauenden Wolken gerichtet.

Und dann veränderte sich die ganze Situation innerhalb eines einzigen Augenblicks. Ein Riese von einem Mann, der das größte Schwert schwang, das ich je gesehen hatte, schaffte es, die Reihen von Amasas Männern zu durchbrechen und direkt auf Absalom zuzustürzen. Zum Glück war dieser zu verblüfft, um in Panik zu geraten, obwohl er allen Grund dazu gehabt hätte. Er war unbewaffnet, ohne Schutz und hatte sich seit zehn Jahren nicht mehr im Kampf behaupten müssen – wenn er das überhaupt je getan hatte. Er warf sich blitzschnell zur Seite und rief in höchst unköniglicher Manier um Hilfe. Der Riese zögerte gerade lange genug, daß einer von Amasas Männern ihm ein Messer in den Rücken rammen konnte.

Damit änderte sich die Atmosphäre blitzartig. Trotz der Tatsache, daß die meisten Anwesenden nicht besser zum Kampf gerüstet waren als ihr neuer König, schienen plötzlich überall Schlägereien auszubrechen. Männer rangen miteinander, schlugen sich, verfluchten und beschimpften ihre Nachbarn als rückgratlose Feiglinge oder schamlose Verräter. Amasas Truppen gingen erbarmungslos vor und walzten wehrlose Bürger ebenso systematisch nieder wie die Kämpfenden.

Da ich mir meiner eigenen Unfähigkeit im Umgang mit Waffen vollkommen bewußt war, konnte ich nichts anderes tun als so schnell wie möglich von hier wegzukommen. In diesem Moment war es mir vollkommen egal, ob sie Absalom in Stücke rissen, oder Ahitophel, Sheba oder den Rest des Haufens. Wo steckte eigentlich Sheba? Ich war mir ziemlich sicher, daß ich seine Stimme vorhin nicht Absaloms Namen rufen gehört hatte.

Ich kam nicht sehr weit. Ich rutschte auf etwas Glitschigem aus und stürzte. Im nächsten Moment fand ich mich auf Händen und Knien in einem Wald aus Leder und schwitzendem Fleisch wieder. Dann merkte ich, daß ich durch einen blutigen Matsch aus Eingeweiden kroch, deren vorheriger Besitzer noch halb lebendig und stöhnend vor mir lag. Er hatte ein Schwert, und ich entriß es ihm, während ich mich mühsam aufrappelte.

Ich bekam keine Gelegenheit, es zu benutzen. Während ich noch dastand und versuchte, mir den Schmutz und das Blut aus den Augen zu blinzeln, bemerkte ich, daß der Aufruhr sich gelegt hatte. Die einzigen Schreie waren Hochrufe für Absalom; die Unruhestifter waren tot oder gefangengenommen, oder sie waren klug genug, jetzt den Mund zu halten. Zwei Offiziere hatten Absalom auf die Schultern genommen. Der Purpurumhang floß von seinen Schultern herab, und der Reif leuchtete wie Feuer auf dem weißen Tuch über Absaloms blauschwarzen Haaren. Er lachte wie ein Betrunkener und ergriff euphorisch die Hände, die sich ihm von überall her entgegenstreckten. Absalom war vollkommen in seinem Element.

Die nächsten Stunden vergingen in einem Rausch des Feierns. Die Tore von Davids alter Festung waren niedergerissen und ihre Hüter wie Ratten davongejagt worden. Absalom wurde zum Thron getragen und darauf gesetzt, die ersten Gratulanten verbeugten sich vor ihm, und Boten brachten die Nachricht, daß überall im Land unsere Unterstützer die Macht ergriffen hatten. Und dann füllten sich die Hallen mit Menschenmengen, die tanzten, sangen und Adonai priesen.

Erst als Absalom sich in die Gemächer des Königs zurückzog, begann er unter der Wucht der Bürde zu schwanken, die er sich aufgeladen hatte. Die schlichte Tatsache, daß er sich in das Bett sinken ließ, auf dem sein Vater mit seiner Mutter gelegen hatte, und mich dabei beobachtete, wie ich seine Sachen in einen Schrank hängte, in dem noch immer einige von Davids zeremoniellen Gewändern waren, schien ihn völlig aus der Bahn zu werfen. Er sprang auf und stellte sich ans Fenster.

„Wie kann ich hier schlafen? All diese Sachen meines Vaters . . . und weißt du, dieses verdammte Bett riecht sogar noch immer nach ihm!“

„Das ist unmöglich. Er ist seit Jahren nicht einmal in der Nähe von Hebron gewesen!“

„Aber es stimmt! Nimm diese Bettücher weg! Sie müssen raus aus diesem Raum, bevor ihr Gestank mich noch zum Erbrechen bringt!“

Ich weigerte mich, und er sprang auf mich zu wie ein Tiger. Doch ich duckte mich unter seinem Arm durch, und er ergriff frustriert ein Wassergefäß, das er an die Wand schleuderte. Dann wischte er mit dem Arm alle Gegenstände von Davids ehemaliger Kommode hinunter; Dufttiegelchen, Ölfläschchen, Kämme und Schmuckkästchen, bis er in einer klebrigen Masse aus Scherben und Flüssigkeiten stand. So schnell, wie sie aufgewallt war, verschwand seine Wut wieder, und plötzlich vergrub er sein Gesicht in den Vorhängen des Bettes und murmelte unverständliche Worte hinein.

Obwohl ich höchstens die Hälfte davon hören konnte, war mir klar, daß er um die verlorenen Zeiten seiner Kindheit trauerte, als David und Maacah sich geliebt hatten und seine kleine Familie innerhalb der Familie ein Ort der Zuneigung und Harmonie gewesen war. Nun war alles verdorben, und nichts von alledem war seine Schuld.

Ich knurrte: „Und wessen Schuld soll es denn dann gewesen sein, Absalom? Du hast immer Bathseba die Schuld gegeben, aber nun sieht es nicht mehr so aus, nicht wahr?“

Natürlich war ich ungerecht; doch ich fand, daß er es verdiente. Absalom jammerte nur noch lauter, daß er nie jemanden gehabt habe, dem er wirklich vertrauen konnte; auch mir nicht, da er ja noch nicht einmal gewußt hatte, wer ich sei. Er verfluchte seine Schönheit, seine königliche Abstammung und alles andere, was er für die Tatsache verantwortlich machte, daß er nie einen wirklichen Freund gehabt hatte. Dabei war ich sicher, daß er ohne öffentliches Interesse niemals glücklich gewesen wäre. Mir schien er wie ein Ertrinkender, der verzweifelt um sich schlägt und jeden potentiellen Retter mit sich in die Tiefe zu reißen droht. Doch ich war klug genug, außerhalb seiner Reichweite zu bleiben. Ich begann, das Chaos um ihn herum zu beseitigen, bis er sich wieder ein wenig gefangen hatte.

Plötzlich sagte er sehr laut und unerwartet: „Du wirst mich nicht von meinem Weg abbringen, Micha ben Mephiboschet. Heute haben Männer für mich ihr Leben geopfert. Ich bin der König von

Israel, der Herrscher über jeden Landstrich, den dein verfluchter Urgroßvater erobert hat. Ich werde jeden zerstören, der sich mir in den Weg stellt, dich eingeschlossen, wenn es nötig sein sollte."

Ich wußte, es hatte nicht den geringsten Zweck, mit ihm darüber zu diskutieren, daß ich nichts von alledem vorhatte. Schweigend drehte ich mich herum und eilte hinaus. Im Flur stieß ich mit Sheba zusammen, der offenbar in den Schatten vor Absaloms Tür herumgelungert hatte.

„Sheba! Was zum Scheol –" begann ich, doch er packte mich und preßte mir die Hand auf den Mund. Ich wand mich unter seinem Griff und hätte ihm in die Hand gebissen, wenn er meine Absicht nicht rechtzeitig erkannt und mich losgelassen hätte. Fast bittend legte er einen Finger an seine Lippen, und ich kam ihm zumindest so weit entgegen, daß ich meine Stimme zu einem Flüstern senkte.

„Was zum Scheol tust du hier?"

„Ich höre zu."

„Aber bei was denn? Sheba, das ist doch wohl kein Messer, was du da in deinem Gürtel stecken hast, oder? In Adonais Namen –"

„Mein Herr Micha, ich muß mit dir reden. Bitte komm mit mir, es ist sehr wichtig." Bevor ich protestieren konnte, ging er schon den Gang hinunter, und ich war zu neugierig und zu geschmeichelt, um nicht mitzukommen. *„Mein Herr Micha"?*

Erst als wir die Stimmen der Feiernden nicht mehr hören konnten, hielt Sheba an und drehte sich zu mir herum. Es war zu dunkel, um sein Gesicht zu sehen, doch seine Hand umklammerte meinen angespannten Oberarm.

„Mein Herr Micha, so kann es nicht weitergehen. Absalom auf dem Thron Sauls – schon genauso launisch und krank wie sein Vater oder noch schlimmer –, während ein gesunder junger Nachkomme Sauls entgegen aller Wahrscheinlichkeit am Leben ist! Micha, du mußt deine Rechte geltend machen, bevor es zu spät ist! Im Moment herrscht noch überall größte Verwirrung. Nutze diese Tatsache; sie ist dein Vorteil! Jeder wird dich unterstützen!"

„Jeder? Auch Amasa? Seraja? Und Ahitophel?"

„Nun, die vielleicht nicht. Aber Shimei und ich. Und jeder Mann vom Stamme Benjamin."

„Was ist ein Stamm gegen elf? Denk nach, Sheba! Du spielst mit dem Feuer. Wenn es in unserem Kreis eine Spaltung gibt, wird das das Ende von jedem einzelnen Mitglied sein." Ich hörte mich so logisch und rational argumentieren, während in mir langsam alles zerbrach. „Ganz davon abgesehen will ich überhaupt nicht König werden, Sheba! Begreifst du das nicht?"

„Bei allem Respekt, mein Herr, ich glaube nicht, daß das, was du willst, von Bedeutung ist. Was ist mit deiner Pflicht? Mit dem Wohl Israels?"

„Sheba, es interessiert mich nicht, was meine Pflicht sein könnte. Sieh dir doch an, was das Königtum mit Saul gemacht hat! Die Bürde hat ihn zerstört! Und David genauso. Und mit Absalom fängt es schon genauso an. Glaubst du wirklich, daß ich auch so enden will? Ich sage dir, ich habe schon genug Qualen für ein ganzes Leben hinter mir."

„Aber du kennst Adonai! Du bist einer der Auserwählten, du bist dem allmächtigen Gott begegnet wie Mose, wie Josua, der gebetet hat, und die Sonne stand still! Du mußt König werden! Gerechtigkeit muß regieren!"

„Wer hat dir erzählt, daß ich Adonai kenne? Ich weiß nicht mehr von ihm als du! Warum kämpfst du nicht mit Absalom um den Thron? Auch du hast das Blut Sauls in deinen Adern!"

„Denkst du denn, das ist es, was ich will? Glaubst du wirklich, daß dies alles nur ein Versuch ist, für mich selbst Macht zu gewinnen?"

„Ich habe keine Ahnung, was du willst, Sheba. Das hatte ich noch nie. Ich habe immer angenommen, daß du eigentlich nur einen Grund gesucht hast, den Rest deines Lebens im Vollrausch zu verbringen, genauso wie Shimei. Es war mir nicht bewußt, daß Gerechtigkeit so weit oben auf deiner Liste steht."

Mit bemühter Ruhe sagte er: „Bleib sachlich, Micha. Ich habe dich die ganze Zeit beobachtet, und ich habe auch Absalom beobachtet."

„Dann ist das also wirklich ein Messer unter deinem Umhang. Du willst uns beide umbringen, richtig?"

„Micha, beim Himmel, versteh doch endlich! Ich will niemanden umbringen. Ich möchte Absalom nur helfen; ich glaube nicht, daß er noch weiß, was er tut."

„Es ist zu spät. Er kann jetzt nicht mehr zurück. Entweder ist er der König von Israel, oder er ist ein toter Mann."

„Du könntest ihn begnadigen."

Aus irgendeinem Grund begriff ich erst jetzt, daß er diese ganze Sache bitterernst meinte. Er war wirklich der Meinung, daß ich zum König bestimmt war. Vielleicht war sein Sinneswandel nicht so plötzlich gekommen wie Shimeis, doch er war ebenso komplett.

Ich riß mich von ihm los und floh ins Dunkel der leeren Gänge.

Es gab keinen Ort, wo ich hingehen konnte; also rannte ich nur ziellos durch das Labyrinth der Flure. Die ganze Zeit hämmerte die Frage durch mein Gehirn: *Was, wenn Sheba Recht hat?* David hatte mir einmal gesagt, daß Adonai Großes mit mir vorhabe. Vielleicht war das wirklich wahr?

Oh ja, ich wußte, was die Macht aus Saul gemacht hatte, und ich hatte Davids Niedergang mit eigenen Augen gesehen. Doch das löschte das Fieber der Erregung nicht aus, das jetzt in meiner Brust tobte, und das machte mir mehr Angst als alles andere. Von frühester Kindheit an hatte ich mich selbst als wertloses Etwas gesehen. Jetzt war ich ein Mann von königlicher Abstammung, und ich befürchtete, daß diese Erkenntnis mich trunken machen könnte wie unverwässerter Wein. Ich hatte Angst, daß ich die Kontrolle über meine Gefühle verlieren und etwas tun könnte, was ich für den Rest meines Lebens bitter bereuen würde.

Wenn es nur irgend jemanden gegeben hätte, der mir hätte sagen können, was ich tun sollte! Wenn doch Tamar noch am Leben wäre! Plötzlich sehnte ich mich unsagbar nach ihrem sanften Lächeln, ihrer Wärme und ihrem wunderbaren Sinn für Humor.

Oder wenn ich mich an Adonai hätte wenden können . . . Doch es gab keine Möglichkeit unter der Sonne, wie ich unter den gegebenen Umständen hätte riskieren können, mit ihm zu reden. Er hätte mich nur dazu gebracht, der Realität und meiner Verantwortung ins Gesicht zu sehen, das wußte ich. Denn Sheba hatte recht: Ich kannte Adonai.

Also verkroch ich mich in einem dunklen Winkel und traf meine eigene Entscheidung. Gleich bei Einbruch der Dämmerung würde ich fortlaufen. Ich würde nach Jerusalem zurückkehren und Absalom einfach für immer vergessen. Ich mußte ihm nicht länger dienen, um meinem Leben einen Sinn zu verleihen. Ich hatte meinen Vater; ich würde zu ihm gehen, und zusammen würden wir nach Lo-Dabar zurückkehren. Ohne Ziba würde der Ort keine Schrecken für uns bieten, und wir konnten den Rest unseres Lebens dort in wunderbarer Abgeschiedenheit verbringen. Ich würde meinen Vater glücklich alt werden sehen, und eines Tages würde ich ihn bei seinen berühmten Ahnen zur Ruhe betten. Und dann würde ich Ziba für alles bezahlen lassen.

20

Als ich nach Jerusalem zurückkam, war die ganze Stadt in Aufruhr. Die Nachricht von der Revolte war schon vor mir angekommen, und die Straßen summten von widersprüchlichen Gerüchten. Ich hörte Stimmen, die behaupteten, die Palastwache hätte sich hinter uns gestellt und daß David und sein gesamter Haushalt tot seien; ich hörte, daß Absalom von seinen eigenen Mitverschwörern ermordet worden sei; ich hörte, daß Bathseba mit Salomo nach Ägypten geflohen sei, um dort eine eigene Armee auszuheben. Jedes einzelne dieser Gerüchte hätte wahr sein können, und ich hatte keine Ahnung, ob ich ihnen Glauben schenken sollte.

Und dann hörte ich, daß ein Mann aus Sauls Linie auf den Thron erhoben werden sollte. Ich fiel beinahe in Ohnmacht. Woher war diese Geschichte denn so schnell gekommen? Hatte Shimei nichts besseres zu tun gehabt, als sie jedem zu erzählen? Oder hatte Bathseba ein wenig ausgeplaudert? Soweit mir bewußt war, waren diese beiden die einzigen Menschen in Jerusalem, die in der Lage waren, etwas über meine Herkunft zu verbreiten. Ich konnte mir nicht vorstellen, daß mein Vater oder gar Ziba das getan hätten. Oder war Sheba am Ende einfach hingegangen, hatte Absalom umgebracht und sich selbst auf den Thron gesetzt?

Ich wußte nicht, welche von diesen Möglichkeiten die schlimmere war. Wenn die Wahrheit über mich irgendwie bekannt geworden war, befand ich mich zweifellos in höchster Gefahr. Doch niemand hatte mir bisher in Jerusalem die geringste Beachtung geschenkt.

Endlich gelang es mir, mir eine einigermaßen sinnvolle Erklärung zusammenzureimen: David war am Leben, und er bereitete sich darauf vor, Jerusalem zu verlassen, und mit ihm alle, denen noch etwas an ihm lag.

Ich setzte mich in einen Geschäftseingang, um wieder zu Atem zu kommen und meine Gedanken zu ordnen. Wie alle anderen war auch dieser Laden geschlossen, und niemand war zu sehen. Ich wickelte meinen Turban ab und legte ihn mir in der Art der Nomaden um Kopf und Gesicht, sodaß mich niemand erkennen würde. Wahrscheinlich konnte ich es nicht riskieren, in die Nähe des Palastes zu gehen. Doch wo sollte ich sonst hingehen? Ich hätte mir eine Strategie ausdenken sollen, bevor ich vor Absalom davonrannte ... nun war jeder Mann mein Feind. Aber seit ich meinen Vater entdeckt hatte, hatte ich einfach keinen klaren Gedanken mehr fassen können. Und jetzt war es zu spät.

Ich beobachtete die umhereilenden Flüchtlinge; sie sahen alle vollkommen aufgelöst aus. Ich fragte mich, ob eigentlich irgend jemand genau wußte, wer nun regierte. Sicher ging Absalom davon aus, daß er dieser Jemand war. Alles sah ganz so aus, als ob David ohne Kampf die Stadt verlassen würde. Das alles machte keinen Sinn für mich.

Nach einer Weile begann ich mich wieder ein wenig besser und sogar ein bißchen abenteuerlustig zu fühlen. So wie es aussah, war ich der einzige Mensch weit und breit, der nicht in Eile war. Ich erwog halbherzig, Zuflucht in Absaloms ehemaligem Haus zu suchen, doch dann fiel mir ein, daß Maacah und Miriam ja zur Sicherheit in den Norden geschickt worden waren. Auch das Haus von Shimeis Verwandten stand leer und wurde schwer bewacht. Das bedeutete wohl, daß seine Verbindungen zu den Verschwörern bekannt geworden waren. Ich begann mich zu fragen, wieviel Davids Männer wohl herausbekommen hatten. Er hatte nun nicht länger Ahitophels Informationen. Doch da gab es ja noch Huschai. Und natürlich Nathan. Ich schauderte. Hieß das nicht etwa, daß er alles wußte?

Dann fiel mir siedendheiß ein, daß sich mein Vater vielleicht auch in Gefahr befand. David war unberechenbar. Angenommen, es war ihm plötzlich in den Sinn gekommen, daß selbst Mephiboschet eine Bedrohung für ihn darstellen konnte? Je länger ich über diese Frage nachdachte, desto dringender wurde mein Wunsch, trotz allem zum Palast zu gehen.

Unterwegs überlegte ich mir, wie man mir wohl am ehesten Einlaß gewähren würde. Doch diese Sorge hätte ich mir sparen können. Die Tore waren vollkommen unbewacht, und ich ging einfach hindurch. Es machte auch wenig Sinn, Eindringlinge von außen abzuhalten, wenn jeder einzelne Mann im Inneren des Palastes sich jeden Moment als Verschwörer entpuppen und dem König ein Messer in den Rücken rammen konnte.

Als ich meinen Vater endlich gefunden hatte – er war mit Michal in dem kleinen Garten –, war mir klar, daß ich einmal in meinem kurzen und verworrenen Leben die richtige Entscheidung getroffen hatte. Mein Vater befand sich in einem Zustand totaler Panik, und die ältliche Michal war offensichtlich nicht in der Lage, ihn zu beruhigen. Sogar ich kam nicht an ihn heran; wie viele geistig schwache Menschen verfügte er über erstaunliche körperliche Kräfte, und er war zu aufgeregt, um mich zu erkennen.

Nicht so Michal. Aus irgendeinem Grund wußte sie sofort, wer ich war. Sie war ebenso aufgelöst wie mein Vater und rief wieder und wieder meinen Namen. Als es mir endlich gelang, sie in einen Sessel zu drücken, fragte ich sie so sanft wie möglich: „Was ist hier eigentlich los?"

Zuerst konnte sie mir nicht klar antworten. Doch als ich ihr dünnes weißes Haar streichelte und ihr beruhigende Worte zumurmelte, wurde sie ruhiger, und endlich sagte sie: „Du hast es sicher schon gehört; der König verläßt die Stadt. Er nimmt den größten Teil des königlichen Gefolges mit ... nun, zumindest die, auf deren Loyalität er sich noch verlassen kann. Und andere Bürger, die mit ihm gehen möchten oder die einfach Angst vor Absalom haben. Dein Vater wollte unbedingt mit ihm gehen. Er hält eine Menge von David, weißt du? Wir haben also seinem Betreuer Ziba eine Nachricht gesandt, daß er uns ein Maultier schicken solle. Doch Ziba hat sich geweigert."

„Geweigert? Was für ein Recht hat er dazu, sich zu weigern?" brauste ich auf.

„Oh Micha, das kann ich dir nicht sagen. Vielleicht denkt er, daß dein Vater nicht in der Verfassung ist zu reisen, und damit hat er sogar recht. Wer soll auf ihn aufpassen und für ihn sorgen? Ich bin zu alt, um noch wer weiß wohin zu ziehen. Und ohne mich ist er völlig hilflos."

„Ich dachte, daß David selbst nicht besser dran sein könne. Er ist doch seit Jahren bettlägerig!"

„Ich weiß, ich weiß. Ich habe das auch angenommen." Michal schüttelte den Kopf und schaute dann zu Mephiboschet hinüber, der wieder zu jammern begonnen hatte und den Kopf gegen die Wand stieß, eine Angewohnheit, die ich noch aus Lo-Dabar her von ihm kannte. Ein schreckliches Gefühl der Verzweiflung überkam mich. Michal sprach weiter. „Abigail ist hergekommen, um mir zu berichten, wie die Dinge stehen. Sie sagt, David hatte einfach gar keine andere Wahl, als gesund zu werden. Die Ärzte haben sowieso nie herausgefunden, was ihm eigentlich fehlte."

„Es ist schon erstaunlich, wie schnell ein Mensch gesund werden kann, wenn er dazu gezwungen ist", zitierte ich leise Bathsebas Worte. Dann fragte ich. „Aber wo wird er denn hingehen?"

„David hat überall Freunde", antwortete Michal und schenkte mir ein unerwartetes Lächeln. „Vermutlich mehr als Absalom annimmt, meint Abigail."

„Warum gibt er dann Jerusalem einfach so auf?" wollte ich wissen. „Absalom wird sofort hier einmarschieren, wenn er es herausfindet. Er wird unbesiegbar sein, wenn er erst einmal die Hauptstadt eingenommen hat!"

„Ach Micha, rede bitte nicht so." Sie zog sich wieder zurück, und ich verfluchte mich für meine Ungeduld. „Was wird nur aus uns werden? Absalom wird uns alle töten. Und er war so ein wunderbares Kind. Ich kann gar nicht glauben, was hier passiert." Sie wischte sich die Augen. „Abigail nimmt an, daß David nicht mitansehen will, wie sein geliebtes Jerusalem bei einem Kampf in Schutt und Asche gelegt wird. Und er will auch nicht hier enden, gefangen wie ein Schaf in einem Pferch, während der Wolf die Herde verschlingt. Also wird er nach Osten gehen, vermutlich nach Mahanaim jenseits des Jordans und hoffen, daß die Zeit für ihn arbeitet."

„Mahanaim, ja?" Das war die größte Ironie überhaupt. Mahanaim war Ischboscheths Basis gewesen, als David sich in Hebron hatte zum König ausrufen lassen. „Und wie soll die Zeit für ihn arbeiten? Je länger er Absalom gewähren läßt, desto geringer sind die Aussichten, ihn wieder zu Fall zu bringen."

„Huschai sieht das anders. Er denkt, daß die Leute mit der Zeit wieder Verstand annehmen und zu David zurückkehren werden, wenn es erst einmal klar wird, daß sein Sohn nicht zum König taugt."

Es ist David, der nicht mehr zum König taugt, dachte ich wütend und sah meinem Vater dabei zu, wie er nervös durch den Garten streifte und hier und da eine hilflose Pflanze ausriß. Michal sagte: „Du könntest mit ihm gehen. Wenn du auf ihn aufpaßt, könnte er mit David ziehen."

Ich biß mir auf die Lippe. „Ich glaube nicht, daß das sehr klug wäre. Ich bin zu lange zu eng mit Absalom befreundet gewesen; Vater würde wohl kaum sicherer sein, wenn er zusammen mit mir gesehen würde. Und hast du nicht die Gerüchte gehört, daß ein Mann aus Sauls Linie auf den Thron soll? Was in aller Welt kann das bedeuten? Das wäre ein schöner Grund, uns beide zu beseitigen."

Bevor sie antworten konnte, fühlte ich eine Bewegung hinter mir. Ich wirbelte herum, schon halb eine bewaffnete Wache erwartend, doch es war Abigail, die blaß und sehr ernst aussah. Während sie nervös die Hände rang, sagte sie: „Der Himmel sei uns gnädig, Michal! Du und Mephiboschet seid immer noch hier? Ihr müßt euch sofort bereitmachen. Ich meine das ernst, hörst du? Die königliche Gesellschaft wird bald aufbrechen. David ist bereits auf den Ölberg gestiegen, um ein Opfer darzubringen, und er kehrt gerade zurück. Dann verläßt er die Stadt, und für uns ist alles vorüber."

„Wie oft muß ich es dir noch sagen, Abigail? Ich komme nicht mit. Das hier ist mein Zuhause. Ich bin zu alt, um es zu verlassen."

„Morgen wird es Absaloms Zuhause sein! Willst du, daß seine ungehobelten Horden dich hier vorfinden?"

Jetzt begann Michal wieder zu weinen. Die Tränen rannen lautlos ihre einst rosigen Wangen hinunter wie ein Herbstregen. Abigail warf mir einen verzweifelten Blick zu, doch ich starrte nur achselzuckend zurück. Abigail schob mich beiseite und ergriff die Hand ihrer Schicksalsgenossin. „Michal, wenn du schon nicht an deine eigene Sicherheit denkst, dann denk wenigstens an Mephiboschet! Du kannst nicht zulassen, daß er Absalom in die Hände fällt!"

„Ich habe bereits an Mephiboschet gedacht! Aber er braucht ein Reittier, und ich habe Ziba zwei Nachrichten gesandt, bevor er es auch nur für nötig befunden hat, nein zu sagen! Mephi kann doch nicht auf diesen verkrüppelten Beinen nach Mahanaim laufen!"

Mein Vater hatte seinen Namen gehört und war näher gekommen. Er sah abwechselnd Abigail und Michal an und schien noch verängstigter.

„Wenn Micha ihm hilft", sagte Abigail, „könnte er es zumindest bis vor die Stadttore schaffen, bevor David sie durchquert."

„Und was würde das nützen? Meinst du, daß David in einer solchen Situation nichts besseres zu tun hat, als ein Transportmittel für ihn aufzutreiben?"

„Wenigstens wird er dann nicht mehr glauben, was Ziba verbreitet."

„Was? Was soll das heißen?"

„Oh Michal, es ist kaum verwunderlich, daß Ziba kein Maultier für Mephiboschet bereitstellt. Er hat bereits alle Maultiere Mephiboschets zum Palast geschickt, so beladen mit Vorräten, daß sie kaum noch stehen konnten. Dann hat er David auf dem Weg zum Ölberg abgefangen und ihm erzählt, Mephiboschet werde in Jerusalem bleiben und darauf warten, daß die Rebellen ihn zum König ernennen."

Das war also die Erklärung für das Gerücht. Und alles war meine Schuld. Michal brach zusammen. „Aber warum, Abigail? Warum tut er so etwas?"

„Ist das nicht offensichtlich? Er will Mephiboschets Erbe und seine Privilegien für sich selbst haben, und zwar sofort. Es genügt ihm nicht mehr, auf Mephis Tod zu warten. Zweifellos hat er Angst, daß David bald von deiner Existenz erfährt. Und es scheint funktioniert zu haben. David hat Order gegeben, ihm Sauls Land und seine Reichtümer zu übertragen. Vom heutigen Tage an."

Ich war entsetzt. David mußte noch leichtgläubiger sein, als ich angenommen hatte. Wie konnte er so etwas annehmen von einem Mann, der jahrelang an seinem Tisch gespeist hatte und der so einfach und so kindlich war, daß er kaum wußte, was ein König eigentlich war? Bathseba mußte irgend etwas damit zu tun haben, da war ich sicher, und es war nicht Mephiboschet, den sie zerstören wollte. All die Jahre hatte sie seine Anwesenheit still geduldet, weil sie wußte, daß er keine Bedrohung für ihren kostbaren Salomo darstellte. *Ich* war es, den sie vernichten wollte, bevor David überhaupt herausfand, wer ich war.

Obwohl ich kein Wort gesagt hatte, schien Abigail meine Wut gerochen zu haben. Sie zischte mich an: „Meinst du, daß David nicht leidet? Es hat ihm das Herz gebrochen! Der Sohn, den er mehr als alles andere geliebt hat, hat sich gegen ihn erhoben. Danach muß er doch jeden Menschen des Verrats für fähig halten! Das wird sein Ende sein, Micha, begreifst du das nicht? Er kann doch in seinem Zustand nicht wieder als Gesetzloser in den Bergen leben wie in seiner Jugend. Ich sage euch, wenn es nach ihm gegangen wäre, hätte er Absalom den Thron längst überlassen. Doch da war Huschai, und natürlich Nathan, der ihm ständig mit dem Willen Adonais in den Ohren gelegen hat."

Michal klagte: „Wir müssen Mephiboschet vor David bringen. Er muß die Wahrheit erfahren!" Und wieder einmal stellte sich heraus, daß mein Vater weit mehr von der Unterhaltung begriff, als wir angenommen hatten, denn er wurde noch verzweifelter und begann zu schreien, daß David ihn hasse und er nie wieder sein Freund sein werde. Mir wurde schmerzlich bewußt, daß wir ihn in diesem Zustand keine zehn Schritte vor die Tür bekommen würden.

Ich sagte: „Michal, Abigail, ihr bleibt hier bei ihm. Ich gehe selbst zu David und erzähle ihm alles. Dann komme ich zurück und hole euch, und wir werden einen Ort finden, wo es sicher ist."

An Abigails Gesicht konnte ich ablesen, daß ihre Meinung über mich sich etwas gebessert hatte, doch Michal brach erneut in Tränen aus. „Micha, du darfst uns jetzt nicht allein lassen! Es ist so gefährlich. Du könntest getötet werden, und was wird dann aus uns?"

„Warum sollte ich getötet werden? Ich denke nicht, daß viele Leute wissen, wer ich bin. Noch nicht."

„Aber sie werden dich als Absaloms Verbündeten erkennen."

„Nicht mit diesem Tuch um den Kopf. David muß die Wahrheit erfahren!"

„Aber wo können wir hingehen? Man kann doch niemandem trauen. Es gibt keinen sicheren Ort für uns!"

Einen Moment lang schwiegen wir alle, denn es schien, als gäbe es nichts Hilfreiches zu sagen. Dann machte Abigail einen Vorschlag: „David läßt zehn seiner Konkubinen hier im Palast zurück. Ich weiß, welchen von ihnen ich vertrauen kann. Sie könnten euch irgendwo verstecken, in den Kellern oder den Sklavenquartieren. Vielleicht wird Absalom nicht in seiner eigenen Festung nach euch suchen."

Ich schüttelte zweifelnd den Kopf. „Aber du bist doch hergekommen, um uns zu sagen, daß wir schnellstens hier fortmüßten!"

„Ja, aus diesem Garten und Michals Gemächern. Und das müßt ihr auch. Doch wem können wir außerhalb des Palastes vertrauen? Weißt du jemanden, Micha? Denn ich kenne keinen. Ich kann mich nicht erinnern, wann ich das letzte Mal den Palast verlassen habe. Vergiß nicht, ich bin die Frau des Königs. Ich habe weniger Freiheiten als der geringste seiner Sklaven."

Ich fragte mich, ob sie es wohl sehr bitter bereute, David geheiratet zu haben. Denn seit Bathseba da war, hätte es den anderen Frauen in Davids Haushalt kaum schlechter gehen können, wenn ihr Herr sich von ihnen scheiden lassen hätte. Ungläubig fragte ich: „Zehn Konkubinen, um den ganzen Palast zu beaufsichtigen? David muß endgültig verrückt geworden sein!"

„Ich sage dir doch, er will lieber, daß Absalom kampflos hier hereinkommt, als daß er eine Spur der Zerstörung hinter sich herzieht. Und er weiß, daß Absalom zehn schöne junge Frauen nicht einfach so töten wird."

Ich biß die Zähne zusammen. Abigail kannte Absalom schon länger als ich. Dann schien Michal etwas einzufallen, und sie stieß hervor: „Wirst du denn nicht bei uns bleiben, Abigail?"

„Zumindest, bis Micha von seinem Besuch beim König zurückkommt. Doch danach . . . wie könnte ich? Mein Platz ist an der Seite meines Ehemannes."

Michal sagte nichts, und es war, als hätte sie vergessen, daß David auch ihr Ehemann war. Ich verkündete: „Ich werde jetzt gehen." Dann tätschelte ich Michals Hände und fügte hinzu: „Ich komme zurück; ich verspreche es!"

Wie sich herausstellte, hatte ich keine Schwierigkeiten damit, David und sein Gefolge ausfindig zu machen. Selbst mit der tatkräftigen Unterstützung der Dreißig gelang es ihnen kaum, sich durch das Gedränge zu schieben. Anscheinend befand sich jeder Mann, jede Frau und jedes Kind auf den Straßen, und in der kurzen Zeit, die ich im Palast gewesen war, war die Atmosphäre deutlich kälter geworden. Bald wurde mir klar, daß ich so nicht einmal auf Rufweite an Davids Troß herankommen würde. Immerhin gelang es mir, ihn von einer Mauer aus zumindest zu sehen. Tatsächlich lief er auf seinen eigenen zwei Beinen, doch er war so dürr, daß seine Kleider um ihn schlackerten, und seine Haut war bleich wie Wachs. Er trug kein königliches Ornat, sondern nur eine schlichte Wollrobe, die er zum Zeichen seiner Trauer zerrissen hatte. Die Linien in seinem Gesicht waren deutlich tiefer geworden als je zuvor.

An seiner Seite gingen Joab und Abischai, beide nicht viel jünger als ihr Onkel, doch noch in vollster Manneskraft stehend. Während ich noch über Joabs deutlich zugenommenen Bauch sinnierte, stolperte David. Joab sprang ihm sofort zur Seite, doch David schüttelte seine Hand brüsk ab. Es lag nicht am fehlenden Reittier, daß David zu Fuß ging; er mußte etwas beweisen.

Dann dämmerte mir, daß keiner der edlen Herren um David beritten war. Zadok und Abjathar, die obersten Priester, Jehosaphat, Huschai und Absaloms ältester Halbbruder Adonia ... sie alle gingen zu Fuß, als ob es sich hier um eine Art Pilgerreise oder Begräbnisprozession handelte; und vermutlich hatte es von beidem etwas.

Als mir klar wurde, daß beinahe alle Frauen, Nebenfrauen und Konkubinen Davids ihn begleiteten, hielt ich nach Bathseba Ausschau. Ich brauchte eine Weile, um sie ausfindig zu machen, weil sie wie gewöhnlich nicht bei den anderen Frauen war. Sie ging neben einem weißbärtigen Patriarchen in einem grob gewebten braunen Umhang ... dem Umhang der Söhne der Propheten. Nathan, der größte Seher seit Samuel, Nathan, das Sprachrohr Adonais, an der Seite Bathsebas! Ich wünschte, er wäre nahe genug gewesen, daß ich ihm ins Gesicht hätte spucken können. Denn auf einmal war mir vollkommen klar, warum sie in der Nacht, als Ahitophel fortgegangen war, zu Absalom gekommen war. Vielleicht hatte sie nicht sehr viel über die Verschwörung in Erfahrung gebracht, doch sie hatte zumindest von ihrer Existenz gewußt. Und sie mußte überzeugt gewesen sein, daß Absalom sich selbst ruinieren würde, wenn er offen gegen David rebellierte. Genau das war es, was sie gewollt hatte, und sie hatte sichergehen wollen, daß Absalom sich nicht durch Ahitophels Abwesenheit von seinen Plänen abbringen ließ.

Und Absalom verließ sich blind darauf, daß sie da sein würde, wenn er nach Jerusalem kam. Er würde eine schwere Enttäuschung erleben.

Von Salomo war keine Spur zu sehen. Vielleicht war er bei den anderen Kindern; ich suchte die Gesichter ab, doch keines sah auffälliger aus als die anderen. Vielleicht hatte sie ihn auch zu seiner eigenen Sicherheit anderswo hingeschickt.

Plötzlich erhob sich hinter mir Lärm und lenkte meine Aufmerksamkeit ab. Ich drehte mich auf der Mauer herum und sah, daß eine zweite Kavalkade der ersten folgte, die aus der Richtung des Tabernakels kam und von einer Reihe Priester angeführt wurde, die etwas zwischen sich trugen, das nur die Bundeslade sein konnte.

Natürlich hatte ich die Bundeslade noch nie gesehen. Normalerweise bekam sie nur der Hohepriester zu Gesicht, und selbst ihm stand dieses Privileg nur einmal jährlich zu, am Tag der Versöhnung. Sie war kleiner, als ich sie mir nach Tamars Erzählungen vorgestellt hatte; sie hätte in jede der Vorratskisten gepaßt, die Absalom aus Geschur mitgebracht hatte. Doch sie war mit purem Gold verziert, und die beiden Cherubim, die oben auf dem Deckel waren, bestanden ebenfalls aus massivem Gold. Der bloße Anblick dieses heiligen Objekts brachte die Menge dazu, wie das Meer bei Ebbe zurückzufluten.

Dann sah ich, daß hinter der Bundeslade Tausende von Soldaten folgten. Sie sangen Loblieder auf David und waren bis an die Zähne bewaffnet. In meinem Magen ballte sich etwas zusammen. Amasa schien in der Einschätzung seiner militärischen Einflußmöglichkeiten zu optimistisch gewesen zu sein. Es würde sich zeigen, wie stark er sich überschätzt hatte.

Ich war zu weit entfernt, um zu verstehen, was gesprochen wurde, als die beiden Gruppen zueinanderstießen, doch ich konnte sehen, daß David sehr ernsthaft mit den Hohepriestern Zadok und Abjatar sprach. Die beiden gestikulierten mit immer größerer Dringlichkeit, doch David schüttelte nur den Kopf. Schließlich reihten sich die Priester mit der Bundeslade in Davids Gefolge ein, und die Soldaten folgten am Ende der Prozession. David ging mit gebeugten Schultern und sah besorgter aus als je zuvor.

Ich begriff nicht recht, warum die Anwesenheit der Bundeslade David zusätzliche Sorgen zu machen schien. War sie nicht ein Symbol der Anwesenheit Adonais? Das mußte doch bedeuten, daß David unter seinem Schutz stand und sein Weg aus der Stadt frei war.

Doch zunächst mußte die ganze Gruppe wieder anhalten, denn

aus irgendeinem Grund brach plötzlich unter Zibas Packtieren ein Tumult aus. Sie schnaubten und scheuten, und dann wurde einer ihrer Betreuer von einem Stein am Kopf getroffen und fiel zu Boden. Es war kaum zu glauben, daß ein einziger Steinwerfer eine solche Verwirrung verursachen konnte, doch er hatte seinen Angriffsplatz auf einem Dach geschickt gewählt und sich offenbar einen guten Vorrat an Steinen zurechtgelegt. Ein wahrer Hagel ging auf Davids Gefolge nieder und traf Männer, Frauen, Kinder und Maultiere – und David selbst war erschreckend ungeschützt und verletzbar.

Joab stellte sich mit erhobenem Schild vor ihn, und Abischai sandte seine Truppen los, um den Aufrührer festzunehmen. Sie wurden von einem neuerlichen Steinhagel empfangen, und dann rief eine bekannte, weintrunkene Stimme: „Ihr mögt mich zum Schweigen bringen, aber ihr werdet den Schrei nach Gerechtigkeit niemals zum Schweigen bringen, David ben Jesse! Wie viele Menschen hast du schon auf deinem Gewissen? Mörder! Was ist mit Ischboscheth? Mit Abner? Du hast Sauls Königreich gestohlen, und du hast getan, was du konntest, um seine Familie auszulöschen. Doch das wird dir nie gelingen. Du wirst ihn niemals loswerden, ben Jesse! Wenn du wüßtest, was ich weiß! Du hast genommen, was Adonais Erwähltem zustand, und jetzt wird es dir wieder weggenommen, hörst du? Dein kostbarer Sohn wird alles bekommen, was dir gehört –"

Ein halbes Dutzend Soldaten hämmerten jetzt auf die Tür des Hauses ein, auf dessen Dach Shimei stand, doch sie war mit einem massiven Holzbalken versperrt, und Shimei nutzte die Zeit, um über eine Planke auf das Dach des Nachbarhauses zu flüchten.

„Ich werde dir folgen, hörst du mich? Ich werde dich verfluchen, bis du nicht mehr weißt, wie du heißt. Du wirst mich niemals loswerden! Schneide mir die Zunge heraus, und meine Lippen werden dich noch immer verwünschen. Nähe mir den Mund zu, und ich bewerfe dich mit Steinen. Schneide mir den Kopf ab, und mein Geist wird dich in der Nacht heimsuchen und dich mit ihm in den Scheol schleifen!"

Joab und Abischai schäumten vor Wut. Sie ließen ihre Bogenschützen auf die Dächer schießen, doch Shimei war längst verschwunden. David selbst stand sehr still da, und es war schwer zu sagen, ob es innere Ruhe oder Resignation war, die ihn festhielt.

Und dann sah ich Ziba.

Ich weiß nicht, wie er meinen Augen bis dahin entgangen sein konnte. Er stand keinen Speerwurf weit von David entfernt bei den Adligen und Höflingen, und als ich voller Abscheu auf sein fettes Gesicht hinunterblickte, sah er mich ebenfalls. Ich konnte es an der Art erkennen, wie er sich straffte, und an der Angst, die in seine Augen trat.

Mir hätte klar sein müssen, daß Ziba nichts mehr fürchtete, als daß ich zum König vordringen und ihm die Wahrheit erzählen könnte. Doch wie immer vertrieb sein Anblick jeden anderen Gedanken aus meinem Gehirn. Alles, was ich sah, war, daß Zibas Haß auf mich noch stärker war als seine Gier. Ich hatte ihn in seinem eigenen Haus gedemütigt, und ich wußte, daß er mir das heimzahlen würde, was immer es ihn auch kosten mochte.

Und so sprang ich mit einem großen Satz von der Mauer und floh.

Im Laufen schwor ich mir, daß David die Wahrheit erfahren würde und daß ich mich an Ziba rächen würde, bevor er Gelegenheit zum Schlag hatte. Denn mir war nun klargeworden, daß seine Schuld mit nichts anderem als mit seinem Leben bezahlt werden konnte, denn das war es, was er mir noch vor meinem Erbe genommen hatte: Meine Selbstachtung, meinen Mut, mein Leben.

21

Michal, mein Vater und ich fanden mit Abigails Hilfe Unterschlupf in einem Flügel des Palastes, von dessen Existenz ich noch nicht einmal etwas gewußt hatte. Unsere Zimmer befanden sich sehr weit unterhalb der Hauptgemächer, hatten aber aufgrund des terrassenförmigen Aufbaus des Palastes dennoch Fenster, wenn diese auch sehr hoch lagen.

Was auch immer der ursprüngliche Zweck dieser Zimmer gewesen sein mochte, für mich waren sie wie ein Gefängnis, und ich wanderte ruhelos von Raum zu Raum und sah zu den grauen Herbstwolken empor, die vor den Fenstern vorüberzogen. Wir wurden gut versorgt; Essen und Wasser waren stets vorhanden, und obwohl wir nie jemanden zu Gesicht bekamen, lag täglich frische Kleidung vor der Tür. Abigail hatte an alles gedacht.

Dennoch hatte ich mich nicht mehr so niedergeschlagen gefühlt, seit ich Lo-Dabar verlassen hatte. Mit einer verängstigten alten Frau und einem verwirrten Krüppel im Halbdunkel eingesperrt zu sein, brachte mich beinahe um den Verstand. Es gab keinen Zweifel daran, daß sich auch der Zustand meines Vaters rasant verschlechterte. Er wimmerte die meiste Zeit leise vor sich hin, und seine Klagerufe hallten durch die Räume, als ob ein seltsames Tier mit uns gemeinsam eingesperrt worden sei.

Während Michal Absaloms Ankunft immer mehr fürchtete, begann ich ihr mit einer gewissen Freude entgegenzusehen. Denn trotz allem vermißte ich nicht nur meine Freiheit, sondern auch Absalom. Ich hatte eine ganze Weile gebraucht, um dieses Gefühl in mir zu erkennen, weil es das letzte war, was ich erwartet hätte. Ich vermißte seine Freundschaft, sein lebenslustiges Lachen, seine unbändige Energie, seinen überschäumenden Optimismus ... allzu leicht hatte ich vergessen, daß er schon seit Jahren nicht mehr so gewesen war und daß nun so vieles zwischen uns stand.

Die Tage vergingen, und er kam nicht. Vielleicht hatte er beschlossen, von Hebron aus zu regieren; vielleicht war er auch schon längst wieder abgesetzt und getötet worden, und David lebte bereits wieder über unseren Köpfen im Palast, als ob nichts gewesen wäre. Alles war möglich, denn wir erhielten zwar weiterhin unser Essen, aber nie irgendwelche Nachrichten.

Es muß der fünfte Tag unseres Aufenthalts gewesen sein, als ich zur gewohnten Zeit zur Tür ging und drei Schüsseln mit Suppe dort vorfand – dampfend und gut gewürzt. Vielleicht war Sabbat, überlegte ich, während ich die Schüsseln vorsichtig hineintrug. Normalerweise bestanden unsere Mahlzeiten aus Brot und getrockneten Früchten, und hier unten konnte man die Zeit vollkommen vergessen. Jedenfalls fiel uns nichts Seltsames am Geschmack der Suppe auf, was kein Wunder war, da wir schon lange nichts so Schmackhaftes mehr zu uns genommen hatten. Wir schlangen das würzige Gebräu geradezu in uns hinein, als wir plötzlich jemanden vor dem Fenster rufen hörten.

Ich sprang am Fenster hoch und klammerte mich an das Gitter, um mich oben halten zu können, und der Rufer tat auf der anderen Seite dasselbe. Es war ein Junge von vielleicht neun Jahren, und er schrie mit weit aufgerissenen Augen: „Eßt nicht von der Suppe, sie ist vergiftet! Ihr müßt sofort wieder erbrechen, was ihr davon gegessen habt! Ich hole den Schlüssel und helfe euch!" Und dann war er fort.

Schon, als ich wieder hinuntersprang, konnte ich fühlen, wie sich mein Magen zusammenkrampfte. Der Junge war so ehrlich besorgt gewesen, daß ich keinen Moment an seinen Worten zweifelte. Also steckte ich mir einen Finger in den Hals, bis ich mich übergeben mußte; es war fürchterlich. Plötzlich war jemand neben mir und sagte: „Hier, trink das. Das macht es leichter.“

Ich hob den Kopf und sah den Jungen, der neben mir saubermachte. Ich fühlte mich inzwischen so schlecht, daß ich nur stumm gehorchte und die Flüssigkeit trank, die er mir an die Lippen hielt. Es schmeckte wie Blut, und sofort ergoß sich der Rest meines Mageninhalts auf seine Hände. Er zuckte kaum zurück.

Danach konnte ich mich gerade lange genug auf den Beinen halten, um ihm mit meinem Vater zu helfen. Er hatte noch zwei Fläschchen mit dieser Übelkeit erregenden Flüssigkeit dabei, und irgendwie gelang es ihm, Mephiboschet eine davon einzuflößen. Für jemanden seines Alters war unser Retter bemerkenswert geduldig und einfühlsam. Auch mein Vater gab seinen Mageninhalt wieder von sich, und danach wurde er ohnmächtig. Er war körperlich schwächer als ich, und das Gift war länger in seinem Magen gewesen. Wir legten ihn aufs Bett, und der Junge berührte sanft meine Hand und sagte. „Mach dir keine Sorgen. Er kommt wieder in Ordnung.“

Weder er noch ich konnten Michal dazu bringen, etwas von dem Brechmittel zu trinken. Sie sagte, daß sie ohnehin kaum etwas von der Suppe gegessen hätte und das Brechmittel sie eher umbringen werde als das Gift. Sie fühlte sich ein wenig müde und ging bald zu Bett. Endlich konnte ich meine Aufmerksamkeit unserem jungen Retter zuwenden.

Es war ein seltsam aussehender Junge, sehr dünn, mit einem feingeschnittenen Gesicht und glattem, pechschwarzem Haar. Seine Augen waren irgendwie zu groß für sein Gesicht, dunkel, ernst und mit langen Wimpern wie die einer Antilope. Er lächelte leise, als er sah, wie ich ihn musterte.

„Möchtest du dich nicht auch hinlegen?“ fragte er, während er nebenbei den Boden aufwischte, als täte er das jeden Tag. „Dieses Zeug, was ich euch eingeflößt habe, kann einen mehr umwerfen als das Gift selbst. Ich mache das hier schon. Kümmere dich einfach nicht um mich.“

Ich fühlte mich schlecht, aber das letzte, was ich jetzt tun wollte, war mich hinzulegen. „Ich würde gern wissen, wer uns umbringen wollte. Und wie du es herausgefunden hast.“

„Das ist jetzt nicht wichtig. Es hat ja nicht geklappt.“

„Für mich ist es wichtig!“ beharrte ich. Dann erhellten sich die Wolken um meinen Kopf, und ich stieß hervor: „Bathseba! Es war Bathseba, nicht wahr? Oder zumindest hat sie es arrangiert.“

Er antwortete nicht, sondern wischte schweigend weiter auf. Ich war reichlich undankbar, wenn man bedachte, was er soeben für uns getan hatte, doch ich ergriff ihn rauh bei den Schultern und riß ihn zu mir herum. Ich wollte die Wahrheit wissen.

Doch er ließ sich von meinem Gepolter nicht im geringsten aus der Ruhe bringen. Er sagte einfach: „Das in der Suppe sind keine Gurkenstücke, sondern wilder Kürbis, und wer weiß, was sonst noch darin ist. Wenn ihr nicht erbrochen hättet, wärt ihr mogen früh nicht wieder aufgewacht. Auch so wirst du noch krank genug werden. Bitte, geh jetzt zu Bett. Ich werde mich um die anderen kümmern."

Ich hatte nicht übel Lust, ihn noch einmal zu schütteln, doch plötzlich wallte eine neue Welle der Übelkeit in mir auf, und wieder mußte ich mich übergeben. Und so ging es die ganze Nacht. Meinem Vater erging es nicht anders, und immer wieder mußten wir verschmutzte Laken wechseln. Erst gegen Morgen fiel ich in einen erschöpften Schlaf, und als ich erwachte, war alles sauber, die Laken waren fort, und der Junge ebenfalls.

Ich lag eine Weile bewegungslos da. Erstens fühlte ich mich zu schwach, um mich zu bewegen, und zweitens mußte ich nachdenken. Ich hatte keinen Zweifel, daß Bathseba hinter diesem Mordversuch steckte. Nur eine der Konkubinen hatte sich willig gezeigt, Abigail zu helfen; die anderen konnten sehr gut in Bathsebas Diensten stehen. Trotz allem, was geschehen war, konnte ich mir nur schwer vorstellen, daß Bathseba mich einfach so umbringen lassen würde. Vielleicht hätte ich geschmeichelt sein sollen, daß sie mich für so gefährlich erachtete; vielleicht bereitete ich ihr ja sogar schlaflose Nächte. Dieser Gedanke war sehr befriedigend, half mir aber kein bißchen weiter in der Frage, wer unser junger Helfer gewesen war und woher er von dem Gift gewußt hatte.

Gerade als ich mich aufraffen wollte, um nach meinen Gefährten zu sehen, tauchte mein kleiner Freund plötzlich wieder auf. Ich hatte ihn nicht hereinkommen hören, doch plötzlich kniete er vor mir, als wären meine Gedanken Fleisch geworden. In der einen Hand hielt er eine Schale.

Ich stöhnte: „Kein Essen! Allein der Gedanke macht mich krank!"

„Es ist kein Essen", sagte er. „Jedenfalls nicht richtig. Es ist Wasser mit Salz und Honig. Du mußt soviel davon trinken wie möglich, damit du wieder zu Kräften kommst."

Er half mir, mich aufzusetzen und die Schale anzusetzen; ich war überrascht, wie schwach ich mich fühlte. Peinlich berührt fragte ich ihn. „Was ist mit den anderen? Sollten sie nicht auch davon trinken?"

„Das haben sie schon. Deinem Vater wird es bald besser gehen. Ich habe ihm etwas gegeben, damit er schlafen kann, und wenn er aufwacht, wird das Schlimmste schon vorüber sein, ohne daß er überhaupt etwas davon mitbekommen hat."

Ich lehnte mich gegen die Wand, damit der Raum aufhörte, um mich zu kreisen. „Warum hast du mir nicht auch ein Schlafmittel gegeben?"

„Du hast gestern nacht gesagt, daß du reden möchtest."

„Habe ich das? Nun – ja, es stimmt." Mein Kopf fühlte sich jetzt etwas besser an, und ich sah ihm in das schmale, blasse Gesicht. „Bist du nicht ein bißchen jung, um Zauberei zu betreiben?"

Er zuckte die Schultern. „Es hat nichts mit Zauberei zu tun, wenn man sich mit Kräutern und Blumen und so etwas auskennt. Wenn man weiß, was man tut, ist es ganz ungefährlich."

„Und woher kennst du dich so gut aus?"

„Was soll man denn in einem Loch wie diesem hier schon mit seiner Zeit anfangen?" Er machte eine vage Geste mit dem Arm, die wohl den gesamten Palast einschloß. „Ich habe viel gelesen, ich habe den Frauen in den Gärten geholfen, und ich ziehe mir selbst Pflanzen. Ich betreibe . . . Studien."

Ich muß wohl recht unbeeindruckt ausgesehen haben, denn er versteifte sich ein wenig und sagte nichts mehr. Nach einer Weile fragte ich: „Was ist mit meiner . . . meiner Großtante?" Ich hielt mich gerade noch zurück, mehr zu sagen; schließlich wußte ich noch immer nicht, wer er war und wieviel er bereits über uns wußte.

„Michal?" antwortete er ohne Zögern und machte meine Zurückhaltung damit überflüssig. „Ich fürchte, es steht schlecht um sie. Sie hat wohl beschlossen zu sterben."

Ich hatte dasselbe gedacht, doch es ihn so offen aussprechen zu hören, tat mir doch weh. Es erinnerte mich an Tamar, und der Schmerz raubte mir fast den Atem. Ich sah ihm wieder ins Gesicht. Sein Blick war eine eigenartige Mischung aus lauter Widersprüchen: Selbstvertrauen und Schüchternheit, Weisheit und Unschuld, Klugheit und Naivität.

Ich fragte: „Wer bist du?"

„Oh, tut mir leid, ich hätte mich natürlich längst vorstellen sollen." Er ergriff meine Hände, als hätten wir uns soeben kennengelernt. „Mein Name ist Jedidiah. Aber du kannst mich Jed nennen."

„Jedidiah ben . . . ?“

„Ben David natürlich. Wir hier im Harem sind alle Söhne Davids, oder zumindest behaupten unsere Mütter das.“

„Und wer ist deine Mutter? Und woher weißt du überhaupt, daß wir hier sind?“

„Ach, im Harem bemuttert jeder jeden“, gab er leichtherzig zurück. „Keiner kann ein Geheimnis lange für sich behalten.“ Er grinste mich an und wurde dann sofort wieder ernst. „Ich weiß, wer du bist. Und ich bin froh, daß ich dich kennenlernen durfte.“ Wieder reichte er mir seine Hand, dann sprang er auf. „Ich muß jetzt gehen, sonst fällt meine Abwesenheit auf.“

Ich sagte: „Das ist nicht der Grund. Eigentlich willst du doch verhindern, daß ich dir noch mehr Fragen stelle.“

„Vielleicht.“ Er schüttelte den Kopf, und die glatten Haare fielen ihm über die Augen. „Aber ich weiß auch, wie lange ich unbemerkt fehlen kann. Wir sehen uns später.“ Und schon war er wieder verschwunden.

Ich versuchte aufzustehen, aber das erwies sich als Fehler. Also zwang ich mich, ein wenig von dem ekelhaften Gebräu zu trinken, das Jedidiah dagelassen hatte, und ich las in den Schriftrollen, die er mitgebracht hatte. Die meisten enthielten Heilige Schriften, die mich nicht interessierten; oder vielmehr scheute ich sie zu lesen. Einige waren mit runden, ungleichmäßigen Buchstaben beschrieben, die vermutlich von Jedidiah selbst stammten. Doch es waren keine Schreibübungen oder Kindergeschichten. Er hatte unzählige Pflanzen archiviert und beschrieben; hier und da waren gepreßte Blüten und Blätter beigelegt und die jeweilige Heilwirkung angegeben.

Am Nachmittag kam Jedidiah wieder, und diesmal blieb er länger. Noch immer wollte er nur ungern über sich selbst reden, doch er dozierte glücklich und unendlich lange über seine Forschungen. Hin und wieder sah er nach Michal und Mephiboschet; beide schliefen tief, was in Michals Fall kein gutes Zeichen war, da sie kein Schlafmittel genommen hatte. Jedidiah versuchte sie zu wecken, doch ohne Erfolg. Irgendwie ahnte ich, daß ich sie nicht mehr sprechen würde.

In den folgenden Tagen kam Jed immer öfter. Wir redeten, lasen und spielten Senet, und einmal brachte er eine kleine Harfe mit. Und immer noch war nichts von Absalom zu sehen oder zu hören. Inzwischen war David in Mahanaim angekommen, wie wir erfuhren. Unser Rebellenkönig schien nicht den Wunsch zu verspüren, Hebron zu verlassen; wahrscheinlich hatte sich die Erregung über seinen neuen Status noch nicht genügend gelegt, und ganz sicher hatte er sein Hochgefühl mit endlosen Festen und vielen Schläuchen Wein genährt. Anscheinend war auch Ahitophel bei Absalom mit seiner Weisheit am Ende, denn er hätte Jerusalem inzwischen längst einnehmen müssen.

Jed erzählte mir, daß die Bundeslade wieder ins Tabernakel zurückgebracht worden sei, und ich fragte ihn, was er für den Grund hielt.

„Jeder nennt Jerusalem die Stadt Davids", meinte er. „Aber mein Lehrer sagt, es ist die Stadt des Herrn, und das Symbol seiner Anwesenheit müsse immer hier bleiben."

„Und wenn Absalom die Stadt einnimmt?"

Jed lächelte bitter. „Mein Lehrer sagt, Adonai kann schon auf sich selbst aufpassen. Und es liegt bei Adonai, wer als sein Stellvertreter in Jerusalem regiert."

„Wer ist dein Lehrer, Jed?"

„Sein Name ist Nathan. Er ist ein Prophet."

„Ja, ich weiß, wer er ist . . . hat er dir diese Harfe gegeben?"

Jeds Lippen wurden schmal, und er wand sich ein wenig, als ob ihm diese Fragen wieder zu persönlich würden. Endlich antwortete er steif: „Nathan hat mir die Harfe gegeben, aber sie war ein Geschenk meines Vaters. Er hatte gehört, daß ich mir eine wünschte. Ich denke, er hätte mir das Spielen gern selbst beigebracht." Er lächelte. „Nathan spielt fast so gut wie mein Vater, so sagt man jedenfalls. Und er ist vermutlich ein besserer Lehrer."

„Du hast großes Glück", ermutigte ich ihn. „Nicht viele Jungen haben das Vorrecht, den heiligsten Mann Israels als Lehrer zu haben. Oder unterrichtet Nathan jetzt alle Jungen im Harem?"

„Im Moment unterrichtet er überhaupt niemanden. Er ist mit meinem Vater fortgegangen!"

„Du hast mir noch immer nicht auf meine Frage geantwortet", erinnerte ich ihn, doch wieder entwand er sich mir mit dem Vorwand, er müsse nach Mephiboschet sehen.

Mein Vater erholte sich nur langsam, und ich denke, daß das damit zusammenhing, daß er Michal vermißte. Manchmal rief er ihren Namen, und ich wußte nicht, was ich ihm sagen sollte. Dann sah ich eines Tages, wie Jed sich zu ihm setzte, seine Hände nahm und ihm ganz langsam und sanft erklärte, daß Michal nun ihren Frieden gefunden hätte, daß sie wieder jung und schön war und vereint mit ihrem Bruder Jonathan und ihrem Vater Saul. Mephiboschet lauschte ihm wie in Trance, und ich schlich mich fort, zu beschämt, um sie zu stören.

Doch später bat ich Jed um ein Gespräch und fragte ihn: „Woher weißt du so genau, was nach unserem Tod mit uns geschieht? Hat Nathan dir das erzählt?"

„Nun, ich bin nicht sicher, ob das für jeden gilt. Man muß wohl ein Diener Gottes sein, nehme ich an. Aber Nathan weiß mehr als jeder andere, und er sagt, es sei uns noch nicht alles offenbart worden . . . die ganze Wahrheit über Adonai und über den Tod und das Leben, meine ich. Ich lese in den Schriften und mache mir meine eigenen Gedanken. Und ich lerne die Psalmen meines Vaters auswendig und denke über seine Worte nach . . . "

Jetzt war es an mir, zu erstarren. Jed spielte leise auf seiner Harfe, und ich legte die Handfläche gegen die Saiten, um sie zum Schweigen zu bringen.

„Was ist mit dir, Micha? Ich dachte, du magst es, wenn ich spiele?"

„Das tue ich auch. Ich meine, das habe ich getan."

„Du zitterst ja! Was ist denn nur los?"

„Es ist nichts", log ich, dabei konnte ich noch nicht einmal den Anblick dieses Dings in seinen Händen ertragen. Ich nahm ihm die Harfe weg und befahl ihm, mich allein zu lassen. Doch das wollte er nicht; er fürchtete wohl, daß ich wieder krank geworden war, und er bohrte so lange nach, bis ich ihm schließlich die ganze Geschichte erzählte. Ich schüttete ihm alles aus: meine entsetzliche Kindheit, die Liebe, die ich von Tamar, Maacah und Absalom erfahren hatte, die Stunden, die ich mit David verbracht hatte bis zu dem schicksalhaften Tag, an dem ich ihm das Lied der Unterwerfung vorgespielt hatte.

Zwei Dinge hielt ich zurück: Was Ziba mir angetan hatte und was ich mit Adonai erlebt hatte. Zum Glück war Jed zu unverdorben, um auf ersteres zu kommen, doch was die Sache mit Adonai anging, zählte er offenbar sofort zwei und zwei zusammen. Er starrte mich fassungslos an und flüsterte dann: „Du kennst Adonai? Du? Du bist einer der Erwählten?"

Ich zischte: „Ja. Ist das so unwahrscheinlich?"

„Du verstehst nicht, Micha. Das ist es, was ich immer gewollt habe. Du hattest das, was ich mein ganzes Leben lang erträumt habe, und du erzählst mir, daß du es einfach so weggeworfen hast?"

„Nun, geh doch hin und hol es dir", gab ich zurück. „Du kannst es behalten, denn ich will es ganz sicher nicht wiederhaben."

„Aber warum denn nicht, um alles in der Welt? Wenn das, was Nathan sagt, wahr ist, dann hast du in direkter Verbindung mit Adonai selbst gestanden, mit einem allmächtigen Freund, der dich nie im Stich läßt, der dich leiten und dir eine ganz besondere Aufgabe anvertrauen will, wenn –"

„Ach, darüber scheinst du wohl auch ganz genau Bescheid zu wissen, ja? Du hast doch keine Ahnung, Jed! Es tut mir leid, aber es ist wahr. Saul kannte Adonai – Saul, der mein eigener Urgroßvater war! –, und sieh an, wie weit es ihn gebracht hat! Nathan kennt Adonai, so heißt es, und doch steckt er mit der übelsten Hexe Israels unter einer Decke und hat es darauf abgesehen, ihre Schlangenbrut auf den Thron zu setzen. Und dann David selbst . . . kannst du noch glauben, daß dein Vater einst ein Held gewesen ist? Denn wenn ich so jung wäre wie du, könnte ich mir das ganz sicher nicht mehr vorstellen! Adonai hat ihm nichts als Elend und Not gebracht. Du bist zu jung, um seinen Verfall mitbekommen zu haben, aber ich habe ihn gesehen. Und ich habe gesehen, was mit Amnon, mit Tamar und Maacah geschehen ist . . . und mit Absalom. Und ich sage dir, es hat mir das Herz gebrochen."

Jed antwortete nicht. Er starrte mich nur weiterhin an, und ich konnte nicht sagen, ob es Liebe oder Haß war, was in seinen Augen brannte. Plötzlich fühlte ich mich wie ein Wurm. Wie konnte ich nur übersehen haben, wieviel meine Freundschaft ihm bereits bedeutete? Wie hatte ich seine Träume so in den Staub trampeln können? Er sah so verletzt und verloren aus, daß mir die Worte im Mund verdorrten. Konnte ich es denn niemals wagen, jemandem nahe zu kommen, ohne daß es nach einer Weile bitter endete? Ich öffnete unschlüssig den Mund, doch er bedeutete mir zu schweigen.

„Du bist derjenige, der nichts versteht, Micha! Es war nicht Adonai, der Saul zugrunde gerichtet hat. Ich weiß nicht, was du über Nathan und . . . und Salomos Mutter denkst, aber es ist ganz sicher nicht wahr. Und was redest du da über den Verfall meines Vaters? Er ist da draußen und sammelt eine Armee um sich, und wenn Joab es zuläßt, wird er sie selbst anführen." Er sah meine Reue und ergriff meine Hand. „Es tut mir leid. Eines Tages wirst du es begreifen, da bin ich sicher. Aber kannst du mir nicht sagen, wie du . . . wie du mit Adonai in Kontakt getreten bist?"

„Oh Jed, das weiß ich nicht mehr. Ich habe mein halbes Leben lang versucht, vor ihm davonzulaufen!"

„Ich würde sagen, das ist dir nicht gelungen!"

Ich murmelte: „Vielleicht kann man der Hand des Herrn nicht entkommen, wenn er einen einmal berührt hat. Doch das Wissen um Adonai ist nicht für jeden bestimmt. Er muß jemanden auserwählen und zu einem bestimmten Ziel berufen, wie du eben gesagt hast."

„Das hat er getan, Micha! Nathan ist da ganz sicher. Vielleicht muß eine bestimmte Person für mich beten. Ich denke, daß du diese Person bist."

Ich wollte protestieren, doch noch immer sah er mich mit diesem Blick an, als ob er ein Gefangener wäre und ich den Schlüssel seines Verlieses in meiner Hand hielte. Ich wußte, daß er alles falsch verstanden hatte; daß weder ich noch sonstwer für ihn beten mußte, wenn Adonai ihn wirklich erwählt hatte. Jed selbst war die Person, die den Geist Adonais in seinem Inneren freisetzen mußte. Doch er sagte: „Mein Vater hat es bei dir bewirkt, das weiß ich. Nathan hat mir von dem Jungen Zohar erzählt, der wunderschöne Musik gemacht hat und leuchtete wie die Sonne. Das warst du, nicht wahr?"

„Jed, wenn David Nathan etwas von mir erzählt hat, dann mußt du doch wissen, daß nicht er es war, der etwas in mir bewirkt hat. Denn das hat er nicht; er hat gar nichts getan!"

„Dann tu du dieses Nichts auch für mich!"

„Du redest Unsinn. Das wird nicht klappen. Es wird einfach nichts passieren."

„Nun, dann habe ich ja nichts zu verlieren, nicht wahr? Und ich rede keinen Unsinn; je länger wir miteinander reden, desto klarer wird es in mir. Bitte, leg deine Hände auf meinen Kopf und sprich ein Gebet!"

Er hatte die Augen bereits geschlossen und wartete kniend und mit nach oben gedrehten Handflächen. Ich biß die Zähne zusammen und legte meine Hände auf sein glattes Haar – was blieb mir auch übrig? –, doch ich tat sonst nichts. Ich betete nicht laut und auch nicht still für mich; ich tat noch nicht einmal so.

Und dennoch geschah es. Die Tränen, das Lachen, die Ekstase, das Leuchten auf seinem Gesicht, das so hell war, daß ich den Anblick kaum ertragen konnte . . . alles, was ich selbst erlebt hatte und noch mehr passierte mit ihm. Denn bald fing er an, in einer himmlischen Sprache zu reden, die ich nicht verstehen konnte, aber die dennoch einen Sinn machte, der über mein Begreifen weit hinausging. Ich fühlte absolut nichts. Es gab kein Gefühl, das ich mir selbst gestattet hätte.

Als es vorbei war, mußte er mich nicht fragen, was passiert war. Er warf seine Arme um mich, als wäre ich sein Vater – sein Vater, der eigentlich statt mir dieses Erlebnis mit ihm geteilt haben sollte. Ich lehnte mich gegen die Wand und schloß die Augen; noch immer fühlte ich mich schlecht.

Ich befand mich schon im Halbschlaf, als er plötzlich sagte: „Micha? Micha, ich muß dir etwas sagen!"

Ich krächzte: „Du mußt mir nichts erklären. Ich weiß, wie du dich fühlst."

„Natürlich. Das meine ich auch nicht."

Mühsam öffnete ich die Augen. „Nun, dann rede."

„Ich habe das noch nie einer Menschenseele erzählt; man hat mir gesagt, das dürfe ich nicht. Aber . . . naja, ich weiß, daß ich dir vertrauen kann."

Er machte eine Pause und holte tief Luft; ich wünschte, er würde zur Sache kommen und ich könnte endlich schlafen. Dann stieß er die Worte in einem wilden Wasserfall hervor: „Siehst du, Micha, ich bin so wie du. Ich bin immer im Verborgenen gehalten worden, damit mir nichts zustößt. Immer war ich allein, weit weg von den anderen Kindern. Nie durfte ich mit ihnen spielen; ich durfte nicht einmal dasselbe essen wie sie. Meine Mutter hat Ruth dafür bezahlt, daß sie auf mich aufpaßt . . . Ruth ist eine der Konkubinen, weißt du, und sie durfte mich niemals aus den Augen lassen. Sie hat das nicht immer geschafft, und inzwischen läßt sie mich absichtlich gewähren, wenn Mutter es nicht mitbekommt. Micha . . . du darfst das nie jemandem erzählen, aber inzwischen müßtest du es ja erraten haben: Mein Name ist wirklich Jedidiah; Nathan hat meinem Vater gesagt, er soll mich so nennen, weil es ‚Geliebter des Herrn' bedeutet. Aber meine Mutter nennt mich Salomo."

22

An diesem Nachmittag erreichte uns die Nachricht, daß Absalom auf dem Weg nach Jerusalem war. Er hatte eine ansehnliche, aber schlecht ausgebildete und undisziplinierte Truppe bei sich, die mit allem bewaffnet war, was sie hatte auftreiben können.

Jed und ich verbrachten die letzten Stunden des Tageslichts auf dem Dach und hielten nach ihm Ausschau. Aus Sicherheitsgründen hatten wir beschlossen, daß wir weiterhin so tun würden, als sei er Ruths Sohn.

„Ich mag den Namen Jedidiah sowieso lieber", informierte er mich und strich sich die Haare aus den Augen. „So hat mein Vater mich genannt, bevor meine Mutter mich von ihm ferngehalten hat. Ich war noch sehr klein, aber ich erinnere mich noch genau daran."

„Dann verstehst du dich also nicht mit deiner Mutter?"

„So kann man das nicht sagen. Sie hat auch ihre nützlichen Seiten." Er grinste, und für einen Moment sah er Bathseba sehr ähnlich.

Die meiste Zeit bereitete es mir allerdings wenig Schwierigkeiten, ihn Jedidiah zu nennen und nicht Salomo. Denn noch immer fand ich es schwer zu glauben, daß eine Frau wie Bathseba einen solchen Sohn geboren haben sollte. Obwohl ich ihn nie zu Gesicht bekommen hatte, hatte ich ihn von klein auf gehaßt, und nun war er mein Freund. Noch seltsamer war die Vorstellung, daß dieser Junge einmal auf dem Thron sitzen würde, den Absalom nun bald einnehmen würde und der unter anderen Umständen vielleicht sogar mir zugestanden hätte.

„Warum hast du nun eigentlich meinen Vater und mich gerettet?" fiel mir ein, als wir uns Seite an Seite über den Rand des Daches lehnten. „Warum hast du uns nicht einfach sterben lassen? Willst du etwa ebensowenig König von Israel werden wie ich?"

Er hob die schmalen Schultern. „Ich wußte, daß ihr in Schwierigkeiten steckt. Es war meine Pflicht, euch zu helfen. Warum bist du denn hierher zurückgekommen, um deinen Vater zu retten, wo der Palast doch der gefährlichste Ort für dich war? Das ist genau dasselbe."

„Seinem eigenen Vater zu helfen ist eine Sache; seinen politischen Erzfeind zu retten eine völlig andere, Jed! Wie stellst du dir deine Zukunft vor?"

Er scharrte mit den Zehen auf dem Boden. „Es steht mir nicht zu, mir etwas vorzustellen oder zu wünschen. Ich muß . . . meine Bestimmung erkennen, wie Nathan sagt. Darauf kommt es an, nicht darauf, meinen Wünschen nachzujagen. Ich bin derjenige, der den Tempel bauen wird, von dem mein Vater immer geträumt hat. Das ist prophezeit worden, also wird es auch geschehen, so oder so. Adonai wird dafür sorgen. Er hat die Ränke nicht nötig, die meine Mutter schmiedet."

Ich mußte lächeln. Die kindliche Geradlinigkeit seines Glaubens und die erwachsene Art, wie er sprach, wollten so gar nicht zusammenpassen. Die vielen Stunden, die er allein mit seinen Schriftrollen oder mit seinem Lehrer verbracht hatte, hatten ihn Worte gelehrt, die andere Jungen seines Alters vermutlich noch nie gehört hatten. Dennoch brauchte er keine Bücher, um zu wissen, daß all die Bildung dieser Welt nichts war im Vergleich zu einer persönlichen Begegnung mit Adonai. Und jetzt, wo er das erlebt hatte, war er vollkommen mit sich im Einklang.

Absalom kam an diesem Abend nicht mehr. Er hatte mit seinen Truppen in Bethlehem übernachtet, dem Geburtsort seines Vaters – es schien, als wollte er sich alles zu eigen machen, was einst mit seinem Vater in Verbindung gebracht wurde. Vielleicht wollte er aber auch nur vermeiden, nach Sonnenuntergang in Jerusalem anzukommen.

Also legte er seinen Einzug in Jerusalem in die Zeit des Sonnenaufgangs, doch wenn er einen begeisterten Empfang erwartet hatte, so wurde er enttäuscht. Diesmal gab es keine jubelnde Menschenmenge, die seinen Weg mit Blütenblättern bestreute und ihm mit Palmwedeln zuwinkte. Die Hälfte der Einwohnerschaft war mit David geflohen, und die restlichen versteckten sich in ihren Häusern und warteten ab, was passierte.

Natürlich war Absaloms Prozession höchst beeindruckend. Neben den Soldaten und Zivilisten gab es Musiker, Tänzer und Akrobaten, sogar Feuerschlucker und Zauberer. Doch irgendwie klang die Musik hohl, und das Trappeln der marschierenden Füße hallte unheimlich durch die verlassenen Gassen. Es war, als wäre eine singende Hochzeitsgesellschaft mitten in eine Beerdigung geplatzt, alles wirkte irgendwie fehl am Platz und zur falschen Zeit.

Und es war ganz sicher äußerst heidnisch! Entweder hatte Ahitophel beschlossen, daß das nun keine Rolle mehr spielte, oder er hatte seinen Einfluß auf Absalom verloren, denn auf einem der vorderen Wagen stand die lebensgroße, goldene Statue eines Kriegsgottes, prächtig geschmückt und gekrönt von einem ausladenden gehörnten Helm, wie ihn syrische Soldaten trugen. Plötzlich wandte der Gott den Kopf und sah zum Palast hinüber, und ich begriff, daß dies gar keine Statue war, sondern Absalom selbst. Abgesehen von dem Helm, der goldenen Brustplatte, einem Lendenschurz und einem ganzen Wald von Blumengirlanden war er so gut wie nackt. Offenbar hatte er sich am ganzen Körper mit einem mit Goldstaub durchsetzten Öl bestrichen, das den metallenen Effekt auf seiner Haut hervorrief – der Himmel allein wußte, was das gekostet haben mochte. Vor lauter Grünzeug konnte ich nicht sehen, ob er die Sonne und den Halbmond trug, aber ich hätte meinen Kopf darauf verwettet.

„Adonai sei uns gnädig", sagte Jed leise, und ich wußte, daß er dasselbe fühlte wie ich.

Noch nie zuvor war ich so sicher gewesen, daß die Revolte zum

Scheitern verurteilt war. Absalom hatte die Stadttore unbehelligt passiert, doch von diesem Punkt an waren es nicht mehr irdische Gewalten, die er zu fürchten hatte.

Ich stöhnte: „Jed, ich muß zu ihm. Ich muß ihn warnen; er muß die ganze Sache sofort abblasen, bevor es zu spät ist!" Ich fragte mich nicht mehr, ob mich das alles überhaupt kümmern mußte. Ich wußte, daß es das tat!

„Es ist bereits zu spät", gab Jed schlicht zurück, und fraglos hatte er recht; ich hatte dasselbe auch schon zu Sheba gesagt. Doch selbst wenn David irgendeine Möglichkeit gefunden hätte, einen Hochverräter zu begnadigen – es gab nicht den Hauch einer Chance, daß Absalom auf mich hören würde; nicht jetzt, wo Davids Stadt praktisch in seiner Hand lag.

„Deine Mutter weiß auch, daß er erledigt ist, nicht wahr?" fragte ich Jed. „Darum hat sie vorgegeben, ihn zu unterstützen, damit er weitermacht und sich selbst ins Verderben stürzt."

„Natürlich."

„Ich kann das nicht mitansehen. Ich kann es nicht ertragen, ihn so zu sehen – bemalt und pervertiert. Er war einmal mein Freund. Er hat mich gerettet, und er war der erste Mensch, der mir so etwas wie Liebe erwiesen hat."

„Nun, er liebt niemanden so sehr wie sich selbst, denke ich."

„Das solltest du nicht sagen. Wie würdest du dich fühlen, wenn ich das da unten wäre? Ich muß ihn dazu bringen, mich anzuhören! Jedenfalls muß ich es versuchen. Das kannst du doch sicher verstehen, oder?"

Jed antwortete nicht und schaute mich auch nicht an. Dann drehte er sich plötzlich zu mir herum: „Micha, nein! Bleib hier! Sieh doch, wie er schwankt; er ist betrunken, und er wird dich vermutlich einfach töten lassen, sobald er dich sieht." Er zerrte an meinem Arm, als ob er irgendeine Chance gehabt hätte, mich zurückzuhalten. Irgendwie rührte mich die Inbrunst seiner Sorge um mich.

„Du warst doch derjenige, der eben noch von Pflichterfüllung gesprochen hat", erinnerte ich ihn, und darauf konnte er nicht mehr viel sagen, als daß er für mich beten werde, bis ich heil und gesund wieder zurück war.

Ich betrat den Palast unbehelligt. Vor dem Thronsaal war eine armselig kleine Wachtruppe postiert, doch die Männer sahen nicht viel nüchterner aus als Absalom selbst. Als ich eine eilige Audienz beim König verlangte, lachten sie nur – da es Amasas Männer waren, wußten sie nicht, wer ich war, aber das spielte vermutlich ohnehin keine Rolle. Ich wiederholte mein Anliegen, und schließlich ließen sie sich herab, mir immerhin zu antworten: Ich müsse warten, bis Seine Majestät ankäme. Ich sah mich um und bemerkte zum ersten Mal, daß außer mir noch jemand da war: Huschai.

Ich muß hörbar nach Luft geschnappt haben, denn er hob fragend eine Augenbraue; dann ließ er sein Gesicht wieder zu einer undurchdringlichen Maske erstarren. Ahitophel hatte ihn gut trainiert.

Endlich hörte man Absaloms Kommen. Gelächter erscholl im Gang, leicht verzerrte Stimmen . . . die Erinnerungen überkamen mich so deutlich, daß ich fast Amnons Gürtel wieder auf meinen Beinen spüren konnte. Ich drehte mich weg, weil ich plötzlich nicht mehr in der Lage war, Absalom ins Gesicht zu sehen, obwohl ich sein Parfum und den Wein in seinem Atem riechen konnte. Als ich mich wieder umzudrehen wagte, sah ich noch Ahitophel und Amasa den Thronsaal betreten. Auch Sheba war dabei. Er spielte also noch auf Absaloms Seite; er schien ebenfalls betrunken zu sein, denn als er den Vorhang weiter aufziehen wollte, verfing er sich darin und riß ihn mitsamt den Haltestangen herunter. So konnte ich sehen, wie Absalom sich dem Thron Davids näherte; doch er nahm nicht darauf Platz. Er sprang hinauf und stellte sich mit ausgebreiteten Armen gefährlich schwankend auf die Armlehnen. Dann zog er seinen lächerlichen Helm ab, und seine schwarzen Locken flossen wie eine goldbestäubte Springflut an ihm herab bis fast zu seinen Hüften.

An diesem Punkt muß ihm jemand mitgeteilt haben, daß man auf ihn wartete, denn er begann zu schreien, daß das Geschäft warten könne; nun sei die Zeit zum Feiern, denn er sei unbesiegbar. David war wie eine Ratte aus einem brennenden Haus geflohen. Als er hörte, daß einer der Wartenden Huschai war, lachte er laut und ließ sich quer auf den Thron fallen. Sein Haar ergoß sich über einen der Löwen, so daß es aussah, als sei dem steinernen Tier eine echte blauschwarze Mähne gewachsen.

„Huschai also auch, soso!" meinte er. „Was hältst du denn davon, Ahitophel, hm? Es scheint, als ob dein ehemaliger Untertan die unendliche Weisheit seines vormaligen Lehrers wieder neu erkannt hat und nun mit ihm auf der Siegerseite stehen möchte. Wo bist du, Huschai? Komm herein und knie nieder, wo ich dich sehen kann! Was ist denn aus deiner rührenden Loyalität gegenüber meinem Vater geworden?"

„Möge der König ewig leben", sagte Huschai glatt und verbeugte sich tief vor Absalom. „Ich stehe auf der Seite des Königs, der von Adonai erwählt und vom Volk Israel bestätigt ist. Ihm bin ich untertan, und ihm gehöre ich auf immer.“ Seine heitere Ungerührtheit war irgendwie beunruhigend.

„Hört ihr das, Männer?“ blökte Absalom und warf den Kopf noch weiter zurück, so daß er Huschai verkehrt herum sah. Offenbar ging ihm die Doppeldeutigkeit von Huschais Aussage vollkommen ab. „Soviel zu Davids Charisma! Er kann noch nicht einmal auf seine engsten, persönlichen Freunde zählen, wenn sie zwischen ihm und mir wählen müssen! Nun habe ich also die zwei weisesten Ratgeber der ganzen Welt. Was sagst du dazu, Ahitophel? Willst du deinen neuesten Mitstreiter nicht willkommenheißen?“

Ahitophels Gesichtsausdruck war finsterer als eine Gewitterwolke. Wenn Blicke hätten töten können, wäre es um Huschai geschehen gewesen, doch dieser nickte ihm nur kurz zu und wandte seine Aufmerksamkeit dann wieder Absalom zu.

„So treu, wie ich deinem Vater gedient habe, will ich nun auch dir zur Verfügung stehen. Denn wem sonst sollte ich dienen als dem Sohn deines Vaters?“

Ja, wem sonst? dachte ich bitter, während ich mich dem Thron näherte.

Als Absalom mich sah, verschwand der trunkene Schleier von seinen Augen; er setzte sich aufrecht hin und umklammerte mit beiden Händen die Steinlöwen so fest, daß seine Knöchel hervortraten. Seine Körpersprache strafte seinen lässigen Worte Lügen, als er sagte: „Sieh an; der rückgratlose kleine Verräter kommt zum Schauplatz des Geschehens, nachdem die Schlacht gewonnen ist?“

Ich senkte den Blick. „Mit Respekt, Herr, zu keiner Zeit habe ich dich verraten. Es ist mir ein Greuel, wenn ich dir Grund zu dieser Annahme gegeben haben sollte. Ich habe dich verlassen, weil es mir unmöglich war, dir gegenüber weiterhin loyal zu bleiben, ohne ein ... ein wenig Abstand zu gewinnen.“

„Ich habe Besseres zu tun, als hier zu sitzen und deinem Geschwafel zuzuhören, Zoheleth.“ Er benutzte diesen Namen mit Absicht, und seine Stimme klang giftig. „Komm auf den Punkt oder verschwinde.“

„Eure Majestät ... mein Herr, ich denke, ich sollte allein mit euch über eine Sache reden“, sagte ich langsam.

„Heute treffe ich niemanden hinter verschlossenen Türen, kleine Schlange. Ich habe genug von Heimlichkeiten. Ich bin jetzt offiziell König von Israel, und alle Gespräche werden in der Öffentlichkeit stattfinden, wie es angemessen ist. Sprich hier und jetzt oder laß es bleiben."

„Also gut." Ich traute mich nicht, Sheba direkt anzuschauen, doch aus dem Augenwinkel konnte ich erkennen, daß er zitterte. „Mein Herr, nachdem wir . . . nachdem wir uns in Hebron gestritten haben . . . nun, da stieß ich auf Sheba hier, der vor deinem Zimmer mit einem Messer im Gürtel herumlungerte. Er hatte die Absicht, mich zum König zu machen, und ich fürchte, daß er diesen Gedanken noch immer hegt. Ich hatte Angst, daß er mir mit Waffengewalt etwas aufzwingen würde; deshalb rannte ich davon. Zum einen möchte ich diese Bürde gar nicht tragen – ich weiß außerdem, daß es nicht Adonais Wille ist, daß ich König werde."

Ich konnte sehen, daß er mir glaubte. Nicht umsonst waren wir uns in all den Jahren so nah gewesen. Er sagte: „Dann siehst also sogar du, wer das göttliche Recht auf den Thron hat."

„Ja, mein Herr." Das war nicht gelogen, wenn auch auf andere Weise, als er annahm.

„Komm hierher und stell dich vor mich, Sheba."

Der Angesprochene gehorchte, doch er stellte sich nicht vor den Thron, sondern warf sich der Länge nach zu Boden, als ob Absalom eine Gottheit wäre, und begann unverständliches Zeug zu brabbeln. Doch ich und alle Umstehenden hörten deutlich, wie er sagte, daß meine Anschuldigungen richtig waren und ich der Urenkel Sauls sei.

Die Luft wurde dick wie sauer gewordene Milch. Sheba mußte es auch gefühlt haben, denn er wagte es, seinen Kopf ein wenig zu heben. Einen Moment lang war ich versucht, mein Geburtsrecht einzuklagen, doch das ging schnell vorüber, und ich sagte: „Eure Majestät, ihr Herren – dies ist Israel, und wir sind das erwählte Volk Gottes. Wer meine Vorfahren waren, zählt überhaupt nicht. Adonai erwählt, wen er will."

Die Angelegenheit wäre sicher erledigt gewesen, wenn Absalom sie hätte ruhen lassen. Doch er beugte sich vor, bis seine Nase beinahe Shebas berührte und fragte: „Wie war das mit dem Messer, Sheba ben Bikri? Wolltest du Zoheleth damit erpressen, oder wolltest du es für mich benutzen?"

Wieder begann Sheba zu winseln, und es war klar, daß er die Erwähnung des Messers mehr gefürchtet hatte als alles andere. Schließlich hatte er seine Sympathien für die Sauliden nie geheimgehalten. Dabei nahm ich an, daß er selbst nicht einmal wußte, wozu er dieses Messer überhaupt dabeigehabt hatte; vielleicht war es eine reine Vorsichtsmaßnahme gewesen, weil die Lage damals so unsicher aussah. Doch je schlechtere Ausreden er sich ausdachte, desto wüstere Beschuldigungen warf ihm Absalom an den Kopf, und schließlich brüllten sie sich gegenseitig an wie zwei Besessene. Mir fiel nichts ein, was ich hätte tun können. Immer war Sheba bisher derjenige gewesen, der Frieden gestiftet hatte, während Shimei den Ärger provozierte. Nun schien Sheba Absaloms Wut regelrecht zu genießen. Absalom mochte theoretisch der König sein, doch er verhielt sich wie ein Despot und behandelte einen seiner Mitverschwörer in Gegenwart der anderen wie einen Sklaven.

Tatsächlich versuchten Ahitophel, Seraja und Amasa abwechselnd einzuschreiten, doch es war nur zu bald klar, daß dies hier nur auf eine unüberbrückbare Spaltung hinauslaufen konnte. Deshalb war ich nicht überrascht, als Sheba plötzlich aufsprang und verkündete, was zuviel sei, sei zuviel. Absalom beruhigte sich daraufhin ein wenig und machte sogar ein paar halbherzige Zugeständnisse, doch es war zu spät. Sheba stürmte fluchend hinaus.

„Laß ihn festnehmen", schnappte Ahitophel. „Die Wachen sollen ihn zurückholen, und dann läßt du ihn wegen Hochverrats steinigen."

Doch Absalom schüttelte nur schwach den Kopf, offensichtlich überwältigt von Reue.

Huschai sagte sehr sanft: „Mein Herr Absalom, Ahitophel hat recht. Wenn du Sheba jetzt gehen läßt, wird er dir später großen Ärger machen."

Wie wahr, dachte ich. Doch vor allem wird er David Ärger machen, und er ist es, um den du besorgt bist, nicht Absalom. Ahitophels Gesichtsausdruck wurde noch finsterer, falls das überhaupt möglich war; Huschais Zustimmung schien ihn weit mehr aufzuregen als die Aussicht, von Sheba verraten zu werden. Ich nutzte die entstandene Stille, um das Wort an Absalom zu richten, und fragte ihn, ob ich meine Aufgaben als sein persönlicher Betreuer wieder aufnehmen sollte, wo er jetzt den Beweis meiner Loyalität hatte. Und weil sein Widerstand gebrochen war und er die Einsamkeit des Regenten in diesem Moment sehr deutlich spürte, sagte er ja.

Ich seufzte innerlich erleichtert auf. So konnte ich sicher sein, ihn später allein sprechen zu können. Aus den Reihen seiner Bewunderer erklangen Stimmen, die die Großzügigkeit und Gnade des neuen Herrschers priesen. Es war nichts als heiße Luft, doch es baute Absaloms Selbstwertgefühl soweit auf, daß er seine Ratgeber fragen konnte, wie er nun weiter verfahren sollte.

Huschai reagierte sofort. „Ich glaube kaum, daß Sheba wichtig ist, mein Herr. Du hast Jerusalem eingenommen; was soll er jetzt noch anrichten? Du solltest dir keine Gedanken machen. Du bist der Kämpfe müde, und dein Volk ist es auch. Wenn du unbedingt etwas tun willst, dann setz eine Festwoche an. Gib etwas von den Reichtümern, die David gehortet hat, und laß deine Untertanen sie genießen. Dann werden sie dir bis an ihr Ende treu sein!"

Diese Idee heiterte Absalom sichtlich auf; tatsächlich hätte Huschai ihm kaum einen attraktiveren Vorschlag machen können. Er klatschte in die Hände und wandte sich an Ahitophel, um seine Zustimmung einzuholen. Doch der Ältere sagte: „Die Überlegung meines edlen Kollegen ist gut ausgedacht, doch sie sollte nicht überstürzt umgesetzt werden. Das Volk ist leicht zu kaufen, und ich habe selbst in ähnlichen Situationen schon ähnliche Vorschläge gemacht. Doch die Gunst des Pöbels sollte im Moment wohl kaum unser Hauptanliegen sein. Wir können ihnen später unsere Aufmerksamkeit widmen, wenn der Feind vernichtet ist!"

„Der Feind? Mein Vater?" stieß Absalom mit einem bitteren Lachen hervor. „Er ist doch wie ein Köter mit eingekniffenem Schwanz davongerannt! Laß ihn seine Tage in der Wüste beenden; wir schmeicheln ihm doch nur, wenn wir ihn weiterhin als Bedrohung sehen."

„Ich fürchte, da hast du unrecht, mein Herr", beharrte Ahitophel. „Denk daran, nur ein Dummkopf unterschätzt seinen Gegner. Jeder Tag, den wir David geben, kann ihm Gelegenheit bieten, neue Unterstützung und Macht zu sammeln. Es wäre vielleicht sogar besser gewesen, wenn er in Jerusalem geblieben wäre und offen gegen uns gekämpft hätte."

„Wie kann er denn in dieser Wildnis dort draußen eine irgendwie ernstzunehmende Opposition um sich sammeln? Dort gibt es nur Felsen, Höhlen und Spalten!"

„Bei allem Respekt, mein Herr, wenn du deinen Lehrern früher besser zugehört hättest, wüßtest du, daß das nicht stimmt. Und soweit ich weiß, hält sich David bei einem gewissen Barzillai auf, dessen Ländereien deinen eigenen an Größe und Ertrag in nichts nachstehen."

„Dann laß ihn dort bleiben! Soll er doch ein Königreich von Bauern und Schafhirten regieren! Was kümmert es mich?"

„Es wird dich ganz gewaltig kümmern, wenn du endlich begreifst, daß das Volk sich für Gerechtigkeit, Führung und alles andere, was zählt, nach Osten wendet, während du nur einen nutzlosen Palast und ein paar Illusionen von Macht besitzt."

„Ein Übermaß an weibischer Trauer um deinen Bruder muß dein Gehirn aufgeweicht haben, Ahitophel! Warum sollte das Volk jetzt plötzlich zu dem alten Mann aufsehen? Sie haben doch unter dem Gewicht seiner unfähigen Tyrannei seit Jahren nur gestöhnt!"

Als Ahitophel antwortete, war sein Tonfall so kalt und schneidend wie zuvor, doch ich hörte auch den scharfen Atemzug, den er vorher tat. Absaloms verbaler Schlag hatte den stoischen alten Mann tief getroffen, da gab es keinen Zweifel. Er sagte: „Warum sie jetzt zu David aufschauen sollten? Ich sage dir, warum – Eure Majestät! Weil sie gesehen haben, wie er barfuß und weinend ins Exil gegangen ist, genauso ein Opfer wie die meisten von ihnen. Sie werden sich mit ihm identifizieren, sie werden seine Fehler vergessen und nur noch seine Triumphe in Erinnerung behalten. Und sie werden sich schuldig fühlen, weil sie zugelassen haben, daß der Erbauer ihres Reiches wie ein Aussätziger vertrieben worden ist."

„Und was sollen wir dann deiner Meinung nach jetzt tun? Hinausgehen und ein Ende mit ihm machen? Warst du nicht derjenige, der ein Blutbad vermeiden wollte?"

„Ein Blutbad war nicht das, was mir vorschwebte, Absalom. Unterwerfung paßt viel besser in mein Bild von dieser Sache. Und wenn wir zur richtigen Zeit handeln, ist uns seine Unterwerfung sicher, voll und ganz, mit einem Minimum an Verlusten. Ich bin sicher, daß er und seine Generäle es vorziehen werden, das Leben eines müden alten Mannes zu opfern, wenn das das Überleben seiner Anhänger gewährleistet. Und diese richtige Zeit rückt immer näher, sie wäre sogar schon da, wenn wir uns nicht so lange in Hebron aufgehalten hätten. Doch zuerst mußt du ihm gegenüber ganz klar machen, daß du keine Friedensangebote akzeptieren wirst, die sein Überleben beinhalten, und daß du ihn auch nicht in Gilead gewähren lassen wirst. Er muß wissen, daß du es bitterernst meinst und daß dies ein Kampf auf Leben und Tod zwischen euch beiden ist."

„Er muß das bereits wissen. Ich sitze schließlich auf seinem Thron, nicht wahr? Wie kann es jemals wieder Frieden zwischen uns geben? Wenn ich ihm in die Hände fallen würde, hätte er gar keine andere Wahl, als mir den Hals durchzuschneiden."

„Denkst du das wirklich? Wo er nicht einmal die Courage hatte, Amnon zu töten, den er nie geliebt hat und der Tamar vergewaltigt hat, seine einzige, geliebte Tochter? Nein, Absalom. Du mußt ihm beweisen, daß all das vorbei ist! Und zwar so, daß kein Zweifel an deinen Absichten aufkommen kann. Du mußt David und der ganzen

Welt zeigen, daß du ihn als toten Mann betrachtest und daß du dich durch nichts aufhalten lassen wirst, bis diese Einstellung zur Tatsache geworden ist."

Absalom machte eine Bewegung, als ob er protestieren wollte, doch dann hielt er sich zurück. Er fuhr sich über die Stirn und sah sehr verwirrt aus, was ich ihm nicht verdenken konnte. Hatte Ahitophel nicht selbst gesagt, daß keine Notwendigkeit bestünde, David das Leben zu nehmen? War er nicht derjenige gewesen, der sich immer gegen eine offene Konfrontation ausgesprochen hatte? Hatte er plötzlich seine Meinung geändert, oder hatte er seine wahren Pläne bezüglich Davids Ende bisher verborgen gehalten, weil er sehr gut wußte, daß Absalom noch nicht bereit dafür gewesen war?

Absalom stellte keine dieser Fragen laut. Wahrscheinlich spürte er, daß er die Antworten nicht wirklich kennen wollte. Also fragte er nur schwach: „Wie?"

„Indem du mit seinen Konkubinen schläfst."

Einen Moment lang starrte Absalom den alten Mann sprachlos an. Dann schien seine ganze Verwirrung, seine Angst, seine Reue und sein Widerstreben von ihm abzufallen wie ein schwerer Mantel, und er brach in einen hilflosen und höchst unmajestätischen Lachanfall aus.

Schließlich keuchte er mit tränenfeuchten Wangen: „Nein, wirklich, Ahitophel, das ist ja eine noch überwältigendere Idee als die von Huschai! Wie viele Konkubinen hat denn der alte Mann hiergelassen? Zehn, nicht wahr? Was meinst du, ob ich alle zehn in einer Nacht nehmen kann? Was für eine Herausforderung! In meinem ganzen Leben hatte ich noch nicht so viel Spaß! Du bist wirklich ein Genie, Ahitophel."

Ahitophel hüstelte trocken. „Das mag sein, mein Herr, doch diese Idee entstammt wohl kaum meinem Genie. Ich habe schon oft gehört, daß diese Verfahrensweise in solchen Fällen angewandt wird. Wenn ein König stirbt, nimmt sein Nachfolger mit allem anderen, was ihm gehört hat, auch seinen Harem in Besitz. Das zu tun, während der Vorgänger noch atmet, sollte eine unmißverständliche Sprache sprechen."

„Dann werde ich es gleich heute Nacht tun. Sie sollen alle in die ehemaligen Gemächer meines Vaters kommen, eine nach der anderen."

Ahitophel warf die Lippen auf. „Es ist richtig, so schnell wie möglich zu handeln", sagte er. „Doch es muß in der Öffentlichkeit geschehen, mein Herr, und zwar im vollen Tageslicht, so daß kein

Zweifel aufkommen kann, ob es wirklich stattgefunden hat. Ein Bett mit Baldachin muß auf dem Palastdach aufgestellt werden, und du mußt das Ritual dort vollziehen."

„Ritual?!" stieß Absalom hervor und brach wieder in Gelächter aus. „Also, diese Bezeichnung dafür habe ich noch nie gehört! Zumindest nicht von einem Hebräer."

Ahitophel lächelte nicht, als er sagte: „Diesmal wird es ein Ritual sein, Absalom. Und genau in diesem Licht muß es auch jedem Zuschauer erscheinen."

„Ja", stimmte Absalom zu, wischte sich die Augen und begann sich ein wenig zu beruhigen. „Ja, natürlich." Dann überkam ihn ein neuerlicher Lachanfall; doch das Lachen klang so hohl wie die Musik, die seinen Einzug in Jerusalem begleitet hatte.

Das Bett wurde umgehend aufgestellt – Ahitophel hatte einen Platz auf dem Dach ausgesucht, der von überallher einzusehen war –, und die bizarre Zeremonie begann. Es gab zuvor noch ein Fest, um die Leute anzulocken und in Stimmung zu bringen, doch Absalom selbst achtete sorgfältig darauf, sich nicht zu sehr zu betrinken, um seine Aufgabe wahrnehmen zu können. Dann wurden die Konkubinen und ihre Kinder von Amasa herbeigeführt. Jed war nicht dabei; wie er mir schon gesagt hatte. Er wußte nur zu gut, wann und wie er sich unsichtbar machen sollte.

Die Frauen waren blaß vor Angst; sie schienen anzunehmen, daß Absalom sie alle umbringen würde, und als sie seine wahren Absichten erkannten, waren sie kaum getröstet. Manche von ihnen wären vermutlich sogar lieber gestorben, als vor den Augen der ganzen Welt und ihrer Kinder gewaltsam von Absalom genommen zu werden. Die Schreie waren zuviel für mich; ich wartete nicht ab, ob Absalom an diesem Abend allen Konkubinen beiwohnte.

Ich machte mich auf die Suche nach Jed und fand ihn wie erwartet in unserem Versteck bei Mephiboschet. Die beiden saßen über ein Senet-Brett gebeugt, als ob es nichts Wichtigeres auf der Welt gäbe. Wieder einmal war ich erstaunt; ich hätte meinem Vater nicht zugetraut, daß er lange genug stillsitzen konnte, um die Regeln des Spiels anzuhören, und schon gar nicht, daß er sie auch begreifen würde. Jed war ein außergewöhnlicher Junge, und ich sagte es ihm.

Er lächelte voller Unschuld und Demut. „Ach, wir kommen eben ganz gut miteinander aus."

Ich hob die Schultern. „Das sehe ich."

„Ich bin froh, daß es dir gut geht, obwohl ich mir das schon gedacht hatte. Adonai hat dich durch zu vieles hindurchgebracht, um dich jetzt fallen zu lassen", sagte er lächelnd.

„Ich . . . ich kann nicht lange bleiben. Ich muß Absalom heute unbedingt noch allein in seinen Gemächern sprechen."

„Das ist schon in Ordnung. Ich bleibe hier bei Mephiboschet."

„Jed, weißt du, was Absalom getan hat? Mit den Konkubinen, meine ich?"

„Ja, das weiß ich." Er warf meinem Vater einen Blick zu und bedeutete mir, in seiner Gegenwart nicht davon zu sprechen. Es war, als ob Mephiboschet das Kind und Jed der Erwachsene sei. „Ich habe gehört, was die Soldaten geredet haben. Kommst du morgen früh wieder her?"

„Ich . . . " Ich konnte nicht die richtigen Worte finden, um ihm die Wahrheit beizubringen, aber irgendwie schien er es zu merken. Diejenigen, die Adonai nahe sind, haben ein ganz besonderes Gespür für viele Dinge. Er flüsterte: „Du hast also vor, ihm wieder zu dienen? Nach allem, was er dir angetan hat? Micha, im Namen des Herrn –"

„Jed!" Ich kniete mich vor ihn hin und nahm sein schmales Gesicht in beide Hände. Seine übergroßen Augen waren feucht. „Du bist so weise in allem anderen; jetzt sei auch in dieser Sache weise! Ich weiß, daß das, was Absalom tut, falsch ist, und er wird mich nicht beeinflussen. Aber selbst wenn er mich nicht anhört und tatsächlich gegen David marschiert – ich kann ihn nicht einfach im Stich lassen!"

„Du wirst umgebracht werden, genau wie er, und ich werde dich nie wiedersehen."

„Du hast doch eben gesagt, daß Adonai mich beschützt, nicht wahr?" Einem Impuls folgend umarmte ich ihn; er war so dünn und klein, und doch steckte die gesamte Zukunft Israels in diesem zerbrechlichen Körper. Als ich ihn wieder loslassen wollte, klammerte er sich einen Augenblick lang an mir fest. Der arme Junge hatte nie einen wirklichen Freund gehabt, und ich wußte nur zu genau, wie das war. Dann begann mein Vater sich zu beklagen, und Jed ließ mich los und ging zum Spielbrett zurück. Ich verschwand, bevor ich die Dinge noch schlimmer machte.

Ich wurde ohne Rückfragen in die königlichen Gemächer vorgelassen; die syrischen Wachen kannten mich noch von früher. Es war seltsam, in Davids Räumen zu stehen und auf seinen Sohn zu warten. Die Wände und Vorhänge schienen von seiner Persönlichkeit durchtränkt zu sein.

Plötzlich warf sich etwas gegen meine Beine – es war Gatis, die mich schwanzwedelnd umsprang und voller Freude meine Hände leckte. Ich mußte grinsen und beugte mich hinunter, um sie zu streicheln. Dabei verlor ich das Gleichgewicht, und bald wälzten wir uns ausgelassen auf dem Boden herum. Ich hörte nicht, wie Absalom hereinkam. Erst als er sich mit einem Stöhnen auf das Bett fallen ließ, schrak ich auf.

„Guten Morgen, Zohel", sagte er leichthin. „Weißt du, daß es schon kurz vor Morgengrauen ist? Laß dir nie einreden, daß es eine angenehme Sache ist, in einer Nacht mit zehn Frauen zu schlafen! Die ersten fünf, nun gut . . . aber danach! Meine Güte, was für eine Aufgabe! Trotzdem, irgendwie hatte es auch seine Reize. Ich wünschte nur, Amnon hätte mich sehen können."

Ich befand, daß es darauf nichts zu erwidern gab, was keinen Streit provoziert hätte und sagte nichts. Schweigend half ich ihm beim Auskleiden und Baden, während er ununterbrochen redete wie ein Wasserfall und schließlich wissen wollte, ob man mir die Zunge herausgeschnitten habe.

„Komm schon", drängte er mich. „Sprich! Sag irgend etwas, Nachkomme Sauls! Du kannst doch unmöglich in wenigen Stunden das Reden verlernt haben!"

Ich biß die Zähne zusammen, weil ich sicher war, daß ich laut schreien würde, sobald ich den Mund aufmachte. Doch er ließ mich nicht damit durchkommen. Zuerst bohrte er nach und quälte mich, dann schien er endlich zu begreifen, daß ich mir Sorgen machte und fragte mich sehr sanft, was los sei. Zu meinem eigenen Entsetzen brach ich in Tränen aus.

Ich sank in mich zusammen und weinte mir die Augen aus, ohne etwas dagegen tun zu können. Absalom stieg aus der Wanne, warf sich ein Tuch um die Schultern und hockte sich neben mich. „Was ist los? Was soll denn der Unsinn, Zohel?" Seine Stimme klang ganz rauh, und ich dachte, daß er vielleicht unter all seiner Arroganz doch noch ein Herz hatte.

Ich hatte mir vorher überlegt, wie ich ihm die Sachlage am einleuchtendsten darstellen konnte, doch nun brach alles in einem wilden Aufruhr aus mir heraus: daß er verdammt war und daß er sterben und Tausende von Männern mit sich in den Tod reißen würde.

Er antwortete genau das, was ich erwartet hatte: daß er bereits gewonnen habe; daß jeder, der irgendwie wichtig war, auf seiner Seite stand: Ahitophel, Seraja, Amasa, Huschai, Bathseba. David hatte nur Joab und Abischai, und diese waren auch nicht mehr die jüngsten.

„Huschai steht nicht auf deiner Seite", stieß ich hervor. „Er ist Davids Mann, und er will dich hinters Licht führen. Und Bathseba ist mit David gegangen, weißt du das denn nicht? Warum hat sie wohl nicht hier auf dich gewartet? Sie zählt die Tage bis zu deinem Begräbnis!"

„Ich weiß sehr gut, daß sie zunächst mit ihm gehen muß. Sie hat es mir mitteilen lassen! Was hätte sie ihm denn erzählen sollen, um Himmels willen? Dafür hat sie mir aber Gold aus Davids eigenem Schatz zukommen lassen. Eine solidere Unterstützung könnte ich wohl kaum bekommen, oder?"

„Es ist eine Falle, begreifst du das denn nicht? Das Gold ist ein Köder, und du tappst mitten hinein!"

„Bathseba liebt mich, Zohel. Aber das kannst du natürlich nicht begreifen!"

„Absalom, du blinder Idiot! Sie liebt dich nicht, sie will deinen Tod! Wie oft muß ich dir das noch sagen? Darum hat sich dich verführt! Mit Bathseba zu schlafen ist wie ein Tanz mit dem Tod selbst."

„Zohel, du solltest jetzt besser aufhören. Ich warne dich – am Ende komme ich noch auf den Gedanken, daß du doch ein Verräter bist und willst, daß ich aufgebe, damit du den Thron einnehmen kannst!"

„Das ist das letzte, was ich will!"

„Wie kommst du dann darauf, daß ich dazu verdammt bin, alles zu verlieren?"

„Weil Nathan es gesagt hat. Nathan ist das Sprachrohr Adonais. Er kennt die Zukunft!"

„Ich dachte, du hättest nichts mehr mit Adonai zu schaffen? Denn mir bedeutet er nichts, Zohel. Er hat keine Macht, die an Baals Einfluß herankäme."

„Was?"

„Es ist Baal, dem ich huldige, Zohel. Adonai hat drei Jahre gebraucht, um mich aus Geschur zurückzubringen – wenn es überhaupt sein Werk war. Baal hat nicht einmal drei Wochen benötigt, um mich auf den Thron zu setzen, seit ich das Opfer in Hebron dargebracht habe."

„In Hebron hast du nicht Baal, sondern Adonai ein Opfer gebracht!"

„Nicht in meinem Herzen. Wenn dein kostbarer Adonai in unsere Herzen sehen kann, dann weiß er das."

Ich verschwendete meine Zeit. Erschöpft wandte ich mich ab, als sich Absalom auf Davids Bett fallen ließ, noch immer halb beschmiert mit der Goldfarbe, mit der er die Laken beschmutzte.

Huschais Feierwoche kam, doch Absalom hatte wenig Gelegenheit, sie zu genießen. Ahitophel war ständig hinter ihm her und drängte ihn, seine Verantwortung wahrzunehmen und eine Entscheidung bezüglich David zu treffen.

Als die sieben Tage herum waren und keiner mehr auch nur einen Weinkrug ansehen konnte, ohne ein Würgen im Hals zu verspüren, sah Absalom sich gezwungen, sich ernstlich mit dieser Angelegenheit zu beschäftigen. Zu diesem Anlaß postierte er sich in vollem Ornat auf dem Thron, umringt von seinen bewundernden Untertanen und mir als seinem persönlichen Leibwächter, der einen Palmzweig über seinem Kopf schwenkte, um die Fliegen zu vertreiben und ihm Luft zuzufächeln – ein vollkommen überflüssiger Aufwand, da es bereits Spätherbst war.

Doch Absalom wollte, daß jeder sah, daß der Urenkel Sauls ihm selbst jetzt noch untertan war, wo meine Identität öffentlich bekannt geworden war.

Absalom verkündete, daß jeder angehört werden würde, der einen Plan vorzuweisen hatte, und daß er entscheiden würde, sobald alle ihre Lösungsvorschläge vorgetragen hatten.

Ahitophel war der erste. Er schlug vor, daß Amasa und er selbst autorisiert werden sollten, 12 000 Soldaten auszuwählen und dem Flüchtigen nachzustellen. Sie würden sofort nach diesem Treffen losmarschieren, unterwegs keine Pausen machen und den Feind so vollkommen überraschen, während er möglicherweise noch dabei war, den Jordan zu überqueren. Das Hauptziel dieses Feldzugs sollte es sein, David selbst zu fassen und zu töten; auf diese Weise konnte ein Bürgerkrieg vermieden werden. Davids Armee würde Absaloms eigener hinzugefügt werden, und Absalom war in der Lage, die Besiegten großzügig zu begnadigen.

„Du meinst, ihr würdet noch heute aufbrechen?“ stieß Absalom erstaunt hervor. „Wäre es nicht klüger, das Ganze sorgfältig vorzubereiten? Ich dachte immer, ich sei der Unbesonnenere von uns beiden!“

„Selbst heute könnte schon zu spät sein, mein Herr.“ Ahitophel war sichtlich bemüht, ruhig zu bleiben, doch es schien ihm nicht recht zu gelingen. „David ist nicht mehr bei Barzillai; sein Gefolge ist zu einer recht beachtlichen Armee angewachsen, während unsere eigene schrumpft . . . doch ich nehme an, du warst noch nicht lange genug nüchtern, um das wahrzunehmen." Er machte eine Kunstpause, und Absalom nahm den Schlag ohne Widerstand hin. „Wachstum zieht weiteren Wachstum nach sich, während etwas, das im Schrumpfen begriffen ist, sich nur schwer wieder aufbauen läßt. Nächste Woche könnten wir deutlich schwächer sein als heute, und seine Kraft könnte sich verzehnfacht haben."

Zustimmendes Gemurmel erhob sich, doch Absalom schien völlig unbeeindruckt zu sein. Ich wußte nicht, ob es ihm widerstrebte, Amasa und Ahitophel die Beseitigung Davids so leichthin zu überlassen, weil er einen Anfall von Gewissensbissen verspürte oder weil er die Ehre gern für sich beansprucht hätte. Schließlich rief er Huschai auf, seine Meinung zu äußern, falls diese sich von Ahitophels Vorschlag unterschied.

„Ganz sicher tut sie das, mein Herr", antwortete dieser glatt und ohne zu zögern. „Wenn ich so sagen darf, dann hatte mein Herr vollkommen recht mit seinem Anliegen, einen solchen Schritt sorgfältig vorauszuplanen – wenn du überhaupt vollkommen von seiner Notwendigkeit überzeugt bist! David ist ein bewährter Krieger, und auch Joab und Abischai werden sich gut vorbereitet haben. Amasa und Ahitophel werden sie kaum einfach so bei Nacht überraschen können. Nein; wir müssen uns die Zeit nehmen, gut zu planen und eine ausgezeichnete Armee zusammenzustellen – Soldaten so zahlreich wie der Sand am Meer, um Davids Truppen in überwältigender Menge zu übertreffen. Dann könnten wir selbst eine Stadt Ziegel für Ziegel auseinandernehmen, in der er sich versteckt hielte. Und, Majestät, denke ich, es wäre das Beste, wenn du selbst diese Armee anführen würdest. Das wäre ein großartiges Vorbild und ein Ansporn für die Offiziere und die Soldaten!"

Wenn ich überhaupt noch Zweifel daran gehegt hätte, daß Huschai ein doppeltes Spiel trieb, so wären diese spätestens jetzt zerstreut worden. Absalom als Anführer gleich welcher militärischen Aktion vorzuschlagen war reiner Wahnsinn. Doch natürlich war es für Huschai von größter Wichtigkeit, daß Absalom starb – genauso wichtig wie es für Ahitophel war, daß David starb. Und Huschai wußte nur zu genau, wie man Absalom bei seiner Eitelkeit packen konnte. Es schien Absalom nicht im geringsten zu beunruhigen, daß er in seinem ganzen Leben nur an einer nennenswerten Schlacht teilgenommen hatte . . . falls er überhaupt die Waffe in die Hand genommen und nicht nur wohlbehütet zugesehen hatte.

Da keine weiteren Vorschläge mehr kamen, erklärte Absalom, daß er nun sorgfältig über die beiden Strategien nachdenken wolle und daß jeder eingeladen sei, seine Meinung dazu zu äußern. Amasa und Seraja sprachen sich für Ahitophels Vorschlag aus; die restlichen Anwesenden wollten sich nicht festlegen, um sich Absaloms Sympathien nicht zu verscherzen. Da ich sicher war, daß Absalom ohnehin nicht auf mich hören würde, sagte ich nichts, sondern wedelte weiter mit dem Palmzweig, bis meine Arme schmerzten wie die eines phönizischen Galeerensträflings.

Am Ende entschied sich Absalom entgegen der Meinung aller verbliebenen Mitglieder der Verschwörung für Huschais Vorschlag.

Alle begannen sofort wild durcheinanderzureden, so daß ein Stimmengewirr entstand wie beim Turmbau zu Babel. Noch nie hatte ich Ahitophel so aufgebracht gesehen; er raufte sich die Haare und bombardierte Absalom mit einem wahren Hagel von Argumenten; doch sie prallten an ihm ab wie Wasser an einer geölten Schwertklinge.

Ich wußte, daß es nicht nur Absaloms Starrköpfigkeit war, die den Zorn des alten Ratgeber erregte; er war auch wütend auf sich selbst, weil er soviel Zeit und Energie in diesen Nichtsnutz investiert hatte und daß er nun trotz all seiner Weisheit und Raffinesse am Ende als Verlierer dastehen würde, während seine Enkelin alles bekam, was sie gewollt hatte. Wenn diese beiden zusammengearbeitet hätten, hätten sie vielleicht eines Tages tatsächlich die Welt regieren können. Doch so clever Ahitophel auch sein mochte, am Ende hatte er sich doch als nicht weiser erwiesen als alle anderen.

Am selben Nachmittag sah ich bei einem Besorgungsgang, wie Huschai in einer dunklen Ecke mit einem Sklavenmädchen flüsterte. Ich schlich mich näher heran, konnte aber nicht verstehen, was gesprochen wurde.

Also folgte ich dem Mädchen, als sie weiterging. Sie bestach die Wachen am Haupttor und verließ den Palast, und ich huschte ihr nach wie ein Schatten durch die Gassen Jerusalems und bis hinaus zur Quelle in Enrogel. Dort traf sie mit zwei Jungen zusammen, denen sie schöne Augen machte; doch ich wußte, daß dies kein Liebesstelldichein war. Ich kannte die beiden Jungen; sie hießen Jonathan und Ahimaas, die Söhne der Hohepriester Abjathar und Zadok. Noch immer bekam ich kein Wort mit, doch das war auch gar nicht nötig. David würde spätestens morgen über Absaloms Pläne Bescheid wissen.

Ich hatte mich noch nicht entschieden, ob ich Absalom davon erzählen sollte, doch kaum hatte ich den Palast betreten, da fing mich Ahitophel ab. Er hatte mich beschattet und gesehen, daß ich dem Sklavenmädchen gefolgt war, und nun zerrte er mich in einem letzten verzweifelten Versuch, Absalom zur Vernunft zu bringen, vor seinen Thron und zwang mich zu einer Aussage.

Doch Absalom wollte nichts davon hören. Er war überzeugt, daß Ahitophel verrückt geworden war und unter Verfolgungswahn litt. In der Tat hatte der alte Mann einen beängstigenden Ausdruck in den Augen. Absalom stimmte zwar zu, den beiden Jungen einen Spähtrupp hinterherzusenden, doch er tat es nur, um Ahitophel zum Schweigen zu bringen, und die beiden Späher kehrten dann auch unverrichteter Dinge zurück.

„Was soll es mich kümmern, wenn mein Vater meine Pläne kennt?" schnarrte der neue König. „Wenn wir Huschais Vorschlag folgen, brauchen wir keinen Überraschungseffekt. Wir werden David durch das bloße Gewicht der Menge unserer Männer zerdrücken. Soll er doch ruhig wissen, was auf ihn zukommt! Der Gedanke gefällt mir, daß er seine letzten Tage in Angst vor meinem Kommen verbringt!"

Ahitophel sagte: „Ich hätte wissen sollen, daß du niemals erwachsen werden wirst. Du wirst unwissender sterben, als du zur Welt gekommen bist. Doch ich hatte nicht damit gerechnet, daß du auch mich zum Idioten machen würdest."

Er verbeugte sich steif und ging, bevor Absalom ihn aufhalten konnte. Wir sahen ihn nie wieder. Zwei Tage später erfuhren wir, daß er nach Giloh gegangen war, seine Angelegenheiten geordnet und sich dann erhängt hatte.

23

Ich weiß nicht genau, wie viele Tage vergingen, bevor wir nach Osten aufbrachen. Ich hatte jegliches Zeitgefühl verloren, und obwohl ich äußerlich frei war, fühlte ich mich gefangen. Ahitophels Selbstmord hatte mich zur Verzweiflung verdammt.

Obwohl der Ausweg, den Ahitophel gewählt hatte, mir durchaus verständlich war, hätte ich mir niemals selbst das Leben nehmen können. Ganz gleich, wie schlimm die Dinge standen und wie wertlos ich mich gefühlt hatte; immer schon hatte ich einen unbändigen Willen gehabt zu überleben. Seltsam; ich hatte Selbstmord immer als leidenschaftliche oder verrückte Tat gesehen, und beides wollte nicht zu Ahitophel passen. Vielleicht war er wirklich am Ende wahnsinnig geworden; doch dagegen sprach, daß er vorher seine persönlichen Dinge so sorgfältig in Ordnung gebracht hatte.

Wie auch immer, ohne ihn waren wir verloren, und das sagte ich Absalom auch. Er ignorierte mich einfach, denn Huschai hatte soeben verkündet, daß nun die Zeit gekommen sei, gegen David vorzurücken.

Und so brachen wir auf und ließen nur Seraja als Absaloms Vertreter in Jerusalem zurück. Wir führten Pferde und Wagen und eine Unmenge syrischer Hilfstruppen mit uns, denn Seine Majestät König Talmai hatte keine Kosten und Mühen gescheut, um seinen Enkelsohn dabei zu unterstützen, die Mission auszuführen, zu der er selbst ihn schon vor Jahren ermutigt hatte.

Doch von Anfang an brachten diese zusätzlichen Truppen mehr Ärger als Nutzen. Vielen von Absaloms treuen Anhängern mißfiel die Anwesenheit von Fremden in solcher Menge, und noch weniger mochten sie Absaloms offensichtliche Neigung zu diesen. Ein kalter Wind des Widerwillens blies mit den aufkommenden Herbststürmen durch unsere Reihen und ließ uns alle erschaudern. Amasa hatte erhebliche Probleme, die Diziplin aufrechtzuerhalten.

Inzwischen hatten wir erfahren, daß Davids gesamte Armee den Jordan bereits überschritten hatte; das war nicht überraschend, denn ansonsten hätte Huschai mit Sicherheit versucht, Zeit zu schinden. Doch noch immer schien Absalom ihm vollkommen zu trauen – wahrscheinlich, weil Huschai der einzige war, der sich nicht ständig bei ihm über irgend etwas beklagte. Kein Wunder. Ich für meinen Teil hatte mich damit abgefunden, daß ich so oder so als toter Mann enden würde, und zwar eher früher als später. Also konnte ich ebensogut an Absaloms Seite sterben, der zumindest früher einmal etwas für mich übrig gehabt hatte. Er hatte vor langer Zeit einmal versprochen, mich zu seinem Schildträger zu machen, und nun würde ich es werden, obwohl ich noch nie Zeuge einer Schlacht gewesen war.

Unsere Jordandurchquerung war ein einziger Alptraum. In diesem Landstrich regnet es einmal in hundert Tagen, und ausgerechnet am Tag unserer Ankunft öffnete der Himmel seine Pforten. Es regnete nicht einfach, es schien fast, als würde sich die Sintflut wiederholen, und ich begann ernstliche Zweifel an Gottes Bund mit Noah zu bekommen. Ich habe keine Ahnung, wieviele Pferde und Maultiere wir in den Fluten verloren; auch einige Wagen mußten wir zurücklassen, weil sich unsere behelfsmäßigen Floße unter dem Ansturm der Elemente sehr schnell in ihre Bestandteile auflösten. Von Davids Truppe waren dagegen keine solchen Spuren zu sehen. Vielleicht hatten sich die Wasser für ihn geteilt wie damals am Roten Meer.

Auch am anderen Ufer wurde es nicht viel besser. Der Boden war aufgeweicht, und die Räder unserer Wagen blieben immer wieder im Schlamm stecken. Auch wir selbst mußten uns mühsam durch knietiefen Schlick kämpfen. Einmal verlor ich eine meiner Sandalen und mußte sie auf den Knien mit meinem Schwert wieder ausgraben, weil ich nur dieses eine Paar hatte.

Danach kamen wir in ein dichtes, finsteres Waldgebiet, und ich hatte das Gefühl, daß hinter jedem Busch, hinter jedem Stamm einer von Davids Spionen lauerte. Unter diesen Bedingungen konnten wir es unmöglich in einem Tag bis Mahanaim schaffen, selbst wenn wir vor Sonnenaufgang aufgebrochen wären. Wir kampierten mitten auf einer Lichtung. Es gab eine Siedlung in der Nähe, doch sie war verlassen. Die älteren Offiziere und wir schliefen in den Häusern; in unserem waren sogar noch ein paar Holzstücke in der Feuerstelle, so daß wir ein Feuer machen konnten. Anscheinend waren die Bewohner noch nicht lange fort; vielleicht hatte man sie vor unserem Kommen gewarnt.

Ich fühlte mich schrecklich fehl am Platz. Vor unserem Aufbruch hatte Amasa Absalom und mir ein paar halbherzige Waffenübungen auferlegt, doch selbst da war ich mir schon absolut unfähig vorgekommen. Es war Davids Goldenen Jahren des Friedens zu verdanken, daß meine Hände weich wie die einer Frau und mein Körper ohne Kampfesnarben waren.

Früh am nächsten Morgen zogen wir weiter, und obwohl das Wetter noch immer schrecklich war, erreichten wir Mahanaim am frühen Abend. Wir hielten in Sichtweite der Stadtmauern, doch es war schon zu dunkel, um Davids Armee ausfindig zu machen. Späher wurden ausgeschickt, während wir uns niederließen und ein kärgliches Mahl zu uns nahmen. Absalom war in schwärzester Stimmung, und ich suchte Zuflucht bei den Wachen vor dem Lager.

Es war sehr spät, als ich zu unserem behelfsmäßigen Zelt zurückkehrte. Der Mond war hinter Wolken verborgen, und es war stockdunkel. Während ich mir unsicher meinen Weg ertastete, schlang sich plötzlich ein starker Arm um meinen Hals; eine Hand schloß sich wie eine Eisenklammer über meinen Mund, und dann warf mir jemand einen feuchten Schal über den Kopf. Alles Strampeln und um mich Schlagen nützte nichts; mein Angreifer hob mich mühelos wie ein totes Schaf auf seine Schulter.

Ich konnte nicht fassen, was mit mir da geschah. Mitten in unserem eigenen Lager, im inneren Kreis unserer Armee, wurde ich überfallen und verschleppt! Und mein Entführer schritt sorglos und ohne besondere Vorsicht dahin, als ob unsere Männer in einer Art Winterschlaf lagen.

Außerhalb des Lagers wurde mir der Schal abgenommen, und man setzte mich auf ein Maultier. Es war zu dunkel, um die Gesichter meiner Häscher zu erkennen, aber es waren zwei. Einer von ihnen sagte: „Seine Majestät König David bittet dich, diese etwas ungewöhnliche Art der Einladung zu entschuldigen, mein Herr. Doch er wünscht deine Gesellschaft an seinem Tisch." Die Stimme gehörte eindeutig zu Abischai.

Überraschend schnell und sicher fand er den Weg in die Stadt, und sie brachten mich zu Barzillais Haus, wo David offenbar noch immer wohnte. Bronzelampen erleuchteten ein geschmackvoll eingerichtetes, sehr trockenes und behagliches Haus, in dem nur meine tropfenden Kleider häßliche kleine Pfützen hinterließen.

Als David den Raum betrat, war ich endgültig sicher, daß dies alles hier nur ein Traum sein konnte. Er ging hoch aufgerichtet und mit einer Sicherheit, die dem großen Kriegsherrn und Herrscher zustand, der er einst gewesen war. Sein Schritt war beinahe federnd, sein Haar und sein Bart waren geölt und getrimmt, und sein Gesicht wirkte trotz der tiefen Falten nicht länger eingefallen, sondern markant und stark wie gutes Leder. Auch schien er mir größer zu sein, als ich ihn in Erinnerung hatte; vielleicht lag das aber auch nur an der Beleuchtung des Raumes oder dem Wein, den ich mit den Lagerwachen getrunken hatte. Jedenfalls sah er alles in allem wie ein anderer Mann aus; nur seine Augen waren so voller angespannter Traurigkeit wie immer.

Mir fehlten die Worte, und er konnte nicht anders, als über meine Fassungslosigkeit zu lächeln. Er hatte ein Grübchen im Kinn, das ich nie zuvor bemerkt hatte, und einen Moment lang sah er aus wie ein kraftstrotzender Jugendlicher. Zum ersten Mal in meinem Leben konnte ich mir vorstellen, wie er nur mit einer Steinschleuder bewaffnet dem Riesen Goliath entgegentrat.

„Hat Abischai dir meine Entschuldigung für die etwas rauhe Behandlung vorhin ausgerichtet?" fragte er. Ich konnte nur nicken. „Gut! Es scheint, als würden die Söhne der Zerujah doch noch so etwas wie Benehmen lernen. Doch du siehst aus, als wärst du einem Geist begegnet. Vielleicht liegt das ja gar nicht an deinem Schrecken über deine Entführung, sondern über mein Aussehen?" Er lächelte wieder, und das Grübchen vertiefte sich. „Ich habe dir wohl nie erzählt, daß die Jahre, die ich draußen in den Bergen auf der Flucht vor Saul verbracht habe, die glücklichste Zeit meines Lebens waren. Keine endlosen Diskussionen, keine langweiligen Verhandlungen mit Abgesandten, die unterhalten werden wollten; statt dessen gab es jeden Tag eine neue, ungeahnte Herausforderung. Nie wußte ich, wo ich am Abend mein Lager aufschlagen würde oder ob ich den nächsten Tag noch erleben würde. Ein solches Leben läßt einem ganz neu seine Segnungen bewußt werden, mein plötzlich verstummter junger Freund, und du lernst, die kleinen Freuden zu genießen. Da wir gerade von Freuden sprechen –" er klatschte in die Hände, und ein Sklave erschien urplötzlich – „ ich hätte dir längst Wein und trockene Kleider anbieten sollen. Wie nachlässig von mir!"

Ich stand noch immer offenen Mundes da, während verschiedene Sklaven herbeieilten und gewärmten und gewürzten Wein, heiße Suppe, frisches Brot und wunderbar saubere und trockene Kleider für mich brachten. Ich ließ mich ohne Protest von ihnen umziehen und kippte den Wein in einem einzigen Zug hinunter.

„Es entbehrt nicht einer gewissen Ironie, nicht wahr?" bemerkte David, während er mich dabei beobachtete, wie ich die Suppe hinunterschlang. „Da lebe ich hier in einer Umgebung, die meinem eigenen Palast nur wenig nachsteht, und das in der Stadt, in der Abner Ischboschet als meinen Gegner auf den Thron gesetzt hat. Natürlich will Joab, daß ich schön zu Hause bleibe, während er morgen gegen Absalom ins Feld zieht. Sie denken alle, ich sei aus Papyrus, weißt du." Ein seltsamer Ausdruck zog über sein Gesicht, und er räusperte sich, bevor er weitersprach: „Es tut mir wirklich leid, daß ich dich gewaltsam entführen lassen habe, das war nicht sehr höflich. Ich mußte dich schon immer deutlich bitten, zu mir zu kommen. Anscheinend muß ich wohl eine schrecklich langweilige Gesellschaft sein." Wieder dieses jugendliche Lächeln; und noch immer konnte ich kein Wort hervorbringen. Also redete er weiter: „Diesmal hatte ich allerdings keine eigensüchtigen Motive. Ich konnte nicht riskieren, daß du dich weigerst zu kommen; zu Absaloms und deinem eigenen Besten. Dich zu entführen schien mir die einfachste Lösung." Er sah, wie meine Augenbrauen sich hoben und fügte hinzu: „Nun ja, siehst du, Abischai hat sehr viel Erfahrung damit, in die Lager rivalisierender Könige einzudringen und ihnen Sachen zu stehlen, die ihnen am Herzen liegen. Saul mußte das am eigenen Leibe erfahren ... glaube ja nicht, daß der Herr keinen Humor hat!" Dann wurde er plötzlich sehr ernst. „Wirklich, es tut mir leid. Du willst jetzt sicher wissen, was hier eigentlich gespielt wird."

Ich nickte schwach, und David fuhr fort: „Es gibt eine ganze Reihe von Gründen, warum ich dich hierhaben wollte. Zum einen gibt es ein paar Dinge, die ich dir sagen muß, für den unwahrscheinlichen Fall, daß ich in der Schlacht umkomme, die uns bevorsteht. Und es gibt etwas, was ich dir geben muß ... Micha ben Saul."

Er wußte es also. Meine Zunge gehorchte mir noch weniger als zuvor, und ich saß einfach nur da und starrte ihn an, während mein Herz so laut klopfte, daß ich es hören konnte. Er beugte sich einem Impuls folgend vor, ergriff meine Oberarme und sagte: „Ja, ich weiß es. Ich habe es schon gewußt, als ich dich das erste Mal gesehen habe. Du hast Jonathans Gesicht und Sauls Augen, weißt du ..." Er schluckte mühsam und mußte sich sichtlich zwingen, weiterzusprechen. „Ich habe zugelassen, daß deinem Vater Mephiboschet schreckliche Ungerechtigkeit widerfahren ist. Er hat mich nie verraten, nicht wahr?"

Das war ein Feststellung, kein Frage, und so schüttelte ich nicht einmal den Kopf. David stieß ein langes, abgrundtiefes Seufzen aus. „Ja, ich wußte auch das. Spätestens seit der Sache mit dem Testament, das Ziba begüngstigte. Ich muß nicht ganz bei mir gewesen sein ... Aber mach dir keine Gedanken; ich werde das in Ordnung bringen, wenn – falls – ich den morgigen Tag überlebe. Und du wirst alles bekommen, was dir zusteht."

Alles? Ich hatte noch immer keine Stimme, aber die Frage muß deutlich in meinen Augen zu lesen gewesen sein.

„Ausgedehnte Ländereien, die Festung in Gibea. Alles ist ein wenig heruntergekommen, aber die Substanz ist in Ordnung. Und da gibt es noch das hier."

Er zog einen kleinen Dolch aus den Falten seines Umhangs. Der Griff der Waffe war abgenutzt und altmodisch, doch meisterhaft graviert und mit Edelsteinen besetzt.

„Dies hier wurde für Sauls Großvater angefertigt", sagte David und drehte den Dolch nachdenklich in den Händen. Er beugte sich vor, drückte mir die Waffe in die Hand und schloß meine Finger darum. „Ich habe es an mich genommen, nachdem ich den Amalekiter hinrichten ließ. Rechtmäßig gehört es dir, Micha." Er schien meinen Widerstand zu spüren und fügte hinzu: „Du kannst nicht vor deiner Geschichte davonlaufen. Niemand von uns kann der Bürde seiner Geburt entrinnen. Micha, es gibt nur eins, das Saul gehörte und das ich dir nicht geben kann, obwohl Adonai weiß, daß ich es mehr als einmal gern getan hätte. Du würdest einen weit besseren König abgeben als jeder einzelne von meinen Söhnen, das muß ich leider zugeben. Und ich trage die Schuld daran. Micha, ich weiß, daß du dich seit damals nicht mehr viel um Adonai geschert hast, aber wenn er einen Menschen einmal berührt hat, kann man das Wirken seines Geistes nicht völlig unterdrücken. Adonai ist noch immer bei dir, und du kannst ihm wieder begegnen."

Ich hatte auf das Messer hinuntergestarrt; jetzt riß ich den Kopf hoch und sah David direkt in die Augen. Sie blickten mich an wie die von Jed.

Er sagte: „Mir ist bewußt, daß ich nicht gerade ein leuchtendes Beispiel für dich gewesen bin, und auch das tut mir leid. So vieles tut mir leid; das ist einer der Gründe, warum ich dich sehen wollte: Ich wollte dich um Verzeihung bitten. Ich wollte, daß du es verstehst. Ich habe dir einmal gesagt, daß ich dir irgendwann einmal alles erklären würde, was vorgefallen ist, und ich fürchte, daß diese Zeit nun gekommen ist. Aber es wird für uns beide nicht leicht werden."

Endlich fand ich meine Stimme wieder und begann zu protestieren, daß ich all das gar nicht wissen wollte und daß es Salomo war, der das Anrecht auf den Thron hatte.

„Ja", knurrte David durch zusammengebissene Zähne. „Der Gipfel der Ironie, nicht wahr? Ihr Sohn." Die Bitterkeit in seiner Stimme erschreckte mich. „Ich muß sagen, daß Adonais Wege manchmal mehr als unergründlich sind. Manchmal sind sie sogar kaum von denen seiner Widersacher zu unterscheiden. Bathsebas Sohns ist der letzte, den ich als meinen Nachfolger bestimmt hätte. Vielleicht ist Israel so sehr abgefallen, daß Adonai es durch seinen nächsten König vernichten will. Nathan sagt, daß der Bund mit Mose vielleicht nicht unwiderruflich ist . . ."

Er bemerkte meine Verwirrung, doch er ging nicht darauf ein. „So ein seltsamer Junge . . . Das war er schon immer, von Geburt an. Diese Augen – viel zu alt für ein Baby, und immer beobachtete er alles um sich herum so genau. Weißt du, daß er mit acht Monaten schon in ganzen Sätzen gesprochen hat? Es war unheimlich." Bei dem Gedanken schüttelte es David förmlich, und ich hätte ihn gern irgendwie getröstet. Ich hatte angenommen, daß David Bathseba bis zur Selbstaufgabe geliebt hätte; warum sonst hatte er ihr all die Privilegien eingeräumt? Doch nun hörte er sich fast so an, als ob er sie haßte – so sehr, daß ihn sogar der Gedanke an ihren Sohn krank machte. Er hatte Jeds Intelligenz für etwas Böses gehalten, weil er ihm gegenüber so voreingenommen war, daß es seine Sicht völlig verzerrte. Ich hätte ihm so gern gesagt, wie Jed wirklich war, doch ich konnte nicht die richtigen Worte dafür finden.

David räusperte sich. „Ich habe lange und hart mit Adonai gerungen, doch er scheint seinen Wunsch, Salomo auf dem Thron zu sehen, nicht zurücknehmen zu wollen. Aber vielleicht kannst du etwas für mich tun, Micha. Du mußt Absalom dazu bringen aufzugeben."

Ich schrak hoch, doch David legte mir die Hand auf den Arm. „Du verstehst doch, warum das nötig ist, nicht wahr? Wenn Salomo dazu bestimmt ist, auf den Thron zu steigen, setzt das voraus, daß Absalom vorher fallen muß. Und das bedeutet fast mit Sicherheit, daß er das Schlachtfeld morgen nicht lebend verlassen wird. Und das willst du doch sicher nicht, oder?"

Ich murmelte, daß ich das natürlich nicht wollte, aber daß ich schon mit Absalom bis zum Umfallen diskutiert hatte. Andererseits war es zum Teil meine Schuld, daß er überhaupt diesen fatalen Kurs eingeschlagen hatte, denn schließlich hatte ich verhindert, daß er sich umbrachte, und ihm eingebleut, lieber für seine Träume zu kämpfen.

Doch David wußte ohnehin, daß Absaloms Tage gezählt waren. Seine Armee war viel zu schlecht ausgerüstet; Amasa hatte nicht die Erfahrung, einen Feldzug zu organisieren und Seraja war nicht in der Lage, den Nachschub zu koordinieren. Demgegenüber waren Joab und Abischai nicht nur begnadete Heerführer, sondern hatten auch fast unbegrenzten Zugang zu allen Versorgungsgütern. Denn die Bewohner Gileads, deren Land an das von Absaloms Großvater Talmai grenzte, sahen Absalom als verabscheuungswürdigen Syrer, während David ihr erklärter Erlöser und Retter war. Darüber hinaus kannten die Männer aus Gilead, die für David kämpften, das Gebiet wie ihren eigenen Handrücken.

An der Art, wie David sprach, merkte ich, daß er Absalom diese Schlacht am liebsten einfach gewinnen lassen und selbst dabei sterben wollte; doch er wußte mit grausamer Sicherheit, daß das nicht geschehen konnte. „Du mußt es noch einmal versuchen, Micha!" rief er eindringlich und preßte meine Hand so fest, daß ich aufschrie.

„Du mußt alles probieren, um ihn zum Aufgeben zu bringen. Ich kann es nicht ertragen, wenn er stirbt. Nicht Absalom. Er war alles für mich."

Ich keuchte: „Aber er hat dir deinen Thron geraubt, deinen Palast, deine Stadt!"

„Ich würde ihm das alles vergeben, wenn ich ihn dafür noch einmal sagen hören könnte, daß er mich liebt."

„Er hat deinen Konkubinen beigewohnt."

Ich hatte das mit Absicht gesagt, um ihn zu treffen – und das war mir auch gelungen, allerdings nicht mit der geplanten Wirkung. Davids Hand wurde schlaff um meine, und nun hatte es ihm die Sprache verschlagen. Wortlos formte er mit dem Mund das Wort: *Was?*

Ich sagte ruhig: „Er hat jede einzelne deiner Konkubinen vergewaltigt. Alle zehn, die du im Palast zurückgelassen hattest. In der Öffentlichkeit auf dem Dach. Und mit Bathseba hat er schon lange vorher geschlafen."

David war am Boden zerstört. Doch als er seinen Kopf nach vorn sinken ließ und verzweifelt vor sich hinzumurmeln begann, sprach er nicht von Verrat oder Inzest; es ging um irgendeine Prophezeiung. Immer wieder sagte er: „Nathans Worte . . . dies ist die Erfüllung. Es ist alles wahr . . . Ich wollte es Absalom so gern erzählen, und auch Maacah . . . all diese Jahre habe ich die Bürde mit mir herumgetragen, ohne sie mit jemandem teilen zu können, außer mit Nathan . . ."

Gegen meinen Willen flüsterte ich: „Dann erzähl es mir. Ich werde kein Wort davon weitersagen, wenn du nicht willst."

„Ich hätte nicht gedacht, daß es etwas ausmachen würde. Es war nur eine einzige Nacht; nur diese eine Nacht haben wir als Liebende verbracht, kannst du dir das vorstellen? Eine folgenschwere, schreckliche Nacht . . .

Ich sah sie eines Nachmittags, als ich auf dem Dach spazierenging. Sie badete in der Nähe des Fensters, und sie war so wunderschön, so jung, und ihr Fleisch war so glatt und fest . . . und plötzlich schaute sie auf und sah mich, wie ich sie beobachtete. Ich hätte vor Scham sterben können, doch sie lächelte. Micha, sie hat nur gelächelt! Es war mein Geburtstag, und ich fühlte mich so müde und alt. Ich wußte, es würde kein Fest geben, um meinen Geist zu erfreuen, denn alle Männer, die ich hätte dabeihaben wollen, waren bei der Belagerung Rabbahs: Joab, Abischai . . . und Uriah.

In früheren Zeiten wäre ich mit ihnen gezogen, doch das war nun nicht mehr unbedingt notwendig, und Ahitophel hatte mich überzeugt, nicht unnötig mein Leben riskieren zu wollen. Ich war der Herrscher eines großen, stabilen Reiches, und ich hatte genügend professionelle Krieger, die für mich kämpften, genügend Generäle, um die Feldzüge zu planen, genügend Steuereintreiber und Verwalter ... Ich fühlte mich überflüssig und alt, Micha, und ich war so weit von Adonai entfernt wie nie zuvor. Ich hatte seit Wochen nicht mehr gebetet, weil ich den Glauben nicht mehr zu brauchen glaubte. Mein Leben war so leicht, so sicher. Und so sinnlos.

Dann war da Bathseba, direkt vor meinen Augen, so schön und jung und lebendig, und sie lächelte mich an. Und so ließ ich nach ihr schicken. Sie leistete keinen Widerstand. Sie hat sich noch nicht einmal bitten lassen. Sie hat jeden Kuß, jede Berührung genossen, und irgendwie hat sie genau gewußt, wie sie mich erregen konnte. Ich fühlte mich wieder jung ... männlich und stark, wie damals, als ich Goliath besiegte. Wir müssen in dieser Nacht sechs- oder siebenmal miteinander geschlafen haben ... und die ganze Zeit dachte ich: Wie kann etwas so Wunderbares falsch sein?

Es war nur eine einzige Nacht, und sie hatte Uriahs Bett zwei Jahre lang geteilt, ohne zu empfangen ... Als sie die Nachricht sandte, daß sie schwanger war, konnte ich es nicht glauben. Ich geriet in Panik. Was für einen Skandal das erregen würde! Ich wußte nicht, was ich tun sollte, und es gab niemanden, mit dem ich darüber hätte reden können. Also sandte ich nach Uriah. Ich zwang ihn, seine Einheit zu verlassen und nach Jerusalem zu kommen. Ich wollte, daß er mit Bathseba schlief, damit ich das Kind als seines ausgeben konnte, doch er wollte nicht einmal nach Hause gehen. ‚Wie kann ich bei meiner Frau liegen, wenn meine Männer ihr Leben riskieren?' sagte er, und ich dachte, er wollte mich verhöhnen. Vielleicht hatte er irgendwie herausgefunden, was passiert war und wollte mich nun erpressen.

Erst als es zu spät war, habe ich begriffen, daß Uriah nicht im Traum so etwas von mir gedacht hätte. Und selbst wenn, dann hätte er mich geradeheraus darauf angesprochen; er war durch und durch ehrlich. Ich hätte wissen müssen, daß er niemals während eines Feldzugs mit seiner Frau geschlafen hätte, obwohl er sie mit jeder Faser begehrte. Er kannte alle militärischen Regeln auswendig und hätte nie gegen eine verstoßen, und er wußte nur zu gut, daß sexueller Verkehr im Krieg verboten war. Oh, ich habe gehört, wie die Leute sagten, daß er Bathseba nicht geliebt hat, weil sie in all der Zeit nicht schwanger wurde, doch das ist nicht wahr. Er war ein guter Mann, Micha, einer der besten, denen ich je begegnet bin. Er hat Bathseba wie eine Königin behandelt . . . und sie hat ihn deshalb nur verspottet.

Doch so, wie ich die Sache damals sah, gab es nur einen Ausweg. Ich schickte Uriah mit einem versiegelten Brief zurück zu Joab, und Joab sandte ihn und seine ganze Einheit zu einem von vornherein zum Scheitern verurteilten Unternehmen: einem vollkommen ungedeckten Angriff am hellichten Tag auf die Mauern von Rabbah. Das Ganze wäre fast daran gescheitert, daß einer der Offiziere sich querstellte, doch ich wußte, daß Joab skrupellos genug war, um die Sache durchzudrücken, ohne Fragen zu stellen. Natürlich hat er zwei und zwei zusammengezählt."

Er machte eine Pause, und ich begriff endlich, worauf er hinauswollte. „Du . . . du hast ihn also töten lassen?" krächzte ich. „Einen Offizier deiner eigenen Armee, der sich nichts hatte zuschulden kommen lassen?"

„Er war nicht bloß ein Offizier." Davids Stimme klang nicht viel fester als meine. „Er war mein Freund, einer der Dreißig. In den Tagen in Hebron hat seine unerschütterliche Verläßlichkeit und Freundschaft mir ebensoviel bedeutet wie die von Joab und Abischai. Er hatte seinen hittitischen Göttern abgeschworen und sogar seinen Namen ändern lassen, weil er durch mich Adonai kennengelernt hatte. Uriah bedeutet ‚Gott ist mein Licht', weißt du."

Ich ging zum Fenster hinüber. Es regnete nicht mehr.

„Ich weiß nicht, wie ich das tun konnte!" schrie David, als hätte er meine Gedanken gelesen.

Ich fuhr herum und zischte: „Wieso hat Adonai das alles zugelassen? Du hast ihm seit deiner Kindheit treu gedient! Und doch hat er zugesehen, wie du dein eigenes Leben und das zahlloser anderer in einem einzigen Moment der Schwäche ruiniert hast! Warum hat er dich nicht davor bewahrt? Ich will nichts zu tun haben mit einem Gott, der so gleichgültig ist!"

„Ich bin nicht von Kindheit an treu gewesen, Micha. Ich habe wieder und wieder gegen Adonais Gebote verstoßen. Und er hat mich oft genug vor Schlimmerem bewahrt. Er hat verhindert, daß ich Abigails ersten Mann tötete, obwohl ich es in meinem Herzen schon beschlossen hatte. Ich habe den Priester Ahimelech belogen, um Versorgungsgüter zu bekommen, und eine Sache, die ich vor mir selbst als geschickte Täuschung gerechtfertigt hatte, brachte Saul dazu, die gesamte Bevölkerung der Priesterstadt abzuschlachten. Später habe ich mich mit den Philistern verbündet und hätte an ihrer Seite in

Gilboa gegen Saul gekämpft . . . wenn Adonai es zugelassen hätte. Aber Adonai wird uns nur eine bestimmte Zeit lang vor uns selbst beschützen. Am Ende müssen wir es auf die harte Weise lernen. Und es ist wirklich hart."

Plötzlich fühlte sich mein Mund trocken wie die Wüste an, und ich biß mir auf die Zunge. Ich begann tatsächlich langsam, ihn zu verstehen, obwohl ich eigentlich gar nicht wollte. Ich hätte ihn mehr denn je hassen müssen, doch ich konnte es nicht, denn die Qual stand zu deutlich in seinem Gesicht geschrieben. Während ein Mann wie Nathan so weit entfernt war von der Art von Schuld, mit der wir befleckt waren, als daß David sich an ihn wenden konnte, war ich wie David. Mit weichen Knien setzte ich mich an den Tisch und bemerkte in all meinen finsteren Gedanken kaum, daß David wieder zu sprechen begonnen hatte.

„Ich habe versucht zu vergessen, was ich mit Uriah gemacht habe. Immer wieder habe ich mir eingeredet, daß er ohnehin früher oder später im Kampf gefallen wäre, auch ohne daß ich mich eingemischt hätte. Und ich habe versucht, das mit Bathseba wiedergutzumachen, indem ich sie zur Frau genommen habe. Ich hatte die Verantwortung für sie, denn sie trug mein Kind im Leibe. Aber ich habe sie nicht geliebt; das habe ich nie getan. Es war die schiere Lust gewesen, die mich dazu getrieben hatte, sie zu nehmen, und selbst diese Lust war schon lange tot, als wir heirateten. Trotzdem, sie wußte, wie man diskret vorgeht. Sie hat nie jemandem von dem Vorfall erzählt; sie ist eine der wenigen Frauen, die ihre Zunge nie benutzt, ohne vorher nachgedacht zu haben.

Sieben Monate später bekam sie Wehen, und selbst da haben noch alle geglaubt, das Kind sei eben eine Frühgeburt. Diese Geschichte habe ich noch nicht einmal in die Welt gesetzt, doch ich habe auch nichts getan, um sie zu wiederlegen, so unwahrscheinlich sie auch war. Meine Schuld war zu dem Zeitpunkt schon zu einem stumpfen Schmerz geworden, und ich war der Liebling des Volkes, dem niemand eine solche Tat zugetraut hätte. Natürlich lag meine Beziehung zu Adonai in Trümmern, doch ich habe auch das zu vergessen versucht; ich war ohnehin in vieler Hinsicht lau geworden.

Beinahe hatte ich meine Lügen schon selbst zu glauben begonnen, da kam eines Tages aus heiterem Himmel Nathan zu mir und erzählte mir eine seiner verzwickten Parabeln. Ich hätte wissen müssen, was er vorhatte; die Technik ist ganz typisch für ihn. Doch er erzählte mir diese lange, verschlungene Geschichte von einem armen Mann, dem sein einziges geliebtes kleines Lamm von einem reichen Herrn weggenommen wurde . . . Ich habe nicht richtig zugehört. Ich habe angenommen, er werde wie immer darauf hinauswollen, wie moralisch verfallen mein Königreich war. Noch immer war ich wie berauscht von unserem Sieg über Ammon; ich war kaum eine Woche wieder zurück in Jerusalem. Als ich schließlich begriff, was er sagte, war ich außer mir. Ich konnte mir einfach nicht vorstellen, wie er es herausgefunden hatte. Es war so lange her, seit Adonai mir etwas offenbart hatte, so daß mir einfach der Gedanke gar nicht gekommen war, daß er noch immer mit Nathan sprechen könnte.

Oh ja, ich habe bereut, und zwar mit allem, was ich zu der Zeit aufbieten konnte. Doch ich kann nicht verleugnen, daß ich den Skandal mehr gefürchtet habe als Adonai. Nathan hat mir gesagt, daß Adonai mir vergeben hätte, aber daß das Kind sterben werde und . . ." David holte tief und zitternd Luft. „. . . und er prophezeite mir, daß meine Familie in ihren Grundfesten erschüttert und zerrissen werden würde, und daß einer meiner Söhne mir seine Verachtung dadurch zeigen würde, daß er mit meinen Frauen schläft.

Der Gedanke, daß Bathsebas Sohn sterben würde, machte mich fast verrückt. Wegen dieses Kindes hatte ich eine Frau geheiratet, die ich nicht liebte, und einen Mann getötet, den ich sehr wohl liebte. Den Rest der Prophezeiung vergaß ich vollkommen. Tatsächlich habe ich Nathan erst sehr viel später als Sprachrohr Gottes akzeptiert, als er nämlich die dreijährige Hungersnot voraussagte.

Ich wollte mit aller Macht verhindern, daß die Sache an die Öffentlichkeit kam. All die Mühe, die ich darauf verwendet hatte, meine Tat zu verschleiern, sollte nicht umsonst gewesen sein. Ich habe Nathan immer und immer wieder angefleht, die Sache geheimzuhalten, bis er schließlich einwilligte."

„Warum?" wollte ich wissen. „Warum sollte ein heiliger Mann wie er sich auf so eine Geschichte einlassen?"

„Oh, dafür gab es genügend gute Gründe. Die Sicherheit Israels zum Beispiel – die Wahrscheinlichkeit war gegeben, daß das Volk sich gegen mich erheben würde, wenn es die Wahrheit erfuhr und seine Illusionen über mich in tausend Scherben zersprangen. Auch die Ehre Adonais stand auf dem Spiel – ich meine, was für ein Gott erwählt einen Ehebrecher und Mörder als König? Nicht jeder kann begreifen, daß Adonai ein Gott der Gnade ist. Und zum dritten . . . Nathan war ein ebenso guter Freund, wie Uriah es gewesen war, Micha. Es muß ihn innerlich zerrissen haben, mich winselnd vor ihm im Staub kriechen zu sehen. Also gab er mir sein Wort, und er hat es gehalten – bis zu dem Tag, an dem Joab Nathans Tochter ein Messer an den Hals gehalten und gedroht hat, sie zu ermorden, wenn Nathan ihm nicht endlich die Wahrheit sagte. Ich hatte panische Angst, als ich es erfuhr, denn ich wußte, ich würde mit Joab nicht so verfahren können, wie ich es mit Uriah getan hatte. Doch ich hätte mir keine Sorgen machen müssen. Joab ist mir treu ergeben; das ist er immer gewesen. Er war nur einfach besorgt um mich gewesen, und ich hatte ihm nicht gesagt, was mich bedrückte. Er hatte sich geschworen, das nicht länger mitanzusehen, und er hat Wort gehalten.

Doch das alles passierte erst viel später. Als Nathan zuerst seinen Fluch über mich aussprach, fühlte sich mein Herz leichter an. Ich dachte, daß die ganze Sache erledigt wäre, wenn Bathsebas Kind sterben würde. Ich habe sogar wieder Psalmen geschrieben. Doch dann kam Bathseba und sagte, daß sie ein weiteres Kind wolle, und ich müsse ihr versprechen, daß dieses Kind König werden würde. Ich habe sie gebeten, mir etwas Zeit zu geben und ihr erklärt, daß Adonai den Thronfolger auswählt, nicht ich. Doch sie drohte mir damit, die ganze Geschichte mit uns an die Öffentlichkeit zu bringen, wenn ich ihr nicht zu Willen war. Und da erst begann ich zu merken, wie sie wirklich war. Sie hatte sehr gut gewußt, daß man sie vom Palastdach aus beim Baden beobachten konnte, und sie hatte ihren kleinen Auftritt mit voller Absicht in die fruchtbarste Zeit ihres Zyklus gelegt. Ich bezweifle nicht, daß sie mich attraktiv fand – Macht zieht sie ebenso magisch an wie Schönheit –, doch der wahre Grund war, daß sie die Frau und die Mutter eines Königs sein wollte.

Ich geriet daraufhin noch mehr in Panik. Ich war nicht sicher, ob sie auch über Uriahs Tod Bescheid wußte; möglich wäre es gewesen. Natürlich hätte sie das nicht weiter getroffen; ihr hatte nie viel an Uriah gelegen. Doch ein weiterer Erpressungsgrund gegen mich hätte perfekt in ihre Pläne gepaßt. Ich habe nicht einmal überlegt, was genau eigentlich passieren würde, wenn die ganze Sache an die Öffentlichkeit kam. Wäre das wirklich mein Ende gewesen? Wahrscheinlich hätte ich es einfach bekannt machen sollen; schlimmer als das, was statt dessen passierte, hätte das Ergebnis auch nicht sein können.

Bathseba hat mich erpreßt, bevor sie überhaupt empfangen hatte. Ich habe wegen ihr alles verloren, was mir je etwas bedeutet hat. Meine Söhne haben sich mir entfremdet, so sehr, daß Amnon sogar seine eigene Schwester vergewaltigt hat. Wie konnte ich ihn für etwas bestrafen, was eine Folge meiner eigenen Schuld zu sein schien? Ich hatte das geliebte Lamm eines anderen Mannes genommen, und nun wurde mir alles genommen.

Doch es gab immer noch Absalom . . . als ich mich mit ihm überwarf, erfuhr ich, was die wahre Hölle ist. Denn dort bin ich die letzten zehn Jahre gewesen, Micha. In den Tagen, als ich die Harfe für Saul spielte und Riesen fällte, war kein Mensch mein Herrscher, nur Adonai allein, und ich habe von ihm gelernt, wie man über Menschen herrscht. Als ich diese Nähe zu Adonai verloren hatte, verlor ich auch alles andere. Ich bin schwach geworden. Seit damals war ich nur noch dem Namen nach König; in Wirklichkeit war ich kaum mehr als Bathsebas Marionette."

Ich sagte nichts. In meinem Inneren fühlte ich mich zu zerbrochen, um wütend zu sein, doch noch immer war ich zu starrsinnig, um ihm meine Hand hinzustrecken. Ich starrte auf meine Hände hinunter und versuchte, sie durch reine Willensanstrengung am Zittern zu hindern.

David fragte leise: „Wie geht es Absalom? Ist er . . . glücklich?"

Ich sah ihn nicht an. „Was denkst du denn?"

„Und . . . und Maacah? Was ist mit Maacah? Ich weiß nicht einmal, ob sie noch am Leben ist!"

„Körperlich lebt sie noch, soweit ich weiß. Aber ihr Herz ist mit Tamar gestorben."

„Ich hätte zu ihr gehen sollen . . . wahrscheinlich weiß sie nicht einmal, wie sehr ich sie noch immer liebe. Ich vermisse sie, Micha. Ist sie noch in Jerusalem?"

„Sie ist auf Absaloms Anwesen in Baal-Hazor, doch ich habe schon lange nichts mehr von ihr gehört." Meine Stimme versagte mir, als ich mir vorstellte, wie ich Maacah die Nachricht überbringen müßte, daß Absalom ebenfalls tot war. Lieber würde ich mich umbringen. Instinktiv wanderte meine Hand zu dem alten Dolch, den David mir gegeben hatte, und er sah es.

„Weißt du, Micha, ich habe mich so lange davor gefürchtet, daß ich so enden könnte wie Saul. Nathan hat mir immer wieder gesagt, daß Adonai mir meine Schuld vergeben hat; daß der Zerfall meiner Familie eher eine Folge aus meinem Handeln war als eine Strafe Gottes. Er hatte einerseits recht; ich hatte bereut, und manchmal konnte ich die Gegenwart Adonais wieder spüren. Doch ich konnte mir selbst nicht vergeben, und ich konnte kaum beten, weil ich mich so schmutzig fühlte."

Er ließ den Kopf hängen, und ich konnte mich nicht länger

zurückhalten. Mit noch immer zitternden Händen ging ich zu ihm hin, legte die Arme um ihn und murmelte: „Es ist doch jetzt alles vorbei. Die Prophezeiung hat sich erfüllt, und Adonais Strafe ist vollstreckt."

„Nein, Micha", sagte er. „Du verstehst es noch immer nicht. Adonai hat mich nicht bestraft. Er hat keines von meinen Leiden verursacht. Er hat es gar nicht nötig, uns auf diese Art zu bestrafen; die Katastrophe tritt ganz von selbst ein. Das ist der Lohn der Sünde. Adonai vergibt uns – vollkommen und bedingungslos, aber die Sünde kann nicht rückgängig gemacht werden. Selbst Gottes Gnade kann die Folgen unserer Taten nicht auslöschen. Und meine Leiden sind noch nicht vorüber. Absalom wird morgen sterben, und ich werde seinen Tod verschuldet haben. Nicht nur körperlich, sondern auch geistlich, schon vor Jahren, als ich zuließ, daß er Amnon umbrachte und nach Geschur floh. Als ich ihn und seine Mutter vernachlässigt habe und sie sich den leblosen Götzen von Syrien zuwenden ließ." Er vergrub sein Gesicht so tief in den Falten meines Umhangs, daß ich ihn kaum noch verstehen konnte. „Ich werde so einsam sein ohne ihn. All die Jahre habe ich mich mit der Hoffnung aufrechterhalten, daß wir eines Tages wieder vereint sein werden."

„Aber du mußt nicht einsam sein!" sagte ich und konnte nicht glauben, daß ich das ausgesprochen hatte. „Was ist mit Adonai? Du sagst, er hat dir vergeben. Jetzt mußt du dir nur noch selbst verzeihen. Als ich noch ein kleiner Junge war, hast du mir gesagt, daß ich nun nie mehr allein sein werde, weil Adonai jeden meiner Schritte begleiten wird."

Es entstand eine lange Pause, in der David weiter sein Gesicht in meinem Umhang vergraben hielt, während ich keine Ahnung hatte, was ich noch sagen konnte. Also blieb ich einfach, wo ich war, und wartete.

Als er nach einer unendlich scheinenden Weile aufsah, erkannte ich, daß er geweint hatte . . . aber da war noch etwas. Seine Augen waren gerötet und seine Wangen tränenfeucht, doch er strahlte. Die Anspannung und Verzweiflung waren aus seinem Blick gewichen, und die schwarze Wolke, die so lange über ihm gehangen und ihm die Sicht auf das Licht Adonais versperrt hatte, war fort. Und ich hatte nichts weiter getan, als ihn an etwas zu erinnern, was er längst wußte.

„Was für eine Verschwendung, Micha!" sagte er, und ich starrte ihn nur an, weil die Freude in seinen Augen tanzte und ihn jung und atemberaubend schön aussehen ließ. Dann umarmte er mich atemlos, und Worte der Erleichterung quollen wie entfesselt aus seinem Mund. „Ich habe fast zehn Jahre meines Lebens damit verschwendet, mich vor Adonai zu verstecken, obwohl er mir bereits seine Gnade erwiesen hatte. Du hast mir das Licht zurückgebracht; du bist noch immer mein Zohar! Sei nicht so dumm, wie ich es gewesen bin; verschließ dich nicht für Adonai!"

Ich spürte, wie der letzte Rest von Widerstand gegen David in mir zerschmolz. Statt den Respekt vor ihm zu verlieren, nachdem ich jetzt alles über ihn wußte, begann ich ihn zu bewundern, wie ich noch nie jemanden bewundert hatte. Ja, er hatte schreckliche Dinge getan, hatte sich selbst sehr verletzt, und er konnte niemand anders als sich selbst die Schuld für alles geben, was geschehen war. Doch er hatte den Mut aufgebracht, sich selbst und mir das einzugestehen, und wenn ich bereit gewesen wäre, ihm zuzuhören, hätte er es vielleicht schon viel früher getan. Und jetzt, wo er seinen Stolz bereut hatte, war seine Heilung vollständig, und er war frei.

Und morgen würde er gegen Absalom in die Schlacht ziehen, ohne daß er dabei den Verstand verlieren mußte; denn wir wußten beide ohne den geringsten Zweifel, daß es das Richtige war, wenn Absalom sich nicht doch noch unterwarf.

Vielleicht hatte David ihn tatsächlich zu dem gemacht, was er war; doch es war zu spät, um sich darum noch Gedanken zu machen. Jetzt war nur noch wichtig, daß Absalom aufgehalten wurde, bevor er Israel ins Verderben stürzte. Und David war der einzige Mann, der ihn aufhalten konnte. Denn was ihm sonst auch fehlen mochte – der Herr war wieder mit ihm.

Ich sagte: „Wirst du deinen Leuten vor der Schlacht erzählen, was du mir heute offenbart hast? Oder wirst du bis nach dem Kampf warten?"

„Ich sage es ihnen, wenn Adonai es will", sagte er. „Und das kann jetzt oder später sein. Bathseba ist trotz allem meine Frau, und vielleicht gewährt Adonai mir die Gnade, etwas Neues mit ihr aufzubauen. Vielleicht können wir noch einmal ganz von vorne beginnen. Meine Angst ist fort, und das ist alles, was zählt. Und das wird sie sehen, sobald sie mich erblickt."

Ja, dachte ich, das wird sie, denn du siehst bereits jetzt zehn Jahre jünger aus. Doch dann fügte er hinzu: „Aber du hast das Thema gewechselt, Micha. Denk nicht, daß du mich so leicht ablenken kannst."

„Was?"

„Wir wollten gerade über dich sprechen, über deine Beziehung zu

Gott. Ich habe dich einmal von ihm weggetrieben; das mindeste, was ich jetzt tun kann, ist dir dabei zu helfen, das wiederzufinden, was du verloren hast.“

Bevor ich Zeit hatte zu antworten, legte er mir die Hände auf den Kopf und begann zu beten. Ich hätte ihn nicht daran hindern können, selbst wenn ich es gewollt hätte. Doch ich weinte und lachte gleichzeitig, und dann kamen Worte aus meinem Mund, die ich nicht kannte und die dennoch auf geheimnisvolle Weise meine tiefsten Gefühle zum Ausdruck brachten, die ich nie in Worte fassen konnte. Es löste einen wahren Dammbruch in mir aus, und im nächsten Moment sank ich kraftlos auf den Boden und erzählte David zwischen gewaltigen Schluchzern, die mich bis ins Mark schüttelten, jede einzelne schreckliche Tat, die Ziba an mir begangen hatte. Er war nicht schockiert, ja er war noch nicht einmal besonders überrascht. Er saß nur einfach da, mit strahlenden Augen und den Händen auf meinem Kopf, und ließ mich meine Schmerzen und Qualen und Schuldgefühle hinausweinen. Und als ich fertig war, hatte ich das Gefühl, allen Schmutz aus mir herausgespült zu haben. Ich war reingewaschen, und ich konnte noch nicht einmal Ziba mehr hassen oder Rachegedanken hegen.

Ich weiß nicht, wie lange ich so dagelegen habe; vielleicht bin ich sogar eingeschlafen. Adonai hat wohl ein bißchen Zeit gebraucht, um die Leere in mir mit Liebe zu füllen, damit die Schatten der Vergangenheit keinen Platz mehr hatten. Irgendwann half David mir dabei, mich aufzusetzen. Ich fühlte mich schwindelig, und er gab mir zu essen und zu trinken und sagte: „Wirst du es ein letztes Mal mit Absalom versuchen? Jetzt, wo du . . . verstanden hast?“

Ich war in einem Zustand, in dem ich ihm alles versprochen hätte. Also sagte ich: „Ja, natürlich; wenn du wirklich denkst, daß es etwas nützen könnte.“

„Ich weiß, daß es etwas nützen wird, ob er auf dich hört oder nicht. Wenn er morgen umkommt, muß ich wissen, daß ich alles getan habe, was in meiner Macht stand, um es zu verhindern. Micha, ich will, daß du ihm alles erzählst, was ich dir gesagt habe.“ Mit neuer Sicherheit fügte er hinzu: „Laß nichts aus, und versuche auch nicht, mich zu rechtfertigen. Denn ich will, daß er es auch versteht, daß er erfährt, wie sehr ich ihn immer geliebt habe, warum ich ihn vernachlässigt habe und daß es mir unendlich leid tut. Und dann . . . wenn die Zeit reif ist, wird es vielleicht deine Aufgabe sein, es allen zu erzählen.“

Er wartete darauf, daß ich ihn fragte, was er meinte, doch ich hatte kaum verstanden, was er gesagt hatte. In meinem Kopf überlegte ich bereits, wie ich das alles Absalom beibringen konnte. Als seine letzten Worte in mein Gehirn drangen, erklärte er sie bereits: „Ich habe dir schon vor langer Zeit gesagt, daß Adonai sich nicht jedem offenbart. Er erwählt Menschen, für die er eine bestimmte Berufung vorbereitet hat. Vielleicht ist dies deine Berufung, Micha. Du kennst mich, und du kennst Absalom; du bist uns beiden ein Freund gewesen; du hast diese ganze verfluchte Geschichte von Anfang an und von beiden Seiten gesehen. Du mußt die Wahrheit weitersagen . . . alles, was du gesehen und gehört hast. Du mußt einen Bericht schreiben, der mich und dich überlebt, damit alle die Wahrheit erfahren."

„Dann wirst du es nicht selbst öffentlich machen?"

„Das werde ich, wenn Adonai mich dahin leitet. Doch angenommen, ich kann tatsächlich durch seine Gnade mit Bathseba noch einmal neu beginnen. Was würde es da nützen, wieder alles aufzuwühlen und Israel für nichts und wieder nichts zu verunsichern? Nein, Micha. Du mußt mir etwas versprechen, bevor ich dich gehen lasse: Wenn du wieder in Jerusalem bist, laß keinen einzigen Tag verstreichen, ohne den Bericht zu beginnen! Und wenn du ihn beendet hast und ich tot und begraben bin, gib ihn Nathan oder seinem Nachfolger; bei ihm wird er gut aufgehoben sein."

„Gut aufgehoben? Warum ist das so wichtig?"

„Weil es Menschen geben wird, die seine Veröffentlichung vereitelt sehen wollen; es wird auch welche geben, die deinen Worten schlichtweg nicht glauben werden. Du mußt dir doch nur die Vergangenheit ansehen, Micha; schon immer haben Menschen versucht, mit ihren schrecklichen Sünden umzugehen, indem sie so getan haben, als wären sie nie passiert. Ich bin der Errichter von Israels Goldenem Zeitalter, und wie Aarons goldenes Kalb haben mich Menschen auf ein Podest erhoben, die es besser wissen sollten. Wenn die Schrecken des morgigen Tages vorüber sind und ich einmal mehr siegreich nach Hause zurückkehren werde – und ich weiß, daß das der Fall sein wird –, dann werden sie mich wieder verehren wie einen Erzengel Adonais. Vielleicht werden sie sogar vergessen, was mit meiner Familie geschehen ist. Und das will ich nicht. Ich will, daß meine Nachkommen von meinen Fehlern erfahren, daraus lernen und sie nicht wiederholen."

Ich sagte: „Ich bin nicht sicher, Herr, ob ich das versprechen kann. Die Aufgabe könnte zu groß für mich sein."

David umarmte mich wieder und sagte: „Sei nicht wie dein Urgroßvater Saul, Micha. Wiederhole nicht seine Fehler. Glaube an Adonai, und glaube, daß er dich zu allem befähigen kann. Du kannst es tun!"

„Dann werde ich wohl darum beten müssen. Das kann ich dir versprechen, aber nicht mehr."

„Du bist ein weiser Mann, Micha ben Mephiboschet", murmelte David, und es war das erste Mal, daß mich jemand einen Mann genannt hatte, soweit ich mich erinnern konnte. „Vielleicht wird man sich an dich nicht als Zoheleth, sondern als Koheleth erinnern – den Lehrer der Weisheit."

„Nein, mein Herr." Ich zog mich von ihm zurück. „Nicht mir wird man diesen Namen verleihen. Es gibt einen, der jetzt schon viel weiser ist als ich, und er ist noch nicht einmal zehn Jahre alt. Dein Sohn Salomo, mein Herr . . . du irrst dich in bezug auf ihn. Er ist nicht wie seine Mutter. Er hat mir das Leben gerettet, und auch das meines Vaters, als sie uns ermorden wollte."

Ich hätte ihm noch unendlich viel mehr über Jed erzählen können, doch ich wollte erst sichergehen, daß er mir überhaupt zuhörte. Eine lange Weile sah er mir forschend in die Augen; dann sagte er: „Micha, das ist unmöglich . . . er kann nicht gewußt haben, wer du warst."

„Er hat sehr gut gewußt, wer wir beide waren und welche Bedrohung wir für ihn darstellten. Es hat ihn nicht gekümmert, mein Herr. Er weiß, daß er eines Tages den Tempel bauen wird, von dem du so lange geträumt hast, und daß er es nicht nötig hat, mögliche Rivalen aus dem Weg zu räumen, wie weltliche Herrscher es zu tun gezwungen sind. Er ist großzügig, selbstlos und hochintelligent; kein Wunder, daß Nathan sein Anrecht auf den Thron immer unterstützt hat. Und, Herr . . . Salomo ist Adonai begegnet."

Zuerst starrte David mich nur verblüfft an. Dann begann er zu lachen; zuerst war es nur ein tonloses Glucksen, doch bald wuchs es sich zu einem großartigen, befreiten Gelächter aus, das ihn förmlich schüttelte und am Sprechen hinderte. Er versuchte es trotzdem und dankte mir stockend dafür, daß ich ihm die erstaunlichste Nachricht gebracht hatte, die er je vernommen hatte. Dann lachte er über sich selbst, weil er so lange geglaubt hatte, sein unbekannter Sohn müsse so eine Art Monster sein. Bathseba mochte den Anschein erwecken, Salomo und auch David zu kontrollieren, doch in Wirklichkeit war Adonai der Herr über alles, was geschah; ganz egal, was für ein Chaos die Menschen verursachten – es würde ihnen nicht gelingen, seinen ursprünglichen Plan durcheinanderzubringen. Salomo war ein Mensch nach dem Herzen Gottes, nicht nur weise, sondern auch gnädig . . . vielleicht sogar gnädig genug, um in seinem Königreich Raum für einen wie Absalom zu schaffen.

David wurde plötzlich wieder ernst und zog mich auf die Füße. „Du mußt jetzt gehen, Micha", sagte er und war wieder ganz der selbstsichere, brillante Heerführer. „Geh zu Absalom und rede mit ihm. Sag ihm, daß ich noch immer bereit bin, ihn zu begnadigen, und daß er von Salomo nichts zu befürchten hat. Abischai wird dich zurückbringen; und wenn alles vorüber ist, mußt du zu mir nach Jerusalem kommen. Sollte es dir nicht gelingen, Absalom zu überzeugen, dann . . . dann kann ich nur beten, daß ich morgen in der Schlacht auf keinen von euch treffe."

24

Ich war im Stockfinsteren aus Absaloms Lager geschleppt worden, doch ich kehrte auf meinen eigenen Füßen im hellen Mondlicht zurück. Die Wolken waren wie große Stoffballen zurückgewichen, und das Himmelszelt war mit funkelnden Sternen besprengt.

Ich war zu aufgeregt, um müde zu sein; ich konnte das Glühen von Adonais Gegenwart so hell auf mir spüren wie das Mondlicht, und der Ausdruck auf den Gesichtern der Wachen sagte mir, daß man es mir ansehen konnte.

Ich weiß nicht, ob Absalom geschlafen hatte, doch Gatis' überschwengliches Begrüßungsgebell konnte er unmöglich überhört haben. Sie sprang an mir hoch und warf mich fast um, so daß ich erleichtert war, als Absalom sie am Halsband packte und von mir wegzerrte. Er war nicht gerade in guter Stimmung.

„Wo zum Donner bist du gewesen?" bellte er und gab dem aufgeregten Hund einen Schlag mit der flachen Hand, den er wohl lieber mir zugedacht hätte. „Amasa hat Dutzende von Männern auf die Suche nach dir geschickt. Du wirst dein Glück noch einmal zu oft herausfordern, kleine Schlange. Ich dachte schon, diesmal wärst du wirklich zu David übergelaufen!"

„Das bin ich auch, gewissermaßen", sagte ich, da ich keinen Sinn darin sah, ihn anzulügen. Inzwischen war es mir auch vollkommen egal, ob er wütend werden würde oder nicht. Rückblickend denke ich, ich hätte warten sollen, bis er sich etwas beruhigt hatte. Er begann mich so lautstark zu beschimpfen, daß Gatis vollkommen außer sich geriet. Ich kam gar nicht zu Wort und mußte einfach abwarten, bis er sich erschöpft hatte.

Schließlich sagte ich: „Ich habe ihn nicht aus freien Stücken aufgesucht. Er hat mich entführen lassen; und ich weiß nicht, wie ihm das gelungen ist. Aber ich weiß warum, Absalom! Deinem Vater ist niemand anderes als ich bekannt, der dich noch zur Vernunft bringen könnte. Er möchte diese Angelegenheit noch immer ohne Blutvergießen beenden."

Absalom schien mich zu meiner Überraschung wirklich gehört zu haben. Er stieß ein bitteres Lachen aus. „So, dann hat er also wirklich Angst davor, gegen mich anzutreten. Dieser elende Feigling! Ich wußte doch, daß er um Gnade winseln würde, sobald er meine Truppen erblickt!"

Ich räusperte mich. „Ich denke nicht, daß er um Gnade zu winseln gedenkt, Absalom. Es geht ihm eher um absolute Unterwerfung. Und zwar um deine!"

„Er erwartet, daß ich das Knie vor ihm beuge?"

„Oh Absalom, er möchte dich nicht vor sich im Staub kriechen sehen! Er will nichts mehr, als dich in die Arme zu schließen, kannst du das denn nicht begreifen? Das wollte er schon immer. Und das letzte, was er will, ist dein Tod!"

„Und was macht ihn so sicher, daß er meinen Tod befürchten muß?"

„Denk doch einmal nach, du starrsinniger Idiot! Er hat alle Vorteile auf seiner Seite: stärkere Truppen – widersprich mir nicht, es stimmt; ganz egal, was Huschai sagt! –, Zugang zu unbegrenztem Versorgungsnachschub, Kenntnis der Umgebung und eine befestigte Stadt als Rückzugsgebiet."

„Du meinst wohl eine befestigte Stadt, in der er verbrennen wird! Das ist nämlich Huschais Plan. Wir werden die Stadt umstellen und mit Feuerpfeilen in Brand setzen, und ... Er könnte mich jetzt nicht mehr wieder aufnehmen, Micha. Selbst wenn ich glauben würde, daß er mich noch liebt. Ich habe seinen Harem entweiht und ihn als toten Mann betrachtet. Das muß er doch erfahren haben."

„Das hatte er nicht, bevor ich es ihm gesagt habe. Anscheinend hatte niemand anders das für nötig erachtet. Ich habe ihm sogar von dir und Bathseba erzählt, doch es machte keinen Unterschied für ihn."

Wie vorauszusehen gewesen war, brachte ihn das zum Schweigen. Irgend etwas schien er mir anzumerken, denn er brachte es nicht fertig, mich anzusehen. Er drehte sich herum und wendete mir den Rücken zu.

„Absalom, bitte hör mich dieses eine Mal richtig an", drängte ich ihn. „Dein Vater hat Abischai hergeschickt, um mich zu holen – seinen eigenen Neffen, seinen engsten Freund, den Anführer seiner Dreißig Helden! Man geht kein solches Risiko ein, wenn man nicht verzweifelt ist. Und er ist verzweifelt . . . wegen dir, Absalom!"

„Und was ist mit den Risiken, die ich eingegangen bin? Ich habe mein eigenes Leben aufs Spiel gesetzt, um hier herzukommen und ihm entgegenzutreten. Amasa ist bereit; unsere Armee ist bereit. Und morgen werden wir unsere Truppen zum Sieg führen."

„Morgen werdet ihr eure Truppen und euch selbst in den Tod führen! Wie blind kann ein Mensch sein, Absalom? Du mußt Backsteine statt Augen im Kopf haben und einen Stein anstelle eines Herzens, Absalom ben David! Bist du denn kein Mensch? Hast du gar keine Angst?"

Er antwortete mir nicht sofort; dann ließ er den Kopf sinken und sagte leise: „Natürlich habe ich Angst. Ich habe furchtbare Angst. Ich bin völlig kopflos vor Angst. Aber Mut ist nicht die Abwesenheit von Angst, weißt du, Micha?" Er sah aus, als meinte er, daß eine so weise Erkenntnis noch nie jemandem gekommen sei. „Und es hat auch nichts damit zu tun, daß man seine Angst verleugnet. Mut ist, wenn man der Angst ins Gesicht sieht und sie besiegt, sagt Amasa. Und das werde ich tun."

„Manchmal heißt mutig sein auch zuzugeben, daß man im Irrtum ist", erinnerte ich ihn; und dann konnte ich mich nicht länger zurückhalten. Ich sprang auf und ergriff seine Arme von hinten. „Und manchmal muß man auch selbst denken, Absalom! Wie lange willst du dich noch von anderen benutzen lassen? Früher war es deine Mutter, die dich verwöhnt und verhätschelt hat. Dann Shimei und Sheba, die dich zu einem Säufer wie sie selbst gemacht haben. Dann hat Ahitophel dich zu seinem Werkzeug geformt, um Macht zu bekommen. Und dann Bathseba, die dich in deinen eigenen Tod treiben will. Und jetzt scheint Amasa das Denken für dich übernommen zu haben. Wenn du dich schon von jedem beeinflussen läßt, warum hörst du dann nicht zur Abwechslung mal auf mich? Oder auf deinen Vater? Oder sogar auf Adonai?"

Er stand so lange da, ohne zu reagieren, daß ich mich schon zu fragen begann, ob er mich überhaupt gehört hatte. Sein Kopf war gesenkt, und die wilden Locken verbargen sein Gesicht, doch ich konnte fühlen, wie sein ganzer Körper zu zittern begann. Mit pochendem Herzen dachte ich: *Das ist es! Er wird zusammenbrechen, und alles wird gut werden!* Ich konnte schon fast hören, wie er bekannte, daß er sein ganzes Leben lang der Sklave seiner Eitelkeit gewesen war und nie der Wahrheit ins Gesicht gesehen hatte. Und ich bin mir sicher, daß etwas in dieser Art in seinem Inneren zu wachsen begonnen hatte, während er zitternd dastand. Selbst als er sich umdrehte und mich ansah, klammerte ich mich noch an diese Hoffnung, denn in seinen schönen Augen lag ein Ausdruck von tiefem Kummer, wie ich ihn noch nie gesehen hatte. Zum ersten Mal sah er mir voll ins Gesicht. Was er darin erkannte, ließ sich nicht leugnen.

„Also willst du mich auch verraten, kleine Schlange."

„Was?!"

„Vielleicht bin ich nicht so dumm, wie du glaubst. Ich habe dich wieder verloren, und ich weiß es. Aber es liegt nicht daran, daß du ein verdammter Saulide bist. Ich habe dich an meinen Vater und seinen verfluchten Gott verloren, genau wie damals, als du noch ein Kind warst."

„Nein", begann ich. „Nein, du verstehst nicht . . . ich will keine Wahl treffen zwischen dir und deinem Vater. Und das muß ich auch gar nicht!"

„Irgend etwas hat er mit dir angestellt. Hat er dich behext oder dir Drogen gegeben?"

„Etwas hat mich verändert, ja. Aber nicht so, wie du denkst."

„Ich will alles wissen, was er zu dir gesagt hat, Micha. Jedes Wort, jede Silbe. Und du erzählst mir besser alles, sonst lasse ich dich wegen Verrats steinigen."

Was hatte ich noch für eine Wahl? David hatte darauf bestanden, daß ich Absalom alles erzählte; und nun bestand Absalom ebenfalls darauf. Doch ich wußte bereits, daß dies nicht die richtige Zeit war. Die Wahrheit würde ihn nicht begreifen lassen, sie würde ihn nur noch mehr verstocken. Doch was blieb sonst noch für eine Zeit übrig? Alles, was ich ihm heute verschwieg, würde er vermutlich nie mehr erfahren.

Also erzählte ich ihm die ganze unrühmliche Geschichte, so wie

David sie mir erzählt hatte. Und Absalom reagierte so, wie ich es erwartet hatte.

„Es tut ihm leid? Das Schwein hat die Unverfrorenheit, einfach zu sagen, es täte ihm leid? Er hat mit seiner Feigheit und Verworfenheit mein Leben und das von Tamar und meiner Mutter ruiniert, und es tut ihm leid? Mein Gott, Micha . . . mein eigener Vater, der Erwählte Adonais, ist ein gewöhnlicher Ehebrecher, ein vulgärer Mörder . . . er hat noch nicht einmal die Courage gehabt, es selbst zu tun! Was hat er für ein Recht, mich zu begnadigen? Ich will seine Vergebung nicht! Und ich will auch nicht die Vergebung dieses Hurensohns Salomo! Es interessiert mich nicht, ob er dumm genug ist, mein Leben zu verschonen, wenn er auf dem Thron sitzt! Ich werde jedenfalls seins nicht verschonen, wenn ich die Gelegenheit dazu habe! Ich habe ihn sowieso nie gefürchtet, hörst du? Er muß Angst vor mir haben, sonst hätte er sich nicht die ganze Zeit vor mir versteckt . . ."

Er brach ab, denn am Eingang zum Zelt erklang Füßescharren, und dann trat Amasa ein. Er kam offensichtlich gerade aus dem Bett, denn sein kurzgeschorenes Haar stand ihm wirr vom Kopf ab. Aus seinem Gesicht sprach die nackte Angst. Doch Absalom wartete nicht darauf, was er zu sagen hatte; er brüllte ihn an, er solle sich fortscheren, und als der junge General zögerte, hagelte es einen wahren Schauer von Schimpfworten und Flüchen auf ihn herab. Also ging er wieder, ohne das zu sagen, weswegen er gekommen war, und Absalom schimpfte weiter auf seinen Vater.

„Und du meinst allen Ernstes, du wärst auch nur ein Fünkchen besser?" gelang es mir einzuwerfen. „Denkst du, daß es irgendwie ehrenhafter war, als du bei Bathseba gelegen hast? Zumindest hat David nur die Frau eines Freundes genommen; du hast mit der Frau deines eigenen Vaters geschlafen!"

Das war zuviel für ihn: Er warf die massive Statue eines seiner syrischen Götter nach mir. Sie streifte mich zwar nur, doch eine scharfe Kante verursachte eine heftig blutende Wunde an meinem Arm. Absalom starrte mich nur an, während ich meinen Arm umklammert hielt und schrie: „Was glaubst du wohl, warum ich sie genommen habe? Es gab doch sonst nichts, was ich noch hätte tun können, um seine Aufmerksamkeit zu erregen! Er war mein Held, Micha; ich habe den Staub auf seinen Sandalen angebetet – aber irgendwie war ich für ihn unsichtbar geworden. Was hättest du denn in meiner Lage getan, mein kleiner Engel des Lichts?"

Ich schloß die Augen, um den pochenden Schmerz in meinem

Arm zu vergessen, und murmelte: „Du hast das zweite Gebot schon lange gebrochen, bevor du solche Abscheulichkeiten unter dein Dach gebracht hast, Absalom. Man sollte niemanden zu seinem Gott erheben, auch nicht den eigenen Vater, und selbst wenn er der Erwählte des Herrn ist. Kein Mensch sollte so hoch erhoben werden; man kann viel zu tief fallen."

„In meinen Augen kann er jetzt nicht mehr tiefer fallen. Ich könnte ihn nie wieder lieben oder respektieren. Du kannst mir jetzt noch eine Lektion über das fünfte Gebot erteilen, aber spätestens morgen wird das keinen Unterschied mehr machen. Hier", er warf mir einen Schal zu. „Wickel das um deinen Arm, und hör auf zu jammern. Du wirst schon nicht sterben."

Nein, dachte ich, *aber du, und es ist nicht der Schmerz in meinem Arm, wegen dem ich leide.*

Ich war kaum eingeschlafen, da erklangen überall im Lager Rufe, daß wir angegriffen würden. Absalom und ich gingen durch ein Wasserbad der Gefühle, das von schläfrigem Unverständnis, Unglauben und betäubtem Schock reichte, bevor die Panik einsetzte.

Dann erklang in der Ferne eine einzelne Posaune, und mein Magen ballte sich zu einem Klumpen zusammen. Während ich nach meinen Sandalen tastete, hörte ich zu, wie Absalom einen Botenjungen mit Fragen löcherte, die er selbst nur halb verstand. Anscheinend war Davids Armee im Schutz der Nacht aufmarschiert und hatte unser Lager an drei strategisch wichtigen Punkten umstellt: Ein Teil hatte sich zwischen uns und die Stadt gesetzt, und die zwei weiteren Divisionen hatten je eine Flanke eingenommen. Und hinter uns gab es nur undurchdringliches Busch- und Waldgebiet. Wir waren umzingelt.

Wir hätten es ahnen müssen; zumindest Amasa hätte das, denn Nachtangriffe waren bekanntermaßen eine beliebte Taktik von David. Dann krampfte sich mein Magen erneut zusammen: Vielleicht hatte Amasa etwas in der Art sagen wollen, als er vorhin zu Absaloms Zelt gekommen war. Doch wir hatten ihm nicht zugehört.

„Und warum ist es so verdammt still hier?" bellte Absalom gerade. „Hat Amasa keine Gegenwehr organisiert? Worauf wartet der Idiot?"

„Bitte, mein Herr . . . Eure Majestät – Herr, ich weiß es nicht", stammelte der Junge. „Er hat mir nur gesagt, ich solle dich holen; es sei ein Notfall."

Überzeugt davon, daß Absalom nie etwas unternehmen würde, wenn ich ihn nicht in Gang brachte, warf ich mir meine Sachen über und suchte dann seine zusammen. Als ich alles hatte, war der Junge fort, und Absalom hatte seine Nachttunika abgestreift und stand nur nackt und bleich wie ein Toter im Mondlicht. Er war vollkommen gelähmt vor Angst. Noch nie hatte er mit einer solchen Situation umgehen müssen, und ich denke, er hatte selbst nicht geahnt, wie seine Nerven auf so etwas reagieren würden.

So geduldig, wie ich konnte, half ich ihm beim Anziehen. Seine Rüstung paßte ihm nicht richtig; kein Wunder, hatte er sie doch so gut wie noch nie getragen, außer in ein paar Scheingefechten mit Amasa. Und nun würde er gegen eine Armee in den Kampf ziehen, die die Philister, die Moabiter, die Edomiter und die Syrer vernichtend geschlagen hatte . . . er übergab sich dreimal, bevor ich mit der Rüstung fertig war. Dann kam ein zweiter Bote an, der verkündete, daß wir gar nicht angegriffen wurden. Es stimmte zwar, daß wir umstellt waren, doch aus irgendeinem Grund hatte es bisher keine Anzeichen für eine Offensive von Seiten Davids gegeben.

Damit wir nicht noch mehr Zeit damit verschwendeten, daß Absalom einem umwissenden Boten sinnlose Fragen stellte, beschloß ich einfach, ihn so schnell wie möglich zu Amasa zu bringen, ob er nun wollte oder nicht. Er wehrte sich nicht; bestand nur darauf, Gatis mitzunehmen.

Wir traten aus dem Zelt hinein in einen Alptraum. Das Mondlicht tauchte alles in ein gespenstisches Licht und beraubte die Gesichter unserer Männer jeder Farbe, so daß sie aussahen wie Leichen im Scheol. Sie suchten Zuflucht in hektischen Aktivitäten ohne rechtes Ziel oder standen einfach wie gelähmt vor Schrecken herum. Denn inzwischen war auch dem letzten Abenteurer klar geworden, daß dies hier kein Spiel werden würde. Der Tod oder große Schande erwarteten sie, und ich fragte mich, welches ihnen wohl lieber wäre.

Amasa lief in seinem Zelt hin und her wie ein aufgebrachter Löwe im Käfig. Als wir eintraten, sprang er vor und zerrte Absalom in die Mitte seiner Offiziere. Absalom beschimpfte ihn, weil er ihm schlecht informierte Boten geschickt hätte, die nicht einmal in ganzen Sätzen sprechen konnten; wurden wir nun angegriffen oder nicht? Amasa mußte ihm erklären, daß er ohne Absaloms eindeutige Zustimmung weder in den Kampf ziehen noch Waffenstillstände vereinbaren durfte. Außerdem war David selbst von niemandem gesehen worden. Die drei Divisionen wurden offenbar von Joab,

Abischai und einem gewissen Ittai befehligt. Von David nahm man an, daß er sich noch immer in Mahanaim befand.

„Noch in Mahanaim?“ echote Absalom. „Also ist der Wurm tatsächlich zu feige, gegen mich anzutreten! Und Ittai ist ein verdammter Philister, wußtest du das nicht? Ein Freibeuter, ein fahrender Händler aus Gath, derselben Otterngrube, aus der auch Goliath gekrochen ist! Und er ist jeden Zoll ein noch größerer Heide, als die Leute mich zu bezeichnen pflegen. Wo sind die Gesandten? Sag ihnen, daß ich mich auf keinen Handel mit ihresgleichen einlasse!“

„Mit Respekt, Herr . . . sie haben keine Gesandten geschickt.“

„Ich dachte, sie ersuchen um einen Waffenstillstand?“

„Nein, Herr. Wir wissen nicht, was sie wollen. Sie haben kein Wort vernehmen lassen; sie warten einfach nur.“

„Warten? Auf was?“ Absalom kratzte sich unter seinem Helmriemen das Kinn. „Wieso stürzen sie sich nicht auf uns und bringen es hinter sich, wenn sie sich ihres Sieges so sicher sind?“

„Ich wünschte, ich wüßte es, Herr. Sie hätten uns mit Leichtigkeit überrennen können, wenn sie den Überraschungseffekt ausgenutzt hätten.“

Während Absalom und Amasa sich unschlüssig anstarrten, fiel mir etwas ein. Ich war sicher, daß das, was ich zu sagen hatte, richtig war, doch ich war mir nicht so sicher, ob es klug war, es hier zu sagen. Ich hustete unsicher und gab mir dann einen Ruck: „Absalom, ist das denn nicht offensichtlich? Dein Vater wird ihnen den Befehl gegeben haben, nur im äußersten Notfall anzugreifen. Wie oft muß ich dir das noch sagen? Er will um jeden Preis vermeiden, israelisches Blut zu vergießen. Und ganz besonders deins!“

Amasa murmelte: „In diesem Fall hätten sie aber doch Abgesandte für Verhandlungen geschickt.“

„Nicht, wenn David wirklich nicht bei ihnen ist. Kannst du dir vorstellen, daß Joab oder Abischai mit einem Friedensangebot kommen? Mit Absalom? Joab haßt dich, Absalom. Das tut er schon seit Jahren, oder hast du das vergessen? Er hat die Zeit genutzt, Beobachtungen eingeholt, Entwicklungen betrachtet und die Tage gezählt, bis er dir die Strafe zukommen lassen kann, die du seiner Meinung nach verdienst. Jetzt ist der Moment gekommen, und er wird diese Chance zur Vergeltung nicht im letzten Augenblick vergehen lassen, wenn er es irgendwie vermeiden kann. Er wartet, daß wir ihn provozieren, so daß er David nachher erzählen kann, er hätte keine Wahl gehabt. Spiel ihm doch nicht in die Hände!“

Tiefes Schweigen folgte meinen Worten. Amasa sah mich an wie ein Löwe eine Maus; doch die Maus hatte weise gequiekt, und er wußte es. Natürlich dachte er nicht daran, das anzuerkennen. Er wandte sich an Absalom, als hätte er das die ganze Zeit schon gewußt. „Mit Joab oder Abischai verhandeln zu wollen wäre ebenso sinnlos, wie gegen sie anzutreten. Unsere besten Chancen liegen bei Ittai."

Absalom starrte ihn an. „Chancen für was?"

„Nun . . ." Amasa räusperte sich und trat unruhig von einem Fuß auf den anderen. „Entweder bieten wir ihm ein großzügiges Bestechungsgeld an – wie du schon sagtest, ist er ein Händler –, oder wir versuchen, über ihn mit David in Verhandlungen zu treten."

Wenn Amasa vorgeschlagen hätte, daß wir uns gleich alle an Ort und Stelle umbrachten, um dem Feind die Arbeit zu ersparen, hätte Absalom ihn nicht entsetzter ansehen können. Er gab mit wachsender Aggressivität zurück: „Also würdest sogar du mich verkaufen? Wie ich schon sagte, Amasa, ich verhandle nicht mit ihresgleichen. Ich werde Ittai und seine Piraten mit eingekniffenen Schwänzen davonjagen, und dich werde ich gleich hinterher schicken!"

„Um Gottes willen, Absalom, was macht es denn für einen Unterschied, ob er ein Philister oder der Pharao selbst ist? Seit wann stellst du dich denn so an, wenn es um den Handel mit Götzendienern geht? Er ist unsere einzige Überlebenschance, du verdammter Idiot! Wir sind in diesem Dreckloch von Lager gefangen wie Fische im Netz. Wenn wir jetzt versuchen zu kämpfen, ist es schneller mit uns zu Ende, als wir überhaupt in Kampfformation gehen können."

„Du hättest dich besser vorbereiten sollen, Amasa! Das war deine Aufgabe. Du hättest dies kommen sehen müssen."

„Ich hätte mich besser vorbereiten sollen? Mit dir als leuchtendem Beispiel, ja? Vielleicht möchtest du den Soldaten ja eine kleine Demonstration deiner Fähigkeiten als Heerführer geben und ihnen erzählen, wie sie die Räder ihrer Wagen aus dem Schlamm graben können. Vielleicht –"

Doch Amasa konnte seinen Ausbruch nicht zu Ende bringen, denn seine Stimme wurde plötzlich von dem Schall von tausend Posaunen und einem Schrei aus zehntausend Kehlen übertönt. Die Schlacht hatte ohne uns begonnen.

Wir haben nie erfahren, was sie eigentlich ins Rollen gebracht hatte. Es gab so viele verschiedene Versionen dieser Geschichte wie es sogenannte Augenzeugen gab. Manche behaupteten, daß eine unserer Wachen unter dem Druck durchgedreht hatte und auf die feindlichen Truppen losgestürmt war, was Joab den willkommenen Anlaß zum Losschlagen gegeben hatte. Andere behaupteten, ein reuevoller Jüngling habe das Gesicht seines Vaters im feindlichen Heer ausgemacht und hatte zu ihm gehen wollen, um seine Vergebung zu erlangen, sei aber von Joabs Leuten sofort erschlagen worden. Die einzige Gemeinsamkeit dieser Geschichten war, daß eine einzelne Person eigenmächtig gehandelt und damit den Funken entzündet hatte, der zu einer der schrecklichsten Feuersbrünste in der Geschichte Israels geführt hatte.

Ich benutze absichtlich den Ausdruck Feuersbrunst, denn Joabs Männer hatten mit Fackeln unsere Zelte angezündet. Die meisten waren zu durchnäßt, um mehr als nur ein bißchen zu rauchen, doch einige gingen hoch wie Zunder. Wir stürzten aus Amasas Zelt mitten hinein ins Chaos. Packtiere rannten panisch umher, und die Flammen reckten sich wie feurige Schwerter in den Himmel. Absalom bestand darauf, daß ich seinen Wagen anspannte, und als ich protestierte, wollte er zumindest ein Pferd zum Reiten haben. Anscheinend war nur ich selbst relativ gefaßt; ich war mir zum ersten Mal im Leben wirklich sicher, daß ich in Adonai einen Freund hatte, dem ich all meine Ängste und Sorgen anvertrauen konnte und der alles unter Kontrolle hatte, so chaotisch es auch zunächst aussehen mochte.

Von der Schlacht selbst weiß ich nicht mehr viel; gehetzte Gesichter, Lärm, Schmutz und Blut, und ich war die Ursache von weit mehr Blutvergießen, als ich mir zugetraut hatte. Es ist sehr ernüchternd festzustellen, was man alles fertigbringt, wenn es darum geht, entweder zu töten oder getötet zu werden. Manche Dinge werde ich nie vergessen: der Anblick eines Jungen noch ohne Bartwuchs, der im Schlamm lag, die Augen weit geöffnet und den Schädel von einem schweren Stiefel zertrümmert . . . ein Offizier mit einem Pfeil im Hals, dem mit jedem quälenden Atemzug das Leben in einem hellen Strom entwich . . . ein alter Kämpfer, dem ein Speer beide Oberschenkel durchbohrt hatte und der sich nun mit aneinandergespießten Beinen durch den Schlamm zu schleppen versuchte . . . ein vielleicht sechzehnjähriger Junge, der neben der Leiche seines Freundes kniete und ihm wild mit den Fäusten auf den Brustkorb trommelte, als könnte er das Leben in ihn zurückprügeln.

Doch die meisten Toten lagen einfach da, wo sie gefallen waren; manche sahen so wenig menschenähnlich aus, daß man sie nicht einmal mehr bemitleiden konnte. Sie waren einfach ein Teil des Schlammes und der Zerstörung geworden. Ich erinnere mich noch, wie ich einem Riesen von Mann den Bauch aufschlitzte. Er starrte mich mit einem Ausdruck äußerster Überraschung an, während ihm die Gedärme herausquollen. Es war der erste Mensch, den ich getötet hatte.

Und die ganze Zeit hatte ich keine Ahnung, wo Absalom war. Soviel zu meinen Fähigkeiten als sein Waffenträger . . . doch in dieser Hölle war es unmöglich, bei irgend jemandem zu bleiben. Unser erbärmlicher Verteidigungsversuch war ein unorganisiertes Desaster – Davids drei Divisionen hatten uns nicht den Hauch einer Chance gelassen, irgend etwas auf die Beine zu stellen. Jeder kämpfte für sich, und das Resultat war dasselbe, als hätten wir einfach dagestanden und auf den Tod gewartet. Lange vor dem Morgengrauen war von Absaloms stolzer Armee nichts mehr übrig als schwelende Asche, zerschmetterte Wagen und Leichen. Die Männer, die nicht getötet worden waren, hatten sich in die Wälder zurückgezogen, und ich konnte nur annehmen, daß auch Absalom unter ihnen war, denn ich hatte keine Leiche entdecken können, die ihm ähnelte. Ich selber war von einem umstürzenden Zeltpfosten am Kopf getroffen worden und hatte offenbar eine ganze Weile bewußtlos dagelegen. Denn als ich wieder zu mir kam, war es still, und neben meinem Kopf sang ein Vogel. Der Klang war so süß, daß ich Weingärten und Schmetterlinge und Getreide, das sich im Wind wiegte, vor mir sah. Doch die Realität holte mich schnell wieder ein, als ich die Augen öffnete. Ich stolperte auf die Füße und begann das Schlachtfeld nach Absalom, Amasa oder sonst irgend jemandem abzusuchen, den ich kannte. Erst nach und nach wurde mir bewußt, daß die Schlacht keineswegs vorbei war, sondern daß noch immer Kampflärm ertönte und neben den Überresten von Amasas Zelt Männer miteinander kämpften.

Absalom hatte irgendwo einen zweispännigen Kampfwagen aufgetrieben und stand weit außer Reichweite auf den Seitenteilen des Wagens, wobei er sein Schwert um sich schwang wie ein wilder Skythe. Er war nicht allein; ein halbes Dutzend Männer standen Schulter an Schulter um das Gefährt herum und wehrten ebenfalls heldenhaft ihre Angreifer ab. Doch sie waren klar unterlegen; die Zahl ihrer Gegner wuchs mit jedem Augenblick. Absalom hätte ich fast nicht erkannt; sein Gesicht und seine Rüstung waren vollkommen von Schmutz und Blut bedeckt, und das schwarze Haar war unter seinem Helm verborgen.

Da erscholl plötzlich ganz nahe eine Posaune. Absaloms Angreifer zogen sich zurück; ein Offizier eilte herbei und erklärte ihnen gestenreich etwas. Es dauerte eine Weile, bis ich begriff, daß er ihnen offenbar klarmachen wollte, daß Absalom unversehrt vor David gebracht werden sollte.

Ich werde wohl nie begreifen, wie es mir gelang, ihn von ihnen wegzubekommen, obwohl zwei Faktoren sicherlich mit hineingespielt haben: Ein zweiter Offizier kam hinzu und begann mit dem ersten zu streiten, und ihre Männer wandten ihnen ihre ganze Aufmerksamkeit zu. Und dann war da noch Gatis; sie hatte neben ihrem Herrn auf dem Wagen gestanden, von dem sie nun wie ein Tiger hinabsprang und ihre Zähne in das Bein eines Angreifers schlug. In dem Tumult, der daraufhin entstand, erklomm ich den Wagen, und Absalom schlug mit der Peitsche auf die Pferde ein. Gatis sprang elegant wieder auf, und wir rauschten davon.

Natürlich kamen wir nicht sehr weit. Wir hätten den Wagen stehenlassen und zu Fuß fliehen sollen, doch das ließ Absaloms Stolz nicht zu. Immerhin kamen wir weiter, als jeder andere Fahrer den Wagen bekommen hätte. Wir wanden uns zwischen den immer enger stehenden Büschen und Bäumen hindurch und blieben erstaunlicherweise kein einziges Mal im Schlamm stecken; wahrscheinlich lag das an der aberwitzigen Geschwindigkeit, mit der Absalom die Pferde vorwärtszwang.

Doch schließlich wurde das Gestrüpp so dicht, daß wir verlangsamen mußten, und prompt versanken die Räder so tief im Morast, daß die Pferde sie nicht mehr freibekamen. Noch immer war Absalom nicht geneigt, zu Fuß zu fliehen. Wir hatten immer noch die Pferde, und er war überzeugt, daß wir auf ihnen schneller vorwärtskommen würden. Ich versuchte ihn zu überzeugen, daß sie uns eher behindern als helfen würden; da sie vielleicht gar nicht zugeritten waren. Doch ich hätte genausogut versuchen können, mit einem Lehmziegel zu diskutieren.

Absalom hatte die Zugstränge von den Deichseln gelöst, doch das Geschirr zum Reitzaumzeug umzufunktionieren erwies sich als schwieriges Unterfangen. Während Absalom fluchend mit den Schnallen hantierte, erklangen Stimmen hinter uns, und die Männer, die wir abgeschüttelt zu haben glaubten, waren uns dicht auf den Fersen.

Es waren jetzt weniger – dafür zumindest konnten wir dankbar sein –, doch der Offizier sah aus, als hätte er keine Hemmungen, den Sohn Davids zu töten. Seine Männer zögerten dennoch; sie blieben zurück, während er sich in einem Anfall falsch verstandenen Heldenmuts auf uns stürzte. Wie zu viele andere vor ihm hatte auch er nur Augen für Absalom; wie der Mann, den ich früher am Tag getötet hatte, schrie auch er mehr vor Überraschung als vor Schmerz auf, als ich ihm das Schwert von hinten in den Rücken rammte. Jetzt reagierte auch Absalom und machte ein Ende mit ihm. Beflügelt von diesem Erfolg stellten wir uns mit neuer Begeisterung dessen Soldaten. Sie waren relativ leicht abzuwehren, denn sie schienen sich noch immer nicht sicher zu sein, wo ihre Pflichten lagen, und kämpften nur halbherzig.

Nachdem ich nun meinen Anteil am Kampf hinter mich gebracht hatte, wandte ich mich um und war überrascht, Absalom verwundet vorzufinden. Ich hatte ihn nicht aufschreien hören, doch nun saß er blaßlippig auf dem Boden und starrte auf sein Bein, als ob es zu jemand anderem gehören würde. Gatis stand über ihm und heulte wie ein mißhandeltes Kind. In Absaloms Oberschenkel war ein tiefer Schnitt bis fast auf den Knochen, und das Blut strömte aus der Wunde wie Wein aus einem zertrümmerten Krug.

Schwindelig vor Schreck riß ich den unteren Rand meiner Tunika ab und wickelte den Stoff fest um die Wunde. Der Schnitt war sauber, aber so groß, daß ich wenig Hoffnung hatte, die Blutung ganz zu stoppen. Die Bandage war in wenigen Sekunden durchweicht, und bis ich den Blutstrom endlich einigermaßen unter Kontrolle hatte, waren meine Hände besudelt und glitschig wie die eines Schlachters, und meine Tunika reichte mir nur noch mit Mühe bis an den Oberschenkel. Absalom hatte ganz still gelegen, während ich arbeitete, und ich hatte angenommen, daß er bewußtlos geworden war. Doch jetzt sah ich, daß seine Augen offen waren, und nun wäre ich beinahe selbst in Ohnmacht gefallen, weil ich befürchtete, daß es längst vorüber mit ihm war. Doch dann versuchte er zu sprechen, und ich sah, daß ihm ein rotes Rinnsal aus dem Mund lief. Auch unter seinem Helm quoll Blut hervor.

Ich war so mit seinem Bein beschäftigt gewesen, daß mir der Gedanke gar nicht gekommen war, er könnte noch schlimmer verletzt sein. Wie hatte ich die riesige Delle in seinem Helm übersehen können? So vorsichtig es ging löste ich den Helm von seinem Kopf, und er stöhnte und schrie vor Schmerzen.

Es dauerte eine Weile, bis ich zwischen den Massen seines Haars die Wunde gefunden hatte; sie sah nicht allzu schlimm aus, doch Absalom schien nur halb bei sich zu sein. Als er sich aufzusetzen versuchte, wurde er tatsächlich bewußtlos.

Ich hatte keine Ahnung, was ich jetzt tun sollte; die Pferde waren längst im Unterholz verschwunden, und ich konnte Absalom unmöglich tragen. Doch wenn wir hierblieben, war es sehr viel wahrscheinlicher, daß wir vom Feind entdeckt wurden, als daß unsere Leute uns fanden. Ich war am Ende meiner Kraft und hatte keine Hoffnung mehr. Schließlich kniete ich mich hin und betete voller Inbrunst.

Dann sah ich auf, und durch einen unmöglichen Zufall – man könnte es auch ein Wunder nennen –, sah ich einen einzelnen Mann auf uns zukommen, der ein Maultier am Zügel führte. Auf dem Rücken des Tieres lag eine Leiche.

Bis heute habe ich nie erfahren, auf wessen Seite diese beiden Männer gekämpft hatten. Sobald ich aufsprang, ließ der Soldat das Maultier mitsamt seiner traurigen Last los und floh. Wahrscheinlich habe ich mit meinen blutverschmierten, schmutzstarrenden, zerrissenen Sachen ziemlich furchterregend ausgesehen. Einen Moment lang war ich so verblüfft, daß ich nicht wußte, ob ich zuerst Adonai danken oder mich kneifen sollte, um zu sehen, ob ich nicht vielleicht träumte. Ich stolperte auf unsicheren Beinen vorwärts und begutachtete den Leichnam.

Der Tote war bereits kalt und steif, und ihm fehlte die rechte Hand mit der Hälfte des Armes, der nun in einem blutigen Stumpf endete. Mit dem halbherzigen Versprechen, später zurückzukommen und ihm ein anständiges Begräbnis zu geben, ergriff ich den Gürtel des Mannes und zog ihn von dem Maultier.

Absalom statt seiner auf das Tier hinaufzubekommen war schon wesentlich schwieriger. Wenn er richtig bewußtlos gewesen wäre, hätte das die Sache vermutlich vereinfacht. Denn so wehrte er sich dagegen, wie ein Stoffballen auf das Maultier geladen zu werden, sondern wollte unbedingt rittlings auf dem Tier sitzen. Seinem üblen Zustand zum Trotz war sein starrsinniger Stolz ungebrochen.

Das Maultier machte dem schlechten Ruf seiner Rasse alle Ehre, indem es wild herumzappelte und sich dann weigerte vorwärtszugehen, als Absalom endlich oben saß. Ich zog am Zaumzeug, und Absalom versuchte das Vieh von oben anzutreiben. Sein Bein begann wieder zu bluten, und es machte mich krank zu sehen, wie ein Mann, der einst wilde Hengste gebändigt und sogar im Stehen auf ihnen geritten war, nun nicht einmal mehr mit dem unwürdigen Abkömmling eines Esels fertig wurde.

Endlich gelang es uns, das elende Tier in Bewegung zu setzen. Absalom schien sich ein wenig zu erholen und sagte mir, ich solle mir keine Sorgen machen; er käme schon wieder in Ordnung, und dann würden wir zusammen nach Geschur gehen und es uns gutgehen lassen. Doch als er diese Geschichte zum zwanzigsten Mal wiederholt hatte, wurde mir klar, daß er delirierte und sich nur auf dem Tier hielt, weil Reiten seine zweite Natur war. Ich beschloß, daß ich ihn am besten nicht ansah und auch nicht nachdachte, sondern mich einfach darauf konzentrierte, einen gangbaren Weg zu suchen und uns hier rauszubringen.

Nicht daß ich irgendeine Ahnung gehabt hätte, in welche Richtung ich ging und wohin ich überhaupt wollte. Je weiter ich ging, desto undurchdringlicher wurde der Wald. Es war fast so, als ob selbst die Bäume und Büsche auf Davids Seite kämpften. Später habe ich erfahren, daß mehr von unseren Männern in diesem Wald zugrunde gegangen waren als in der Schlacht selbst und daß an diesem Tag mehr Israeliten ums Leben gekommen waren als jemals seit der Schlacht von Gilboa.

Langsam wich meine Angst vor einem neuerlichen Überfall der Befürchtung, daß ich mich einfach in diesem Urwald verlaufen und nie wieder herausfinden würde.

Dann kamen wir an einen kleinen Hügel; er war kaum der Rede wert, aber der allgegenwärtige Schlamm machte den Anstieg zu einem fatalen Problem. Das Maultier verlor auf halbem Wege den Boden unter den Füßen und rutschte seitwärts in ein Gestrüpp aus halbwüchsigen Bäumen, die noch dichter standen als ihre Nachbarn. Ich konnte nichts tun. Gatis sprang jaulend hinter ihrem Herrn her, und hilflos mußte ich mitansehen, wie die beiden Tiere im Gewirr der Äste und Stämme verschwanden. Unglaublicherweise kämpfte sich das Maultier immer weiter vorwärts. Entweder war es unaussprechlich dumm, oder es hatte vor, sich auf diese Weise seines Reiters zu entledigen. Denn das war es, was dann geschah: Absalom blieb im Geäst hängen, und das Mauliter verschwand krachend im Unterholz.

Keuchend stolperte ich den Hügel hinab und fiel dabei zweimal hin. Als ich Absalom erreicht hatte, war er wieder nahe an der Bewußtlosigkeit und völlig erschöpft von dem Versuch, sich zu befreien. Sein Gestrampel hatte die Sache nur noch schlimmer gemacht; tausend Dornen hatten sich in seiner Kleidung verfangen, und die Zweige umklammerten ihn wie die Arme von hundert Geliebten, die nur auf diesen Augenblick gewartet hatten. Sein Haar, das lose um seine Schultern gefallen war, seit ich den Helm entfernt hatte, war hoffnungslos in den Ranken und Dornen verheddert, und sein Gesicht war eine einzige Ansammlung von Kratzern und Stichen. Gatis kauerte in demütiger Haltung vor ihm und klopfte mit dem Schwanz auf den Boden.

Ich flehte Adonai erneut um Hilfe an und zog dann Sauls Dolch hervor. Dann hackte ich auf die Ranken ein, bis meine Hände so aussahen wie Absaloms Gesicht. Wieder wünschte ich, er würde bewußtlos werden, denn er verstrickte sich mit seinen Abwehrbewegungen schneller wieder neu, als ich ihn befreien konnte. Sein verletztes Bein baumelte leblos herab, doch mit dem anderen trat er wild um sich, und seine Arme ruderten so unkontrolliert, daß er sich mehr als einmal selbst an meinem Messer verletzte. Irgendwann kam ich an den Punkt, wo mir klarwurde, daß dies hier vollkommen sinnlos war, und ich schrie um Hilfe, egal wie riskant das sein mochte.

Doch kaum hatte ich angefangen zu rufen, stieß Absalom einen verzweifelten Gurgellaut aus und spuckte dabei Blut, und ich konnte nicht anders, als ihm wieder zu Hilfe zu eilen. Zum Glück erlöste ihn dann endlich eine gnädige Bewußtlosigkeit.

Nun hatte ich in relativ kurzer Zeit die Ranken durchtrennt, die seinen Körper umschlungen hatten. Jetzt mußte ich nur noch seine Haare befreien. Doch das erwies sich als hoffnungsloses Unterfangen; sie waren so schwer und verklebt mit Blut, daß es schlichtweg unmöglich war, sie aus den Dornenranken zu lösen. Das einzige, was ich tun konnte, war sie abzuschneiden. Mit zitternden Fingern begann ich die Locken abzusäbeln, die einst die Krone von Absaloms berühmter Schönheit gewesen waren.

Und ich starb beinahe dafür. Denn sofort erwachte Absalom zu neuem Leben und legte seine Hände um meinen Hals. Ich weiß nicht, woher er noch die Kraft nahm, doch es gelang ihm, mich halb zu erwürgen, bevor ich mich ihm entwinden konnte. Und die ganze Zeit schrie er wie von Sinnen: „Nicht meine Haare! Laß meine Haare in Ruhe!"

Ich saß eine ganze Weile keuchend und mit klingenden Ohren auf dem Boden. Plötzlich hörte ich Stimmen und krachende Schritte im Unterholz. Ich erhob mich mühsam und stellte mich neben Absalom. Gatis kam an meine Seite, und wir konnten nichts anderes tun, als dazustehen und abzuwarten, wen wir mit unserem Lärm angelockt hatten. Absalom war noch bei Bewußtsein, doch es ging rapide abwärts mit ihm, und ich wußte, daß er seine Augen nie wieder öffnen würde, wenn er sie jetzt schloß. Sie waren schon ein wenig glasig, doch als er mich ansprach, war seine Stimme deutlich. „Lauf um dein Leben, kleine Schlange. Los, lauf! Du kannst nichts mehr für mich tun."

Ich murmelte, daß ich ihn jetzt nicht verlassen könnte; daß ich lieber sterben würde, doch er sah mich eindringlich an und sagte: „Du mußt entkommen, Zohel. Es gibt etwas, das du für mich tun mußt . . . bevor wir Jerusalem verlassen haben, habe ich Seraja beauftragt, mir ein Denkmal errichten zu lassen, damit man mich nicht vergißt. Du mußt dafür sorgen, daß das geschieht, Zohel. Es bedeutet mir sehr viel. Ich habe keine Nachkommen, und ich will nicht, daß man mich vergißt."

Also versprach ich ihm, daß ich mich darum kümmern würde, doch noch immer rannte ich nicht fort, denn irgendwie wollten mir meine Beine nicht gehorchen. Er sagte nichts mehr, und sein Gesicht war weißer als je zuvor. Irgendwie ahnte ich, daß es Davids Männer waren, die da herankamen; und sobald ich sie sah, wußte ich, daß es so war, denn sie bewegten sich mit der Sicherheit von Männern, die sich ihres Sieges gewiß waren. Als sie uns sahen, hielten sie abrupt an. Absalom hatten sie sofort erkannt; solches Haar hatte sonst niemand.

Einer der Männer ging sofort mit gezogenem Schwert auf Absalom zu und wollte ihm wohl gleich an Ort und Stelle den Todesstich versetzen. Doch dann rief ihm einer seiner Kumpane zu: „Töte erst den Kleinen. Er ist dieser verdammte Saulide!"

Sein Kamerad zögerte; ich stellte mich halb vor Absalom und brachte mühsam hervor: „König David würde es euch nicht danken, wenn ihr einen von uns tötet."

„Ach nein?" Der Mann runzelte die Stirn, doch ich wußte, daß ich ihn verunsichert hatte, weil er nicht näher kam. „Ich denke, ich könnte ihm keinen größeren Gefallen tun, als seinen Verräter von Sohn und dessen Lakaien umzubringen, der selbst Anspruch auf den Thron erhebt."

„David hat die Anordnung gegeben, uns lebend zu fassen", sagte ich und war überrascht, wie gleichmäßig meine Stimme klang. „Lebend und unverletzt."

„Und die Torah hat uns die Anordnung gegeben, daß ein Verräter und Thronräuber sterben muß", gab er zurück, doch noch immer kam er nicht näher. Dann trat einer seiner Kameraden neben ihn und sagte, daß ich recht hätte; Joab selbst solle informiert werden, daß Absalom lebend aufgefunden worden sei. Anscheinend hatten wir es hier mit Männern zu tun, die wenig Eigeninitiative hatten; sie diskutierten eine Weile herum und schickten dann zwei Trupps aus, die Joab finden und benachrichtigen sollten.

Er muß ganz in der Nähe gewesen sein, denn wenn die Männer nicht beinahe sofort mit ihm zurückgekommen wären, wäre Absalom vermutlich ohnehin nicht mehr am Leben gewesen.

„Ihr habt ihn in einem Baum hängend gefunden?“ brüllte seine vertraute Stimme, schon ehe er in Sichtweite kam. „Warum habt ihr ihn nicht getötet, ihr rückgratlosen Schwächlinge?“

Der Angesprochene erinnerte ihn gerade an Davids Anordnungen, als Joab zwischen den Bäumen hervortrat und uns sah. Er verkündete, daß nun genug Zeit verschwendet worden sei, und zielte mit seinem Speer auf Absaloms Brust.

Selbst als ich sah, wie er sich auf den Wurf vorbereitete, ging mir nicht auf, daß er das Ding tatsächlich werfen und den Sohn seines Königs einfach so töten würde wie einen gewöhnlichen Verbrecher. Doch Gatis begriff. Sie bleckte die Zähne und sprang Joab an; doch es war zu spät. Unbeirrt sandte er seinen Speer ab, während die anderen Männer Gatis mit einem Hagel von Steinen abwehrten.

Absalom sah Joab direkt an, mit zuckenden Gliedmaßen, doch ich war sicher, daß er bereits tot war. Joab hatte aber anscheinend vor, kein Risiko einzugehen. Er ließ sich zwei weitere Speere geben und schoß auch diese auf Absalom ab.

Ich glaube, es war der nackte Haß in seinem Blick, bei dem sich mir der Magen umdrehte; nicht die Tat selbst. Dann wandte sich Joab der winselnden Gatis zu und tötete sie mit einem gezielten Schwertstreich. Einer der Soldaten schnitt Absaloms Leiche kurzerhand vom Baum. Was sie danach mit ihm anstellten, weiß ich nicht; ich konnte nicht hinsehen.

Ich war sicher, daß Joab auch mich töten würde. Wahrscheinlich hätte ich in den Wald flüchten können, doch ich war wie gelähmt vor Schreck, und ich hätte ohnehin nicht gewußt wohin. Also kniete ich im Schlamm, den Kopf gesenkt, und fragte mich, ob ich das kalte Metall spüren würde, wenn es meinen Hals durchschlug, oder ob es so schnell gehen würde, daß ich nichts mitbekam. Und ich fragte mich, ob ich nach meinem Tod wirklich Adonai von Angesicht zu Angesicht sehen würde, wie man sagt. Wenn das so war, fühlte ich mich bereit dazu.

Als mir ein Schwert und ein ganzer Haufen Schmuck vor die Knie geworfen wurde, erschrak ich daher bis ins Mark. Ganz oben auf dem Haufen lag Absaloms Sonne-und-Mond-Anhänger.

„Bring das zu David", fuhr Joab mich an, „und stell sicher, daß er es auch bekommt, du elender kleiner Dieb. Diesmal wird dich keiner beschützen."

Im Rückblick bin ich sicher, daß er alles geplant hatte. Er hatte darauf bestanden, daß David in Mahanaim blieb, damit er persönlich für Absaloms Vernichtung sorgen konnte, den er für Davids Verfall verantwortlich machte.

Zumindest hatten die Mörder genug Verstand, um Absaloms Leichnam nicht nach Mahanaim mitzunehmen. Ich denke, daß David ihn ohnhin nicht erkannt hätte, so entstellt, wie er war. Während Joab laut verkündete, daß der Kampf nun beendet sei, hoben seine Kumpane eine Grube aus, und als sie tief genug war, schubsten sie den Toten hinein. Einer warf Gatis einfach hinterher. Dabei lachten sie; vermutlich, weil es für einen Mann nichts Demütigenderes gab, als in einem Grab mit einem Hund verscharrt zu werden, obwohl Absalom das sicher nicht so gesehen hätte. Und das war das Ende von Absalom ben David.

Die Sonne geht unter; vom Fenster meines Studierzimmers aus kann ich das Licht beobachten, das die Mauern des Innenhofes langsam vergoldet, dann zartrosa erglühen läßt, während die Schatten länger werden und die Vögel leise singen.

Im Raum wird es zu dunkel zum Schreiben, aber ich habe ohnehin beschlossen, daß ich für heute mit dem Bericht aufhöre. Miriam kommt herein, das schlafende Baby auf der Schulter, und küßt mich sanft auf die Stirn, als sie vorbeigeht, um die Lichter anzuzünden. Wenn sie lächelt, bilden sich inzwischen feine Linien um ihre Augen, und sie hat schon zu viele graue Haare, um sie noch mit Henna verstecken zu können. Doch für mich ist sie noch immer so wunderschön wie früher, als sie Tamar diente. Das Kind – unser vierter Sohn Ahas – hat ihre ebenmäßigen Gesichtszüge und ihre ruhige Art geerbt.

Ich folge ihr mit den Augen, als sie wieder hinausgeht, um unsere älteren Söhne zu rufen, damit sie ins Bett gehen. Pithon ist 12, Melech 11 und Tarea 9, und ich kann ihre polternden Schritte hören, als sie angerannt kommen. Sie sind so wunderbar selbstsicher, so überschäumend, so voller Energie. Sie sind kein bißchen so, wie ich als Kind war, und ich bin zutiefst dankbar dafür.

Ich bin auch zutiefst dankbar, daß die Dinge so gelaufen sind, wie sie gelaufen sind. Salomo ist der beste Herrscher, den Israel je gesehen hat. Ich wäre niemals ein solcher Leiter geworden.

Der Tempel, den er für Adonai gebaut hat, ist überwältigend und übertrifft Davids kühnste Träume bei weitem. Es hat sieben volle Jahre gedauert, ihn zu bauen, doch Salomo hatte ja alle Zeit und allen Reichtum der Welt zur Verfügung. Denn Israel ist unter seiner Herrschaft bis zum heutigen Tag fruchtbar und friedlich gewesen, so sehr, daß selbst Davids Goldenes Zeitalter daneben verblaßt. Unser Reich erstreckt sich vom Euphrat bis nach Philistia, und die Steuern und Tributzahlungen fließen nach Israel wie Ströme aus Gold.

Salomo ist nicht nur materiell begütert, sondern er hat auch einen Harem, der seinesgleichen sucht. Er hat praktisch Töchter aller Könige geheiratet, mit denen er Geschäfte führt. Manchen Leuten gefällt das nicht, und auch mir wiederstrebt der Gedanke; doch es läßt sich nicht verleugnen, daß alle Beteiligten einen zufriedenen Eindruck machen.

Eigentlich sollte ihm das auch reichen Kindersegen eingebracht haben, doch bei aller politischen Macht scheint sein Same keine Kraft zu haben, denn bisher hat er nur wenige Söhne. Den ältesten, Rehabeam, hat er schon zu seinem Nachfolger berufen. Doch wenn ich ehrlich bin, sehe ich wenig Spuren von Adonais Liebe in dem Knaben. Er ist schon jetzt viel zu sehr auf Mädchen fixiert; im Moment ist es eine gewisse Maacah, die genauso extravagant, dominant und götzendienerisch ist wie ihre Namensvetterin, doch ohne deren Herzenswärme. Ihre Mutter war eine von Davids Konkubinen, und der Vater, so heißt es, Absalom. Das würde mich nicht überraschen. Abgesehen von seiner öffentlichen Besitznahme der zehn Konkubinen auf dem Palastdach war er oft genug hinter dem Rücken seines Vaters im Harem gewesen, und es liefen mehrere kleine Absaloms und Maacahs im Palast herum – selbst eine Tamar, denn er wollte, daß ihr Name nicht vergessen wird. Sie alle sind jetzt schon erwachsen.

Ich habe das Denkmal für Absalom erstellen lassen, wie ich es ihm versprochen hatte. Es ist reine Ironie, daß Absaloms Blut auf Umwegen tatsächlich weiter in der königlichen Linie fließen würde, wenn Rehabeam dieses Mädchen heiraten sollte.

Wenn ich sagen würde, daß David den Tod seines Lieblingssohnes sehr schlecht aufnahm, würde ich mich einer schrecklichen Untertreibung schuldig machen. Selbst in seiner neugefundenen Nähe zu Adonai hatte David nie wirklich akzeptiert, daß Absaloms Vernichtung unausweichlich sei. Vielleicht hatte er die Hoffnung genährt, daß sich irgendwie noch ein Weg finden würde, an den bisher niemand gedacht hatte. In seiner verblendeten Vaterliebe mußte er vergessen haben, daß Adonai nie einfach tut, was wir uns wünschen, wenn es nicht zu unserem eigenen Besten ist. Davids Trauer um Absalom war um so bitterer, weil es oberflächlich betrachtet so aussah, als sei sein Tod unnötig gewesen. Denn Joab hatte ihn lebend aufgefunden und hätte dafür sorgen müssen, daß das auch so blieb.

Ich war nicht derjenige gewesen, der David die schlechte Nachricht überbracht hatte. Ahimaas, der Sohn des Priesters Zadok, hatte darauf bestanden, dieses Vorrecht zu übernehmen, was zeigt, wie wenig er David kannte. Doch Joab wußte, wie die Nachricht aufgenommen werden würde, und so schickte er einen kuschitischen Sklaven hinter ihm her, von denen es heißt, daß sie die schnellsten Läufer der Welt sind. Ich weiß nicht, was Joab dem Kuschiter zu sagen aufgetragen hatte, doch Ahimaas kannte die Wahrheit über Absaloms Ende, und er kam als erster bei David an.

Ich brach nach ihnen auf und nahm Absaloms persönliche Hinterlassenschaften mit mir. Ich nehme an, daß Joab sie mir absichtlich gegeben hatte, um das zu bestätigen, was der Kuschiter David ausrichten sollte. Doch als ich erschöpft in Mahanaim eintraf und mich durch die Tore schleppte, hatte der König sich eingeschlossen und wollte niemanden zu sich lassen. Schließlich brachen zwei seiner Diener die Tür auf, weil sie so besorgt um ihn waren; ich ging hinein und nahm ihn einfach in die Arme, doch diesmal konnte meine Gegenwart ihn nicht trösten. Als er den Anhänger mit Sonne und Mond sah, traf ihn die Erkenntnis mit voller Wucht, daß sein geliebter Sohn nicht nur in Rebellion gegen ihn, sondern auch gegen seinen Gott gestorben war. Er zerriß seine Kleidung und schrie immer wieder Absaloms Namen. Einmal sagte er sogar, daß er mit Freuden sein Leben hingeben würde, wenn dadurch Absalom wieder zurückkäme.

Von außen drang kein Triumphgeschrei in die Kammer; Davids Männer wußten von seiner Trauer, und die Stimmung in der Stadt glich eher der nach einer schmachvollen Niederlage statt eines so eindeutigen Sieges.

Am Ende war es Joab, der Davids Depression durchbrach. Er kam hereingestürmt, so wütend, wie ich ihn noch nie gesehen hatte, und schubste mich grob beiseite. Die Söhne der Zeruiah hatten die Empfindsamkeit von Lehmziegeln, doch sie wußten sehr gut, wie sich ein Soldat nach einer Schlacht fühlt.

„Da schlagen wir einen Aufstand erfolgreich nieder, und schon provozierst du den nächsten!" brüllte er David ohne Einleitung an. „Wirst du jetzt endlich da hinausgehen und deinen Truppen für das danken, was sie für dich getan haben? Wirst du ihnen zumindest die Erlaubnis geben, für sich den Sieg zu feiern? Absalom hat dich fortgestoßen; er war ein verdammter Tunichtgut! Und wegen ihm müssen Tausende von Männern, die lieber gestorben wären, als dich zu enttäuschen, wie Klageweiber mit Staub auf den Köpfen herumschleichen. Da muß doch jeder denken, du hättest gewollt, daß wir verlieren! Würdest du lieber deine Männer tot sehen als Absalom in all seiner Arroganz? Ich warne dich, David! Wenn du nicht hinausgehst und deiner Armee ein wenig Anerkennung schenkst, wirst du bald keine mehr haben. Wir werden eine Meuterei am Hals haben, noch ehe wir das Schlachtfeld geräumt haben."

Andere Könige hätten Joab dafür vermutlich auf der Stelle enthaupten lassen. Doch nicht so David; denn in seinem Herzen wußte er, daß Joab recht hatte. Er stand schweigend da, während Joab ihn weiter beschimpfte, jetzt allerdings nicht mehr so zornig. „Dies ist nicht die Zeit zum Weinen; schon gar nicht um einen solchen Verräter. Weine um die loyalen und tapferen Männer, die gestorben sind, um dich zu retten, wenn du schon weinen mußt. Aber was immer du tust, David, tu es vor deinen Männern, sprich mit ihnen! Versprich ihnen ein Fest. Sie haben ihrem König, ihrem Gott und ihrem Land gut gedient!"

„Geh", sagte David schwach, und Joab gehorchte. David tat, was sein Neffe ihm gesagt hatte; nun, zumindest ansatzweise. Er trat vor die Armee, und die Krise wurde abgewandt, obwohl er nichts sagte. Das mußte er aber auch gar nicht; die Männer sahen den Aufruhr der Gefühle, die sein Gesicht zerfurcht hatten, und sie verstanden.

Ehre, wem Ehre gebührt: Ich mußte zugeben, daß Joab Mut hatte. Wenn ich in seiner Haut gesteckt hätte, dann hätte ich David nach der Ermordung Absaloms so lange gemieden wie irgend möglich. Er kam übrigens nicht ganz straflos davon. Der Gerechtigkeit mußte Genüge getan werden, und so wurde Joab seines Oberkommandos über die Armee Seiner Majestät enthoben. Von allen möglichen Nachfolgern wurde ausgerechnet Amasa an seine Stelle gesetzt. Er hatte zwar wenig Erfahrung, aber viel Talent. Natürlich hatte diese Entscheidung auch politische Gründe, denn es war von größter Wichtigkeit, daß die Kluft zwischen Absaloms und Davids Anhängern so schnell wie möglich überbrückt wurde. Und Amasa war ein gutes Bindeglied.

Wenn Joab nicht Joab gewesen wäre, hätte dieses Spielchen aufgehen können. Doch so ging Joab geradewegs zu Amasa, drückte ihn an seine haarige Brust und versicherte ihm, daß er von ihm nichts zu befürchten habe. Zu erleichtert, um mißtrauisch zu sein, erwiderte Amasa die Umarmung, und dabei stach Joab ihm ein Messer in die Brust. So starb Amasa wie der große Abner vor ihm, und nach einer gebührenden Wartezeit wurde Joab stillschweigend wieder als General eingesetzt. David blieb keine andere Wahl; selbst wenn sich ein anderer Mann mit den nötigen Fähigkeiten gefunden hätte, wäre er nicht so dumm gewesen, den Posten anzunehmen. Es würde also Salomo überlassen bleiben, Joab loszuwerden, wenn es an der Zeit war.

Eine Weile nach Absaloms Tod fürchtete ich wirklich um Davids geistige Gesundheit. Doch seine Umkehr zu Adonai war echt und total gewesen, und irgendwie überstand er die Zeit der größten Trauer.

Als die dunklen Wolken des Schmerzes sich verzogen hatten, war es, als würde die Sonne über allen aufgehen, die David kannten. Absaloms Tod hatte so viele Menschen befreit. Nicht zuletzt schien Miriam mich jetzt zum ersten Mal wirklich wahrzunehmen, und mich erlöste er von dem Kampf geteilter Loyalität. David und ich blieben bis zu seinem Tod eng verbunden, und wir beide hielten eine sehr enge Beziehung zu Adonai. Seine Gnade befreite mich von den Schrecken meiner Vergangenheit. Langsam lernte ich, Miriam so zu lieben, wie sie es verdiente und mit ihr zu schlafen, ohne jedesmal an Zibas Grausamkeit zu denken.

Die Zerschlagung von Absaloms Revolte bedeutete nicht das Ende von Davids Schwierigkeiten; man kann solche Macht nicht ohne Gegenwind ausüben. Sheba hatte seine Bemühungen, einen Sauliden auf den Thron zu setzen, noch nicht aufgegeben, und als ich seine Avancen zum zweiten Mal ablehnte, zettelte er einen eigenen Aufstand an. Er wurde mit demütigender Schnelligkeit niedergeschlagen, und Sheba starb ruhmlos.

Davids letzte Lebensjahre waren glücklich und ganz anders als die seines Vorgängers Saul. Trotz aller Tragödien, die er durchlitten hatte, und trotz aller Fehler, die er gemacht hatte, wußte er um die Vergebung Adonais. Und er hatte auch nichts mehr von Bathseba zu befürchten, obwohl der erhoffte Neuanfang mit ihr nicht zustandekam.

David starb alt und lebenssatt und in dem Wissen, daß seine Dynastie weiter bestehen würde; das ist etwa fünfzehn Jahre her. Bathseba hat ihn nicht sehr lange überlebt, ehe sie einer ihrer vielen seltsamen Krankheiten erlag.

So viele Menschen, die mir etwas bedeutet haben, sind nicht mehr da. Maacah ist aus unbekannten Gründen gestorben, kurz nachdem David sie wieder nach Jerusalem geholt hatte. Alle ihre Kinder waren tot – so viel zu ihren Fruchtbarkeitsriten und Götzenbildern –, und man sagt, sie habe Gift genommen.

Die Geschichte meines Vaters Mephiboschet endete glücklicher. Ich wußte es, als ich ihn sah, wie er uns nach unserer Rückkehr aus Mahanaim erwartete. Er saß auf einem Maultier, gekleidet wie ein hoher Adliger, der er ja auch war, doch mit ungeschnittenen Haaren und langen Fingernägeln. Er hatte geschworen, sie von niemandem anrühren zu lassen, seit David den Palast verlassen hatte. Nun grinste er glücklich, während Machir neben ihm stand und die Zügel des Maultiers hielt. Unser einstiger Vormund war mit vielen anderen nach Jerusalem gekommen, die vom Sieg des alten Königs gehört hatten und ihn in seiner Stadt willkommenheißen wollten. Ich konnte es kaum glauben, als David die ganze pompöse Kavalkade anhalten ließ, um meinen Vater zu begrüßen. Sie redeten eine Weile, und David versprach, meinem Vater alles zurückzugeben, was er Ziba versprochen hatte. Mein Fassungsvermögen wurde noch weiter strapaziert, als mein Vater in vollkommen klaren Worten sagte: „Er kann alles behalten, mein Herr. Es ist mir genug, dich wohlbehalten wiederzusehen."

Natürlich lehnte David es ab, auf diese Großzügigkeit einzugehen. Ziba wurde nicht völlig enteignet, denn es lag schon immer in Davids Natur, Gnade walten zu lassen. Doch mein Vater bekam den größten Teil des ihm zustehenden Besitzes zurück.

Geborgen in dem Wissen, mit seinem Wohltäter und König wieder vereint zu sein, starb er nur wenige Monate später ganz friedlich im Schlaf. Er war nicht alt geworden, doch er hatte alles bekommen, was er sich je vom Leben erhofft hatte. David selbst sprach die Gebete bei seiner Beisetzung, und Sauls Erbe fiel an mich.

Neben der Niederschreibung dieses Berichtes, um die David mich gebeten hat, komponiere ich Lieder für den Gebrauch im Tempel, und ich halte die schriftlich fest, die David verfaßt hat, damit sie nicht in Vergessenheit geraten. Die Zeit hat bereits bewiesen, daß er in bezug auf seinen Ehebruch mit Bathseba und den Mord an Uriah recht behalten hat: Noch ehe meine Version der Ereignisse bekannt werden konnte, sickerten irgendwie Gerüchte durch und verursachten einen heftigen, aber kurzen Sturm in der Bevölkerung. Bald konnten die Leute selbst nicht mehr glauben, was sie gehört hatten, und in den Schriften, die von Davids Herrschaft berichten, findet der Skandal nicht einmal Erwähnung. Selbst die Revolte Absaloms wird in manchen unterschlagen. David wird wohl als ein Beispiel an Tugend in die Geschichte eingehen, obwohl er das nie wollte. In vieler Hinsicht hat er diesen Ruf aber auch verdient, denn er war ein ehrenhafter Krieger, ein großartiger Staatsmann, ein vielgeliebter Herrscher und eine Quelle der Inspiration für unzählige Menschen: Es würde mir nicht gefallen, wenn man ihn als gewöhnlichen Mann wie jeden anderen in Erinnerung behielte, denn das war er nicht.

Es gibt sicher Menschen, die glauben, Sauls Nachfolger sei mit seinen Verfehlungen davongekommen, weil er der Augapfel Adonais gewesen ist. Schließlich hat Saul alles verloren, obwohl seine Sünden im Vergleich zu Davids geradezu trivial erscheinen mögen; David dagegen heiratete das Objekt seiner Begierde, und ein Sohn aus ihrer Vereinigung erbte den Thron von Israel.

Doch ein Zyniker, der einen solchen Schluß ziehen würde, hätte nicht die Hälfte von dem verstanden, was geschehen ist. Ja, Adonai hat am Ende Gutes aus Bösem erwachsen lassen; doch es hatte einen hohen Preis.

Wir wissen nichts von Sauls Urenkel Micha – außer seinem Namen (2. Samuel 9,12; 1. Chronik 8,34) und dem Namen seiner vier Söhne (1. Chronik 8,35). Doch wir wissen, daß 2. Samuel 9 bis 1. Könige 2 (vielleicht mit Ausnahme der letzten Kapitel von 2. Samuel) vermutlich von jemandem geschrieben wurde, der ein Augenzeuge der darin geschilderten Ereignisse war und vermutlich mit den betroffenen Personen bekannt gewesen ist.

Dieser Bericht zeigt David unbeschönigt mit allen Ecken und Kanten. Obwohl er in den frühen Jahren seiner Herrschaft bemerkenswerte militärische Erfolge feierte, obwohl sein Königreich wuchs und gedieh und obwohl er als „Mann nach dem Herzen Gottes" beschrieben wird, sind seine späteren Jahre von Entscheidungsschwierigkeiten und Verfall gezeichnet. Er wurde ein Opfer seiner eigenen neiderfüllten, zerstrittenen Familie, besonders seiner Söhne, die er aus einem nicht näher definierten Grund anscheinend nicht in den Griff bekommen konnte. Diese wiederum fielen einander zum Opfer. Leser dieses Berichtes erliegen leicht der Versuchung, über diese negativen Aspekte von Davids Persönlichkeit hinwegzugehen, vielleicht weil sie von der umfassenden Reinwaschung von Israels faszinierendstem König durch den Autor der 1. Chronik beeinflußt sind.

Wie dem auch sei, Davids Fehler sind offensichtlich genug, daß sie jeder halbwegs aufmerksame Leser wahrnehmen kann. Wie kommt es, daß dieser großartige Mann nicht in der Lage war, seinen eigenen Haushalt unter Kontrolle zu halten – ein Mann, der einst einen Riesen mit einer Steinschleuder gefällt hatte und allen Berichten zufolge so eng mit Gott verbunden war?

Die biblische Erzählung gibt ein paar Hinweise. Wenn David tatsächlich versucht hat, die öffentliche Beichte seiner Vergehen, die Gott ihm ihrer abstoßenden Natur und Konsequenzen zum Trotz vergeben hatte, zu umgehen, dann war er sicher nicht der erste und ganz bestimmt nicht der letzte. In dem Bemühen, die Wahrheit zu vertuschen – aus welchen Motiven heraus auch immer –, hätte er sich auch selbst davor bewahrt, die Tiefe seiner Vergehen zu erkennen . . . und damit verhindert, damit wirklich ins Reine zu kommen und sich selbst zu vergeben. Er hätte sich also selbst dazu verurteilt, jahrelang in der Angst vor Entdeckung zu leben und sich zur leichten Beute für Erpresser zu machen.

Wenn wir uns gestatten, Davids Charakter in diesem Licht zu studieren, wird es uns viel leichter fallen, ihn als den Schöpfer vieler der Psalmen zu sehen, die ihm zugeschrieben werden. Tatsächlich kann man sogar mehr oder weniger sicher beurteilen, welche Lieder er in welchen Phasen seines Lebens verfaßt hat, selbst wenn ihre Untertitel uns keine Hinweise darauf geben.

Obwohl David in seiner Jugend oft in schwierigen oder sogar völlig aussichtlosen Situationen steckte und mächtigen Feinden ausgesetzt war (besonders Saul), betont er in den Psalmen dieser Zeit immer sehr seine eigene Unschuld. Später dann gibt er seine Fehlerhaftigkeit offen zu, seinen Stolz und seine Starrsinnigkeit ebenso wie seine verzweifelte Schwäche.

Die folgenden Zitate sind unter diesen Gesichtspunkten besonders aussagekräftig:

„Es ist nichts Gesundes an meinem Leibe wegen deines Drohens und ist nichts Heiles an meinen Gebeinen wegen meiner Sünde. Denn meine Sünden gehen über mein Haupt; wie eine schwere Last sind sie mir zu schwer geworden. Meine Wunden stinken und eitern um meiner Torheit willen. Ich gehe krumm und sehr gebückt." (Psalm 38,4–7)

„Meine Sünden haben mich ereilt; ich kann sie nicht überblicken. Ihrer sind mehr als Haare auf meinem Haupt, und mein Herz ist verzagt." (Psalm 40,13)

„Herr, sei mir gnädig! Heile mich; denn ich habe an dir gesündigt. (...) Sie kommen, um nach mir zu schauen, und meinen's doch nicht von Herzen; sondern sie suchen etwas, daß sie lästern können, gehen hin und tragen's hinaus auf die Gasse. Alle, die mich hassen, flüstern miteinander über mich und denken Böses über mich: ‚Unheil ist über ihn ausgegossen; wer so daliegt, wird nicht wieder aufstehen.' Auch mein Freund, dem ich vertraute, der mein Brot aß, tritt mich mit Füßen." (Psalm 41,5–10)

„Mein Herz ängstet sich in meinem Leibe, und Todesfurcht ist auf mich gefallen. (...) denn ich sehe Frevel und Hader in der Stadt. Das geht Tag und Nacht um auf ihren Mauern, und Mühsal und Unheil ist drinnen. Verderbnis regiert darin, Lügen und Trügen weicht nicht aus ihren Gassen. Wenn mein Feind mich schmähte, wollte ich es ertragen ... Aber nun bist du es, mein Gefährte, mein Freund und mein Vertrauter, die wir freundlich miteinander waren, die wir in Gottes Haus gingen inmitten der Menge!" (Psalm 55,5; 11–15)

„Ich aber sprach, als es mir gutging: Ich werde nimmermehr wanken ... Aber als du dein Angesicht vor mir verbargst, erschrak ich." (Psalm 30,7)

„Wohl dem, dem die Übertretungen vergeben sind, dem die Sünde bedeckt ist! Wohl dem Menschen, dem der Herr die Schuld nicht zurechnet, in dessen Geist kein Trug ist! ... Denn als ich (meine Sünde) wollte verschweigen, verschmachteten meine Gebeine durch mein tägliches Klagen. Denn deine Hand lag Tag und Nacht schwer auf mir, daß mein Saft vertrocknete, wie es im Sommer dürre wird. Darum bekannte ich dir meine Sünde, und meine Schuld verhehlte ich nicht." (Psalm 32,1–5)

1. Chronik berichtet uns nichts von Davids Ehebruch mit Bathseba, auch nicht von Absaloms Revolte. Vermutlich hat der Autor letzteres absichtlich unterschlagen. Es ist möglich, daß er ersteres gehört, aber einfach nicht geglaubt hat. Vielleicht kam die Wahrheit erst Jahre nach den Ereignissen ans Licht, als der Mythos von Davids Unfehlbarkeit schon so gefestigt war, daß ihm auch das nichts mehr anhaben konnte. Dabei ist es eben die Fehlerhaftigkeit, die David für uns heute zu einer so faszinierenden und auch anziehenden Persönlichkeit macht. David war ein großartiger Mann, ein „Mann nach dem Herzen Gottes" – doch er war auch hilflos, kurzsichtig und schwach, und er hat weitaus schlimmere Sünden begangen als die meisten von uns. Dennoch war er der Augapfel Gottes – könnte das ein Hinweis darauf sein, daß Gott Leidenschaftlichkeit und den Willen zur Umkehr höher bewertet als Fehlerlosigkeit? Könnte das bedeuten, daß ein gottgefälliges Leben nicht darin besteht, möglichst wenig Fehler zu machen?